KB027700

DEAD SPACE

데드 스페이스

| 기폭제 |

브라이언 에븐슨 지음 / 정호운 옮김

제우미디어

Dead Space : CATALYST
Text Copyright ⓒ 2012 by Brian Evenson.
Published by arrangement with St. Martin's Press, LLC
All right reserved.

Korean Translation Copyright ⓒ 2014 by Jeu Media
Korean edition is published by arrangement with St. Martin's Press, LLC
through Imprima Korea Agency

이 책의 한국어판 저작권은 Imprima Korea Agency를 통해 St. Martin's Press, LLC와의 독점계약으로 제우미디어에 있습니다.
저작권법에 의해 한국 내에서 보호를 받는 저작물이므로 무단전재와 무단복제를 금합니다.

데드 스페이스 : 기폭제

초판 1쇄 | 2014년 12월 17일
2판 3쇄 | 2016년 10월 4일

지은이 | 브라이언 에븐슨
옮긴이 | 정호운
펴낸이 | 서인석
펴낸곳 | 제우미디어
출판등록 | 제 3-429호
등록일자 | 1992년 8월 17일
주소 | 서울시 마포구 상수동 324-1 한주빌딩 5층
전화 | 02-3142-6845
팩스 | 02-3142-0075
홈페이지 | www.jeumedia.com

ISBN | 978-89-5952-330-6
※파본은 본사나 구입하신 서점에서 교환해 드립니다.

제우미디어 소설 공식 카페 | cafe.naver.com/jeunovels
제우미디어 페이스북 | www.facebook.com/jeumedia

만든 사람들
출판사업부 총괄 손대현 | **책임 편집** 신한길 | **기획** 전태준, 홍지영, 김혜리, 여인우, 윤여은 | **디자인** 더더디자인
제작 김금남 | **영업** 김영욱, 박임혜

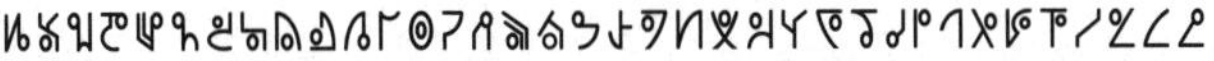

ABCDEFGHIJKLMNOPQRSTUVWXYZ1234567890

1부

1

어릴 적만 해도 젠시 사토는 형의 어디가 이상한지 전혀 몰랐다. 이스트반은 원래 그 모양이었으니까. 늘 어딘가 나사가 풀린 듯했고 문양과 숫자에 집착했으며 빛의 변화에 곧잘 사로잡히는가 하면, 쉽게 화를 벌컥 내며 갑작스레 발작을 일으키거나 정신을 잃기도 했다. 어쩌면 너무도 서서히 변해서 항상 곁에서 함께한 젠시조차도 눈치채지 못했는지도 모른다.

소싯적 둘은 언제나 함께 장난치며 말썽을 피우고 다녔고, 형제가 사는 빈두아가 행성의 돔에 형성된 불완전한 대기권의 희박한 산소 때문에 언제나 두통에 시달렸다. 따지고 보면 사고를 치는 쪽은 항상 이스트반이었고, 젠시는 그저 졸래졸래 따라다닐 뿐이었다. 하지만 젠시는 형과 함께 다녀서 마냥 좋았다. 가끔 이스트반의 꿍꿍이에 발을 들이기 싫을 때도 있었지만, 어떻게든 어머니 곁에서 떨어지려는 생각에 형을 따라 집을 나섰다.

십대에 접어들고 나서부터 젠시는 형이 어딘가 다르다는 사실을 알아차리기 시작했다. 이스트반은 확연히 남들과 판이했다. 다른 사람한테 어떻게 말을 거는지 모르는 경우가 대부분이었고, 어렵사리 말을 붙여도 역효과만 일으켰다. 그런 이스트반을 쳐다보는 다른 사내아이들의 이상한 눈빛부터, 급기야 그 아이들이 자신마저 멀리하는 모습까지 젠시는 전부 지켜보았다. 그렇게 어느새 두 형제는 외톨이가 되었다.

얼핏 보기에는 남들과 별반 차이가 없었기 때문에 단순히 이스트반을 비정상이라고 하기는 어려웠다. 원한다면야 발작을 일으키지 않고도 차근차근 설명하거나 일상적인 의사소통이 가능해서 웬만한 일은 원만하게 넘어갔으니까. 하지만 곁에서 지켜보면 볼수록 이상한 점이 두드러졌다. 이스트반은 마치 자신만의 세계에서 주위를 둘러싼 모양과 문양에 사로잡혀 살았는데, 그런 문양이 젠시의 눈에 보일 리 없었다. 거기다 남들보다 쉽게 화를 냈고, 타인에 대한 주의력도 산만했다. 남한테는 별반 관심이 없었고, 그런 자신이 어떤 눈총을 받는지도 전혀 개의치 않았다. 그가 귀를 기울이는 유일한 사람은 친동생인 젠시 뿐이었는데, 그마저도 가끔 문제가 걷잡기 어려울 정도로 커지기 전에 몸을 사려야겠다고 본인 스스로 맘먹을 때뿐이었다.

12살 무렵, 젠시는 이스트반과 집이 있는 주거단지를 돌아다니며 놀잇거리를 찾아다니고 있었다. 마리너 밸리 주거단지는 도시의 나머지 구획을 구성하는 이웃한 대형 돔과 튜브 하나로 분리되어 있었는데, 젠시는 그것이 자신이 빈두아가에서 천대받는 사람들만 몰려있는 빈민가에 살기 때문임을 더 나이가 들어서야 알았다.

그날은 둘보다 몇 살 어린 사내아이 대여섯이 돔의 외벽 근처의 내벽에 금이 가서 흐릿하게 빛이 바랜 곳에 옹기종기 모여 있었다. 공기가 서서히 새나가는 까닭에 돔의 비상 산소 공급기가 대기 누출을 상쇄하고 있었다. 아이들은 금에 누가 더 가까이 다가서는지 배짱을 부리며 놀고 있었다. 한 아이가 숨을 죽이고 돔 벽으로 잽싸게 달려가 흐릿한 손상 부위를 살짝 건드리고는 후다닥 달아났다. 뒤에 있던 아이들은 대단하다는 듯이 녀석의 등을 두드려주며 차례로 다른 아이를 보냈다.

"대체 무슨 놀이지?"

그렇게 말하는 이스트반의 목소리는 아이들에게 던지는 물음이면서도 마치 혼잣말처럼 들렸다.

아이들은 못 들은 척 그를 무시했다. 가장 덩치가 큰 아이가 어깨를 으쓱였다.

"그냥 장난치는 거야."

"근데 하나도 안 짜릿하잖아. 일부러 짜릿한 척하면서 장난치면 뭐가 재밌는데?"

젠시가 이스트반의 어깨에 손을 얹었다.

"그냥 냅둬. 어서 가자."

하지만 이스트반은 어깨를 들썩여 손을 떨쳐냈다.

"진짜 재밌는 놀이를 해볼래?"

이스트반이 아이들에게 물었다.

그러자 대장격 아이가 대꾸했다.

"지금 하고 있잖아."

"아냐, 틀렸어. 그렇게 가까이 달려갔다 도로 도망치면 안 되지. 자기를 완벽하게 만들어 달라고 저렇게 빌잖아. 그렇게 놀아달라는 거야. 너희 눈에는 일그러진 모양이 안 보여?"

"누가? 빌기는 누가 빈다는 거야?"

이스트반은 돔의 손상부를 가리켰다. 사내아이들이 그쪽을 힐끔 쳐다보자 젠시의 눈길도 그리로 옮겨갔다. 뭐가 일그러졌고 누가 빈다는 소리지? 대체 이스트반의 눈에는 뭐가 보이는 걸까?

"어디 진짜 놀이를 보여줘?"

사내아이들은 한데 모여 팔짱을 끼고 말없이 서 있었다.

"뭘 꾸물거려. 어서 가재도."

젠시가 다시 타일렀다.

"너야 보든 말든 상관없어. 금이 놀아달라잖아."

이스트반은 그렇게 말하며 등 뒤로 깍지를 꼈다. 그러더니 더러운 흙바닥을 차고는 난데없이 악을 쓰며 앞으로 뛰쳐나갔다.

사내아이들은 허겁지겁 흩어졌다. 하지만 아이스트반이 노리던 것은 아이들이 아니었다. 그는 아이들한테는 눈길조차 주지 않고 곧장 앞으로 돌진해 돔 벽면의 흐릿한 금을 이마로 세차게 들이받았다. 젠시는 가슴이 철렁 내려앉는 것만 같았다.

바람 새는 소리가 나면서 금이 쩍쩍 갈라지더니 불투명한 부분이 점점 넓어졌지만, 다행히도 벽은 충격을 견뎌냈다. 하지만 정작 들이받은 사람은 충격을 견디지 못하고 이마에서 피를 철철 흘리며 풀썩 쓰러졌다. 흩어졌던 아이들은 거리를 두고 다시 옹기종기 모였다. 젠시는 헐레벌떡 달려가 형 옆에 무릎을 굽히고 앉았다.

"형? 형? 대체 무슨 생각으로 그런 거야?"

젠시는 이스트반을 다급히 이스트반을 흔들었다. 이마에서 핏방울이 천천히 흘러내리고 있었다. 이스트반은 잠시 눈을 게슴츠레하게 치뜨고 멍하니 있더니 천천히 시선을 동생에게 옮겼다. 그러고는 씩 웃더니 벽면의 불투명한 부분으로 도로 시선이 옮겨갔다.

"됐다. 이제 모양이 바로잡혔네. 이제야 모양이 바로 살잖아."

나중에 젠시는 대체 무슨 생각으로 그런 짓을 했는지 물었지만, 그는 이스트반의 설명을 도무지 알아들을 수가 없었다. 이스트반의 머리는 언제나 문양을 쫓으며 거기서 서로 연관성을 찾아다녔기 때문에 젠시로서는 좀처럼 수긍이 가지 않았다. 자기 말로 이스트반은 돔에 생긴 금을 보자마자 어떻게 해야 하는지 감이 왔다고 했다. 금이 자기를 불렀다는 것이다. 자기한테 무엇을 바라는지. 갈라진 금을 하나되게 하려면 어떻게 해야 하는지 자기는 알고 있었다면서 말이다.

"그게 무슨 귀신 씨나락 까먹는 소리야? 하나되게 한다니?"

이스트반은 나름 설명하려고 애썼지만 소용없었다. 쉽게 알아듣도록 돌려서 말하면 할수록 젠시는 머리만 더 복잡해져서 끝내 먼저 말려야 할 지경이 되었다.

"형, 진짜 정신 나간 소리 같아. 남들한테는 절대 말하지 마."

그러자 형은 동생의 말대로 설명을 관뒀다. 그렇게 이스트반의 말뜻을 어떻게든 이해하려던 젠시의 기대는 뚝 떨어졌다.

젠시가 14살이던 무렵에는 이런 일이 있었다. 여자아이들이 땅바닥에 분필로 줄을 그어놓고는 영상 도서관에서 봤던 오래된 놀이를 하고 있었다. 분필로 바닥에 숫자와 네모를 이어그린 다음, 정해진 순서대로 그 위를 폴짝폴짝 뛰어다니는 놀이였다. 아이들은 바닥의 그림 주위에 모여서 어느 네모를 건너뛰어야 하는지를 놓고 옥신각신하고 있었다. 하지만 이스트반은 숫자와 도형에 이끌려 고개를 휙휙 돌려대며 하나하나 눈으로 좇았다. 그러고는 뛰노는 여자아이들이 안 보인다는 듯 아무렇지도 않게 그 사이를 성큼성큼 가로질렀다. 그러다 한 아이를 넘어뜨리고 아이들이 모아둔 돌멩이를 흩뜨렸으며 분필까지 밟아 부러뜨렸다. 여자아이들은 마구 소리를 질러댔고 넘어진 아이는 울면서 어쩔 테냐는 듯이 까진 팔꿈치를 들어보였지만, 이스트반은 어느새 네모 위에 버티고 서 있었다. 그는 조심스레 다음 네모로 폴짝 뛰었다 다시 뒤로 뛰면서 자신의 눈에만 보이는 복잡한 문양을 따라 움직이다가, 마지막 뜀박질로 도형 한복판에 발을 디딘 다음 조심스레 물러났다.

도형에서 물러나자 마치 온몸이 마비된 것처럼 뻣뻣해졌다. 그러더니 그림 너머의 울퉁불퉁한 땅을 쳐다보았다. 젠시는 발만 동동 구르며 형에게 다가갔다.

"방금은 너무했어."

하지만 이스트반은 대답이 없었다. 그는 바닥에 쪼그리고 손가락으로 땅에 있는 불규칙한 모양을 그렸다.

화가 난 젠시는 형의 어깨를 붙잡고 흔들었다.

"형, 아까 저 여자애들한테 왜 그렇게 못되게 굴었던 거야?"

"넌 안 보여? 쟤들이 맞는 문양을 그리니까 문양이 나를 여기로 불렀잖아."

이스트반은 다시 모양을 손으로 따라 그리며 눈을 번득였다. 젠시는 곁눈질로 힐끔거리다 이스트반이 무엇을 보고 있는지 간신히 알아봤다. 울퉁불퉁한 부분과 어금니 모양으로 변색된 부분이 다른 땅바닥과 살짝 달라보였다.

"정말 완벽해."

이스트반은 그렇게 말하며 손을 뻗어 다시 그 부분을 쓰다듬었다.

"형, 대체 왜 그래? 그냥 땅바닥이잖아."

"응? 뭔데 그래?"

이스트반은 마치 최면에서 깨어나는 듯한 말투더니 얼른 자리에서 털고 일어났다. 그러고는 그제야 여자아이들을 돌아보았다. 고함은 멈췄지만 허리춤에 손을 얹고는 여전히 못마땅한 얼굴로 버티고 있었다.

"쟤들은 왜 저런대?"

"잘 노는데 형이 망쳐놨잖아."

"내가?"

그렇게 되묻는 이스트반은 아무것도 기억나지 않는다는 듯, 도통 영문을 모르겠다는 눈치였다. 그는 그대로 서서 여자아이들을 잠시 쳐다보더니 별안간 험악한 표정을 지었다.

"쟤들은 제대로 알지도 못하면서 놀고 있었어. 제대로 아는 사람은 나뿐이야."

젠시는 늦은 밤중에 자다 일어나 형이 내는 이상한 소리를 들은 적이 얼마나 많은지 되새겨보기도 했다. 이스트반은 밤마다 잠꼬대처럼 무어라 중얼거렸는데, 그것도 평범한 잠꼬대가 아니라 똑같은 말을 끝없이 되풀이하는 잠꼬대였다. 아니면 침대 끝에 걸터앉아 비몽사몽간에 최면에 걸린 것처럼 몸을 꾸벅거리며 숫자를 줄줄이 읊어댔는데, 마치 뭔가를 숭배하는 듯한 목소리였다. 숫자라면 사족을 못 쓰고 그렇게 빠져들기 일쑤였던 이스트반이었다. 그에게 숫자란 마치 주위의 사람들 같았지만 정작 진짜 사람들한테는 무관심했다. 그리고 컴퓨터와 관련된 것이라면 타고난 것처럼 터득해서 9살 무렵부터 해킹을 하는가 하면, 그 비법을 젠시한테 가르쳐 주기도 했다. 하지만 밤에는 숫자병이 도져서 같은 소리를 끝없이 되풀이하며 중얼거렸다.

"형."

젠시는 그렇게 속삭여 불렀지만 이스트반의 귀에는 들리지 않았다.

형이 저러다 저절로 멈춰서 천만다행인 때도 있었다. 어떨 때는 끝없이 앞뒤로 꾸벅거리는 경우도 있었으니까. 그럴 때면 젠시가 일어나 어깨를 흔들어 정신을 되찾게 해줬지만 그마저도 소용이 없을 때가 있고는 했다. 그럴 때면 마치 정신이 다른 세상으로 빠져나간 듯했는데, 그러다 한참이 지나서야 원래대로 돌아온 적도 간혹 있었다.

젠시는 나이가 들고 나서 한번은 이런 생각이 들었다.

'진작 알아차렸어야 하는 건데. 형한테는 세상이 얼마나 낯선 곳이었는지, 또 형이 얼마나 실성했는지. 어떻게든 도우려고 애썼어야 하는 건데. 그랬더라면 형을 구할 수 있었을 텐데.'

하지만 젠시가 억누르려고 애썼던 머릿속 한편으로는 다른 의문이 맴돌았다. 대체 무슨 수로? 무슨 수로 알아차렸겠어? 난 멋모르는 동생일 뿐이었는데. 달리 뾰족한 수도 없었잖아? 게다가 형제의 어머니는 의사를 불신하면서 신께서 뜻대로 하실 테니 섣불리 방해하면 안 된다고 누누이 말하던 위인이었다. 젠시는 이스트반이 어딘가 이상하다고 몇 번인가 말을 꺼낸 적이 있었다. 하지만 그럴 때마다 어머니는 아들을 퀭한 눈빛으로 쳐다보며 이렇게 대답할 뿐이었다.

"이상해? 이상하지 않으면 그게 더 이상하지. 그 녀석은 사악하니까."

"아녜요. 형은 속이 어딘가 잘못됐어요. 머리가 이상한 것뿐이에요."

"악마가 씐 게야. 몸속에서 악마를 썩 내쫓는 수밖에 없어."

어머니가 그렇게 내뱉듯 말하고 나자, 젠시는 도리어 자신이 어머니한테 형을 해코지할 빌미를 줬다는 생각에 눈앞이 아찔했다.

하지만 이스트반이 나이가 들면서 덩치가 커지자 어머니도 설설 기기 시작했다. 방 한켠에서 험담을 하며 녀석한테 악마가 들렸는데 자기로서는 건드릴 방도가 없다며 젠시에게 푸념했다. 어머니는 이스트반을 무서워 하는 기색이 역력했고, 젠시 역시 건드릴 엄두를 내지 못했다. 그렇게 어머니는 갈수록 위축되어 갔다. 어쩌면 젠시가 알아채지 못했다 뿐이지 이제나 저제나 그 모양이었는지도 모르겠다. 이스트반의 이상한 점들은 전부 어머니한테서 물려받은 것일까? 설마 핏줄에 흐르는 집안 내력인가? 젠시는 어머니를 닮고 싶은 생각은 추호도 없었다. 형을 닮기도 싫기는 매한가지지만 이스트반에게는 애착이 있는 데다 얼마간 책임감을 느끼고 있었다. 이스트반도 언제나 자신을 챙겨줬으니까. 이제 형이 이상하게 변해버렸으니, 지금만큼은 젠시가 나서서 챙겨줄 차례일지도 모른다. 이제는 자신이 형 뒷바라지를 해줄 때였다.

이스트반이 17살이고 젠시가 15살이던 무렵, 상황이 제대로 꼬이기 시작했다. 발단은 어머니였다. 둘은 여느 때처럼 마리너 밸리 주거단지를 돌아다니다 집으로 돌아왔다. 집에 와보니 아파트 문은 반쯤 열렸고 어머니의 열쇠는 현관 바닥에 떨어져 있었다. 둘이 문을 마저 열자, 바닥에 쌓인 짐더미 한가운데 드러누워 온몸을 떨고 있는 어머니가 눈에 들어왔다.

젠시는 얼른 옆에 몸을 숙이고 앉았다. 고개를 돌려 얼굴을 돌리려 했지만 좀처럼 돌아가지 않았다. 어머니는 온몸이 뻣뻣이 굳어 있었다.

"도와줘, 형."

하지만 이스트반은 문간에 가만히 서 있을 따름이었다. 그는 어머니가 아니라 짐짝을 바라보고 있었다. 그가 무어라 중얼대고 손가락으로 짐을 가리키며 젠시가 보는 앞에서 허공에 도형을 그렸다.

"형, 좀 도와줘."

젠시는 다시 이스트반을 불렀다.

하지만 그는 최면에 걸린 듯이 바닥에 널브러진 짐이 빚어낸 문양에 홀려 있었다. 숨죽여 무어라 주절거리고는 주위의 문양을 눈으로 좇더니 허공을 바라보기 시작했다. 어머니가 입에 거품을 무는 모습이 젠시의 눈에 잡혔다. 피가 섞인 거품이 이와 입술과 반쯤 물린 혓바닥 사이로 부글거렸다.

"지금 장난칠 때가 아냐."

그래도 이스트반이 묵묵부답이자 젠시는 형을 고래고래 소리쳐 불렀다.

이스트반은 몸을 움찔하더니 고개를 휘휘 젓고는 아래를 쳐다봤다. 얼굴에는 알 수 없는 표정이 어려 있었다.

"이러다 돌아가시겠어."

"응."

말은 그렇게 말하고도 도울 기미가 없었다.

"넌 안 보여?"

그가 천천히 말했다.

"보이긴 뭐가?"

"그림자 사내 말이야. 사내가 어머니 목을 조르고 있어."

'그림자 사내?'

젠시는 또박또박 말했다.

"형, 가서 영상수신기 켜고 응급 상황이라고 알려."

그러자 이스트반은 마치 몽유병 환자처럼 느릿느릿 발걸음을 떼면서도 어머니한테서 전혀 눈을 떼지 않으며 동생이 시키는 대로 했다.

젠시는 응급반 대원이 도착할 때까지 어머니를 붙들고는 의식을 찾도록 말을 걸어보고 얼굴을 찰싹찰싹 때려도 보았다. 어머니의 턱을 주무르고 또 주물러 입을 벌려서 굳은 혀를 푼 다음, 피에 질식하지 않도록 머리를 옆으로 돌렸다. 이스트반은 전화를 하고는 방 반대편에서 말없이 상황을 지켜보며 멀찍이 떨어져 있었다.

'그림자 사내라고? 그게 무슨 귀신 씨나락 까먹는 소리야? 제정신이 아닌가봐.'

나중에 어머니를 실어 보내는 사이, 젠시는 이렇게 생각했다.

'내가 아니었으면 분명 형은 어머니가 죽게 내버려뒀겠지.'

이스트반은 문간을 지나다 가만히 멈추고는 숨을 죽였다. 전과 다름없이 똑같은 문양이 희미하게 빛나고 있었다. 전부터 수없이 보고 또 봤던 문양으로, 누군가 다가와 직접 보고 완성해주기를 바라고 있었다. 세상이 별종 취급하는 누군가가, 바로 이스트반이 완성시켜주기를 기다리고 있었던 것이다. 어머니가 바닥에 나자빠져 있었지만 그쪽은 하나도 중요치 않다. 어머니는 배열의 일부가 아니니까. 어머니는 무엇이 진짜인지 한 번도 알려준 적이 없었다. 그저 앞에서 거치적거릴 뿐.

정말로 중요한 것은 어머니가 들고 있다가 바닥에 떨어뜨리면서 손에서 풀려나, 각자 자리에 올바른 형태로 놓여 있는 물건들이었다. 물건들은 그렇게 놓인 채 말을 걸어왔다. 그러면서 다른 어떤, 뭔가 웅장하고 감춰진 것의 밑그림을 보여주고 있었다. 그는 그것이 피부에 와 닿았지만 머나먼 곳에 깊숙이 파묻혀 있어서 온전히 느낄 수가 없었다. 그래서 일단은 다른 무언가를 나타내며, 눈앞에 선한데도 제대로 보이지 않는 무언가를 나타내고 가리키는 짐더미 배열을 보면서 만족하는 수밖에 없었다.

실제로 보인다면 얼마나 좋을까.

그는 숨을 죽이고 미동조차 하지 않았다. 눈에 한껏 힘을 주고 쳐다보면서, 눈으로 물건 사이의 선을 좇고 서로 연결하며 여기서 저기로 시선을 옮겼다. 이제 서로 연결된 선들이 환하게 타오르는 모습이 보이기 시작하자, 세상을 감싸던 껍질이 벗겨지면서 속까지 훤히 들여다보였다.

젠시가 뭐라고 하면서 자신을 불렀지만 동생의 목소리를 들을 수도, 고개를 돌릴 수도 없었다. 뭔가가 실제로 벌어지고 있는 지금은 한눈팔기에는 너무도 중요한 순간이니까.

이어진 선과 그 사이사이로 뭔가가 모습을 드러내는 모습이 보였다. 어떤 형체가, 웬 그림자가 솟아났는데, 처음에는 자기 그림자인 줄로만 알았다. 하지만 정말로 그림자였을까? 살펴보니 그에게서 생겨나는 그림자 같지는 않았다. 틀림없이 자신의 발끝에서 나오고 있었지만 그가 움직이는 대로 따라주는 느낌은 아니었다. 그야말로 갑자기 땅에서 솟은 듯했다. 그림자는 주위의 물건들과 밀접히 연결되어 있었는데, 자세히 보니 어머니를 굽어보고 있었다. 그림자인 동시에 사내였고, 사내이지만 그림자일 뿐이었다.

그는 손을 움직여 그림자를 만져보려 했다. 손을 뻗자 그림자도 움직이며 어머니의 목에 손을 갖다 댔다. 그러고는 그에게 연기 같은 입을 돌리며 말을 걸어왔다.

잘 봐. 이렇게 하는 거야. 이렇게 죽여.

그때 동생이 자신의 이름을 고래고래 소리치는 소리가 들렸다.

그는 손을 움직일 수가 없었다. 그림자 사내는 어머니의 목을 조르며 씩 웃고 있었지만 아무런 말도 없었다. 왜 말을 멈췄을까?

"이러다 돌아가시겠어."

멀리서 목소리가 들려왔다. 알고 보니 그림자 사내가 아닌 동생의 목소리였다. 그는 정신을 가다듬으며 입을 열었다.

"응, 넌 안 보여?"

하지만 전에도 수없이 그랬던 것처럼 자신의 눈에 무엇이 보이는지 동생에게 설명하자, 이번에도 마찬가지로 동생은 도통 이해를 못하는 눈치였다. 세상을 잘못 생각하는 젠시를 어떻게든 깨쳐주려니 이스트반으로서도 막막한 노릇이었다. 그래서 자신이 그토록 아끼며 상대방 역시 자신을 아끼는 배열의 세상에서 서서히 벗어나, 이면의 문양이 아니라 겉으로 드러난 표면으로 다시금 시선을 옮겼다. 표면에는 어머니가 숨이 넘어갈 것처럼 쓰러져 있었다. 하지만 안타깝게도 아직 숨이 붙어 있었다.

구급 대원들이 어머니를 병원으로 데려갈 즈음, 이스트반은 다시 정상으로 돌아왔다. 아니면 평소와 다름없는 모습으로 돌아왔거나. 어머니는 일반 병실에서 하루만에 정신 병동으로 옮겨져 구속복이 씌워진 채 만일을 위해 격리 조치됐다. 이윽고 사회복지사라는 웬 노파가 집으로 찾아와 형제에게 이제부터 너희 둘은 정부에서 보호하게 된다고 말해주었다.

"하지만 전 곧 18살이에요. 보호자는 필요 없어요."

이스트반이 그렇게 응수했지만 노파는 단호했다.

"곧 18살은 성인으로 안 친단다. 아직 한 살 남았으니까."

하지만 형제를 곧바로 보살피지 않고 몇 분 동안 내버려둔 것이 사회복지사의 실수였다. 노파가 눈에서 사라지기 무섭게 이스트반은 짐을 싸서 떠날 채비에 들어갔다. 자기 옷장에 있던 낡고 얼룩진 배낭을 꺼내서는 옷을 잔뜩 눌러 넣고 주방에서 이것저것 손에 잡히는 대로 쏟아 넣었는데, 정작 먹지도 못하는 것까지 닥치는 대로 챙기면서 차라리 먹음직할 법한 것들은 놓인 위치를 살짝 바꾸기만 했다. 젠시는 이것 역시 형의 문양을 만드는 버릇이라는 생각밖에 들지 않았다. 이스트반은 전처럼 자신만의 세계에 빠져서 손에 잡힌 일을 끝내야 한다는 일념에 사로잡혀 있었다. 그런 그를 우두커니 바라보자니 형이 구제불능이라는 생각만 점점 커져갔다.

준비가 끝나자 이스트반은 지퍼를 채우고 고개를 들었다.

"넌 짐 안 싸고 뭐해?"

"어디 가게?"

"아까 그 할망구 얘기 못 들었어? 우릴 양부모한테 맡기겠단 거잖아. 그쪽에 맞춰 살아야 하는 데다 엄마 행세까지 하려들 테고, 거기다 서로 피 한 방울도 안 섞인 사인데 그러자면 얼마나 갑갑하겠어?"

"그렇게 갑갑하지만은 않을지도 모르잖아. 차라리 친어머니보다 나을지도 몰라."

이스트반은 고개를 설레설레 저었다.

"그놈들은 네가 그렇게 속편한 생각이나 하길 바라겠지. 항상 그렇게 속여 넘기는 거라고."

'항상 그렇게 속는 거지.'

젠시는 속으로 그렇게 생각했다. 하지만 문제는 속여 넘기는 남들이 아니라, 항상 일을 난처하게 만드는 이스트반 자신이었다. 이스트반이 자신 스스로 보호자가 되거나 두 형제의 보호자가 된다는 것은 말도 안 된다. 다른 사람을 챙겨주기는커녕 자기 한 몸도 제대로 건사하지 못하니까.

"빨리 가자. 짐 챙길 여유도 없어. 그 사람들이 금방 들이닥칠 테니까. 그냥 이대로 가자. 방이 그러라잖아."

"방이?"

"넌 안 보여? 전혀 안 느껴져?"

이스트반이 주위를 가리키며 말했다.

잠시 시간이 지나자 젠시는 지금이 바로 형에게 한 걸음 다가서서 얼마나 일그러졌는지는 몰라도 이스트반의 머릿속에만 존재하는 세상을 살아갈 것인지, 아니면 진짜 세상에 한 걸음 내딛느냐 하는 삶의 기로라는 사실을 알아차렸다. 가슴 아프게도, 아직 어리기는 해도 젠시는 자신이 어느 쪽을 택하건 결국에는 아쉬움이 남는 결정으로 남으리란 느낌을 지울 수가 없었다. 어떤 선택을 내리든 어느 한 쪽을 잃을 테니.

"얼른 가자."

이스트반이 조바심을 내며 말했다.

"그치만…… 그치만 난……."

"대체 왜 그러는데? 아직도 상황 분간이 안 돼?"

하지만 문제는 분간이 되지 않는 것이 아니었다. 젠시도 뻔히 분간이 되었다. 정작 부추기는 본인은 모를지 몰라도, 이스트반을 따라나서서 득 될 일이 전혀 없다는 사실이 젠시의 눈에는 뻔히 보였다.

"난 못 가."

젠시는 형의 눈을 피하며 끝내 그렇게 말했다.

"그러시겠지. 가만히 죽치는 것처럼 세상에 쉬운 일은 없으니까. 사실은 문간을 나서기만 하면 되는데 말이야."

이스트반은 그렇게 말하며 방 사방에 눈을 흘겼다.

"안 돼. 미안해. 난 못 가."

한동안 이스트반은 무표정한 얼굴로 젠시를 빤히 쳐다보았다. 동생의 말뜻을 알아차리면서 그의 표정에 뭔가가 스쳐가는 모습이 젠시의 눈에 잡혔다. 그러더니 얼굴이 온통 진심 어린 고통으로 일그러졌다.

"지금 날 버리겠단 거야?"

그렇게 묻는 그의 목소리는 금방이라도 울음을 터뜨릴 듯했다. 젠시는 그런 목소리를 차마 들을 수가 없었다.

"그런 게 아냐. 떠나지 마. 나랑 같이 있자. 차차 괜찮아질 거야."

젠시는 그렇게 어렵사리 달래면서도, 이대로 남는다는 것이 자신이 형을 따라가는 것만큼이나 이스트반으로서는 상상조차 못할 일임을 알고 있었다. 이스트반은 충격에 잠시 말을 잃고 있었다. 그러더니 젠시를 홀로 남겨둔 채, 배낭을 어깨에 둘러메고 나가버렸다.

2

법원에서 젠시에게 후견인을 배정한 것은 잘한 일이지만, 그 노파를 후견인으로 보낸 것은 마냥 잘한 일이라고 보기 어려웠다. 노파는 젠시의 어머니가 봤더라면 '시큰둥한 인간'이라 했을 법한 인물로, 정말 이도 저도 아닌 어중간한 사람이지만 젠시 본인은 개의치 않았다. 저런 사람을 붙여주지 않아도 얼마든지 스스로 살아갈 자신이 있으니까. 그러니 없어도 무방했다. 이제는 먹는 밥이 어떻게 만들어지는지 처음으로 걱정하지 않아도 되잖은가.

젠시는 학업에 열중하다 뜻밖에도 공부의 재미에 눈을 떠서 좋은 성적을 받기도 했다. 그러자 전에는 얼씬도 하지 않던 아이들이 가까이 다가오며 먼저 말을 걸어오기도 했다.

그중 헨리 원드레이라는 아이가 근처를 서성이기 시작하더니, 수업 사이의 쉬는 시간에 몇 걸음 떨어진 채 말없이 젠시를 지켜보는가 하면, 점심시간에는 말을 붙이거나 눈빛을 마주치지도 않고 맞은편에 가만히 앉아만 있기도 했다. 젠시가 귀가할 때면 가끔씩 멀리서 슬그머니 따라오기도 했다. 젠시는 처음에는 애써 무시하다 이윽고 그러려니 했고, 나중에는 오히려 기분이 좋았다. 헨리가 그림자나 유령처럼 따라붙지 않을 때면 섭섭하기도 했다.

"할 말 있어?"

어느 점심시간, 끝내 젠시가 먼저 입을 열었다.

"아무것도 아냐."

헨리는 그렇게 답하고는 한동안 말없이 앉아 있다 물음을 던졌다.

"무슨 음악 좋아해?"

'음악?'

젠시는 의문이 들었다. 음악의 '음'자도 모르는데. 결국 그냥 어깨만 으쓱일 따름이었다.

"그러는 너는?"

헨리는 밴드 이름 몇 가지에 대해 떠들어 대더니 젠시가 꿀 먹은 벙어리처럼 있자 그 밴드들이 어떤 음악을 연주하는지 설명하기 시작했다. 듣다 보니 헨리는 꽤 말주변이 있었는데, 음악 자체에 대해서는 구구절절 늘어놓지 않으면서도 문외한이 듣기에는 대강 어떤 곡조인지 감이 올 정도로 생생하고 색다른 방향으로 이야기를 끌어갔다. 헨리의 말에 흥미를 느껴 귀를 기울이고 있었다는 사실에 젠시는 자기도 모르게 놀랐다. 헨리는 설명을 마치고는 한동안 말이 없었지만 입이 근질거리는 눈치였다. 나중에는 직접 들어보라고 권해서 젠시가 들어봤더니 설명이 딱 맞아떨어졌다.

그렇게 헨리는 젠시에게 첫 진짜 친구가 되었다. 형인 이스트반을 빼면 그렇다는 말이기는 하지만, 친형을 친구로 치기도 하던가? 그러고 보니 어떻게 15살이 되도록 친구가 하나도 없었지? 그렇게 생각하자 문득 이스트반에게 화가 치미는 한편 죄책감이 들었다. 자신은 흠잡을 데 없는 후견인에 진짜 친구와 함께 태평하게 사는데, 형은 지금쯤 어딘가를 떠돌고 있으니까.

젠시는 한두 번인가 형을 얼핏 보기도 했는데, 먼발치에서 지나치기가 보통이었지만 코앞에서 마주친 적도 있었다. 가까이서 봤는데도 형은 동생을 몰라보는 눈치였다. 이스트반은 눈앞에서 스쳐가면서도 동생을 알아보지 못했고, 젠시는 손을 뻗어 말을 걸고 싶은데도 엄두가 나지 않았다. 이스트반 본인이 길가에서 불쑥 가족 상봉을 맞이할 준비가 되어 있지도 않다면야 더더욱. 하지만 나중에는 형이 단지 자신만의 문양과 숫자의 세계에 빠진 것이 아니라, 그저 머릿속으로 골똘히 생각하느라 동생을 미처 보지 못했을지도 모른다는 생각도 들었다.

당시 젠시는 그런 나날을 보냈다. 늘 마음이 이랬다저랬다 하는 탓에 가책이 없다가도 갑자기 죄책감에 시달리다 도로 떳떳해지기를 반복하는, 기복이 컸던 나날이었다.

몇 달이 지나고 젠시가 믿을 만한 친구가 되자 젠시는 이스트반에 관해 털어놓았다.

"그게 네 형이라고?"

헨리가 말했다. 그는 이스트반을 여기저기서 봤는데, 언제나 먼발치에 있었을 뿐 달리 신경을 쓰지는 않았다고 했다.

"아무래도 형을 도와줘야 될 것 같아서."

젠시의 말에 헨리는 고개를 끄덕였다.

"아무렴, 네 형인데. 친형을 돕고픈 마음이 안 든다면 더 이상하겠지."

그러고는 어깨를 으쓱였다.

"근데 어떻게 도우려고?"

젠시는 말을 꺼내고도 여섯 달 동안 손을 놓고 있었는데, 그러던 어느 날은 헨리와 이야기를 하면서 집으로 걸어가고 있었다. 그동안 헨리가 음악뿐 아니라 친해진 이후로 갖가지 이야기를 들려줬듯, 자기도 예전에 살았던 아파트에 관해 가능한 생생하게 설명해주려고 애썼지만 좀처럼 뜻대로 되지가 않았다. 헨리는 얌전하다 못해 근질거리는 눈치로 그런 젠시를 바라봤지만, 정작 말을 시작하면 헨리가 중간에 자꾸 걸고넘어지는 탓에 보지 않고도 이해할 만한 모습을 묘사하기가 난감했다. 젠시는 천천히 걸음을 늦추다 가만히 멈췄다.

가만히 바라보며 말을 잇기를 기다려도 젠시가 통 그럴 기미가 없자, 헨리는 대뜸 이렇게 말했다.

"그냥 거기로 데려가서 보여줘."

'까짓 거 그러지 뭐.'

그렇게 둘은 1여 킬로미터를 걸어 마리너 밸리 주거단지로 통하는 밸브를 지나갔다.

그곳에 근무하는 밸브 관리기사는 둘을 의아한 눈빛으로 쳐다보았다.

"정말로 넘어가려고? 너희처럼 말쑥한 애들이? 저기는 우범지대인데."

기사는 두툼한 콧수염을 씰룩이며 물었다.

"옛날에 저기서 살았거든요."

젠시의 말에 기사는 코를 씰룩거렸다.

"이 아저씨가 저곳 출신 같았으면 되돌아갈 생각일랑 깨끗이 접었을 텐데 말이야."

하지만 어쨌든 통과시켜 주었다.

둘은 등 뒤에서 밸브가 맞물려 잠기는 광경을 지켜보고는 30미터를 내려가 맞은편 밸브에 다다랐다. 거기까지 가자 젠시는 문득 이게 잘 하는 짓일까 미심쩍은 생각이 들었다. 이제 새로운 삶을 살고 있으니 지난일은 잊어버릴 때다. 그런데 구질구질한 과거를 헨리한테 굳이 보여줄 이유가 뭐람?

밸브가 풀리며 열리자 둘은 밖으로 나왔다. 밸브 반대편의 마리너 밸리 주거단지는 기억 속의 모습 그대로 익숙해 보이면서도 어딘가 어색했다. 젠시 자신이 달라져서 그런지 모르겠지만, 다시 보자니 그야말로 빈민가였다. 애초에 밸브부터가 이곳 사람들이 폭동을 일으킬 경우를 대비해 마리너 밸리를 통째로 분리하려고 만들어둔 예방책이었다. 어릴 적에는 멀쩡해 보이던 곳이지만, 이제와서 보니 분명 지금 사는 곳과는 극명히 대조되어 보였다. 하나같이 낡아빠지고 너저분해서 한숨이 나올 지경이었다.

"여기가 옛날에 살았다는 데야?"

헨리의 물음에 젠시는 어깨를 으쓱였다. 순간 이대로 밸브로 돌아서서 이곳을 떠날까 하는 생각이 들었지만, 헨리가 젠시를 재촉했다.

"그건 그렇고 너희 아파트는 어딘데?"

젠시는 헨리에게 아파트로 통하는 닳아빠진 콘크리트 계단과 갈라진 복도 바닥으로 안내한 끝에, 한쪽을 따라서 색이 바래고 긁힌 자국이 가득한 문 앞에 다다랐다. 둘은 문을 빤히 쳐다만 보았다. 젠시는 이제 어떡할지 확신이 서지 않았지만 아직 헨리는 이대로 돌아갈 기미가 없었다. 문틀을 따라서 경찰 테이프가 발라져 있었다.

'이상하네.'

젠시는 아직도 새로 입주한 사람이 없다는 사실이 의외였다.

하지만 자세히 살펴보니 테이프에 틈을 만든 흔적이 있었는데, 굉장히 조심스럽게 잘랐는지 얼핏 봐서는 밀폐된 것처럼 보였다. 헨리도 눈치를 챘는지 대뜸 문고리를 잡고 돌렸다.

문은 열려 있었다. 둘의 눈앞에서 문이 천천히 열리면서 먼지가 소복이 쌓인 휑한 거실이 드러났다. 거실에는 울퉁불퉁한 소파와 모서리가 금간 텔레비전, 내다버린 우그러진 화물 상자를 도로 두들겨 펴서 만든 커피 탁자가 있었다. 벽지는 회색으로 바랬고 곳곳의 구석에는 먼지인지 곰팡이인지 모를 때가 잔뜩 끼어 있었다.

"들어가면 안 될 것 같은데."

젠시가 말했다. 이곳에 관한 기억은 아직도 생생하지만 좋은 기억이라고는 거의 없었다.

"뭐, 어때. 아무도 없잖아. 들키더라도 대강 둘러대면 그만이야."

헨리는 그렇게 말하며 벌써 여기저기 기웃거렸다. 보아하니 지금 상황을 장난쯤으로 여기는 모양이었다.

그때 현관에서부터 뒤편의 침실까지 먼지가 닦여서 생겨난 길이 보였다. 침실은 이스트반과 함께 썼던 방이었는데. 젠시는 눈으로 그 흔적을 좇았다. 침실 아래쪽 문틈으로 빛이 새어나오고 있었다.

젠시는 헨리의 팔을 덥석 붙들었다.

"왜 그래?"

헨리는 그렇게 물으며 손을 떨치려고 어깨를 흔들었다.

"조용. 안에 누가 있어."

젠시가 숨죽여 말했다.

이대로 돌아서서 떠났더라면 일이 이렇게 되지는 않았을지도 모른다. 하지만 젠시는 그러지 않았다. 왜 그랬을까? 옆에 있던 헨리가 이번 방문을 흥미진진한 모험처럼 생각해서 그랬는지도 모른다. 누군가 있다는 사실에 헨리는 도리어 들뜨고 말았다. 문에 쳐진 경찰 테이프가 끊어져 있다는 사실을 알아차린 순간부터 문제가 커질 조짐이 있었는데. 안으로 몰래 들어간 때부터 사고의 문턱에 발들인 셈이었지만, 헨리는 그래봤자 꾸중을 듣거나 밖으로 쫓겨나기밖에 더 하겠냐는 생각이었다. 최악의 경우라 해도 주거침입죄로 경찰에 체포됐다 훈방되는 정도겠지.

하지만 이 동네에서 나고 자란 젠시는 일이 틀어질 경우 그렇게 좋게 끝날 리가 없음을 알고 있었다. 혹시나 엄한 사람이 침실에 있다면 어딘가 심하게 다치거나 목숨을 잃을지도 모른다.

그래서 헨리가 앞으로 걸어가며 점점 아파트 깊숙이 들어서자, 젠시는 일단 머뭇거렸다. 그는 친구가 먼지 위로 남은 길을 걸으며 침실 문 옆에 서는 모습을 지켜보았다. 어쩌면 아무도 없을지도 모른다. 그냥 누가 들어왔다 불을 깜박하고 나갔는지도 모르고. 하지만 그럴 리가 없음은 자신도 익히 안다고 생각하는 순간, 헨리가 문손잡이에 손을 댔다.

아니나 다를까, 헨리가 미처 문을 열기도 전에 문이 저절로 열리더니 얼룩덜룩한 팔뚝이 불쑥 튀어나와 그를 안으로 끌고 들어갔다.

젠시는 부리나케 현관으로 돌아서며 뛰기 시작했다.

하지만 달아날 곳도, 밸브를 지나 대도시로 들어서기 전까지는 사정을 호소할 사람 하나조차 없었다. 그때면 너무 늦은 뒤일 것이다. 되돌아올 즈음이면 헨리는 죽었거나 바닥에 뻗었을 테고, 아예 어디론가 끌려갔을지도 모른다.

그래서 현관을 나서자마자 젠시는 발걸음이 느려지다 우뚝 멈춰 되돌아갔다. 이제 덩치도 커졌고 힘도 있겠다, 거기다 여기서 자라서 치고받는 것쯤은 익숙하다고 속으로 되뇌면서. 누군지 몰라도 선방을 먹이면 자신도 헨리도 무사히 빠져나갈 틈이 날지도 모른다.

젠시는 소리를 죽이고 침실 문으로 다가가 조심스레 손잡이를 돌려 자물쇠 홈에서 걸쇠를 풀어냈다. 안에서 누군가 무어라 계속해서 숨죽여 말하는 소리가 들려왔다. 그는 심호흡을 한 다음, 문을 벌컥 열고 언제라도 내지르도록 주먹을 꽉 쥐며 안으로 뛰어들었다.

헨리 위에 올라타 무릎을 굽힌 채로 그가 몸부림치지 못하게끔 온몸을 바닥에 짓누르고 손으로 입을 틀어막고 있는 더러운 사내가 바닥에 있었다. 머리며 피부며 똑같이 추레하고 악취를 풍겼다.

누가 보냈어?

사내가 숨죽여 윽박지르는 소리가 들렸다. 그러면서도 입을 계속 틀어막고 있어서 헨리는 찍 소리도 할 수가 없었다.

그놈들은 나한테 뭘 어쩌려는 작정인 거지? 왜 날 뒤쫓는 거야?

그때 젠시가 사내한테 달려들어 힘껏 귀싸대기를 올려붙였고, 사내가 고개를 돌리느라 무게중심이 풀린 사이를 틈타 헨리는 몸부림치며 빠져나갔다.

하지만 사내가 고개를 돌린 순간, 젠시는 그가 아는 얼굴이라 흠칫 놀랐다.

그 사내는 이스트반이었다.

하지만 자신은 형을 알아봐도 정작 그는 동생을 알아보지 못했다. 눈빛은 게슴츠레하다 못해 광기에 사로잡혀 있었고, 헨리 위에서 쓰러지듯 기어 내려오는 꼬락서니에서는 지난날의 모습을 전혀 찾아볼 수가 없었다. 마치 거죽만 이스트반일 뿐, 다른 무언가가 몸뚱이를 차지한 듯한 몰골이었다.

헨리는 허겁지겁 몸을 일으켰다. 이스트반은 휘청거리며 벽에 기대어 균형을 되찾고는 짐승처럼 이를 드러냈다.

"형, 나야."

젠시가 말했다.

이스트반은 으르렁거리는 소리를 내면서 사방에 눈을 흘겨댔다. 어딘가 숨겨진 문양을 물색하는 듯했지만 그러느라 정작 눈앞의 사람을 보지 못하더니, 고개를 낮추고 앞으로 돌진했다.

이스트반은 젠시의 가슴팍 한가운데를 박치기로 들이받아 바닥에 쓰러뜨리고는 그대로 올라탔다. 젠시는 순간 숨이 턱 막히면서 주위의 공간이 서서히 사라지는 듯했고, 간신히 고통 섞인 숨을 훅 들이쉬었다. 이스트반은 위에 올라탄 채로 어깨와 목과 얼굴을 주먹으로 사정없이 내리쳤다. 헨리가 뒤에서 말리려 들었지만 소용없었다.

'형, 나야, 젠시.'

다시 말을 붙이려 했지만 입에서 아무런 소리도 나오지 않았다. 그는 이스트반의 양손을 붙잡으려 했지만 헛수고였다. 팔을 들어 얼굴을 막으려 했지만 이스트반은 쉴 새 없이 주먹을 내리쳤고, 팔뚝에 부딪혀 빗나가는 주먹도 있었지만 그대로 뚫고 들어오는 주먹도 있었는데, 벌어진 틈새로 그의 멍하고 불안한 얼굴이 힐끔힐끔 눈에 들어왔다.

이러다 정신을 잃겠다는 생각이 머리를 스치는 찰나, 도리어 의식이 선명해지는 동시에 멀어지면서 마치 몸 바깥에서 자신을 지켜보는 느낌이 들었다.

이러다 이스트반의 손에 죽을지도 모른다는 생각이 젠시의 머리를 스쳤다.

이스트반은 한동안 무언가를 찾아 헤맸지만 지금 무엇을 찾는지조차 알 수 없었다. 그렇게 무작정 행동한 적이 한두 번도 아니거니와 끈질기게 찾다 보면 찾는 대상이 자신이 속한 세상, 바로 진짜 세상에서 모습을 드러내고 제 발로 찾아온다는 사실을 알고 있었다. 전에 동생이 곁에 있을 적에는 뭔가를 찾아다니는 자신을 말리거나 방해하는 사람이 있어서 세상이 껍질을 벗을 때까지 진득하게 기다리기가 곤란했다. 하지만 이제는 남아도는 것이 시간이다.

우선 세상에 울타리를 둘러 귀찮은 훼방꾼을 없앤다. 세상을 깨뜨려 여는 배열을 완성하는 데 하등 도움이 되지 않는다면 그것이 사람이든 사물이든 상관없다. 돔에 나와 있자니 정신이 사나워 견디기 어려웠다. 신호에 기호며 온갖 문양이 도처에 있었지만, 동시에 온 사방이 시선을 끌어서 주의가 산만했다. 거기다 주위 사람들이 그를 흔들거나 방해하며 좀처럼 가만히 내버려 두지를 않았다.

돔의 문양과 배열을 따라가다 보니 어머니의 아파트로 돌아오게 되었다. 처음에 아파트 내부에 있던 문양과 배열이 부추기는 대로 돔으로 나섰던 것처럼. 어디선가 목소리가 들려와 문을 봉한 테이프를 뜯으라고 하더니 어머니가 열쇠를 숨겨둔 곳까지 알려주며 그를 안으로 들여보냈다. 다른 사람 목소리 같지는 않았는데, 정말로 딴사람 목소리라 한들 정작 그 주인이 보이지 않았다. 목소리는 내면에서 들리면서도 묘하게 어딘가 동떨어져 있었다.

부엌은 가만히 내버려 두었다. 그곳의 문양은 나무랄 데가 없고 집을 떠날 적부터 하나되어 있기는 했지만, 아직 완성된 상태는 아니었다. 우선 소파부터 제자리에 정리했다. 커피 탁자는 자리에 그대로 놔두는 대신 주먹이 피투성이가 되도록 찌그러진 자리를 더 우그러뜨린 다음, 겉에 비친 자신의 일그러진 회색 모습을 바라보았다.

'회색 사내가 저기 있네.'

이스트반은 그렇게 되뇌며 사내가 밖으로 나오기를 기다렸다.

하지만 사내는 나올 기미가 없었다. 저 사람이 정말로 회색 사내인지 아닌지는 밖으로 모습을 드러내봐야 안다. 색이 회색보다 훨씬 짙다면 아예 딴사람일지도 모른다. 아니면 아무것도 아닐지도 모르고. 그래서 소파에 앉아 몇 시간을 기다리며 금속 표면에 고개를 숙여보기도 했지만, 좀처럼 회색 사내를 밖으로 꾀어낼 수가 없었다.

하지만 시간이 흐르자 문양이 자신을 누르는 느낌이 들었다. 문양의 말이 옳았다. 제자리에서 벗어난 사람은 이스트반 자신이었다. 문양이 제 역할을 하려면 자신부터 다른 곳으로 자리를 옮겨야 했다.

그래서 그는 자리에서 일어나 거실을 가로질러 한때 동생과 함께 썼던 방으로 들어갔다.

그는 텅 빈 방에서 가만히 기다렸다. 때가 되면 찾던 대상이 제 발로 자신을 찾아낼 테지. 그렇게 하염없이 문을 바라보며 곧 다가올 정체모를 누군가를 끈기 있게 기다렸다.

얼마나 오랫동안 기다렸는지, 몇 시간 혹은 며칠이나 지났는지는 긴가민가했다. 하지만 드디어 바깥에서 소리가 들리자 때가 왔음을 직감했다. 그는 일어나서 문에 귀를 바짝 붙였다. 발소리가 점점 가까워지자 문을 벌컥 열고 반대편에 있는 사람을 안으로 낚아챘다.

하지만 여태껏 바라고 기다리던 사람이 아니었다. 다른 세상의 존재가 아니라 이 세상에 속한 존재, 즉 문양을 어지럽히며 자신을 가로막으려는 침입자이자 훼방꾼이었다. 누가 이놈을 보냈을까? 그는 저 어딘가에 자신을 방해하려는 무리가, 자신이 그토록 찾아 헤매는 대상을 못 찾게 막아 목적 달성을 좌절시키려는 무리가 있다는 사실을 알고 있었다. 놈들은 언제나 주위에 머물며 방해를 거듭했다. 그는 놈을 마구 흔들며 본때를 보여줬다. 자신을 뒤쫓는 자들이 누군지, 자신을 파멸시키려는 존재가 누군지 순순히 불라고 놈을 흔들고 또 흔들며 속으로 중얼거렸다. 그래, 이제 곧 실마리가 나오겠지.

그런 와중 머리를 얻어맞자 정신이 얼떨떨했다. 바닥에 깔린 침입자가 몸부림치며 손아귀를 빠져나가고 보니, 방으로 들어온 침입자는 하나가 아니라 둘이었다. 그는 헐레벌떡 일어나 거리를 벌리고 놈들을 똑바로 쳐다보는 동시에, 그러느라 정신이 팔려서 문양에서 주의를 잃지 않으려고 애썼다. 거기서 시선을 뺏기면 놈들한테 지는 격이니까.

그때 그림자 사내가 비로소 모습을 드러내더니, 자신을 때렸던 침입자의 발치에서 솟아나 허공으로 피어올랐다. 사내에게 다가가려면 침입자의 몸을 뚫고 지나가야 한다는 사실을 직감했다. 그는 고개를 내젓고는 앞으로 돌진해 침입자를 깔아뭉

갰고, 그림자 사내는 그 아래에 깔려 침입자한테 짓눌린 꼴이 되었지만, 아래로 파고들면 사내에게 손이 닿을지도 모른다. 침입자가 뭐라고 지껄였지만 머릿속의 목소리는 놈의 말을 무시하라고 귀띔했다. 다른 침입자가 등 뒤에서 때려댔지만 이미 당해본 터라 이번에는 중심을 잃지 않았다. 드디어 올 것이 왔다. 그토록 원하고 필요로 하던 것이 나타났으니 이제는 아무도 나를 막을 수 없다.

3

탁자에 모인 인원은 다해서 9명이었다. 한눈에 봐도 과학자, 군인, 관료로 보이는 사람이 있는가 하면 겉모습으로는 신분을 짐작하기 어려운 이들도 있었다. 전부는 아니어도 대부분이 유니톨로지 신자였고, 그래서인지 다들 목걸이를 겉으로 내보이며 노골적으로 신앙심을 드러냈다.

"그렇다면 합의본 거요."

참석자 중에서 누군가 말했다. 대표로 보이는 그 사내는 당당한 자세를 취하고 있는 블랙웰이라는 군인이었다. 고위급 장교의 군복은 각종 훈장과 약장으로 가득했다.

"제 소견으로는 아직 위험하다고 봅니다."

체구가 작고 여위었지만 강인한 인상을 주는 커즈와일이라는 과학자가 말했다.

"안전에 만전을 기했음에도 블랙 마커 실험은 삽시간에 걷잡을 수 없는 상태로 변했습니다. 그 일로 연구진의 상당수를 잃었잖습니까? 외부유출 없이 연구기지 내부에서 수습한 것만도 천만다행입니다."

그는 옆자리의 과학자를 가리키며 손짓했다.

"헤이즈가 바로 그 증인입니다."

"하지만 그럼에도 저는 찬성입니다."

헤이즈가 말했다.

"커즈와일 자네를 제외하고 이 자리에 모인 전원과 마찬가지로 말이야. 위험이 따르지 않는 실험이란 없으며, 블랙 마커에 깃든 힘을 밝혀냄으로써 얻어낼 잠재적이득은 이에 따른 위험보다 훨씬 큽니다. 우리는 인류를 미래로 이끌 선봉에 있습니다. 이제 데이터를 받았으니 새로운 마커를 축조할 발판이 마련된 격입니다."

다른 참석자 몇몇이 고개를 끄덕였다.

"알겠소."

블랙웰은 그렇게 말하며 먼저 입을 열었던 과학자에게 돌아섰다.

"보다시피 커즈와일 당신 의견은 부결됐소."

커즈와일은 하는 수 없다는 듯이 어깨를 으쓱였다.

"그렇다면 적어도 새 시설은 지구 바깥에 짓기로 합의할 수는 없겠습니까? 외부에 부지를 구해야 행여 유출이 일어나더라도 최소한의 피해를 보는 선에서 끝날 테니 말입니다."

"그럼 어디로 하자는 말이오?"

블렉웰이 물었다.

"달은 어떨까요?"

누군가가 의견을 냈다.

커즈와일은 고개를 설레설레 저었다.

"너무 가까워서 일을 은밀히 진행하기 곤란합니다."

"작업을 주관하고 진척 과정을 살펴보면서 가능한 많은 데이터를 수집할 수 있는 여건을 갖춘 동시에, 여차하면 핵으로 날려버려도 무방한 행성을 구해야 합니다."

겉으로는 정확한 직업을 파악하기 불가능한 사내가 말했다. 짧게 깎은 머리에 잔인한 눈매를 하고 있었으며, 피부는 흐리다 못해 거의 회색을 띠고 있었다.

"어딘가 외딴 장소로 말입니다."

블랙웰은 고개를 끄덕였다.

"함선을 파견해야겠군. 이런 일에 적임자가 있소. 성과가 있기를 기대해 봅시다."

참석자들은 자리에서 일어나 떠날 준비를 했지만 직업 및 소속 파악이 불가능한 두 사내가 블랙웰에게 남으라고 손짓했다. 그는 그대로 남아 팔짱을 끼고서 세 사람만 남을 때까지 말없이 기다렸다. 하지만 다들 회의실을 나간 뒤에도 두 사내는 말이 없었다.

"일이 수월하게 풀린 것 같소만."

끝내 블랙웰이 먼저 입을 열었다.

"아까 말한 적임자는 누굽니까?"

둘 중 덩치가 큰 쪽이 블랙웰의 말을 무시하며 물음을 던졌다.

"누구겠소? 그로토 중령이오. 예전에도 곧잘 써먹었던 사람이지. 경력상 흠잡을 데가 없고 입도 무거운 사람이오. 휘하 승무원도 마찬가지요."

다른 사내가 고개를 끄덕였다.

"직접 만나보고 싶군요."

"여태껏 접견을 요청한 적은 없는 줄로 알고 있소만."

"이번 건은 우리가 이전에 진행한 일보다 훨씬 중요합니다."

"내가 못미더운 거요?"

블랙웰이 물었다.

두 사내는 물음이 들리지도 않는다는 것처럼 그를 빤히 바라보았다.

"직접 만나봐야겠습니다."

블랙웰은 고개를 끄덕일 따름이었다.

"어련하실까."

4

이스트반은 점점 힘이 부쳤다. 젠시를 계속 때리고 헨리까지 밀쳐내며 고군분투하려니 주먹질이 점점 느려졌다. 젠시는 여전히 얼굴을 막으려고 애쓰며 틈을 기다리다, 헨리가 형의 등에 다시 몸을 내던지는 순간, 있는 힘껏 이스트반의 목에 주먹을 날렸다.

이스트반은 숨을 컥컥거리기 시작했지만 그래도 꿈쩍도 하지 않고 젠시 위에 올라타고 있었다. 헨리는 계속해서 이스트반을 뜯어말리려 안간힘을 썼다. 뾰족한 수가 없자 젠시는 최대한 바닥에서 몸을 일으킨 다음, 양팔로 형을 감싸 안고 바짝 끌어당겼다.

가까이 달라붙자 그의 몸에서 퀴퀴한 땀내에 뭔가 썩는 악취까지 풍겼다. 팔을 두르자 이스트반이 마구 몸부림쳤지만, 젠시는 등 뒤로 양손을 단단히 붙잡고 풀어주지 않았으며 목에 얼굴을 파묻었다.

"쉿…… 이제 괜찮아, 형. 안심하래도. 나야, 나."

그는 최대한 목소리를 차분하게 가다듬으며 말했다.

이스트반은 끈질기게 몸부림쳤다. 그때 뒤편으로 헨리가 힐끔 보였는데, 이스트반을 뜯어말리다 말고 이제는 어리둥절한 눈치로 서 있었다.

"나라니까. 나야, 젠시. 형 동생 젠시래도. 내가 왔어. 내가 형 찾으러 왔잖아."

젠시는 달래듯 숨죽여 말했다.

이스트반이 자꾸 벗어나려고 버둥대자 젠시는 팔에 힘을 주며 버텼다. 헨리는 어리벙벙해서 뒤로 몇 걸음 물러났다. 뭐가 어떻게 돌아가는지 기다릴까, 아니면 이대로 달아날까 궁리하는 눈치였다. 젠시는 계속 속삭이며 애써 형을 달랬지만 이스트반은 이마로 젠시의 옆통수를 찍어대기 시작했다.

젠시는 최대한 오랫동안 이스트반을 붙들었다. 머리가 점점 지끈거리면서 머릿속의 뭔가가 더는 버티지 못하고 망가지려는 위험 신호가 오기 시작했다. 축축한 느낌이 처음에는 땀이겠거니 했는데, 이스트반이 고개를 들자 피 묻은 눈썹이 드러났다.

'내 피였구나.'

그렇게 생각하는 찰나 이스트반이 다시 머리를 내리찍었고, 젠시는 손에서 힘이 풀림과 동시에 정신을 잃고 말았다.

마치 지난 삶이 어느 순간과 하나의 공간에 몰리듯, 동떨어진 생각과 낯선 얼굴들이 젠시의 머릿속을 스쳐갔다. 얼굴들이 주위를 따라 요동치다 천천히 맴돌기 시작했고, 새처럼 가까이 날아들다 도로 달아나자 사람의 얼굴이라기보다는 기괴하게 부풀어 오른 새떼 같은 인상을 풍겼다. 그러다 정말로 새떼가 되어 펄럭거리며 하늘을 가로질렀지만, 마치 앞으로 나아가면서도 신체 일부를 남겨두고 떠나는 것처럼 길게 늘어나자 새보다는 뱀처럼 보였는데, 실제로는 새도 뱀도 아니었다. 그러더니 등장만큼이나 순식간에 사라지며 자취를 감췄다.

사라진 자리에서 이상한 소음이 되풀이됐다. 한참이 지나서야 그는 그것이 어느 남자가 훌쩍이는 소리라는 사실을 알아차렸다. 촉감도 느껴졌다. 누가 몸을 흔들고 있었다.

눈을 떴더니 형은 여전히 위에 올라타고 있었지만, 어딘가 바뀌어 있었다. 눈빛부터 달랐는데, 이제는 다른 누군가가 몸에 들어 있는 인상이었다. 살아 있는 인간 이스트반의 모습이. 젠시의 머리에 양손을 얹고 얼굴을 어루만지는 그의 이마는 여전히 피로 물들어 있었다. 뒤로 멀찍이 떨어져 뒷벽에 몸을 웅크린 채로 잔뜩 긴장하고 있는 헨리는 언제든 달아날 기세였다.

젠시가 눈을 뜨자 울먹이던 이스트반의 표정이 언제 그랬냐는 듯이 어색하고 힘없는 웃음으로 바뀌었다.

"안 죽었구나."

이스트반이 말했다.

젠시는 끙끙거리며 팔꿈치를 받치고 몸을 일으켰다.

"당연히 살아 있지. 내가 죽기라도 할까봐?"

"나한테 죽은 줄로만 알았어."

"내가 좀 목숨이 질기거든."

젠시는 몸을 곧게 펴고는 통증에 움찔거렸다.

"뭐야 지금? 싸우고 났으니 이제는 친구 사이야? 너 까딱했으면 저 인간 손에 죽을 뻔했어. 당장 여기서 뜨자."

문가에 있던 헨리가 어처구니없다는 듯이 물었다.

"친구 사이는 아냐. 헨리, 이쪽은 우리 형이야."

"누군지는 됐어. 그 인간이 널 죽이려 들었다고."

"정말로 죽일 작정은 아녔어."

이스트반이 말했다.

"일부러 그런 게 아냐. 헷갈려서 그랬던 것뿐이야."

젠시도 거들었다.

"다음에 또 안 헷갈린다는 보장이 없잖아? 몰골을 좀 봐. 뭐라도 잘못 먹었대?"

헨리가 말했다.

"정말 죽일 작정이 아녔어. 네가 끼어들어서 그랬던 거야."

이스트반이 거듭 해명했다.

"그럴 작정이었건 아니었건 상관없어. 젠시, 어서 나가자."

젠시는 천천히 고개를 저었다.

"안 돼, 우리 형이란 말이야."

"아무리 형이라도 그렇지 제대로 맛이 갔잖아."

헨리는 그렇게 말하면서도 어느새 흥분이 가신 모습이었다. 더는 언제든 달아날 기세가 아니었고, 오히려 어디 자신을 설득시켜 보라는 눈치였다.

"좀 씻으면 괜찮아질 거야. 오랫동안 혼자 지내다 보니 순간 헷갈렸던 것뿐이야. 누가 옆에서 챙겨주면 돼."

"그런데 왜 굳이 네가 챙겨줘야 되는데?"

"나 아니면 누가 나서겠어? 그럴 사람은 나뿐이야. 내가 아니면 다들 나 몰라라 할 거야."

헨리는 고개를 저을 따름이었다.

"그런다고 일이 풀릴 성 싶지는 않은데."

"그렇겠지. 하지만 방법은 그것뿐인데 어떡해."

젠시는 이스트반에 대한 책임감이 어느 때보다도 강하게 들었다. 우선 목욕을 시키면서 때를 밀어준 다음, 벌거벗은 채로 벌벌 떠는 형을 놔두고 밖으로 나가서 동네 교회 지하실에서 낡았지만 깨끗한 옷 한 벌을 챙겨서 돌아왔다. 하지만 거기서 끝이 아니었다. 젠시는 여기저기 뒤져서 먹을 것을 구해주고 가위를 찾아와서 머리와 수염을 다듬어준 다음, 양부모네 집에서 이불 한두 장을 슬쩍해서 이스트반이 춥지 않게 지내도록 해주었다. 대강 뒷바라지가 끝나자 젠시는 옛날에 살았던 아파트에 이스트반을 두고 떠났다. 형을 어떡할지 뾰족한 수가 떠오를 때까지 아파트 부동산이 계속 파리 날려서 세입자가 없기를 빌면서.

처음에 헨리는 손도 까딱 하지 않았다. 젠시를 따라다니며 형을 돕지 말라고, 어렵게 시작한 새 삶을 물거품으로 만들지 말라며 끈질기게 설득할 뿐이었다.

젠시는 가던 길을 멈췄다.

"물거품으로 만들 일은 없을 거야. 양부모를 떠날 생각도 없어. 그렇다고 친형을 외면하고 수수방관할 수는 없잖아?"

다시 걸음을 내딛자 헨리도 계속 따라왔다.

“근데 그게 말처럼 쉬운 일이 아냐. 좀 돕는 선에서 끝날 일이 아니니까 하는 소리지.”

시작은 순조로웠다. 처음에는 꼬리를 밟히지 않을 정도로만 먹을 것을 슬쩍해서 형에게 가져다줬지만 갈수록 꼬리가 길어졌다. 양어머니가 장을 보는 양이 점점 줄어들면서 부엌을 예의주시하는 바람에 이스트반에게 음식은 알아서 해결하라고 하는 수밖에 없었다.

“근데 어떻게 해결하지?”

이스트반이 물었다.

“전에는 어떻게 지냈는데?”

젠시의 물음에 이스트반은 아파트에 있는 찬장을 가리켰다. 알고 봤더니 이스트반은 소스도 빼놓지 않고 하나씩 맛을 보면서 자기가 느끼기에 적당한 장소에 병들을 조심스레 되돌려 놨다고 밝혔다.

젠시는 계속 음식을 슬쩍할 수밖에 없었다. 차이가 있다면 씀씀이가 줄었다는 정도? 얼마 가지 않아 이스트반은 배가 고프다고 투덜거렸고, 그래서 젠시는 자기 몫을 반씩 남겨서 숨겼다가 어떻게든 밖으로 빼돌렸다. 이제는 젠시도 덩달아 배를 곯았다. 하지만 전부 형을 돕기 위해서였다.

헨리는 한동안 거리를 두다가 다시 젠시와 어울리기 시작했다. 형한테 음식을 몰래 빼돌리느라 먹는 양을 줄였다는 사실을 알고서는 자기도 음식을 가져다주었다. 이렇게 덧붙이면서.

“너희 형을 위해서가 아냐. 널 생각해서지.”

하지만 젠시가 자기 몫을 형에게 전부 넘겨주다시피 한다는 사실을 알아차리고도 남았을 무렵에도 헨리는 계속 먹을 것을 가져다줬다.

■ ■ ■

몇 주가 지나자 헨리는 젠시를 따라서 이스트반을 보러 오기도 했다. 처음 몇 번인가는 이스트반이 조금이라도 수상한 낌새를 보이면 당장이라도 달아날 것처럼 불안한 눈치였다. 하지만 첫날에 있었던 사건이 되풀이되지 않자 차츰 긴장을 풀기 시작했고, 이스트반에게 익숙해졌다. 그는 젠시를 도와 함께 형을 먹여 살렸다.

그렇게 셋은 오랜 시간을 함께한 듯했다. 사실 이스트반을 챙기느라 그만큼 학업에 소홀해진 젠시였지만, 헨리가 기꺼이 나서서 쪽지시험 시간에 답을 슬쩍 보여주거나 숙제를 도와주거나 아예 대신해주기도 했다. 이스트반만 아니었더라면 그런 나날이 언제까지고 계속됐을지도 모른다. 하루는 그가 소파에 앉아서 젠시를 바라보다 입을 열었다.

"너랑 같이 살래."

"진심이야?"

젠시의 물음에 이스트반은 고개를 끄덕였다.

"그렇게 해야 된대."

그는 허공에 도형을 그렸다.

"보이지?"

그러고는 벌떡 일어나 방을 나섰다.

헨리와 젠시는 눈빛을 주고받았다.

"방금 뭐라는 거야? 너하고 같이는 못 살아."

헨리가 말했다.

"차라리 그게 나을지도 몰라."

젠시가 말했다.

"아무리 본인이 그러고 싶다고 해도 양부모가 절대 허락하지 않을걸? 두 형제를 한꺼번에 받아줄 리가 없잖아. 게다가 한쪽이 어딘가 문제가 있는 경우라면 더더욱."

젠시는 무어라 대꾸하려고 입을 열었다가 헨리 말이 옳음을 깨닫고는 도로 다물었다.

"안 된다고 딱 잘라 거절해."

헨리의 충고에 젠시는 고개를 저었다.

"그래도 개의치 않을걸. 벌써 그런지도 모르고. 방금 대답을 듣지도 않고 그냥 갔잖아."

이스트반은 작은 상자에 소지품 몇 가지를 챙겨서 돌아왔다. 그것도 이불은 어깨에 두르고 바지 두 벌에 윗옷은 세 벌을 한꺼번에 껴입고는, 혼자 옷을 입으려고 애쓰다 엉망이 되어버린 아이 같은 모습으로 나타났다.

"준비 끝. 어서 가자."

둘은 멍하니 쳐다보고만 있었다. 헨리는 뭐라고 말 좀 해보라는 눈빛으로 젠시를 바라보았지만 계속 말이 없자, 고개를 설레설레 젓고는 밖으로 나갔다.

"뭘 꾸물거려?"

이스트반의 물음에 젠시는 한숨을 지었다.

"형…… 형은 같이 못 가."

"왜?"

"양부모님이 형은 안 들여보내 줄 거야."

이스트반은 미간을 찡그렸다. 그러고는 또 손가락으로 허공에 도형을 그렸다.

"그럼 네가 여기서 살면 되겠네."

다소 시무룩한 목소리였다.

젠시는 고개를 저었다.

"이제 나는 새 삶을 살고 있어. 이제 와서 포기할 수는 없어."

그는 이스트반의 얼굴이 어두워지는 모습을 지켜보았다.

"내가 싫어서 그래? 난 형이잖아."

"그건 그래. 나도 형이 좋아. 손닿는 데까지 어떻게든 도와줄게. 하지만 나한테도 일상생활이란 게 있잖아."

무언가에 얻어맞은 것처럼 입가가 고통스럽게 일그러지더니 이스트반은 홱 돌아서서 침실로 들어가 문을 쾅 닫았다.

젠시는 손잡이를 돌려보았지만 잠겨 있었다.

"형, 이러지 마. 문 열어줘."

기다려도 대답이 없었다. 다시 문을 두드려도 여전히 묵묵부답이었다. 머릿속으로 문 뒤에서 무슨 일이 벌어지는지 상상이 되었다. 이스트반이 구석에 웅크리고 앉아 울먹이거나 어디서 녹슨 못을 구해 목을 긋거나 스스로 목을 매달려 드는 모습이. 불길한 생각을 떨치려고 고개를 휘휘 저어도 자꾸만 그런 생각이 밀려들었다.

"형, 문 좀 열어봐!"

이번에는 좀 크게 말했다.

하지만 이스트반은 계속 문을 걸어 잠갔다. 정말 몇 분이나 문을 두드려도 꿋꿋이 침묵을 지켰다. 얼마나 오랫동안 문을 두드렸는지는 젠시도 기억이 나지 않았다. 어느새 헨리가 옆으로 다가와 팔을 잡고 문가에서 끌어내며 나가자고 말렸다.

"다쳤을지도 모른단 말이야. 자해하려고 꾸미는지도 모르고."

"걱정도 팔자다. 그냥 심통 부리는 거잖아. 그만 가자. 또 날뛰기 전에 어서."

다시 시내로 나와 밸브 너머의 이웃 구획으로 건너가는 내내, 젠시는 헨리의 뒤를 따라갔다. 형 생각이 머리를 떠나지 않았다. 차라리 부탁대로 해줬으면 어땠을까 하는 의문이 들었다. 하지만 이스트반을 데리고 나온다 해도 그 다음부터는 어떡하려고? 무슨 애완동물마냥 집에 데려갈 수도 없는 노릇이다. 지금도 현실적으로 도와줄 만한 방법은 총동원하고 있잖아?

하지만 이스트반은 동생이 챙겨주는 정도로는 성이 차지 않았다. 언제나 개선의 여지가, 미흡한 데가 있는 법이니까.

"뭐였지?"

나란히 가던 헨리가 물었다.

"뭐가?"

젠시는 돌아보지도 않고 심드렁하게 대답했다.

"뭔가 보였어. 저기 우리 뒤에 말이야."

헨리는 고개를 휘휘 저었다.

"미안, 헛것을 봤나봐."

둘은 발걸음을 재촉하며 이주지 본부를 지나 루나 대로를 내려가 사는 동네로 향했다. 젠시는 마치 형과 자신의 관계가 옛날에 살던 아파트와 동네에서부터 이곳까지 실처럼 길게 뻗어 나와서, 점차 가늘어진 끝에 뚝 끊어지기 일보직전에 이르는 느낌이 들었다. 둘은 마침내 자기네 동네로 들어섰다.

어느새 둘은 젠시가 사는 집에 도착했다. 둘은 현관에 서서 서로 빤히 쳐다보았다.

"찾아가볼 거야?"

끝내 헨리가 물었다.

"나도 모르겠어."

"안 가보는 편이 나을지도 몰라."

"알아. 그치만 아예 발길을 끊을 수는 없어."

헨리는 고개를 끄덕이더니 떠나면서 손을 흔들었다. 헨리가 현관에서 발을 떼기가 무섭게, 이스트반이 불쑥 나타났다.

"여기가 바로 새 집이구나."

이스트반은 숨차서 헐떡이며 말했다.

"대체 어떻게 따라온 거야?"

젠시가 물었다.

"나도 여기서 살래. 여기는 내 집이기도 하니까."

이스트반은 맥없고 무표정한 웃음을 지었다. 그러더니 천천히 터벅터벅 앞으로 다가와 현관에 올라섰다. 양팔을 활짝 벌리고 동생을 안으려는 듯이 다가섰지만, 정작 젠시가 가만히 있자 팔을 축 늘어뜨렸다.

"내가 왔는데도 안 기뻐?"

"형, 집에 가."

"여기가 바로 집이잖아. 배도 고픈데 뭘 좀 먹어볼까?"

그는 손을 뻗어 문을 열고는 대뜸 안으로 들어갔다.

■ ■ ■

젠시의 양어머니가 계단 근처에 서서 경악한 표정을 짓고 있었다. 부엌에 쳐들어간 이스트반은 사람이라기보다는 곰 같은 소리를 내고 있었다. 냄비를 덜그럭거리며 캔을 휙휙 던지고 찬장을 쾅쾅 열고 닫아대며 뭔가를 찾고 있었다.

"젠시? 이 사람은 누군데 저렇게 윗옷을 많이 껴입고 있는 거니? 대체 이게 어떻게 된 일이니?"

양어머니가 언성을 높였다.

뭐라고 해야 할지 막막한 심정에 젠시는 대답 없이 양어머니 곁을 지나갔고, 헨리도 뒤따라 들어갔다. 이스트반이 던진 캔은 벌써 바닥에 무더기로 쌓여 있었다. 양팔에는 냉장고에서 꺼낸 음식이 가득 들려 있었는데, 너무 많아서 몇 가지는 흘러내리고 있었다. 그는 음식을 부엌에서 꺼내오더니 양어머니 옆을 지나 거실로 가서는 바닥에 와르르 부었다. 그러고는 다리를 포개고 앉아 닥치는 대로 먹어대며, 눈으로 음식을 하나하나 좇으며 문양을 만들었다.

"경찰을 불러야겠구나."

양어머니가 말했다.

"안 돼요. 위험한 사람은 아니에요. 제가 타일러서 내보낼게요."

젠시가 말했다.

"아냐, 차라리 부르는 편이 나아."

헨리의 말이었다.

양어머니가 전화를 하려고 영상수신기로 걸어가는 발소리가 젠시의 귀에 또각또

각 들려왔다. 그는 형에게 다가가 팔에 매달려 애걸했다.

"제발, 이스트반, 이러지 말아줘."

그가 다그쳤다.

"배고프단 말이야. 밥은 먹고 살아야지."

"양어머니가 지금 경찰을 부르고 계셔. 얼른 나가야 된단 말이야."

"경찰? 뭐하러 경찰을 불러? 여긴 우리 집인데."

이스트반은 전혀 뜻밖인 듯했다.

"형 집이 아니야. 내 집이지. 제발 부탁이야."

이스트반이 한숨을 쉬더니 바닥에서 일어나자 젠시는 자기가 형을 설득한 줄로만 알았다. 하지만 이내 얼굴이 파랗게 질리고 말았다. 문으로 나가는 것이 아니라 오히려 집 안으로 성큼성큼 들어서는 것이 아닌가. 여기는 내 집이야! 내 집이란 말이야! 하고 고래고래 소리지르는 소리도 함께 들려왔다. 모퉁이를 돌아서는 순간 양어머니가 구석에 몸을 웅크리고 머리를 막으려는 듯이 양팔을 휘저으며 울먹이는 광경이 젠시의 눈에 들어왔다. 이스트반은 그 앞에 서서 입에 거품을 물고 으르렁대고 있었다. 자기가 보는 눈앞에서 형이 양어머니에게 주먹을 휘둘러대자 젠시는 눈앞이 아찔했다. 어떻게든 말리려 들었지만 소용이 없었다.

영상수신기에는 이런 글귀가 번뜩이고 있었다.

도움의 손길이 가는 중입니다, 도움의 손길이 가는 중입니다.

"이스트반, 여기서 나가. 지금 당장!"

"여긴 내 집이야! 너나 나가!"

"경찰이 오고 있어. 이러다 잡혀간단 말이야."

젠시는 그를 잡고 흔들었다.

이스트반은 갑자기 멈추더니 묘하게 맥 빠진 얼굴이 되었다.

"경찰? 네가 경찰을 불렀어?"

"아냐, 내가 부른 게……."

"나한테 왜 이러는데?"

그렇게 묻는 목소리에서 뒤죽박죽으로 뒤엉킨 궁금증이 묻어났다. 이스트반은 돌아서서 젠시를 쳐다봤다. 사실 그를 보는 것이 아니라 뒤를 꿰뚫어보고 있었는지도 모르겠다. 그런 표정을 보자니 젠시는 일전에 이스트반이 자신을 죽이려 들었을 때가 퍼뜩 떠올랐다.

"그놈들하고 한패구나. 놈들하고 한통속이었어!"

이스트반은 숨죽이며 그렇게 말을 내뱉었다.

"아냐, 도대체 무슨 소리야?"

"가까이 오지 마!"

이스트반은 팔을 뻗어 젠시의 가슴팍을 거칠게 밀어냈다. 젠시는 뒤로 휘청거리다 벽에 부딪혀 바닥에 주르륵 내려앉았다.

"놈들하고 한패였어. 너도 한통속이니 그놈들하고 똑같이 나쁜 놈이야."

"아냐, 난 한패가 아냐."

젠시는 갈피를 잡지 못하고 무기력하게 말했다. 하지만 그대로 바닥에 주저앉아 있었다. 점점 가까워지는 사이렌 소리를 듣고는 비틀거리며 옆을 지나서 복도로 나가, 다시 부엌으로 되돌아가 뒷문으로 나가는 이스트반을 멍하니 내버려둘 따름이었다.

이후 젠시는 며칠간 발이 묶였다. 우선 양어머니를 다독이고 바닥에서 일으킨 다음, 헨리를 진정시키며 둘이서 미리 말을 맞춰두었고, 그러고 나서 얼마 지나지 않아 경찰이 들이닥쳤다. 경찰들은 집에 침입해 폭행을 가한 사람에 관해 젠시에게 물음을 던졌는데, 물음이라기보다 심문에 가까웠다. 그자는 누구였지? 모른다고 잡아뗐다. 그렇다면 어떻게 그자의 이름을 알고 있었던 거지?

"하지만 정확한 이름은 몰랐어요. 이름으로 불렀던 게 아녔어요."

경관은 고개를 저었다.

"분명히 이름을 불렀어. 네 어머니한테서 들었다."

"그분은 양어머니에요."

경관은 어깨를 으쓱였다.

"어쨌거나. 친모건 계모건 상관없어. 좌우간 어떻게 그자의 이름을 알고 있었지?"

젠시는 계속 거짓말로 둘러대며 이런저런 자투리 정보와 반은 맞고 반은 틀린 소리를 늘어놓다가, 결국 진술의 허점이 찔리자 입을 다물고 묵비권을 행사하는 수밖에 없겠구나 싶었다. 그래도 실토하지 않고 버텼다. 문제의 가택침입자가 자기 형이라는 사실은 물론 이름을 밝히지도 않았으니까. 그리고 이야말로 형에 대한 의리를 지킨 행동이니, 부디 이스트반이 이를 알고 화를 풀어주기를 빌었다. 따지고 보면 형의 곁을 지켜준 것은 아니지만 그렇다고 형을 등진 것도 아니니까.

그러나 장장 네다섯 시간에 걸친 질문이 끝나자 경관은 씩 웃으며 탁자에 손을 가만히 내려놓았다.

"그자의 실명이 이스트반이로군."

젠시는 심장 박동이 빨라지는 느낌이 들었다.

"확실해요? 양어머니가 잘못 들었는지도 모르잖아요."

"아, 양어머니한테서 들은 말이 아니란다. 딴사람 입에서 나온 말이지. 네 친구 헨리한테서 말이야. 아무래도 네 생각만큼 믿음직한 친구는 아닌가 보구나. 이스트반 사토."

경관은 뜸을 들이며 앞에 놓인 종이의 글귀를 읽는 척했다.

"그런데 너도 성씨가 사토 아니던가?"

젠시는 입을 꾹 다물었다.

"오호라, 묵비권을 행사하겠다? 좋을 대로. 그자의 신원을 확인할 정보는 네 친구한테서 얻어냈으니까. 뭘 알아냈는지 하나하나 읽어줄까?"

젠시는 고개를 저었다.

"읽어달라는 말로 해석하지. 하지만 그전에 하나 묻고 싶은 게 있거든."

경관은 그렇게 말하며 상체를 숙였다.

"그 문제의 가택 침입자가 친형이라는 사실을 정말로 우리한테 숨길 수 있다고 생각했던 거냐?"

젠시는 순순히 정보를 불은 헨리를 미워하고픈 마음이 굴뚝같았다. 처음에는 그랬지만 나중에는 헨리도 크게 입을 열지 않았다는 사실을 차츰 알게 되었다. 경관의 말을 듣다 보니 이스트반이 어디에 사는지, 아니면 둘이 그를 자주 만났다는 사실을 헨리는 털어놓지 않았던 것이 분명했다. 나중에 알고 보니 헨리는 이스트반이 그의 형이라는 사실 외에는 거의 아무것도 불지 않았다. 따지고 보면 그쯤은 결국 경찰들 스스로 알아냈을 만한 사소한 정보이고.

나중에 경찰들이 떠나자 젠시는 남아서 헨리와 함께 양어머니한테 사정을 설명했다. 이스트반이 자신들한테 먼저 접근했고 그래서 만난 적이 있었지만, 그가 얼마나 심리적으로 불안한 상태인지는커녕 뒤를 밟을지는 꿈에도 몰랐다고 말이다. 젠시를 도로 당국에 돌려보내 다른 가족한테 맡기겠다고 야단이던 양어머니의 마음을 돌리고 진정시키는 데는 헨리의 공이 컸다. 젠시의 새로운 일상이 이대로 끝나지 않은 것은 모두 헨리 덕분이었다.

한편 이스트반은 흔적도 없이 사라져 버렸다. 헨리는 다시 찾아 나선들 소용없다며 만류했다. 원체 정신상태가 불안한데 그런 그가 돌아온다면 그때는 정말로 젠시의 새로운 일상이 파토날지도 모른다며. 다른 가족에 보내질 테고, 그러다 아예 다른 행성으로 보내진다면 헨리와는 영영 안녕이었다. 헨리가 옳지만 젠시는 여전히 죄책감이 들었다. 형을 배신하는 기분이 들었다. 사실 이스트반에게 동생인 자신을 빼면 남는 사람도 없잖은가? 형이 졸지에 사고무친의 외톨이 신세로 앞으로는 진짜 세상보다 머릿속의 왜곡된 세상에 더욱 빠져서 살아갈지도 모른다니 도저히 견디기 어려웠다.

그래서 괜한 짓인 줄을 알면서도, 그는 하굣길에 헨리와 헤어진 이후 집이 아니라 마리너 밸리 주거단지로 향하는 밸브로 걸음을 옮겼다.

밸브 관리기사는 이전에 찾아오던 젠시를 알아보고 고개를 끄덕이더니 말없이 들여보내 주었다. 주거단지의 풍경은 전에 들렀을 적과 다를 바가 없었다. 변함없이 허물어진 건물에 변함없이 지저분한 거리였다.

다만 이번에는 문이 잠겨 있었다. 찢어진 경찰 테이프는 그대로지만 그 위로 새 테이프가 칭칭 덮여 있었다.

문을 두드리고 기다렸지만 안에서는 아무 소리도 들리지 않았다. 다시 두드리고 기다려도 결과는 같았다.

한참이 지나서 젠시는 밖으로 나와 아파트 주위를 돌면서 예전에 살았던 호실의 창문이 어딘지를 알아내려고 애썼다. 저기다 싶은 창문을 찾아낸 순간, 실망감이 찾아들었다. 창문은 굳게 닫힌 데다 조명이 새어나오지도, 인기척이 보이지도 않았다.

'이제 어쩌지?'

그는 한동안 그대로 서서 건물을 바라보며 무언가 큼직한 사건이 터지기를 기다렸다. 그러나 아무 일도 없었다. 거리에는 꾀죄죄한 아이들이 어릴 적에 이스트반과 했던 것과 같은 부질없는 놀이를 하고 있었다. 그밖에 거리에는 아무도 없었다.

결국 젠시는 다시 안으로 들어갔다. 경찰 테이프를 뜯어내고는 문을 억지로 열고 들어갈 만큼 힘이 있는지 궁리해 보았다. 어깨가 얼얼할 지경이 되도록 온몸으로 들이받아도 문은 끄떡없었다. 그저 가만히 서서 문을 쳐다볼 따름이었다. 결국 관리인이 사는 호실을 찾아가 초인종을 눌렀다.

관리인은 그를 보고는 흠칫 놀라는 얼굴이었다.

"그 집 애구만. 엄마가 발광했던 집에 살던."

"옛날에 위층에 살았죠."

"그래, 거기였지. 바로 네 녀석이로군. 무슨 용건이냐?"

"아파트 열쇠가 필요해서요."

관리인은 고개를 가로저었다.

"거긴 사고 현장이야. 경찰이 테이프까지 둘러놨어."

"이제는 없던데요. 와서 테이프를 걷어갔어요."

"그러냐? 언제 그랬다지?"

관리인의 미심쩍다는 물음에 젠시는 어깨를 으쓱였다.

"난들 알아요? 가보니 치워졌더라고요."

젠시는 손을 내밀었다.

"열쇠 주세요."

"내가 왜? 거기는 아직도 방세가 밀렸어. 밀린 방세는 누가 내줘? 대신 내주는 사람이 열쇠 임자지."

"우리 양아버지는 변호사세요. 그래서 혹시라도 경찰이 훔친 물건은 없는지 살펴보려는 거예요. 도난품이 있다면 그쪽에 소송을 걸고 아저씨도 소송할 거예요."

젠시는 거짓말로 엄포를 놓았다.

관리인은 다소 놀라 빤히 쳐다보더니, 피식 웃으며 고개를 저었다.

"설마, 허풍이겠지."

젠시는 팔짱을 끼고 가만히 서서 기다렸다.

시간이 흐르자 관리인은 초조한 눈치였다. 그는 정수리를 긁적이다 손을 뻗어 그대로 문을 닫으려는 찰나, 그래도 젠시가 꿈쩍도 하지 않자 우뚝 멈췄다.

"아까 변호사랬냐?"

"네. 소송이라면 사족을 못 쓰는 분이죠."

젠시는 눈을 깜박이지도 않으며 앞을 빤히 쳐다봤다.

관리인은 한숨을 푹 내쉬었다.

"딱 5분 주마. 냉큼 나와야 된다."

그러고는 열쇠를 가지러 들어갔다.

젠시는 문손잡이를 돌리면서도 안에서 무엇을 맞닥뜨릴지 짚이는 데가 없었다. 시신으로 변한 형이 밧줄에 매달려 퉁퉁 붓고 시퍼렇게 변한 혓바닥을 내민 광경을 보게 될지도 모른다. 아니면 머리에 총알구멍이 뚫린 채 바닥에 쓰러진 시체와 뒤의 벽에는 피와 뇌가 치덕치덕 말라붙은 광경을 보게 될지도. 아니면 그냥 허기와 갈증으로 뼈와 살가죽만 남은 시체가 바닥에 널브러져 있을지도 모르고 그것도 아니면 여전히 벌겋게 살아서 벌거벗은 채로 벌벌 떨며 구석에 웅크리고 있다가, 젠시가 다가가 어깨를 붙잡고 고개를 돌리는 순간, 주변은 하나도 눈에 들어오지 않고 동생을 바라보는 것이 아니라 꿰뚫어 볼지 누가 알겠는가. 죽지는 않았지만 의도와 목적은 다른 곳에 있는 그런 몰골로 말이다.

그것도 아니라면 칼을 쥐고 문 뒤에서 웅크리다 득달같이 젠시한테 달려들어 영문도 모르는 사이에 목을 그어버릴지도 모른다. 아니면 젠시가 자신을 알아봤기 때문에 목을 그어버릴지도 모르고.

하지만 그런 일들은 하나도 일어나지 않았다. 문을 열어보니 빈 방이 나타났다. 뒤편의 침실 문을 열어봐도 또 비어 있을 뿐이었다. 화장실과 어머니가 쓰던 방도 비어 있기는 마찬가지였다. 안에는 아무도 없었고, 사람의 발길이 끊어진 지가 오래였다.

5

젠시는 성인이 되었다. 지구에 있는 대학에 합격은 했지만 등록할 형편이 되지 않았던 고로, 빈두아가 행성에 있는 기술 전문대에 들어갔다. 컴퓨터에 관해 배우며 전문적인 프로그래밍 기술을 익혔고, 형이 가르쳐준 해킹 실력도 짬짬이 키워갔다. 이대로 갔으면 컴퓨터를 전공 삼았을지도 모르겠지만 차츰 조종 쪽으로 관심이 기울었다. 성적이 썩 좋지는 않았지만 부모한테 여력이 있었던 헨리는 빈두아가를 떠났는데, 젠시는 이렇게 작별하게 되리라고 짐작했다. 그러나 헨리는 일 년도 채 되지 않아 성적 때문에 퇴학당해 되돌아오더니, 똑같이 기술 전문대를 다니는 신세가 되었다.

"난 우리 가족의 수치인가봐. 다들 나한테 눈길도 안 줘."

헨리는 그렇게 털어놓았다. 문득 젠시는 헨리가 저런 처지가 된 것이 자기 탓은 아닐까 하는 생각이 들었다. 괜히 남다르고 기이한 삶을 맛보여서 산만하게 만드는 바람에 신세를 망쳤을지도 모르니까.

젠시는 그 후로 다시 원래 살던 집에 가보진 않았지만, 가끔씩 마리너 밸리 주거단지를 돌아다녔다. 혹시라도 형과 스쳐가게 되지는 않을까, 익숙하리만큼 지저분한 거리를 보면서 조금이나마 마음의 안정을 얻지 않을까 하는 기대를 품고서. 그러던 차에 주거단지 환경미화 공공사업 덕분에 지저분한 거리마저 자취를 감추었다. 며칠간은 말끔하게 유지되면서 쓰레기 악취 대신 소독제 냄새가 진동을 했지만, 거리는 얼마 가지 않아 원래 몰골로 되돌아갔다.

몇 번인가 도시 이곳저곳을 돌아다니는 사이 헝클어지고 덥수룩한 머리 몰골로 어기적거리는 사람이 보일 때마다 얼핏 형의 모습이 눈앞을 스쳐가기도 했다. 하지만 아무리 뒤쫓은들 환영을 놓치기 일쑤였고, 이따금 따라잡았을 때도 알고 보니 딴사람이었다.

그렇게 3, 4년이 흐르는 사이 젠시는 자신의 삶을 꾸려갔다. 처음에는 이스트반 생각이 자주 들었지만 시간이 갈수록 그런 생각도 줄었다. 며칠간 형 생각을 전혀 하지 않은 적도 있었다. 나중에는 비행조작 및 화물취급 전공으로 준학사를 마쳤는데, 행성 정부에서 학자금 지원을 끊는 바람에 학사 학위는 취득하지 못했다. 그렇게 되자 젠시는 양부모의 집에서 나와 빈두아가 우주 허브 근처의 작은 아파트를 구하고 취직했다.

젠시는 운반부로 근무하며 화물선이 들어올 때마다 일을 나갔다. 주된 업무는 대기권 이탈이 가능한 선박을 타고 궤도에서 대기 중인 대형 화물선단과 접촉한 다음 여기서 조금, 저기서 조금 하는 식으로 화물선마다 돌며 화물 일부를 받아서 지표로 운반하는 일이었다. 일은 시시하지만 본인은 개의치 않았다. 다만 궤도 정거장 건설이 한창이라 언젠가 일감이 사라지지 않을까 하는 걱정도 들었다. 헨리도 한동안 같은 일을 했지만, 순간순간 찾아오는 무중력의 감각을 견디지 못했다. 그러다 부모 돈으로 다시 학교에 들어가서는 지표면에서 일하는 직장 구직을 전전했다.

운반부 일은 일감이 들쭉날쭉하다보니 눈코 뜰 새 없이 바쁘거나 한가롭거나 둘 중 하나였다. 그래서 하루 16시간을 꼬박 일하는 날이 있는가 하면, 아파트에 누워 빈둥거리며 뭔가 없나 하는 심정으로 영상수신기 화면을 뒤적이는 날도 있었다. 지금의 삶이 젠시가 꿈꿔온 인생이던가? 그런 것은 아니지만 마리너 밸리 주거단지에서 계속 살았더라면 지금쯤 훨씬 형편없는 삶을 살고 있겠지.

한동안 연애를 하면서 자기보다 조금 작고 약간 통통하면서 좀 신경질적인 여자를 만나기도 했지만, 얼마 가지 못해 깨졌다. 나중에는 다른 여자를 만났는데, 다리가 길어서 자기보다 조금 크고 마음씨가 너그러운 사람이라 전 애인보다 훨씬 마음에 들었다. 하지만 바로 그 점 때문에 자진해서 관계를 끊어버렸다. 타인의 삶에 연관되고 새로운 관계를 맺는 일에 갈수록 조심스러워졌고, 그러느라 어릴 적의 불우

한 기억을 되살리고 싶지 않았던 까닭이다. 정신과 의사나 치료사를 만나면 도움이 되지 않을까 싶기도 했지만 누구를 만나봐야 하는지, 어디서부터 알아봐야 할지 막연하기만 했다.

별 일이 없었더라면 지금 같은 일상이 평생토록 계속됐겠지만, 아주 간단한 이유로 말미암아 이런 삶도 얼마 가지 못했다. 그 이유는 바로 이스트반이었다.

■ ■ ■

형이 갑작스레 자취를 감춘 지도 거의 4년이 되었을 무렵, 젠시는 화물선을 비우느라 장장 36시간 동안 초과근무를 하고 있었다. 지표에서 궤도를 오르내리는 사이사이에 선잠을 잘 기회가 있었지만, 끝끝내 작업이 마무리됐을 무렵에는 온몸이 천근만근이었다.

집으로 돌아와 보니 아파트 문이 열려 있었다.

'이상한데.'

찜찜하지만 그래도 별일 아니겠지 생각하면서, 작업장에 급히 불려가느라 문단속을 깜박했겠지 하고 대수롭잖게 넘겼다. 들어가 보니 거실에도 침실에도 사라지거나 제자리에 없는 물건은 없었다. 그런데 화장실에 들어가 불을 켜고 옷을 벗어던진 다음 샤워 커튼을 들치고 안으로 들어가려는 순간, 그곳에 이스트반이 있었다.

"잘 있었어?"

이스트반은 그렇게 말하며 맥없이 씩 웃었다.

젠시는 처음에 자신이 생각보다 훨씬 지쳐서 헛것이 보이는 줄로만 알았다. 하지만 소스라치게 놀라 비명을 지르며 벽으로 뒷걸음질치고 나서 보니, 욕조에서 나와 손을 얹고 자신을 다독이는 이스트반은 틀림없는 진짜였다.

"여기는 어쩐 일이야?"

젠시는 아직도 가슴이 쿵쿵거렸다.

"너 보러 왔지."

이스트반은 태연히 대답할 뿐이었다.

몰골을 보니 머리는 반삭발에 수염은 깨끗이 면도한 상태였다. 오른쪽 뺨은 벌겋게 곪은 흉터 자국으로 일그러져 있었는데, 아직 부풀어 있는 점으로 봐서는 비교적 최근에 생긴 듯했다. 자신을 다독이는 한쪽 손도 어딘가 이상했지만, 이스트반이 손을 떼고 나서야 손가락 두 개가 없다는 사실을 알아차렸다.

"내가 여기 있는지 어떻게 알았어?"

"네가 어디 있는지는 꿰고 있어. 항상 지켜보고 있으니까."

'항상 지켜봤다고?'

젠시는 몸서리쳤다. 그는 이스트반을 다정하게 밀어내고는 도로 옷을 걸쳤다.

"화장실에는 왜 숨어 있었던 거야?"

그는 형과 함께 거실로 나온 뒤에 물었다.

"정말로 네가 들어올지 어떻게 알겠어? 딴사람일지도 모르잖아. 그놈들일지도 모르고."

젠시는 고개를 끄덕였다. 뭐라고 대꾸해야 할지, 뭘 어떡해야 할지 막막하기만 했다. 내가 과연 형과 다시 만나고 싶기나 했을까? 하지만 몇 년 전에 지워버렸던 죄책감과 형제애가 뒤섞인 기묘한 감정이 속에서 차오르기 시작했다. 형과의 불건전한 유대가 다시금 살아나기 시작했던 것이다.

"여기는 형이 있을 곳이 아냐."

젠시는 어렵사리 말을 꺼냈다.

"그렇잖아도 나갈 거야. 나한테는 사명이 있거든."

"사명?"

이스트반은 씩 웃고는 고개를 저었다.

"어디까지나 내 사명이야. 넌 알 것 없어."

젠시는 머리를 쓸어넘겼다.

"그럼 왜 왔어?"

"사명을 완수하기 전에 네 얼굴이라도 다시 봐두려고."

"사명을 완수한다니?"

하지만 이스트반은 다시 맥없이 씩 웃을 뿐이었다.

"형은 말쑥해 보이네."

"그러는 넌 피곤해 보여."

"피곤한 거 맞아. 녹초가 다 됐어."

젠시는 다시 물음을 던졌다.

"형이 말하는 사명이 무슨 뜻인데?"

"발설하지 말래."

"누가?"

"그놈들."

"그게 누군데?"

뜬금없이 이스트반은 킥킥거리며 웃었다. 참으려고 손으로 입을 막았지만, 그래도 자꾸만 웃음이 새어나왔다.

"왜 그래?"

젠시는 가능한 차분한 목소리를 내려고 애쓰며 물었다.

이스트반은 또 킬킬거리더니 지그시 눈을 감았다. 소파에 앉아서 천천히 숨을 고른 끝에 간신히 웃음을 멈췄다. 그러더니 천천히 손을 떼고 눈을 떴다.

"됐다, 어때? 이제 괜찮아. 말짱하잖아."

"무슨 꿍꿍인지는 모르겠지만, 뭐가 됐건 하지 마."

"난 말짱하대도."

이스트반은 같은 말을 되풀이했지만, 이번에는 마치 되묻는 말처럼 들렸다.

"형……."

하지만 이스트반은 벌써 자리에서 일어났다.

"이만 가봐야겠다. 네 얼굴도 봤으니."

"사명을 이루기 앞서서?"

"사명을 이루기 앞서서."

이스트반은 그렇게 말하며 씩 웃었다. 그러고는 술에 취한 것처럼 비척거리며 문으로 가더니, 문간에서 돌아섰다.

"내일이면 내가 뉴스에 나올 거야. 뉴스란 뉴스에 모두 말이야. 잘 봐둬. 하루아침에 유명인사가 될 테니까."

그러고는 사라졌다.

■ ■ ■

'제정신이 아냐. 어머니처럼 맛이 갔나봐.'

젠시는 속으로 그런 생각이 들었다. 이스트반은 자기가 머릿속에서 꾸며낸 일로도 모자라 자기가 유명해진다는 둥 뜬구름 잡는 소리만 늘어놓았다. 이스트반은 동생의 삶으로 다시 들어와 다소 뼈아픈 순간을 안겨주더니, 도로 휭하니 사라졌다. 어쩌면 앞으로 영영 보지 못할지도 모른다.

'차라리 제 발로 가줘서 다행이야. 있어봤자 백해무익이잖아.'

하지만 전혀 다행스럽지 않았다. 다행이라고 느낄 수가 없었다. 온몸이 녹초인데도 잠을 이루기 어려웠다. 대체 무슨 뜻으로 그런 말을 했을까? 사명이라니? 진심으로 뭔가 뜻하는 바가 있을까?

젠시는 그런 생각을 잊으려고 돌아눕고는 눈을 감고 눈꺼풀 속에서 깜박이는 작은 불빛들을 지켜보았다. 어떻게든 잠들려고 아는 방법을 총동원했다. 양 세기부터 시작해서(실제로 양을 본 적은 없지만) 수학 문제를 암산하거나 같은 말을 계속 웅얼거려도 보고, 온몸이 조금씩 무거워지다 팔다리 하나씩 잠에 빠져드는 상상을 해보기도 했지만 다 부질없었다. 온몸으로 느껴지는 피로감 속에서, 형에 대한 염려가 마치 잔혹하고 사나운 눈길이 되어 자신과 머릿속을 빤히 쳐다보며 못 자게 막는 것만 같았다.

계속 눈을 붙이려고 애쓰던 끝에 이러다 미쳐버릴 것은 기분이 들었다. 이렇게 되자 아예 잠자리에서 일어나 헨리에게 전화를 걸었다.

"지금이 몇 시인 줄이나 알아?"

그렇게 묻는 헨리의 헝클어진 얼굴과 머리가 영상수신기 화면에 잡혔다.

"아무렴. 잠이 안 오거든."

"그래서 나까지 못 자게 하겠다는 심보구만."

헨리는 하품을 했다.

"이스트반이 왔다 갔어."

"뭐? 뭐야 지금, 꿈이라도 꿨냐?"

젠시는 고개를 저었다.

"정말로 왔었어. 본인이 직접."

"지금쯤이면 죽었을 줄로만 알았는데. 그나저나 뭐래?"

"마지막으로 날 보러 왔대."

"보고 나서는 어쩔 꿍꿍이래?"

젠시는 조금이나마 자기가 아는 바를 설명했다.

"실성한 거겠지?"

할 말이 끝나자 젠시가 물었다.

"그렇겠지. 나도 아리송해. 뭔가 일을 터뜨릴 셈인지도 몰라."

"무슨 일을?"

헨리는 어깨를 으쓱였다.

"난들 알아? 뭔가 파격적인 일이겠지."

"이를테면?"

"너희 형이 벌일 만한 일이 뭐가 있더라? 네가 동생으로 형을 아끼는 심정은 알겠는데, 우리가 처음 이스트반을 맞닥뜨렸을 때 어땠는지 기억나? 까딱하면 우리 둘 다 죽었을지도 몰라. 짐작이지만 본인이 기분이 괜찮거나, 아니면 제대로 더러운 상태라면 무슨 짓을 벌일지 몰라. 폭탄 테러 아닐까?"

"폭탄 테러? 설마 그러겠어. 그럼 돔이 무너져서 자기 목숨도 위험해질 텐데."

"폭탄 말고도 방법은 많지. 내일 무슨 일이 있더라?"

"일은 무슨 일?"

"연설이나 집회나 시위나, 합동회의 등등. 그럴싸한 행사 없어?"

"낸들 알아. 종일 일하고 왔는데. 뉴스를 챙겨볼 틈이 있어야지. 뭐라도 건수가 있던가?"

헨리는 고개를 저었다.

"나도 몰라. 건수가 있다면 지금쯤 너희 형이 망쳐놓을 계획을 하고 있겠지. 자기가 뉴스에 보도될 거라고 했다면서?"

"그렇다던데."

헨리는 어깨를 으쓱였다.

"영상수신기를 뒤져보면서 내일 무슨 행사가 있는지 알아봐. 후보지를 추려낸 다음 가장 가능성이 큰 곳에 거는 거지. 아니면 가만히 텔레비전이나 보면서 그럴싸한 건수가 있다 싶으면 너희 형이 일을 저지르기 전에 먼저 가서 손을 써볼 수밖에."

젠시는 연결을 끊고 다시 잠을 청했지만, 여전히 소용이 없었다. 그렇게 가만히 누워 있다 보니 어느새 어둠이 가시고 천장이 밝아오기 시작했다. 동이 트자 잠자리에서 벌떡 일어나 영상수신기를 뒤져보았다. 신축 학교가 개학하면서 이주지 당국의 어느 인사가 개관식에 참석한다는 소식이 있었다. 또 시의회 입구 계단에서 팀 피셔라는 정치인이 기자회견을 열기로 되어 있었는데, 안건은 외곽 지대의 돔에서 발생한 메탄 유출에 관한 정부의 책임 여부였다. 거기에 야당 후보인 데이비드 버나글리아가 시의회에서 그리 멀지 않은 곳에서 정치 집회를 열기로 되어 있었다. 마지막으로 지구 정부에서 파견된 제드로 베리 대사가 우주 공항에 도착할 예정이었다. 그밖에 다른 일정은 후보지로는 가능성이 떨어졌다. 신축 저소득층 주택단지 재건설, 방기된 소형 돔 철거 등등. 일을 벌일 만한 곳은 네 곳 중 하나다.

그러나 정확히 어디일지는 아무도 모른다. 헨리가 도와줘도 두 군데가 남는다.

개학식, 기자회견, 정치 집회, 대사 입국…… 하나같이 이스트반이 노릴 법한 자리다. 무슨 꿍꿍이인지는 몰라도 자기 행각이 뉴스를 탈 만한 곳이니까. 폭력을 행사하거나 정신 나간 행동을 저지를 셈인가? 젠시는 양쪽 모두 가능성이 있다 못해 높다는 사실을 스스로 인정할 수밖에 없었다. 누군가를 해칠 계획일까? 설마 죽이기라도? 아니면 자살 기도라도 벌일 셈인가? 그럴 가능성을 배제하기 어려웠다. 한편으로는 정확히 무슨 뜻인지는 몰라도 이스트반이 말한 사명이라는 것이 예상과 달리 덜 과격한 것일지도 모른다. 그냥 대사의 얼굴에 파이를 집어던지고 말지도 모르지. 아니면 사람들이 모인 기자회견 자리에서 엉덩이를 까보일지도 모르고. 형이라면 그런 짓을 하고도 남는다고, 젠시는 속으로 되뇌었다.

하지만 그렇게 뜻대로 풀리지 않으리란 사실은 자신도 알고 있었다. 과격한 행동을 벌일 공산이 가장 크다.

여전히 온몸이 녹초에 눈두덩은 지끈거리는 가운데, 편두통이 도지면서 눈앞에 오로라 같은 광경이 펼쳐지기 시작하더니 양쪽 시야를 가득 메우다 고통을 남기며 사라졌다.

'혹시 자기가 뉴스에 나올 거라던 말이 행사 현장을 유명세를 얻을 발판으로 써먹겠다는 소리가 아니라, 어디서 무슨 짓을 벌이건 일단 저지른 이후에 뉴스에 오를 일이라서, 그러니까 자기 사명을 완수함으로써 유명해질 속셈이란 뜻은 아니었을까?'

어떤 유명한 행사를 등에 업고 덩달아 유명인이 되겠다는 소리가 아니라, 뭔가 엉뚱한 일을 벌이면서 차근차근 유명세를 쌓아가겠다는 말은 아니었을까?

정말로 그럴 심산이라면 계획을 실행에 옮길 장소는 차고 넘쳤다.

그렇다면 이스트반의 행방을 찾아낸다 한들 이미 일이 저질러진 뒤일 테고, 그때면 이미 늦고 만다.

다음 여섯 시간은 젠시의 인생 최악의 순간이었다. 지금까지 이토록 전전긍긍하고 기진맥진한 기분에 사로잡히기도 처음이었다. 사건이 터지기 전까지는 속수무책이다. 그저 가만히 기다리면서 자신이 점찍은 행사장에 형이 아예 나타나지 않을지도 모른다는 가능성을 애써 배제하며, 형이 있을 만한 장소를 예측해볼 수밖에 없었다. 이스트반이 폭탄 조끼를 몸에 감싼 모습이 머리를 떠나지 않았다. 아니면 느닷없이 군중 속에서 튀어나와서는 계단이나 연단 혹은 경호원들이 있는 곳으로 달려가 칼을 휘두르는 모습이. 그러다 누구를 죽이지 않을까, 그렇게 무모한 짓을 벌이다 도리어 목숨을 잃지는 않을까 걱정되었다. 과연 어느 쪽이 가능성이 높을지는 그로서도 갈피가 잡히지 않았다.

오전이 절반쯤 지나갈 무렵 헨리가 도착했고, 둘은 문제를 하나하나 짚어갔다.

"평소에 정치에 관심이 있던가?"

헨리가 물었다.

"전에는 없었어. 그런데 지금은 낸들 알겠어? 나도 몇 년씩 얼굴도 못 봤잖아. 그동안 누구랑 있었는지, 지금은 생각이 어떤지 누가 알겠어?"

"자기 '사명'이랬지? 그렇게 말할 때 말투가 어땠어? 뭔가 달리 표현하는 방식이 있었을 것 아냐? 혹시 네가 듣기에 정치적 색채가 가미된 그런 느낌이었어? 아니면 종교적인 쪽으로라도?"

젠시는 고개를 저었다.

"그런 느낌은 전혀. 나도 도무지 모르겠어."

"일단 머리를 써보자. 머릿수가 둘뿐이야. 많아봤자 두 군데밖에 수습 못 해. 그러니까 가능성을 좁혀보잔 거지."

헨리의 말에 젠시는 고개를 끄덕였다.

"여차하면 경찰을 부르자. 위험 조짐이 있는 곳이 두 군데 더 있다고 하면 되잖아."

"긁어 부스럼일 텐데."

"누구한테? 이스트반한테? 너희 형한테 당할지도 모르는 사람은 어쩌고?"

젠시는 고개를 저었다.

"안 돼. 내가 자기를 배신했다고 여길 거야. 그런 짓은 못 해."

"경찰을 부르는 편이 나을걸. 너도 엄한 사람이 죽어서 양심의 가책으로 남는 일만큼은 피하고 싶잖아."

"그러다 형이 죽을지도 몰라. 형의 죽음이 양심의 가책으로 남는 일도 피하고 싶기는 마찬가지야. 경찰은 못 불러."

헨리는 그런 젠시를 빤히 쳐다보았다.

"그럼 최후의 수단으로 남겨두자."

젠시도 끝내 입을 열었다.

"알았어. 최후의 수단으로만 생각하자고."

"정치 집회가 제일 그럴싸한데. 어떨 것 같아?"

헨리가 물었다.

"나도 몰라. 그럴싸하기는 한데 야당 후보 집회라서 긴가민가해. 형은 항상 약자 편을 들었거든. 하기야 지금은 변했을지도 모르지만."

"가능성은 있는데 높지는 않다 이거네. 그럼 개학식은? 평소 학교에 반감이라도 있었어?"

"내가 양부모를 둔다니까 마땅찮게 여겼어. 그러니 학교 역시 자기가 보기에는 형제간을 갈라놓는 대상으로 보였을지도 몰라."

"근데 네가 다녔던 데가 아닌 신축 학교 개학식이잖아. 아무리 너희 형 머리가 이상하다고는 하지만 거기에 상징성을 부여할 만한 머리는 남아 있을 거라고."

'형 머리가 이상하다고? 틀린 말은 아니네.'

젠시는 순간 반문이 들었지만 이내 생각을 고쳐먹었다.

"이주지 당국 인사가 참석한다는데. 혹시 너희 형이 아는 사람인가?"

"그게 누군데?"

둘은 영상수신기로 고개를 돌렸다.

"이름은 언급이 없네. 직접 가봐야 알겠어."

"직접 가본들 뾰족한 수가 없을 거야. 너희 형이 대체 무슨 꿍꿍이인지, 지난 몇 년 사이에 어떤 사람들하고 어울렸는지 모르잖아. 어쨌거나 입학식은 제쳐두기로 하고. 그럼 지구 정부에서 파견된 대사는? 대사 이름이 뭐였지?"

헨리는 수신기 화면의 스크롤을 내리고는 다시 물었다.

"제드로 베리. 짚이는 데라도?"

젠시는 고개를 저었다.

"하는 수 없지. 됐어 그럼. 짚이는 데는 없고. 지구 정부의 대표라는데, 여기까지만 알아도 충분하겠지."

헨리는 한숨을 쉬었다.

"솔직히 어느 쪽이건 별반 가능성이 높아 보이지는 않잖아. 딱 이거다 싶은 데가 없어."

한동안 말없이 서로 마주보고 앉아 있던 끝에, 젠시가 입을 열었다.

"그럼 이제 어쩐다?"

"어쩌긴? 제비 뽑아야지."

젠시는 점점 미쳐가는 것만 같았다. 아예 보이지 않거나 있지도 않은 연관성을 찾아내느라 머릿속을 쥐어짜는 느낌이었다. 늘 문양을 찾아 헤매며 다른 사람 눈에는 보이지도 않는 뭔가를 물색했던 이스트반이 된 기분이었다.

'형이라면 어떻게 생각할까?'

머리가 지끈거리는 가운데 그런 생각이 들었다. 형의 처지에서 생각하려고 애쓰면서, 자기한테는 너무도 단순명료한 상황을 놓고 형이 얼마나 별나게 행동했는지를 떠올리려고 애썼지만 전부 어릴 적이라 기억이 가물가물했고, 기억이 난다 한들 이해하기는커녕 거기서 무언가 현재 상황과 관련된 점을 추려내지도 못했다. 이스트반이 세상을 바라보는 시각이 어딘가 단단히 잘못됐다는 점은 오래 전부터 알고 있었다. 그는 남들과 전혀 다른, 마치 만물을 왜곡되고 허상으로 보이게 하는 흐리고 어두운 렌즈로 세상을 바라보는 듯했다. 그러니 정상인 젠시로서는 처지를 바꿔 세상을 바라보기가 불가능할 수밖에.

헨리는 진지한 자세로 종잇조각 네 장에 각각의 장소를 적었다. 집회, 회견, 학교, 공항. 그리고는 작게 접어서 한손에 넣고 흔들었다.

"먼저 고를래, 아니면 내가 먼저 할까?"

젠시는 손을 뻗어 헨리의 손에서 종잇조각을 집었다.

"펴봐."

"너도 골라."

헨리는 눈을 감고 종잇조각을 더듬거리다 하나를 집었다. 둘은 제비를 함께 펼쳤다.

"학교."

헨리의 말에 이어서 젠시가 대답했다.

"항구."

헨리는 젠시의 어깨에 손을 얹었다.

"행운을 빈다."

그리고 둘은 밖으로 나섰다.

6

그로토 중령은 항법석에 서서 뒷짐을 지고 있었다. 자세를 봐서는 느긋하게 긴장을 풀고 있는 듯하지만, 머릿속에서는 생각이 바삐 오가고 있었다. 현행 계획에 대해서 아는 바가 지극히 적다 보니 도저히 마음을 편히 먹기가 어려웠다. 지금 자신이 무슨 일에 발을 담그고 있는지조차 감이 잡히지 않았다.

중령은 고개를 돌려 뒤를 바라보았다. 함교 한편에는 제인 헤일리라는 기술관이 있었다. 사관학교를 갓 졸업한 젊은 소위지만, 머리가 명석하고 포부가 있었다. 사전에 평균을 현저히 웃도는 성적과 학업 평가를 살펴보고 선발한 인원이었다. 사실 승무원 전원을 그가 직접 엄선했는데, 다들 출중한 실력을 갖춘 한편 칼같이 명령에 복종하는 태도와 굳건한 충성심으로 이름이 높았다. 다만 헤일리 소위는 그와 정반대이기 때문에 선발된 경우로, 혹시라도 자기편이 필요할 경우를 대비한 보험이었다.

중령의 다른 쪽에 있는 에릭 오르토 소위는 깡마른 결핵 환자로, 승무원 중에서 유일하게 그가 직접 선발하지 않은 인원이었다. 블랙웰이 소위를 반드시 데려가라고 우겼던 탓에 중령은 그자가 과연 자신을 신뢰하는지 의심이 들었다. 중령은 블랙웰과 그가 소개한 낯선 두 사내가 요구한 대로 했지만, 그럼에도 자신의 충성심을 의심하고 있을지도 모를 일이다. 중령은 자기 신념이 확고하며 나무랄 데 없는 지휘관이지만, 몸을 사려야 하는 때가 언제인지 파악할 눈치를 갖춘 인물이었다. 그리고 블랙웰과 동업을 하는 경우라면 그럴 일이 잦았다.

오르토 소위 역시 유니톨로지 신자였다. 그 점은 불만 없다. 중령 역시 명목상으로는 신자니까. 당시는 신자가 되는 것이 진급 사다리를 오를 방편이었기 때문에 십분 활용했을 뿐이었다. 유니톨로지의 교리를 믿지는 않았지만 마커의 힘이 실존함을 증명하는 마이클 알트만 때의 영상과 기록이라면 지겹게 접했다. 블랙웰 역시 자신처럼 무늬만 신자이거나 아예 신자가 아닐지도 모른다는 짐작이 들었지만, 마커의 잠재력만큼은 똑똑히 목격했다. 그리고 실제로 접견한 적은 한 번뿐이지만 그 한 번으로 족했던, 이름은 모르지만 진짜 실세로 보이던 다른 이들 역시 마찬가지였다.

이렇듯 도저히 마음을 편히 먹기가 어려운 이유는 현행 계획에 대해서 아는 바가 너무 많기 때문이기도 했다. 마커 계획을 속행할 기밀 시설을 건설하기에 적합한 행성을 물색하는 것이 이번 임무였다. 계획 속행에 필요한 구체적 요건은 그로서도 오리무중이나, 성도에 기록이 없고 통상적인 교역로에서 멀어야 하며, 문명의 닿지 않는 곳이어야 한다는 조건으로 봐서는 예감이 좋지 않았다. 블랙웰이 보는 앞에서 후보 행성 몇 군데를 꼽아봤지만 차례로 거절당했고, 지금 접근하는 곳은 후보 목록의 마지막 장소였다. 처음에는 블랙웰도 몇 가지 이유를 들어 주저했지만 끝내 탐사 허가가 떨어졌다.

기록에는 생명체가 없다고 기재되어 있었다. 호흡 가능한 대기도 없으며 중력도 지구와 달랐다. 그들은 행성에 접근해 주위를 둘러보다 생명의 흔적을 발견하고서 경악을 금치 못했다. 일종의 소규모 이주지로 보이는데, 외부 세계와 철저히 차단되어 있었다. 규모가 작아서 그로토 중령은 놓칠 뻔했지만, 헤일리 소위는 예리한 눈으로 잡아냈다. 그것 말고는 후보지로 적합한 행성이었다. 재차 확인해 봐도 기록에 없는 점을 봐서는 불법 개척한 이주지가 분명했다.

"이곳을 추천지로 삼을까요?"

헤일리 소위가 물었다.

"아니."

그로토 중령이 말했다. 아무리 불법이라 해도 이주지가 발견된 이상 후보지로서 탈락이다. 이곳의 이주민들이 다른 행성의 거주민과 어떤 관계가 있는지도 불확실한 데다, 이곳에 친척을 두고 있는 누군가가 찾아올지도 모를 일이다. 기밀 유지는 물 건너간 셈이다.

"그럼 이제 어떡합니까?"

소위의 물음에 중령은 어깨를 으쓱일 따름이었다.

"딴 데나 알아봐야지."

영상수신기가 울리면서 블랙웰이 소개했던 두 사내 중 하나가 모습을 드러냈다. 잔인한 눈매에 피부는 회색에 가까운 자였다. 사내는 인사치레도 없이 본론부터 꺼냈다.

"아스페라 행성에 부적합 판단을 내렸다고 들었습니다. 이유를 설명해 주시겠습니까?"

"불법 이주지가 있습니다. 그래서 불가합니다."

사내는 고개를 저었다.

"이주지가 아닙니다."

"그렇다면 뭡니까?"

"우리가 지분을 소유한 교도소지요. 그것 외에는 모두 요건에 부합하는 행성입니까?"

중령은 소위가 적어둔 기록을 언급하며 사내에게 개략적인 설명을 들려줬다.

"그렇다면 서둘러야겠군요. 빈두아가 행성의 팀 피셔한테 연락하시기 바랍니다. 우리 편이자 비밀을 엄수하는 인물입니다. 교도소로 들어가는 물자를 관리하는 책임자이기도 하지요. 겉으로는 교도소에 선적하는 것처럼 하면서 사실은 그쪽에 보급품을 전달할 겁니다."

사내는 중령을 가까이 바라보며 눈을 가늘게 치떴다.

"어딘가 걸리는 데라도?"

"아무것도 아닙니다."

"솔직히 말해도 좋습니다."

"괜한 위험을 무릅쓰는 기분이 듭니다. 계획에 관한 정보가 수감자 혹은 경비를 통해서 새나갈 공산이 큽니다. 게다가 계획이 틀어져서 유출 사태가 발생했을 경우의 위험도 있잖습니까."

"극비 교도소에 수감된 죄수들입니다."

"무슨 말입니까?"

"말인즉 어디론가 사라져도 아무도 모른다는 소리지요."

사내가 담담하게 말했다.

그로토 중령은 짧게 고개를 끄덕였다.

"게다가 생체실험 대상이 필요할지도 모르고 말입니다."

중령은 한동안 침묵하던 끝에 대답했다.

"알겠습니다."

7

'아냐, 집회 장소가 더 그럴싸해. 거기로 발길을 돌려야겠어.'

젠시는 우주항구로 가는 내내 그런 생각이 들었다. 하지만 그렇게 넘겨짚는 것도 어디까지나 이스트반이 아니라 자기 생각일 뿐임을 깨달았다. 결국 젠시는 계획대로 하자고 속으로 되뇌었다.

그런데 정작 가보니 궤도로 올라가 대사를 데려올 수송선에 문제가 생겨서 일정이 지연되고 있었다. 게다가 모인 사람이라고는 열 명 남짓이었고 그마저도 공식 자격으로 참석한 인원이 대부분이었다. 그중에 이스트반이 있는지 얼른 훑어봤지만 짐작대로 없었다.

서두른다면 아직 다른 장소를 둘러볼 여유가 있었다.

'집회일까, 기자회견일까? 어느 쪽이지?'

두 곳 모두 대략 같은 방향에 있었다. 젠시는 달리기 시작했다.

엉뚱한 골목으로 들어서는 바람에 도로 반대 방향으로 가야 했지만, 어디서 길을 잘못 들었는지 빨리 알아챈 덕분에 금방 빠져나왔다. 이제는 달음박질이 더욱 빨라졌지만 정작 두 군데 중에서 어디로 가야 할지는 판단이 서지 않았다. 어디가 더 가깝더라? 집회 장소가 약간 가깝지만 별 차이는 없다. 벌써 농성을 벌이는 소리가 확성기를 타고 들려왔는데, 소리가 엉망으로 일그러져 도통 알아들을 수가 없었다.

뒷골목을 가로질러 대로로 빠져나왔더니 군중의 테두리가 눈에 잡혔다.

거리 끄트머리에 있는 단상 위에서는 데이비드 버나글리아가 막 연설을 시작한 참이었고, 군중을 둘러싼 스피커에서 목소리가 쩌렁쩌렁 울려퍼졌다. 젠시는 앞으로 밀치고 들어가며 형을 찾았다.

"자, 지금 정부의 대처가 미흡하다는 뻔한 소리나 늘어놓을 생각은 아닙니다. 하지만 생각해보니 그것도 하나마나한 소리로군요. 여러분도 이미 알고 계실 테니까요. 그러니 다들 여기까지 오신 것 아닙니까?"

군중 속에서 박수와 함성 소리가 터져나왔다. 젠시는 계속 헤집고 들어가느라 이리 치이고 저리 치인 사람들의 험악한 눈총을 받았다. 안으로 들어갈수록 군중도 빽빽해졌다. 까치발을 하고 주위를 둘러보며 수많은 인파 속에서 형의 얼굴을 찾으려고 애썼지만 부질없는 짓이었다. 그러기에는 사람이 너무 많았다.

'이제 어쩐다? 내가 잘못 짚었나?'

버나글리아는 연설을 계속하며 점점 군중을 부추겼다. 적어도 본인은 아직은 멀쩡히 살아 있고 집회도 아무 차질 없이 진행되는 중이므로, 아무래도 여기는 아니지 싶었다. 아직 기자회견장에 가볼 여유가 있을까?

젠시는 군중의 불만을 못들은 체하며 옆으로 밀치고 나갔다. 변두리로 빠져나가 다시 골목으로 들어간 다음 거리를 지나면 기자회견장이 코앞이다. 그렇다면 시도해볼 만하다.

그때 검은 양복 차림의 사내가 뒤쪽으로 얼마간 떨어진 곳에서 군중을 밀치며 마이크에 대고 무어라 말하고 있었다. 보아하니 야당 후보의 경호대에 속한 공무원 같았다. 왼편에도 경호원으로 짐작되는 사내가 군중에 파묻혀 있었는데, 마찬가지로 사람들을 헤치며 움직이고 있었다.

'형이 여기 있을지도 모르겠네.'

젠시는 그렇게 생각하며 잠시 두리번거리다, 경호원들이 노리는 인물은 이스트반이 아니라 자신임을 퍼뜩 알아차렸다.

뒤늦게야 남들 눈에 자기가 어떻게 비춰졌을지 감이 왔다. 군중을 밀치고 소란을 일으키며 억지로 앞으로 나가다 느닷없이 방향을 틀어 옆으로 나갔으니.

'아뿔싸, 내가 위험인물로 보였나봐.'

뒤에서 다가오던 사내가 점점 거리를 좁혔다. 옆에서 오던 사내는 빽빽한 군중

속에 있어서 속도가 더뎠다. 이대로 사람들을 밀치며 달렸다가는 당장 붙잡으러 달려올 테고, 군중에 있는 사람들도 무슨 일인가 싶어서 이쪽을 쳐다볼 것이다. 지레 겁먹고 허둥대지만 않으면 두 경호원이 그대로 천천히 따라붙어 주겠지만 군중을 소란케 하는 사태는 피하고 싶었다.

일단 계속 비스듬히 걸으면서 가능한 인파가 없는 최단경로를 찾기로 했다.

그때 활로가 눈에 잡혔다. 두 갈래로 이어지는 길목 앞에 키다리 사내가 앞을 가로막고 있었다. 몸을 푹 숙이고 잽싸게 움직여 사내의 왼쪽 다리를 후려친 다음, 사람들을 밀치거나 넘어뜨려 위치를 들키지 않게끔 조심하며 좁다란 길목 사이로 가능한 빠르게 움직였다. 뒤를 힐끔 돌아보니 지나가면서 무릎을 쳤던 사내가 몸을 숙이고 다리를 감싸느라 훌륭한 장애물이 되어주고 있었다.

인파가 앞을 가로막기까지 트인 길목은 불과 3미터 가량이었지만, 끝까지 헤치고 나가기까지 충분한 틈을 벌어주기를 빌었다.

바닥에 쪼그린 채로 잠시 몸을 숨긴 다음, 조심스레 고개를 들어 뒤에 있던 사내의 어깨 너머를 내다보았다. 이제 경호원은 하나밖에 보이지 않았는데, 그대로 서서 사방을 두리번거리는 모습을 보니 이쪽을 놓친 듯했다. 조금 더 앞으로 움직이자 다른 경호원이 눈에 들어왔다. 바로 맞은편에서 다가오고 있었지만 아직 이쪽을 보지는 못한 상태였고, 군중을 뒤에서 밀치며 신중히 주위를 살폈지만 오로지 앞만 보고 있었다.

젠시는 고개를 숙이고 다시 앞으로 나아가면서 두 경호원의 주위를 끌지 않으려고 더욱 조심조심 움직였다. 조금씩 주위의 사람들이 덜 붐비기 시작했다. 그렇게 몇 분을 움직인 끝에, 그는 쏜살같이 골목길로 달려가 유유히 사라졌다.

기자회견장은 기껏해야 3, 4분 거리였다. 그렇게 인접한 곳에서 집회를 열었던 것부터가 부분적으로는 상황을 원만하게 수습하고 끝내려는 이주지 정부의 시도를 무색하게 하려는 의도가 있었음이 분명했다. 하지만 미처 간과했던 사실을, 이스트반이 집회보다 기자회견장에 나타날 가능성이 더 높은 이유를 알아차리기에는 충분한 시간이었다. 어릴 적 금이 간 돔 근처에서 놀던 아이들을 만났던 일, 그 아이들은 틈새에 누가 더 가까이 다가서는지 배짱을 부리고 장난치고 있었던 점, 그리고 이스트반이 그 틈새에 환장한 나머지 이스트반이 갈라진 틈새로 달려들다 돔 내벽을 들이받아 이마가 찢어졌던 일이 기억났다. 기자회견 내용은 바로 돔의 균열에 관한 것이었다. 뚜렷한 연관이 있다고 하기조차 민망하지만 지금까지 생각해낸 실마리라고는 그것뿐이었다.

슬슬 가슴이 쿵쿵거리면서 숨이 차기 시작했다. 거리를 따라 내달린 끝에 집회의 끝자락을 벗어나 다시 루나 대로로 접어들었다.

거기서 시의회까지는 불과 수백 미터 거리였다. 집회에 비하면 그곳에 모인 군중의 규모는 초라하기 그지없었다. 그래도 입구 계단은 족히 백 명에 가까운 사람들로 붐비고 있었는데, 집회를 구경하느라 뒤를 돌아보는 사람이 계단에 서서 질문을 받아내는 정치인을 쳐다보는 사람만큼이나 많았다.

수상쩍어 보이면 곤란하니 속도를 늦춰 빠른 걸음으로 걷다가, 점차 걸음걸이를 늦췄다. 그리고는 군중의 가장자리에서 슬그머니 멈춘 다음 기다렸다.

"아닙니다."

팀 피셔 의원이 인상을 찡그리며 말했다. 좌우로 붙은 경호원은 무표정한 자세로 있었다.

"현재 정부에는 돔마다 조사단을 투입해 손상 정도를 일일이 측정할 만한 여력이 없습니다. 그런 일에 예산을 들일 형편이 못됩니다."

젠시는 주위를 둘러보았다. 일단 형은 보이지 않았다.

"하지만 말입니다, 어떻게 안전을 위한 일에 예산을 마다할 수가 있습니까?"

뭐라고 했는지는 몰라도 처음에 질문을 던졌던 모양인 기자가 말했다.

피셔는 평정을 잃지 않고 친절히 대답했다.

"마다하겠다는 말이 아닙니다. 다만 예산은 언제나 한정되어 있으므로 한곳에 집중해야 합니다. 아시다시피 지금 우리가 이렇게 모인 돔에는 벌써 관련 인력을 투입한 상태입니다. 최대 규모의 돔인 이곳이 당연히 최우선 아니겠습니까?"

젠시는 계속 군중을 살펴보며 이번에는 조금 천천히 얼굴들을 살폈다.

"그야 이곳이 1인당 소득으로 가장 부유한 돔이기 때문 아닙니까?"

다른 기자가 지적했다.

"그건 핵심에서 벗어난 말입니다."

"하지만 그렇다면 상대적으로 빈곤한 돔은 우선순위에서 밀리잖습니까. 이점은 어떻게 생각하십니까?"

"안타까운 일이지요. 하지만 저희로서는 그렇게 결정할 수밖에 없었습니다. 붕괴 조짐이나 이상 징후 포착은 시민 여러분의 신고에 의존하고 있습니다. 신고가 들어오는 대로 조속히 문제를 해결하도록 노력하는 중입니다. 그런데도 뒤늦게 문제가 발생한다면 이는 정부의 실책이 아니라, 시민 여러분의 경각심 부족이 원인이라고 봐야겠지요. 미리미리들 신고하셔야 하는 것이 아니겠습니까?"

군중에서 볼멘소리가 웅성웅성 흘러나오면서 사람들이 서로 마주보고 무어라 속삭이는 순간, 이스트반의 모습이 눈에 뜨였다. 그는 풍채 좋은 중년 여자 뒤에 몸을 숨긴 채, 군중 반대편의 계단 꼭대기 언저리에서 의원과 가까운 곳에 있었다. 고개를 숙이고 미동조차 하지 않았는데, 주위 사람들이 서로 마주보며 의원이 방금 했던 답변을 놓고 말하는 동안에도 가만히 자세를 유지했다. 하지만 어깨와 목에 잔뜩 힘이 들어간 점으로 봐서는 용수철마냥 단단히 긴장을 유지하는 중이었다.

이스트반은 언제 움직이고 다음에는 어떻게 해야 할지를 일러주는 신호를 기다렸다. 어떻게 해야 할지는 벌써 알고 있었다. 놈들은 사명을 주면서 그대로 이행하면 어떻게 되는지, 또 얼마나 재미난 일이 생길지 설명해준 참이었지만, 지금은 어느 때인지가 관건이었다. 그리고 때를 알려줄 장본인은 놈들이 아니라 주변의 세상이다. 어디선가 목소리가 들려와 문양과 형태를 보여주며 신호하거든 바로 그때 움직여야 한다.

놈들은 뭘 꾸물거리느냐고 이스트반을 부추겼다. 주어진 사명이 있으므로 기회를 포착하는 순간을 놓치지 말고 앞으로 뛰쳐나가야 한다. 헌데 문양이 보이기는 해도 제대로 모양을 갖추지 못했으므로 아직은 아니다. 뭔가가 부족하다. 누군가 눈치 없는 사람이 엉뚱한 곳에 서서 선이 끊어지는 바람에 그림자 사내는 몸을 숨긴 채 말이 없었다. 아니면 다른 뭔가가 자리에서 어긋난 탓에 조절을 해줘야 할지도 모르겠군. 아무튼 그가 맡은 일은 문양 조절이 아니다. 맡은바 소임은 단 하나, 바로 문양을 포착해 확인한 다음 부름에 답하며 사명에 몸을 맡기는 것이다.

기다려야 한다. 얼마나 오래가 될지는 몰라도 진득하게 때를 기다려야 한다.

'참자, 참고 기다리자.'

앞에 있던 사내가 입을 열고 질문에 답했지만 도통 이해가 되지 않았다. 귀를 기울이는 척하면서, 가만히 지켜보며 기다릴 따름이었다. 머릿속으로는 숫자를 되뇌어 문양을 앞으로 불러내며 각오를 다졌는데, 그러면서 자기도 모르게 남들한테 들리지 않을 정도로만 소리 내어 웅얼거렸다. 그런데 문양이 늑장을 부릴수록 중얼대는 소리도 점점 커져서 들킬 텐데.

바로 그때 뭔가가 움직이는 모습이 눈가에 잡히면서 드디어 문양이 제자리를 찾자, 사물의 이면에 가려 있던 생명들이 슬쩍 고개를 들기 시작했고, 사명을 완수하라고 자신을 불러일으키는 목소리가 들려왔다.

젠시는 군중에서 빠져나와 반대쪽으로 둘러간 다음, 소란을 일으키지 않도록 조심스레 계단으로 올라갔다. 한편으로는 사람들 가운데 경호원이 섞여 있지는 않을까 군중에서 눈을 떼지 않았다. 한눈에 봐도 경호원으로 짐작되는 사람은 없었다. 그렇다면 이중에는 아무도 없거나 사복 근무 중이겠지. 불과 몇 계단 위로 이스트반의 머리와 어깨가 보였다.

'가까이 가기만 하면 돼. 일단 가서 붙들기만 하면 무슨 꿍꿍이인지는 몰라도 말릴 수 있을 테니까.'

그러나 젠시가 그렇게 생각하던 중, 이스트반은 고개를 들고 걸음을 내딛었다.

"하지만 그런다면……."

다른 여기자가 입을 열다가 이스트반이 연단으로 돌진하는 광경에 말문이 막혔다. 가장 가까이 있던 경호원은 하필 방심하고 있다가 뒤늦게야 팔짱을 풀고 대응에 나섰지만, 도리어 이스트반에게 무릎을 정통으로 걷어차이고 말았다. 군중을 헤치고 앞으로 나가려고 필사적으로 몸부림치던 젠시의 귀에도 뼈가 부러지는 소리가 똑똑히 들렸다.

경호원은 바닥에 털썩 쓰러져 소름끼치는 비명을 질렀다. 다른 경호원이 돌아서서 앞으로 달려들어 손에서 뭔가를 뺏으려고 이스트반과 몸싸움을 벌였다. 군중 속의 누군가가 비명을 지르자 다들 계단 아래로 우르르 달아나기 시작했고, 파도처럼 몰려드는 인파에 젠시까지 떠밀려 내려갔다. 꿋꿋이 거슬러 올라가려고 분투했지만 끝내 반대쪽으로 넘어지고 말았다. 누가 손을 밟더니 다른 누구는 몸에 걸려 넘어지면서 젠시는 계단 아래로 굴러 내려갔고, 그제야 간신히 몸을 일으키고 앞으로 뛰쳐나갔다. 이스트반이 몸싸움을 벌이던 경호원을 박치기로 들이받는 광경이 눈에 잡혔다. 경호원은 손을 놓치고 뒤로 비틀거리다 아래로 떨어졌다. 피셔는 연단 뒤에서 몸을 웅크리고 숨어서는 양손으로 머리를 감싸고 있었다. 이스트반은 돌아서서 손에 들고 있는 물건으로 그를 겨누었고, 젠시는 그것이 다름 아닌 권총임을 알아차렸다.

"형, 그만둬!"

하지만 이스트반의 귀에는 젠시의 말이 들리지 않는 듯했다. 얼굴에는 이상한 웃음이 어려 있었는데, 사악하거나 악의적인 웃음이 아니라 마치 순진한 장난을 치는 듯한 그런 웃음이었다.

그가 방아쇠를 당기자 요란한 총성과 함께 피셔 의원의 머리가 터져 연단에 덕지덕지 튀었다. 머리를 잃은 몸뚱이는 잠시 휘청거리더니 관절에 힘이 풀리며 맥없이 쓰러졌다. 돌연 이스트반의 표정이 바뀌었다. 웃음기가 싹 가시더니 아연실색한 얼굴이 되었다. 권총을 돌려 얼굴에 가까이 대더니, 대관절 무슨 일인지 총더러 설명해 달라는 것처럼 총구를 빤히 쳐다보았다. 그러더니 고개를 들다가 동생과 눈이 마주쳤는데, 이번에는 정말로 젠시를 바라고 있었다. 그는 고개를 설레설레 내저으며 입을 열었다.

"내가 말한 사명은 이게 아냐."

"총부터 버려. 이렇게 빌게."

하지만 이스트반은 권총을 놓을 기미가 없었다.

"아우야, 나 좀 도와줘."

젠시는 앞으로 다가섰지만 이미 한발 늦은 뒤였다. 두 번째로 나가떨어졌던 경호원이 몸을 일으키고 이스트반에게 달려들어 쓰러뜨리자 권총은 멀찍이 떨어졌다. 이스트반은 변변한 저항조차 하지 않았다. 경호원이 머리를 콘크리트 바닥에 짓누르고 대용 수갑으로 팔다리를 묶는데도 순순히 있었다. 상황을 지켜보던 젠시의 눈에는 이스트반의 표정이 느닷없이 얼떨떨하고 곤혹스러운 얼굴로 바뀌던 모습이 선명히 각인되었다.

"대체 누구십니까?"

뒤편에 남아 있던 어느 기자가 소리쳐 물었다. 하지만 이스트반은 대답이 없었다.

젠시는 가까이 다가서려 했지만 경호원이 손을 저으며 제지했고, 계속 다가서자 이번에는 권총을 뽑아들고 위협했다.

"공범으로 끌려가고 싶어?"

다른 경호원은 아직도 바닥에 드러누워 다리를 붙잡고 신음했다.

"대체 왜 그런 겁니까?"

여태껏 남아 있던 사람들 중 기자로 보이는 누군가가 질문을 던졌다.

"카메라 치워!"

경호원이 총을 휘두르며 소리쳤지만, 이미 휴대기기를 꺼내든 사람이 한둘이 아니었다.

이번에는 이스트반이 입을 열었다. 입술을 핥고는 젠시의 귀에만 들릴 정도로 나지막이 말했다.

"내가 말한 사명은, 이게 아냐…… 어딘가 잘못됐어."

"뭐라고 하셨죠? 크게 말씀하세요."

기자가 말했다.

"입 닥쳐."

경호원은 이스트반의 갈빗대를 걷어찼다.

"누구한테 사명을 받았는데?"

젠시가 물었다.

"그놈들."

"닥치라니까!"

경호원이 윽박질렀다.

"뭐라도 세간에 전할 말은 없습니까? 온 세상이 주목할 겁니다. 뭐라도 한마디 하시죠."

기자가 말했다.

"그놈들이야."

이스트반은 그렇게 말하며 얼굴을 찡그렸다.

이윽고 폭동 진압복으로 무장한 SCAC 경관들이 계단으로 몰려나오자, 젠시는 설마 저 사람들이 이스트반이 말하던 놈들인가 싶은 생각이 들었다. 경관 하나는 벌써 코앞까지 닥쳐와 젠시를 밀치고 계단을 내려갔고, 나머지는 신속히 주위로 산개했다. 젠시는 제대로 저항해 보지도 못하고 계단 아래로 맥없이 밀려났다.

경관들의 다리 사이로 여전히 어리둥절한 형의 얼굴이 힐끔 보였다. 그들은 곧 이스트반의 얼굴에 용수를 씌우더니 어디론가 끌고 갔다.

8

사건은 사람들의 뇌리에 이틀 남짓 머물면서 잠깐 뉴스에서 화제가 되더니, 순식간에 터졌던 만큼이나 빠르게 잊혀졌다. 젠시는 누군가 사건을 의도적으로 은폐했다는 의심을 떨칠 수가 없었다. 일이주 동안은 영상수신기를 끈질기게 뒤지다 보면 어딘가 후미진 시스템에서 관련 정보가 나왔지만, 정작 총격 장면이 연단에 가렸던 탓에 암살 장면은 하나도 없었다. 젠시처럼 측면에 있었다면 피셔의 머리가 터지며 피와 뇌가 튀는 장면이 똑똑히 보였을 것이다. 그러나 촬영된 장면이라고는 사격 직후 어리둥절해하는 이스트반의 얼굴뿐이었고, 진압당해 손발이 묶인 이후로도 하나같이 얼떨떨하고 혼란스러운 표정이었다.

젠시는 계속 영상을 돌려보며 사건의 진상을 파악하고자 애썼다. 이제 이스트반이 자신만의 환상의 세계에서 벗어나 그 피와 살점이 진짜임을 알아차렸다는 증거일까? 방아쇠를 당기면 총알이 나가는 것이 아니라 전혀 엉뚱한 일이 벌어진다고 착각이라도 했을까? 방아쇠를 당기면 공포탄이 터지거나 깃발이 튀어나오거나, 아니면 아무것도 나오지 않는다고 누구한테 귀띔이라도 받았던 것일까? 정말로 이스트반이 미쳐서 그랬던 것일까, 아니면 처음부터 계획된 누군가의 함정이었을까?

그리고 핵심적인 질문은 바로, 이렇게 영상만 붙잡고 있으면 과연 답이 나오느냐? 수십 번을 돌려본 끝에 젠시는 아니라는 결론을 내렸다. 어쩌면 애초부터 형에 관해 잘못 짚고 있었을지도 모른다는 생각마저 들었다. 그럼에도 도저히 그만둘 수가 없었다. 재생 속도를 늦춰서 다시 보면 이번에야말로 아까는 놓쳤던 실마리가 보이지 않을까 하는 희망을 품으면서.

경관들이 이스트반을 어디론가 끌고 간지 얼마 지나지 않았을 무렵, 젠시가 아직도 현장에 남아 갈피를 잡으려고 머리를 굴리던 사이 헨리가 나타났다.

"젖 먹던 힘까지 달려왔어. 사건이 뉴스에 뜨자마자 온 거야. 못 도와줘서 미안해."

헨리가 아니었더라면 젠시는 충격 받은 채로 언제까지고 자리에 붙박여 있었을지도 모를 일이었다. 하지만 헨리가 어깨에 손을 얹고 다독이며 몸을 돌리자 순순히 따라갔다.

젠시는 아파트로 돌아와 죽은 것처럼 스무 시간을 꼼짝도 하지 않고 잠만 잤다. 깨고 보니 헨리는 여전히 곁을 떠나지 않고 소파에서 잠이 들어 있었다. 헨리도 젠시가 깬 것을 알아차리고는 자리에서 일어나 뭐라도 요기를 챙겨주었다.

"너희 형에 관해 여기저기 알아보고 다녔어. 무슨 일을 당할지 말이야."

젠시는 심드렁하게 고개를 끄덕였다.

"체포됐어. 내 눈앞에서. 정치인을 쏴버렸다고. 어떻게 체포당하지 않고 배기겠어?"

헨리는 고개를 저었다.

"연행하기는 했지만 체포하지는 않았더라고."

"뭐?"

"알아보니까 경찰서나 구금시설에 있는 것도 아냐. 사실 정말로 그런 데 있다 한들 나한테는 말해주지도 않을걸. 동생인 네가 가면 알려줄지 모르겠지만."

그러나 정작 수소문을 해본들 헨리가 얻은 것과 같은, 혹은 거기에도 미치지 못하는 소득을 얻을 뿐이었다. 경찰서 사람들 중에서 이스트반에 관한 정보를 꺼내는 사람은 하나도 없었다. 감금 돔을 가본들 수용시설 어디에도 없기는 매한가지였다.

"어딘가에는 있을 것 아닙니까?"

수화기 건너편의 교도소 대표에게 말했다.

"당연히 그렇겠죠. 하지만 여기는 없다니까요?"

교도소 대표라는 여자는 그렇게 짜증스레 받아치며 전화를 끊었다.

둘은 다시 시도해 보았다. 헨리는 아버지에게 연락해 경찰 쪽 지인한테 물어봐 달라고 설득한 끝에 소식을 얻었다. 머리에 용수를 쓰고서 SCAC 부대에 둘러싸여 붙잡혀 들어온 사람이 있었지만 들어오자마자 어디론가 이송됐다는 것이다. 어째서, 어디로 이송됐는지는 모르지만, 헨리의 아버지가 전해 듣기로는 그것이 표준 절차는 절대 아니라는 것이다. 그리고 지인이라는 경찰은 괜한 의심을 사지 않는 선에서만큼 자신도 최대한 수소문해보겠다고 언질을 줬다고 했다.

그러고 나자 뭘 어떡해야 할지 막막하기만 했다. 둘은 한동안 말없이 앉아서 이스트반이 있는 장소를 알아낼 다른 방법을 곰곰이 생각해 보았다.

"지금쯤 벌써 죽였을지도 몰라."

젠시가 침묵을 깼다. 헨리가 아무런 반론이 없자 다시 입을 열었다.

"뭐라도 말 좀 해봐. 안 그렇겠어?"

헨리는 느릿느릿 고개를 저었다.

"아닐걸. 그러기는 너무 성급해. 아직도 보도 자료가 돌아다니는 판에 말이야."

"그마저도 하나둘씩 없애버리고 있잖아."

"전부 없애지는 못해. 누군가 자료를 개인 시스템에 저장해 뒀을지 누가 알겠어? 그랬다간 꼬리만 밟혀. 어딘가 이용될 여지가 있을지 모르는데 무작정 죽였을 리는 없어. 아직 그 용도를 알아내지 못했다 뿐이지."

"근데 죽였을 가능성도 분명히 있잖아?"

헨리는 고개를 끄덕이며 끝내 인정했다.

"아주 부정하기는 힘들지."

젠시는 병가를 냈다. 그러고는 영상을 몇 번이고 돌려보며, 실마리가 될지도 모르는 단서를 찾으려고 애썼다. 그때 이스트반이 떠나지 못하게 막았더라면, 그때 그렇게 녹초가 되지만 않았더라면 어떻게든 막아섰을 것이다. 하지만 다시 생각해 보니 꼭 그렇지도 않았다. 아니면 이스트반을 붙들고 계속 물음을 던지며 무슨 뜻으로 그런 말을 했는지 조금이라도 알아냈더라면, 그렇다면 붙잡아두지 못하고 그냥 떠나보내더라도 형이 말한 사명이 무엇인지, '그놈들'이 누구인지 조금이라도 감을 잡았을 텐데.

내키지 않는데도 젠시는 이런 생각을 떨칠 수가 없었다.

'어쩌면 내가 아무리 노력했던들 달라질 것은 하나도 없었을지도 몰라.'

헨리의 아버지가 젠시의 아파트 문간에 나타난 것은 단지 지인이 아직 알아낸 정보가 없다는 사실을 전해주기 위해서였다. 누구 하나 아는 바가 없지만 고위층의 개입이 확실시되는 상황이므로, 그렇다면 지금쯤 이스트반은 아예 빈두아가에 없을지도 모른다는 것이다.

"빈두아가에 없을지도 모른다니요? 그럼 재판은 어디서 받아요?"

젠시의 물음에 헨리의 아버지는 말이 없었다.

"재판을 받을 수조차 없을 게다."

오랜 침묵 끝에 돌아온 대답이었다.

"받을 수조차 없다니요?"

"네 형은 정치범으로 잡혔다. 국가의 적으로 낙인찍힌 셈이지. 그러니 일반 범죄자와 처우가 다를 수밖에."

"법은 만인에게 동등하잖아요."

헨리의 아버지는 손을 뻗어 젠시의 어깨를 꼭 쥐었다.

"그게 진리가 아니라는 사실을 슬슬 깨달을 때도 됐잖니. 네 형은 어디론가 이송됐어. 법망이 닿지 않을 법한 으슥한 곳으로 말이다. 무슨 이유로 그런 짓을 저질렀는지 원하는 대답을 들려줄 때까지 고문할 테지. 그런 다음에는 기밀 시설에 감금할 테고."

그는 딱하다는 얼굴로 젠시를 바라보았다.

"아마 두 번 다시 볼 수 없을 게다."

하지만 그렇게 암울한 소식을 듣고도 젠시는 끈질기게 노력했다. 경찰서에 찾아가 형에 관해 물어보고, 그런 사람 없다며 경찰들이 돌려보내도 무작정 다음날 다시 찾아갔다. 계속 찾아갔다 돌려보내지기를 거듭한 끝에, 경찰은 그더러 더는 찾아오지 말라며 퇴짜를 놓았다. 젠시는 경찰 서장을 만나야겠다고 고집을 부렸고, 정작 서장도 이스트반에 관해서는 경찰도 아무런 관련이 없다고 털어놨지만, 담담히 듣고만 있었다. 면담이 끝나자 젠시는 질렸다는 듯이 고개를 설레설레 젓는 서장에게 대뜸 이렇게 물었다.

"그럼 이제 누구를 만나봐야 하나요?"

서장은 한시 빨리 젠시를 쫓아낼 심산으로 냅다 청장한테 올려 보냈다. 거기까지 들어서자 이제는 정치와 군사 양쪽 기관 사이에서 이리저리 오가는 신세가 됐다. 서로 총알을 튕겨내듯 한쪽에서 다른 쪽으로 보내고 거기서 다시 돌려보내는 형국이 한동안 계속된 끝에, 리처드 새비지라는 의원이 자리를 주선해 사연을 다시 들려 달라고 청하더니 이야기를 모두 듣고는 딱하다는 얼굴이 되었다.

"변호사는 선임했습니까?"

의원의 물음에 젠시는 고개를 저었다.

"변호사라도 있으면 까다로운 절차가 얼마간 생략될 겁니다."

젠시는 변호사를 고용할 형편이 되지는 않았지만 어렵사리 사람을 구했는데, 리 톰킨스라는 젊고 씩씩한 친구로 수임료보다는 이번 사건의 정치적 측면에 크나큰 관심을 보였다. 변호사가 있음에도 헛걸음은 계속됐지만, 둘은 끝내 그래넌이라는 군사 관계자의 사무실에 들를 기회를 얻었다.

"무슨 용건입니까?"

그래넌이 물었다. 강렬한 시선을 뿜어내는 색이 연한 눈동자에 표정마저 무표정해서 속내를 읽어내기 어려웠다.

"벌써 알고 계실 텐데요."

톰킨스는 그렇게 말하며 서명과 도장이 들어간 서류를 가방에서 쏟아내기 시작했다. 책상 위에 자료가 쌓였는데도 그래넌은 심드렁한 눈치였다.

"절차를 하나하나 밟고 여기까지 왔습니다. 법에서 요구하는 대로 토씨 하나 틀리지 않고 말입니다. 이쯤 됐으면 이 사람의 형이 어디에 있는지 그만 말씀해 주시죠."

톰킨스가 말했다.

"그 정보는 기밀입니다."

그래넌이 대꾸했다.

"승인은 모두 받아왔습니다. 말 돌릴 생각 마세요."

톰킨스도 지지 않고 받아쳤다.

"말 돌리는 게 아닙니다. 내게는 그런 질문에 답할 만한 권한이 없다 뿐입니다."

그래넌은 그렇게 말하며 의자에 쭉 기대고는 양손을 탑처럼 맞대었다.

"군에서 형님 분을 데리고 있다는 점은 말씀드릴 수 있습니다. 하지만 그 사람은 정치범입니다."

"저희 형은 정치의 '정'자도 모르는 사람이란 말입니다."

젠시의 항변에 그래넌은 어깨만 으쓱일 따름이었다.

"공개 석상에서 대놓고 정치인을 죽였잖습니까. 정치범으로 분류되고도 남지요."

"전부 오해일 뿐이에요. 형은 원래 어딘가 좀 이상한 사람입니다. 자기도 모르는 사이에 일을 저지른단 말입니다. 감옥에 있을 것이 아니라 어딘가 도움의 손길을 받을 만한 시설에 있을 사람이라고요."

"형님 분은 감옥에 없습니다."

"그럼 어디죠?"

"그건 발설 못합니다. 기밀이라 말입니다."

"어떻게 사람을 재판도 없이 아무도 위치를 모르는 수용소에 숨긴단 말입니까?"

그래넌은 대답이 없었다.

"다른 행성인가요?"

"발설할 수 없습니다."

"그럼 발설해도 되는 정보는 뭡니까?"

"군에서 형님 분을 데리고 있다는 점이지요. 아직 살아 있다는 점도 말입니다. 또 조만간 석방될 일은 없는데, 아마 영영 못 나올 겁니다."

젠시는 고개를 설레설레 저었다.

"이제 누구를 만나야 하죠?"

"더는 그럴 사람도 없습니다. 여기가 종점이니 말입니다. 애석하지만 아무리 알아본들 더는 알아낼 정보도 없습니다."

젠시는 톰킨스에게 고개를 돌렸다. 변호사는 고개를 끄덕였다.

"안타깝지만 이 사람 말이 맞습니다. 다음 절차는 법정이에요. 고소장을 작성할 수도 있겠지만 올라가는 데만도 족히 몇 년은 걸릴 겁니다. 그동안 팔방으로 무던히 노력했지만 이제는 가망이 없습니다."

톰킨스가 다른 사건을 맡으러 곁을 떠난 뒤에도 젠시의 시도는 계속됐지만, 하루하루 시간이 지날수록 정말로 가망이 없다는 사실만 깨달을 뿐이었다. 결국에는 수소문이 버릇으로 굳어서 가망이 없음을 뻔히 알면서도 공연히 여기저기 들쑤시고 다니게 되었다.

나중에는 운반 일로 복직해 생계를 이어갔다. 입에 풀칠은 해야 되니까.

헨리는 턱걸이로 학교를 졸업하고는 일자리를 찾으러 빈두아가를 한동안 떠났는데, 원래라면 단시일에 이자로 목돈을 마련할 만한 직장을 구해 한밑천 잡은 다음 되돌아와 부동산에 투자할 계획이었다. 젠시는 헨리와 작별하자니 아쉬운 마음이 앞섰다. 이제는 혼자 운반 일을 하며 아파트에서 빈둥대는 일상만 남게 되었다. 가끔은 지인이나 친구와 저녁 약속에 나가기도 했다. 아니면 으슥한 밤길을 홀로 쏘다니며 끝없는 자책감에 시달린 끝에 반드시 형을 되찾겠다며 굳게 다짐하거나. 그러나 한편으로는 다시는 형을 보지 못할지도 모른다는 생각이 들었고, 상봉이 이루어질 가능성은 희박하다는 사실을 마음속 깊은 곳으로는 알고 있었다. 이제 그만 단념해야 하는 때일지도 모른다. 이만 털고 일어설 법을 홀로 익힐 때가 되었는지도 모를 일이고.

2부

9

막상 방아쇠를 당기자 권총이 벌인 일은 이스트반이 귀띔 받았던 것도, 재미난 장난도 아니었다. 오히려 피셔라는 사람을 죽이고 말았다. 누가 귀띔을 해줬더라? 온갖 고초를 겪은 지금 와서는 기억이 가물가물했다. 게다가 몸속이 아니라 바깥에 있는 누군가가 해줬던 말이었는지 아니었는지조차 갈피를 잡기 어려웠다. 그는 몸속에서도 목소리가 들려왔는데, 가끔은 목소리가 하는 말을 도저히 거역할 수가 없었다. 하지만 이번은 틀림없이 바깥의 목소리였다. 아니면 틀림없는 것까지는 아니더라도 틀림없다는 말에 가까울 정도이거나. 젠시는 바깥의 목소리였고 어머니도 마찬가지였지만, 어머니는 이제 없으므로 마찬가지로 몸속의 목소리가 되었다. 도대체 어떻게 여태껏 멀쩡하게 버텨왔던거지?

그러나 자신에게 권총을 주었던 주체가 몸속의 목소리가 아니라 바깥의 목소리가 틀림없다는 생각은 여전했다. 더구나 발사되면서 각본대로 빨간 물감이 나가지 않고 피셔라는 사람의 머리를 날려버렸으니 달리 생각할 여지도 없었다. 좌우간 피셔가 누구였지? 제대로 알지도 못하는 사람이었다. 그냥 몸속인지 바깥인지 모를 목소리가 빨간 물감을 끼얹어 망신을 주라고 시켰던 인물이었는데. 그러면서 목소리는 재미난 장난이라며 덧붙이기까지 했다.

아니다, 분명히 바깥의 목소리였다. 목소리와 더불어 몸까지 보였으니까. 머리가 거의 벗겨진 얼굴이 창백한 사내였다. 한동안 자신과 이야기를 나누더니 나중에는 먹을 것도 주었고, 그렇게 며칠 혹은 그보다 오랜 시간을 같이 보내더니 그 사내에게 붙은 목소리가 질문을 던졌는데, 그러자 가는 바늘로 살갗을 콕콕 찌르는 느낌이 들었고, 사내가 맘에 드는 대답을 공손하게 들려주면 고개를 끄덕였고, 마뜩잖은 대답을 하면 도리어 이스트반을 꾸짖어 가르쳤다. 그렇게 문답을 주고받으며 대화를 나눈 끝에 그의 사명이 생겨났다. 그때는 단순히 목소리가 사명이 무엇인지를 하나하나 일러준 것이 아니라 자신 스스로 그러한 판단을 내리기에 이른 것에 가까웠는데, 생각할 여유가 있는 지금에 와서 가만히 되새겨보니 목소리는 마치 깔때기처럼 자신을 일정한 방향으로 이끌고 인도하며 다른 가능성을 하나하나 쳐내간 장본인이었다. 영상 수신기로나 보았던, 소나 돼지를 한곳으로 몰아 머리에 대못을 박아 죽이는 도살장의 통로처럼.

목소리의 출처는 몸속이었을까, 바깥이었을까? 이제 문제는 거기에 있었다. 몸속이라면 언젠가 되돌아올 테니 말을 걸어볼 참이다. 무엇이 잘못됐는지, 자신이 무엇을 그르쳤는지, 어째서 사명을 완수하기는커녕 졸지에 피셔라는 사람을 죽이게 되었는지 말이다. 바깥이라면 문제는 더욱 까다로워진다. 일단 목소리가 돌아올지 돌아오지 않을지 그 여부가 불확실하다. 게다가 바깥의 목소리들은 오랜 경험에 비춰보건대 언제나 사실대로 솔직하게 말하는 성격이 아니었다. 의도치 않았던 말까지 서슴없이 하니까. 몸속의 목소리들은 그런 일이 없었다. 가끔 아닐 때도 있지만.

■ ■ ■

지금 있는 곳은 어디일까? 한동안은 자루에 파묻혀 있었다. 온몸이 아니라 머리만 그랬던가 싶기도 하고. 팔다리가 묶여서 조금씩 감각이 무뎌지더니 제복 차림의 사내 일당이 나타나 머리에 자루를 씌웠다. 그러자 마치 화재 현장처럼 지나기 힘들거나 불가능한 통과할 때면 말한테 그렇게 했다는 일화를 책에서 읽었던 기억이 떠올랐다. 머리에 자루를 씌우면 말이 앞이 가려서 겁을 덜 먹는다고 하던가. 그렇다면 사내들은 그가 겁먹은 줄 알고 그랬나? 겁먹을 것이 뭐가 있다고? 말들은 여물 자루를 고개에 걸어서 먹이를 먹이는데, 그때는 머리가 자루에 파묻힌 상태가 아니니 이야기가 달라진다.

'내가 말 신세구나.'

그런 생각이 들었지만, 팔다리가 등 뒤로 묶인 상태라 생각하기도 여의치 않았다. 사지를 부러뜨려 억지로 꺾어놓지 않고서야, 말이라면 이렇게 묶일 리가 없다는 생각도 들었다. 그랬다가는 말이 죽을 테지. 운이 좋으면 불구가 되겠지만. 그렇게 생각하니 사내들이 자신의 팔다리를 벌써 분질렀을지도 모른다는 느낌이 들어 마구 몸부림치기 시작했다. 자루 안에 땀이 찼다. 그때 갑자기 손길이 느껴지더니 손들이 온몸을 붙들고 번쩍 들어 어디론가 끌고 갔다.

그는 차에 태워졌다. 드러누운 바닥이 울리는 점으로 봐서, 그리고 전기 모터가 굴러가는 소리로 짐작컨대 차 안이었다. 그러다 누군가가 그를 바로 앉히고 뭔가에 등을 기대게 하더니 양손을 묶은 줄을 끊고는 다시 양손을 붙들었지만, 살갗이 쓸리는 바람에 묶인 느낌은 여전했다. 다른 누군가가, 아니면 같은 사람이 다리를 묶은 줄도 잘랐지만 마찬가지로 묶인 느낌은 여전했다. 슬며시 손을 올려 머리에 씌워진 자루를 벗기려 했지만, 누군가 양손을 붙들고 억지로 내렸다. 목소리가 말했다. 안 돼, 건들지 마. 내버려둬. 바깥의 목소리가 틀림없기는 한데, 눈앞에 자루 속만 보이는데 어떻게 확신하지? 일단은 귀를 기울이며 시키는 대로 하기로 맘먹었다.

그렇게 한참을 차에 올라 있었던 듯했다. 알고 보면 금방일지도 모르잖아. 머릿속 목소리가 넌지시 말했지만 아니다, 그의 생각은 달랐다. 분명히 한참이 지났다. 이윽고 차가 멈췄다. 그는 한동안 가만히 앉아서 주변과 몸속에서 두런거리는 여러 목소리에 귀를 기울였다. 그러다 쇠가 긁히는 소리가 나더니 억센 손이 몸을 덥석 잡고 일으켜 세워서 밖으로 떠밀었다. 차에서 내리다 하마터면 넘어질 뻔했지만 그들이 붙잡아 주었다. 한동안은 돔 내부에 있으면 들리는 소리가 나면서 자루의 천 사이로 불빛이 새어들었지만, 어느새 훨씬 조용하고 밀폐된 공간으로 들어섰다.

"여기가 어디죠?"

물어봐도 아무도 대답하지 않는 점으로 봐서는 자루에 목소리가 가린 모양이다. 다만 그러자 누군지는 몰라도 그의 오른팔을 붙잡은 사내가 손아귀에 더욱 힘을 주었다. 앞으로 끌려가는 내내 덜컹거리는 소리가 울렸고, 신발에 닿는 감촉으로 짐작건대 바닥의 재질이 뭔가 매끈하고 단단한 것으로 바뀌나 싶더니 몸이 오른쪽으로 홱 꺾였다. 별안간 문간으로 짐작되는 곳에 몸이 쾅 부딪히더니 손들이 어깨를 짓누르자, 지금 사내들이 자기를 앉히려 드는구나 하고 뒤늦게 눈치를 챘다.

'왜 정작 자기들은 안 앉는 거야? 개를 앉힐 때도 먼저 시범을 보이는데. 게다가 왜 묵묵부답이지?'

그는 천천히 자세를 낮추다 엉덩이에 단단한 물체가 닿자 마음을 놓고 앉았다.

몇 분 동안은 자기 주위를 따라서 앞뒤로 오가는 소리와 숨소리, 군홧발이 바닥에 끌리는 소리처럼 사람들이 분주히 움직이는 소리만이 머리에 씌워진 자루를 거쳐 희미하게 들려왔다. 이윽고 소리가 서서히 잦아들더니 소음의 출처가 전부 어디론가 옮겨가거나 멀찍이 거리를 벌렸다. 문이 천천히 닫히자 침묵이 내리깔렸고, 자루 속의 자기 숨소리를 빼면 아무런 소리도 나지 않았다.

그는 가만히 앉아서 기다렸다. 주위에 아무도 없나? 잘은 몰라도 그런 듯했다. 잠시 숨을 참고 귀를 기울였지만 그래도 아무런 소리가 들리지 않았다. 그럼 이제 어쩐다?

조심스레 손을 들어 자루 속의 얼굴을 더듬거리면서 다시 억센 손이 다가와 팔을 억지로 내려주기를 기다렸다. 그런데 아무런 제지가 없자, 대뜸 자루를 벗었다.

그는 구석을 마주보고 있었다. 금방이라도 얼굴이 양쪽 벽면에 닿을 것처럼 바짝 붙어 있어서 무슨 벌 받는 학생이라도 된 기분이었다.

'처음에는 말이더니 다음에는 개, 이제는 학생 취급이네. 무슨 진화라도 밟는 기분이야.'

그는 얼굴을 문질러보고는 천천히 고개를 돌렸다.

뒤로는 너른 바닥이 드러나 있었다. 바닥 가운데는 큼직한 탁자가 있었고, 탁자 반대편에는 체구가 왜소한 회색 사내가 앉아 있었다. 사내는 미동조차 없이 그를 지켜보고 있었다. 이스트반의 눈길이 자신에게 옮겨가자, 사내는 씩 웃음을 지었다.

"의자를 가까이 옮겨 앉도록."

사내가 그렇게 말하며 탁자를 두드렸다.

"내가 뭐하려요?"

이스트반이 대꾸했다.

"안 될 이유라도 있나?"

아직 대꾸할 준비가 되지 않았는데 사내가 그렇게 나오자, 이스트반은 잠시 생각을 해보고는 의자를 탁자로 가져갔다.

"무슨 짓을 저질렀는지 알고나 있나?"

왜소한 회색 사내가 말했다.

"왜 회색이죠?"

이스트반이 물었다.

"뭐라고?"

"그쪽은 몸이 왜 회색이냐고요. 피부 색깔이 회색이면 비정상이잖아요. 혹시 가짜에요?"

"내가 회색으로 보이나?"

이스트반은 고개를 끄덕였다.

"재미있군. 드물고 자시고는 나도 몰라. 네놈 눈에 세상이 어떻게 보이는지도 마찬가지고. 내 피부 색깔은 예나 지금이나 정상이다. 그리고 난 가짜가 아니라 진짜다."

이스트반은 다시 고개를 끄덕이고는 탁자를 빤히 쳐다보았다.

"그러는 네놈은? 스스로 생각하기에 자신이 진짜인 것 같나?"

"저요? 당연히 진짜죠. 진짜가 아닐 이유라도 있나요?"

이스트반은 다소 놀라 대답했다.

"다행이로군."

사내는 그렇게 말하고는 씩 웃었다.

"그렇다면 우리 모두 진짜인 셈이니 이제 진지하게 이야기를 나눌 차례다."

"뭐에 관해서요?"

"네놈이 저지른 짓에 관해서."

이스트반은 팔짱을 꼈다.

"뭔가 잘못됐던 거예요. 각본에는 그게 아녔거든요."

"그런가? 그럼 원래 각본에는 어떻게 되어 있었지?"

"그 사람을 해치는 일은 없었죠."

"틀림없나?"

아니다. 그런 생각이 이스트반의 뇌리를 스쳤다. 사실은 확신이 없었다. 그래서 마음이 복잡했다. 어쩌면 처음부터 피셔라는 사람을 해칠 작정이었는지도 모른다. 어쩌면 꾐에 속았는지도 모르고. 그것도 아니면 혼자만의 착각 때문에 벌어진 일이거나. 뭐라고 답할지 막막해서 그냥 입을 다물었다. 고개를 들어보니 회색 사내는 여전히 탁자 건너편 자리에 앉아 눈조차 깜박이지 않고 자신을 지켜보고 있었다.

"한동안 우리하고 같이 있어줘야겠군."

"왜죠?"

"네놈이 저지른 일 때문이지. 살인을 저질렀잖아. 정치 관계자를 죽였으니 그것도 보통 살인범이 아니라 암살범인 셈이지. 피셔는 기껏해야 의원일 뿐이지만 정치인은 정치인이거든. 말인즉 네놈은 우리 소관이라는 소리다. 내 소관이지."

이스트반은 화가 치밀었다.

"난 그 누구 소관도 아녜요."

"말하자면 그렇다는 거다."

사내는 부드럽게 어르는 투로 나왔다.

"내 말은 네놈이 지금부로 국가의 적으로 낙인찍혔다는 사실이다. 네가 무슨 일을 저질렀으며 누구의 사주를 받았는지 이제부터 조사를 해야겠지. 혼자 계획한 일은 아닐 테니까. 그리고 우리는 자백을 받아내기 위해서라면 수단과 방법을 가리지 않을 생각이다."

"묵비권을 행사할 겁니다. 내가 뭐하러 순순히 불어요?"

회색 사내는 씩 웃었다.

"우리는 인내심 빼면 시체다. 굳이 지금 당장 자백을 받아낼 필요는 없지. 하지만 결국에는 우리가 원하는 대로 전부 털어놓게 될 거다."

이스트반은 고개를 휘휘 젓고는 회색 사내가 사라지기를 기다렸다. 하지만 사내는 그대로였다.

"당신은 가짜야."

"아까 피차 진짜라고 확인하고 넘어갔을 텐데?"

"그랬던가요? 다른 사람하고 착각한 것 아녜요?"

회색 사내는 씩 웃었다.

"이스트반 자네, 썩 맘에 드는군."

그리고 잠시 뒤, 이스트반 주위가 온통 이상하게 변하기 시작하면서 조명이 핏빛으로 바뀌었다. 회색 사내는 자기 몸을 접기 시작했다. 처음에는 한쪽 팔을 위로 접더니 이어서 다른 팔도 접었고, 허리 중간이 접히더니 뒤로 꺾였다. 접기가 끝나자 사내는 의자에 가만히 놓인 이상한 회색 상자가 되어 있었다. 이스트반은 탁자를 가로질러 상자를 집었다.

열어봐, 열어보래도.

몸속의 목소리가 그러라고 부추겼다.

그래서 시키는 대로 했다. 천천히 펼치자 상자는 도로 사내가 되었다. 사내를 의자에 앉혀놓고 한 발 물러서서 바라보았다. 그러자 조명이 원래대로 돌아왔다. 틀림없는 사내의 모습이었다. 다만 이제는 회색이 아니었다. 지금은 제복 차림에 얼굴이 벌겋게 달아올라 마구 악을 써대는 사내였다.

사내가 고함을 멈추고 숨을 고르자, 이스트반은 손을 불쑥 내밀었다.

"전 이스트반입니다. 우리 악수하죠."

그는 사내의 손을 감싸 쥐고 흔들었는데, 문제는 잡은 부위가 손이 아니라 목이었다. 알고 보니 그것도 사내의 목이었다. 정신을 차려보니 그는 바닥에 엎드려 있었고, 사람들이 온몸을 짓누르고 있었다.

'대체 내가 무슨 짓을? 내가 어딘가 잘못되기라도 했나?'

그는 한동안 그렇게 엎드려 있다가 도로 일으켜 세워져 의자에 앉혔다. 이번에는 양팔이 팔걸이에 단단히 묶였다. 주위에 사람이 더 들어왔는데, 그의 양옆에 사내가 하나씩 붙어 있었다. 얼굴이 벌건 사내는 여전히 탁자 건너편 자리에 앉아 목을 주물렀는데, 다소 겁을 먹은 눈치였다.

"당신은 어떤가요? 진짜인가요, 가짜인가요?"

"자네 뭐라도 잘못 먹었나?"

붉은 얼굴 사내가 그렇게 말하자 이스트반은 긍정의 대답으로 받아들였다. 정말로 진짜임이 드러났던 사람들이 자신에게 수없이 던졌던 것과 같은 물음을 던지는 점으로 봐서, 이 사내는 진짜가 틀림없다.

그와 붉은 얼굴 사내는 오랫동안 대화를 나눴다. 붉은 얼굴 사내는 문제의 정치인과 그 사람에게 벌어진 일과 관련해 어째서 이스트반이 그 사람을 쐈는지에 대해 관심을 보였다. 마치 똑같은 질문을 살짝살짝 바꿔가며 묻고 묻고 또 묻는 듯했다. 물음을 던질 때마다 이스트반은 성심껏 대답했지만, 사내는 도무지 만족할 기미가 없었다.

"누구한테 사주를 받았나?" 붉은 얼굴 사내가 그렇게 묻고 이스트반이 "그놈들한테요." 하고 대답하면 사내는 "그놈들이 누구지?" 하고 되묻는 식이었고, 그러면 이스트반은 "저한테 그러라고 시킨 사람들이죠." 하고 솔직히 대답했다. 그렇게 제자리걸음 문답이 오가면서 문득 회전목마라는, 영상으로 봤을 뿐 이스트반이 타본 적조차 없는 놀이기구 같다는 느낌이 들기도 했다. 타볼 기회가 있었더라면 좋았을 텐데. 재미도 있을 테고. 유원지의 놀이기구를 떠올릴 수만 있다면야 이스트반은 언제까지고 이야기를 나눠도 상관없지만 붉은 얼굴 사내는 사정이 다른 듯했고, 머리끝까지 화가 나서는 탁자에 몸을 바짝 숙이고 이스트반의 면전에 대고 고래고래 고함쳤다. 또렷이 상상하면 할수록 그렇게 고함치는 소리마저도 이스트반의 귀에는 놀이기구 소리처럼 들렸다.

한참이 지나자 붉은 얼굴 사내는 더는 참기 어려웠는지 관두고 밖으로 나가버렸다. 혼자 남은 이스트반은 의자에 앉아 기다렸다. 혼자 있는 데 익숙했고, 오히려 혼자가 속편했다. 그래서 가만히 앉아 있었다. 그때 머릿속 깊숙한 곳에서 잡음 섞인 소리가 느릿느릿 흘러나오자 거기에 귀를 기울이며, 혹시 정적에 숨은 몸속의 목소리가 다시 들리기 시작할지 궁금하게 생각했다. 전에도 가끔씩 그러고는 했으니까. 하지만 아니었다. 목소리가 아니라 이명이 들릴 뿐이었다. 차분하고 편안한 분위기가 계속되자 그는 한동안 자신이 어디에 있는지조차 잊고 있었다.

여기가 어디인지 다시 알아차렸을 즈음 붉은 얼굴 사내가 돌아왔는데, 이번에는 몸을 붙잡고 흔들며 다시 소리를 질러댔다. 그러더니 옷을 붙잡고 이스트반을 의자에서 일으켜 세웠다 손을 풀어 바닥에 고꾸라뜨렸다. 이스트반은 어리둥절한 눈치로 바닥에 드러누워 사내를 올려다보며, 왜 혼자 가만히 앉아서 생각하는 사람한테 다짜고짜 행패인지 의아하게 생각할 따름이었다.

"일어나."

사내가 말했다.

'왜? 누운 자세가 더 편한데.'

조금 더 그대로 누워 사내를 빤히 쳐다봤다

"일어나라니까!"

사내는 그렇게 다시 말하며 몸통을 걷어찼다.

저 사람은 네 편이 아냐.

목소리가 말을 걸어왔다. 몸속의 목소리가 분명하다. 붉은 얼굴 사내는 전혀 듣지 못한 눈치이니 말이다. 오로지 그만 목소리를 들었다. 그렇게 자신한테만 들리는 목소리를 듣고 있으면 괜히 우쭐했다.

네 편이 아니래도.

목소리가 다시 일러줬다.

“정말이야?”

위에서 그림자를 드리우던 사내의 미간이 의문으로 주름졌다.

그렇다니까. 오히려 적이지. 없애버려.

“지금 당장?”

붉은 얼굴 사내는 한 걸음 물러났다.

“대체 누구랑 말하는 거냐?”

일단 몸부터 일으켜. 다시 의자에 앉아. 그럼 내가 알려줄게.

목소리가 돌아와줘 다행이었다. 특히나 이렇게 주변이 어수선해서 뭘 어떡하면 좋을지 모르는 때라면 더더욱. 목소리들은 자신보다 세상물정에 도통한 듯했다. 가끔은 나중에 후회할 일을 시킬 때도 있지만. 어쨌든 시키는 대로 해봐야지. 그는 천천히 몸을 일으킨 다음 의자에 앉았다.

“진작 그렇게 나와야지.”

붉은 얼굴 사내가 말했다.

진작 좋아하네. 그 말을 후회하게 해주자.

“맞아.”

이스트반이 말했다. 정작 목소리한테 한 말이었는데 붉은 얼굴 사내는 자기한테 말하는 줄 알고 고개를 끄덕였다.

“좀 낫군. 그만 이실직고할 준비가 되셨나?”

‘네’ 하고 대답해.

그러자 이제는 목소리가 단지 몸속에만 있는 것이 아니라는 기분이 들었다. 잘은 몰라도 단순한 음성 이상이었다.

그림자처럼 흐릿한 형체가 붉은 얼굴 사내 옆에서 피어오르는 모습이 눈에 잡혔다. 뚜렷한 사람의 형상은 결코 아니었다. 눈이 서서히 적응되면서 허상이 아닌 실체가 어렴풋이 보이기 시작하는 듯했다. 그는 슬며시 웃음 지었다.

"네."

"그래야지. 처음부터 시작하지. 누가 사주했나?"

이제 그림자는 얼추 사람의 형상을 취했지만 윤곽이 여전히 흐릿했다. 그림자 사내가 붉은 얼굴 사내의 목에 양손을 두르고 조르는 시늉하는 모습을 가만히 지켜보았다. 붉은 얼굴 사내는 무슨 일이 벌어지는지 꿈에도 모르는 듯 했다. 그러자 그림자 사내는 이스트반에게 고개를 돌리고 어서 해보라는 듯이 고개를 끄덕였다.

이제 네 차례야.

그는 순식간에 의자에서 튀어올라 탁자 위로 몸을 날리며 붉은 얼굴 사내와 의자를 한꺼번에 뒤로 쳐날려 보냈다. 사내는 소스라치게 놀라 비명을 지르더니 갑자기 머리를 시멘트 바닥에 처박고는 쭉 뻗어버렸다. 이스트반은 사내의 목을 단단히 움켜쥐고 꽉 졸랐다.

바로 그거야.

그림자 사내는 이제 곁에서 무릎을 굽히고 앉아 흐릿한 입술에 소름끼치는 웃음을 띠고 있었다.

계속 졸라, 더 세게!

그때 문이 벌컥 열리면서 손들이 달려들어 그를 붙잡고 끌어냈다.

10

그들은 다시 이스트반의 손을 묶었다. 나중에는 도로 심문실로 끌려갔는데 이번에는 어딘가 달라보였다. 호기심에 사내의 머리에서 흘러내린 피가 바닥에 없는지 살펴봤지만, 이곳이 아예 다른 심문실인지 아니면 피를 닦았는지 흔적이 없었다. 이윽고 심문이 계속됐는데, 이번에는 여러 사람이 번갈아 오가면서 수작부릴 틈을 주지 않았다. 목소리는 뭐하는 거야? 이제 흐릿한 그림자 몸이 생겼다고 어디론가 훌쩍 가버렸나? 아무튼 목소리는 감감 무소식이었다. 계속 귀를 기울여도 좀처럼 들리지 않았는데, 사실 지금처럼 바깥에 다른 목소리가 너무 많을 때는 이렇게 듣기 힘든 적이 있고는 했다.

뭐라고 대답하건 그들은 좀처럼 만족하지 못하는 눈치였다. 마치 다른 대답을 숨기고 있다는 듯이 같은 질문을 묻고 묻고 또 물으며 악을 써댔다. 그래서 입을 다물었지만 소용이 없었다. 질문 공세는 끈질기게 이어지며 이제는 그의 몸속에 답이 있다는 것처럼 굴기 시작했다. 자꾸 머리채를 잡아채거나 고개를 위아래로 확 꺾거나 의자에서 떨어뜨릴 것처럼 거칠게 밀어댔다. 급기야 아주 바닥에 나뒹굴게 되자 언제쯤 몸속의 목소리가 되돌아올까 하는 궁금증이 머릿속을 맴돌았다. 하지만 아무 일도 없었다. 그들은 분명히 심문실에서 이스트반을 둘러싸고 있었지만 점점 멀리 떨어져가는 느낌이었는데, 해코지를 못하도록 마치 그 스스로 몸속 깊숙한 곳으로 점점 파고드는 기분이었다.

한참이 지나자 그들은 그를 끌고 나가더니 복도를 지나 철창에 가둬버렸다. 혼자가 되니까 다시 천천히 몸을 채워 가는 기분이 들면서 다시금 주위가 손을 뻗으면 닿는 진짜처럼 느껴졌다. 뒤늦게 알고 보니 온몸에 쑤시지 않는 곳이 없었다. 얻어맞은 팔다리는 멍투성이에, 거울이나 뭐라도 비춰볼 만한 데가 곁에 없지만 아마 얼굴도 시퍼렇겠지. 입에서는 피 맛이 느껴졌고 이도 하나 빠지고 없었다.

그는 신음을 내뱉으며 좁은 간이침대로 기어가 드러누웠다. 어쩌다 이런 신세가 됐지? 어째서 나한테는 도무지 이해되지 않는 일만 벌어질까? 남들도 똑같이 겪는 일일까, 아니면 이스트반 혼자만 그럴까? 문득 젠시 생각이 떠올랐다. 젠시는 그의 주변 세상을 남들보다는 잘 이해해줬지. 어째서 그럴까?

'대체 난 어디가 잘못된 거지?'

이스트반은 같은 의문을 되씹었다.

시간이 지나자 어느새 잠이 들었다.

누군가가 끙끙대는 소리에 잠을 깼다. 알고 봤더니 끙끙대는 사람은 바로 자신이었다. 온몸이 쑤시는 것도 모자라 이제는 뻐근하기까지 했다. 느릿느릿 몸을 일으켜 머리를 감싸 쥐었다. 고개를 들자 그곳에 회색 사내가 있었다.

"당신이로군."

이스트반이 말했다.

"그래."

회색 사내가 말했다.

"혹시 가짜 아닌가요?"

재미있다는 듯 사내의 입가가 씰룩였다.

"아까 진짜라고 짚고 넘어갔을 텐데. 벌써 까먹었나?"

이스트반은 잠시 생각을 해보고는 고개를 끄덕였다.

"그런데 내가 틀렸는지도 모르잖아요."

"네가 맞고 틀리고는 전혀 중요치 않다. 누가 시켰나?"

"누가 시켰냐니요?"

"무슨 말인지 알 텐데? 누가 사주했냐는 말이다."

이스트반은 사내를 빤히 쳐다보다 고개를 저었다.

"설명해 보려고 했지만 도통 못하겠네요."

"끝까지 버티겠다, 이건가?"

"아뇨, 그냥 못한단 말이죠. 왜 그런지는 나도 몰라요."

사내는 생각에 잠겨 그를 응시했다.

"정말로 못한다고 철석같이 믿나 보군."

이스트반이 고개를 끄덕이자 사내는 참을성 있게 말을 이었다.

"안타깝지만 네놈이 뭐라고 착각하건 상관없다. 정보가 있는 한 우리는 끝까지 알아낼 거다. 네 머리통을 부수고 열어내 내용물을 일일이 걸러내는 한이 있어도 말이야. 그리고 동시에 네놈이 두 번 다시 그런 짓을 저지르지 못하게 철저히 손봐주마."

사내는 씩 웃었다.

"우리는 철두철미하기로 이름나서 말이야. 거기에는 그만한 이유가 있기 마련이지."

이스트반은 벌떡 일어나 사내를 덮치고 싶은 충동이 일었지만 꾹 참았다. 아까 일어났던 일이, 회색 사내가 회색 상자로 접혀들었다 도로 펼쳐져 누군가 혹은 뭔가 다른 모습으로 변하는 괴변이 되풀이될까 두려웠다. 그런 일을 다시는 겪고 싶지 않았다. 그래서 가만히 기다리며 한편으로는 회색 사내가 얼른 가버리기를 빌면서도 다른 한편으로는 지금 상황이 조금이나마 이해되도록 뭐라도 설명을 해주기를 빌었다.

그러나 회색 사내가 아무 말이 없자, 이스트반은 먼저 헛기침을 했다.

"이제 나는 어떻게 되죠?"

"원래라면 몇 차례 더 심문실을 들락이겠지. 한 열 번쯤, 아니면 스무 번이라도. 그런데 네놈이 우리 직원한테 횡포를 부려서 절차가 다소 생략됐다."

"직원이라뇨?"

"네놈이 목을 조른 사람 말이다. 목을 조르다 아예 머리를 부숴버렸다고 해야 맞겠군."

사내는 이스트반에게 삿대질을 했다.

“그러면 쓰나.”

“그치만 그러라고 시켰단 말예요.”

이스트반은 그렇게 말했더니 회색 사내가 슬쩍 자세를 고치며 집중하는 모습을 눈치 챘다.

“누가 시켰나?”

이스트반은 손을 들었다 힘없이 떨어뜨렸다. 누가 시켰더라? 그때는 굉장히 기억에 선명했지만 지금은 뒤죽박죽이었다. 사내는 사내인데 사람이 아니라 연기로 이루어진 형상이었던 것 같기도 하고, 목소리가 들렸던 듯하기도, 들리지 않았던 듯하기도 했다. 도대체 어떻게 설명하지? 그것도 피부 색이 어딘가 이상한 사람한테?

“고의가 아녔어요.”

끝내 그런 말이 나왔다.

“말 돌리지 마시지.”

회색 사내가 말했다.

“내가 그랬나요?”

회색 사내는 씩 웃고는 고개를 저었다.

“그래, 그랬지.”

사내는 한숨을 쉬고는 무릎을 손으로 받치고 의자에서 일어났다.

“아무래도 상관없다. 당분간 붙잡아 둘 테니까. 굳이 당장 자백을 받아낼 것도 없지.”

회색 사내는 문간으로 걸어가기 시작하더니 뒤로 돌아섰다.

“이제 어떻게 되냐고 물었던가? 본분을 다하려던 멀쩡한 사람을 죽여 놨으니 이제 네놈을 행성 외부의 기밀 장소로, 그러니까 여기서 통용되는 법률이 적용되지 않는 곳으로 이송해야겠지. 그러는 편이 네놈을 취급하기도 수월할 테고.”

사내는 씩 웃어보였다.

“사실 취급이란 말은 듣기 좋으라고 하는 말이지. 우리가 볼장 다 봤을 무렵이면 네놈은 아예 폐인이 되어 있을 거다."

사내는 손바닥으로 문을 두 번 두드렸다.

"하기야, 네놈이 폐인인지 아닌지는 벌써부터 의문이긴 하다만."

미닫이 출입문이 삐걱이며 열렸다.

"그럼 나중에 보도록 하지."

회색 사내는 그렇게 말하고는 밖으로 나갔다.

11

하지만 회색 사내를 다시 보기까지는 몇 달, 아니면 몇 달은 족히 지난 뒤처럼 느껴졌다. 처음에는 음식도 주지 않고 홀로 감금해 두더니 쇠약해질대 쇠약해지자 그제야 물을 주었다. 그런 다음에는 걷지 못할 지경이 되도록 쇠막대로 발바닥을 두들겨 팼다. 머리에 자루를 씌우고는 물을 부어 익사의 고통을 맛보였고, 알몸으로 만들어 썰렁한 방에서 떨게 놔두는가 하면 어서 불라고 귀에 대고 윽박질러서, 그는 점점 몸속 깊숙한 곳으로 숨어들어 먼발치에서 상황을 바라볼 수밖에 없었다.

지켜보는 매 순간이 공포의 연속이었지만, 그들도 점점 지치고 갑갑해하는 모습을 보이자 고소한 기분이 들었다.

그렇게 며칠이 지났는지는 그로서도 갈피가 잡히지 않았다. 그러다 느닷없이 막을 내렸다. 도로 머리에 자루를 씌우고 손을 묶어서는 서둘러 복도로 끌고 나가더니, 그가 바닥에 쓰러지자 실컷 비웃고는 억지로 일으켜 세웠다.

'저번하고 같은 자루인가?'

이스트반은 그런 의문을 떨치기 어려웠다. 그들은 그를 다시 차에 태웠는데, 어딘가 느낌이 달라서 전에 타고 왔던 차는 아닌 듯했다. 자루를 뒤집어쓴 상태로도 느껴지는 공간감이 확연히 달랐다. 옆에서 누가 팔을 단단히 붙들었고, 반대쪽도 다른 누가 마찬가지로 붙잡고 있었다. 그 상태로 어디론가 한참을 달렸다.

한참까지는 아닐지도 모르잖아.

몸속 어딘가의 목소리가 그렇게 귀띔해오는 소리가 들리자, 그는 다행스러운 생각에 자루 속으로 피식했다.

'목소리야 오랜만이네.'

한쪽 팔을 붙든 손아귀에 더욱 힘이 들어갔다. 얼마나 오랫동안 달렸는지는 몰라도 끝내 차는 멈췄고, 그는 서둘러 끌어내려져 다른 장소로 신속히 이송됐다. 처음에는 건물로 들어가는 줄 알았는데 자리에 앉혀져 자루가 벗겨지고 보니 건물이 아니라 무슨 비행기 같았다. 게다가 보안 요원 둘 말고는 혼자였다.

"어디 가는 거죠?"

그러나 보안 요원들은 대답이 없었다. 눈길조차 주지 않았다. 천장에서 삐걱이는 쇳소리와 함께 불빛이 쏟아져 들어오면서 이곳이 우주선 내부라는 사실을 알아차린 순간, 엔진이 울리기 시작하면서 공중으로 붕 떠올랐다. 그때의 상승감이야말로 지금까지의 경험 중에서 가장 놀이기구 탑승에 가까운 느낌이었다. 당장이라도 배가 몸밖으로 빠져나갈 것처럼 아래로 푹 꺼지는 느낌이 들더니 온몸이 무거워지면서 숨을 쉬기 힘들어졌고, 몸속의 목소리들이 머리를 간지럽히며 타고 내려가 양다리에 매달렸다. 그러다 우주선이 돔 상부 개폐구를 통과하면서 중력이 서서히 줄어들더니 곧 사라졌다. 이윽고 우주선은 정거장 주위를 돌면서 속도를 일치시킨 다음 천천히 접근해 둔탁한 쇳소리와 함께 도킹했다.

"목적지에 도착한 건가요?"

보안 요원들은 이번에도 대답이 없었다. 묘하게 몸이 가벼워서 마치 몸이 사라진 듯 한 기분이었다.

'육체가 없는 몸속의 목소리가 이따금 느끼는 기분이 이런 거구나.'

그렇게 생각하기도 잠시, 뒤따라 이런 생각이 들었다.

'어쩌면 지금 내가 몸속의 목소리가 되어 가는지도 모르겠네. 아니면 몸속의 목소리는 애초부터 몸속에 없었거나.'

속으로 그렇게 중얼거렸지만, 우주에서는 몸이 느껴지지 않아도 무방했다. 의자에 벨트로 묶여 있는데도 몸이 둥둥 떠올라 천천히 앞뒤로 쏠렸다. 하지만 두 보안 요원은 바닥에 단단히 발을 붙이고 있었는데, 군홧발 속의 뭔가가 몸을 고정해주는 듯했다. 정작 그는 군화가 없지만. 어째서 나만 없지?

두 보안 요원은 벨트를 풀어준 다음 그의 양쪽 팔꿈치를 붙들고 함께 허공으로 도약했는데, 해치에 가까이 다가갈수록 몸의 감각이 되돌아오기 시작하더니 정거장 내부로 들어갔을 즈음에는 거의 원래 몸무게로 되돌아와 있었다. 몸을 되찾은 기분이 이리도 실망스러울 줄이야.

보안 요원들은 그를 끌고 우주 정거장의 고리를 지나서 아까 것보다 큰 우주선이 기다리는 대형 격납고로 갔는데, 그 우주선은 지면과 궤도를 오가는 소형선이 아니라 성간 함선이었다. 우주선 옆에서는 회색 사내가 고무 재질 자루를 들고 있었다.

"아, 이스트반. 언제 오나 기다리던 참이었다."

"뭐하려요?"

이스트반이 어리둥절한 듯이 물었다.

"여기 계신 두 신사분이 몫을 다해줬으니, 이제는 내가 나설 차례로군."

사내는 두 보안 요원을 가리키며 말하고는 다시 몸짓했다.

"안으로 끌고 가."

그는 보안 요원들의 손에 끌려 경사로를 올라 함선에 들어섰다. 함내에서 승무원들을 지나쳐 갔는데, 다들 긴장 섞인 눈으로 그를 바라보는 눈치였다. 회색 사내가 한 승무원에게 말했다.

"경계할 필요 없다. 그냥 못 봤다고 생각하도록."

회색 사내는 방향을 지시하며 계단을 내려가 겉에 제한 구역이라고 표시된 두꺼운 철문을 통과했다. 안으로 들어가자 금속 관물대가 나란히 늘어선 실내가 나왔고, 바닥에는 배수구가 나 있었다. 방금 물청소를 했는지 바닥은 여전히 물이 흥건한 데다 무슨 냄새인지 이스트반이 무어라 꼬집어 말하기 어려운 이상한 냄새도 났다. 실내 중앙에는 고무와 금속 재질의 안락의자 세 개가 비치되어 있었는데, 하나같이 나사로 바닥에 단단히 고정되어 있었으며 팔걸이와 다리걸이에는 억제대가 달려 있었다.

"여기 묶도록, 제군들."

보안 요원들은 사내의 지시에 따랐다. 일단 양손을 풀어준 다음 옷을 벗겨 한쪽에 가지런히 쌓았다. 순간 이스트반은 달아날까 하는 생각도 했지만 그러기에는 몸이 너무 쇠약했다. 둘은 그를 의자로 데려가 팔다리를 묶은 다음 고개를 좌우로 돌리지 못하도록 머리도 억제대로 고정했다. 그러고는 왜소한 회색 사내에게 경례를 붙이고는 밖으로 나갔다.

“저 사람들 눈에도 보이나 보군요. 진짜 맞나보네요.”

“그 얘기는 전에도 짚고 넘어갔을 텐데. 다른 사람 말을 한 번에 알아 먹으면 어디 덧나나?”

‘네, 좀처럼 안 되더라고요.’

그는 자신의 이해 범위를 벗어나 끝없이 바뀌고 변화하는 세상에 너무도 자주 다치고, 상처받아왔다.

왜소한 회색 사내는 앞으로 다가와 이스트반의 머리를 쓰다듬었다.

“이제 아무도 없으니.”

사내는 고무 자루에 손을 넣더니 면도날을 꺼내 머리를 마구 밀면서 중간 중간 이스트반의 머릿가죽에 베이고 찔린 상처를 남겼다.

“같이 즐길 거리가 너무도 많군.”

사내는 그렇게 말하며 관물대를 가리켰다.

“목적지까지 도착하려면 아직 많이 남았거든. 물론 진짜 재미는 거기서 보겠지만 말이야.”

사내는 자루에서 피하주사기와 플라스틱 마개가 씌워진 바늘 하나를 꺼냈다. 그러고는 주사기에 바늘을 끼우고 마개를 뽑았다.

“그렇다고 그때까지 가만히 손놓고 기다리라는 법은 없지.”

사내는 씩 웃었다. 그러고는 바늘을 점검해 보더니 주사기를 이스트반의 눈에는 보이지 않는 곳으로 천천히 내렸다. 별안간 팔뚝이 따끔하더니 살이 타들어가는 느낌에 몸을 움찔거렸다. 통증은 손가락 끝까지 타고 내려갔다가 팔을 타고 오르기 시작했다.

“기분이 어떤가?”

회색 사내가 속삭이듯 낮은 목소리로 물었다. 그러고는 다시 팔을 들어보이자 빈 피하주사기와 피로 물든 바늘이 이스트반의 눈에 들어왔다.

타오르는 통증이 어깨를 지나 가슴과 목으로 서서히 퍼져나가더니, 갑자기 머리 꼭대기가 쪼개져 내부가 온통 액화로 뒤덮이는 고통이 머릿속을 엄습했다. 숨이 턱 막히더니 흐릿한 시야 사이로 회색 사내의 웃는 얼굴이 보였다.

숨을 쉬려고 헐떡이고 정신을 잃지 않으려고 애쓰며, 몸속의 고통이 이제까지 겪어보지 못했던 최악의 격통으로 변하는 바로 그 순간에도, 일순 머릿속이 명료해지면서 지금은 시작에 불과하고, 앞으로 겪을 일에 비하면 아무것도 아니라는 짐작이 들었다. 오히려 그것이 고통보다 훨씬 더 끔찍했다.

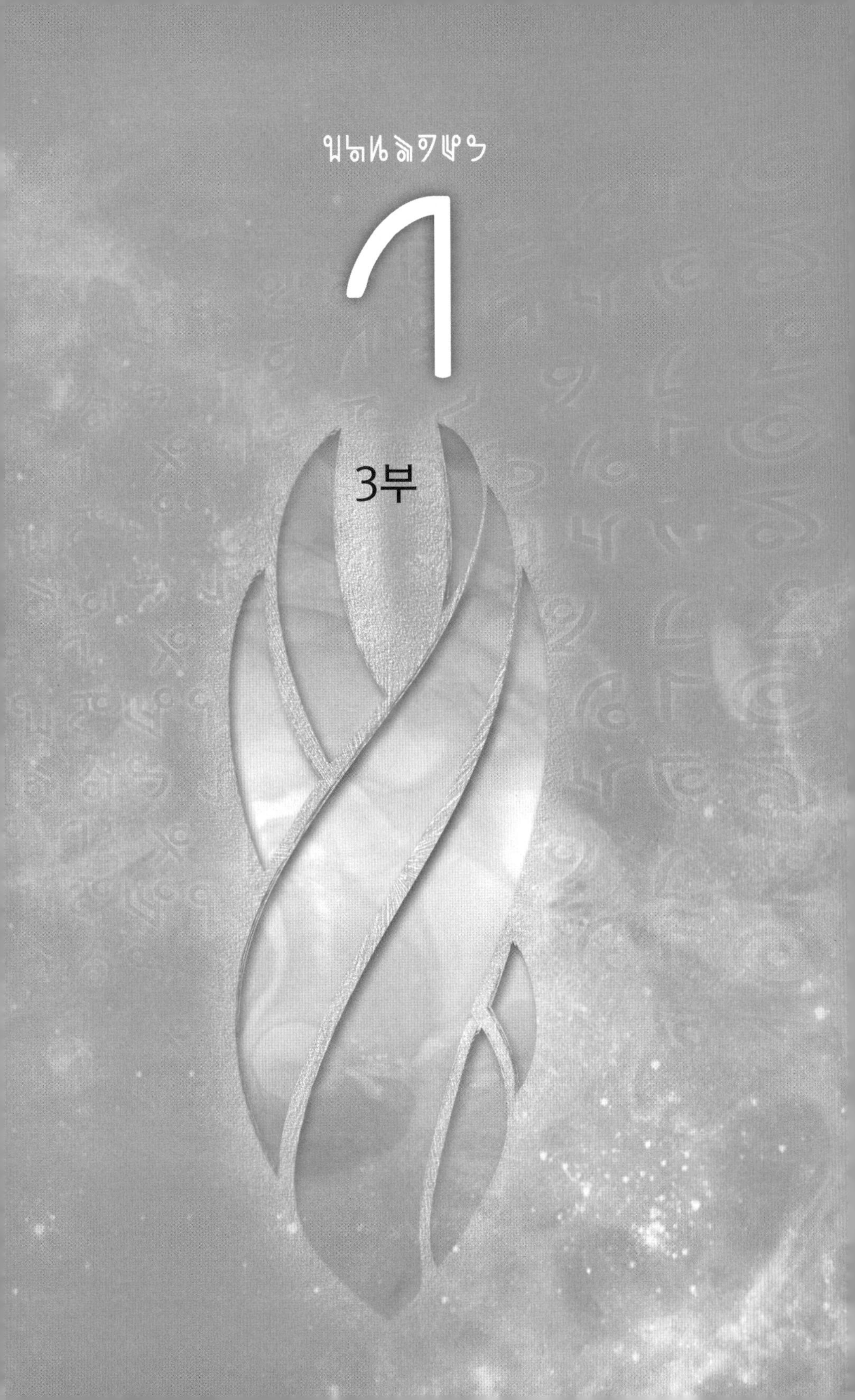

3부

12

꿈속에서 젠시는 낯선 방에서 치과에 가면 있는 것과 비슷하지만 어딘가 다른 의자에 묶여 있었다. 애초에 치과의사라면 환자를 묶어놓지 않을 테니까. 그래도 진료용 의자처럼 움직이면서 천천히 올라갔다 내려가며 옆에 있는 기술자가 페달 밟아 압력을 넣는 대로 작동했다. 그 기술자는 치과 의사가 입는 진료복처럼 흰 겉옷을 걸치고 있었지만 치과의사는 아니었다. 치아 상태만 봐도 뻔히 짐작됐다. 이가 썩고 튀어나오는가 하면 아예 빠지고 없는 자리도 있었으며, 하나같이 누런 갈색으로 변색되어 있었다. 입 냄새 역시 참기 힘들 정도로 역겨웠고, 외투 곳곳에는 오래된 핏자국 같은 흔적이 남아 있었다.

"내가 어쩌다 여기 있는 거죠?"

꿈속에서 젠시가 물었다.

기술자는 웃음을 터뜨렸다.

"어째서 여기에 있냐고?"

그가 양손을 들자 한쪽에서 쇠가 번쩍이는 모습이 젠시의 눈에 잡혔다.

"처음부터 쭉 있었으면서 새삼스럽군 그래."

천장에는 마치 거꾸로 매달린 진료용 의자 같은 이상한 고무 재질 장치가 매달려 있었는데, 기술자는 의자를 맘대로 올리고 내리더니 장치를 잡고 아래로 당겼다. 유연한 플라스틱신 재질인지 젠시의 몸을 에워싸며 정확히 들어맞았다. 전체적으로 부드럽게 느껴졌지만 여기저기서 몸과 부딪히며 팔다리를 건드리는 작고 딱딱한 부분 때문에 함부로 움직이기 어려웠다. 속에 뭔가 숨겨져 있나? 그때 딱딱한 부분이 살을 파고들자 바늘에 찔리듯 따끔한 통증이 들었고, 이어서 다른 바늘이, 또 다른 바늘이 연달아 꽂혀대는 통에 숨이 턱 막힐 지경이 됐는데, 정말로 바늘인지 몰라도 몸에 점점 깊숙이 박혀들었다. 기술자가 플라스틱신 덮개 아래로 손을 집어넣어 슥 쓸어보고 다시 꺼내자 피가 흥건히 묻어 있었다. 젠시로서는 섬뜩하지 않고는 배길 수가 없는 상황이었지만, 숨을 쉬려고 발악할수록 가슴의 통증만 커지며 바늘들이 살갗을 더욱 깊이 파고들어 화끈거리는 느낌만 남기는 탓에, 가슴이 오르내리지 않도록 숨을 짧게 쉬려고 애썼다. 그런데 어느새인가 도리어 호흡이 과해지면서 머리가 유난히 어지러워지더니 눈앞에 검은 반점이 보이기 시작했다. 바늘이 뭔가를 몸에 주입하는지 약물에 취하는 느낌이었다.

"질문 몇 가지만 하겠다."

기술자가 지극히 단호한 목소리로 말했다.

"싫어요."

그렇게 말하자 고통이 젠시를 엄습했다.

기술자는 젠시의 대답을 들은 체도 하지 않았다.

"쉬운 것부터 시작하지. 이름이 뭐냐?"

젠시는 고개를 저었다.

"틀렸어. 다시 묻겠다. 이름이 뭐냐?"

"난…… 제발……."

"또 틀렸군. 다시 기회를 주지."

기술자는 앞으로 몸을 기울이고는 별안간 도리어 친근한 목소리로 말을 붙였다.

"정말이지 기가 막히는군! 이렇게 쉬운 질문도 답하지 못하니 말이야. 벌써부터 끙끙대면 나머지 질문은 어떻게 감당하려고 그러시나?"

젠시가 미처 대답하기도 전에 사내는 몸을 뒤로 뺐고, 무표정한 얼굴로 되돌아갔다.

"다시 묻겠다. 이름이 뭐냐?"

검은 반점은 어느덧 시야를 뒤덮고 있었다. 이제는 눈앞의 기술자조차 거의 보이지 않을 지경이었는데, 그나마 보이는 것이라고는 검은 원으로 뒤덮인 모습이라 마치 어디선가 불쑥 솟아나거나, 당장이라도 홀연히 사라질 듯한 광경이었다.

"내 이름은……."

다시 입을 열려는 찰나 바늘이 온몸을 찌르자 그는 비명을 지르고는 기어들어가는 목소리로 대답했다.

"젠시."

"아깝지만 틀렸어. 다시 대답해 보실까?"

'그치만 그게 내 이름인걸. 정말이란 말이야. 제대로 대답했으니 그만 풀어줘.'

젠시는 간절한 눈빛으로 기술자에게 호소했다.

기술자가 무표정한 얼굴로 참을성 있게 기다리는 사이, 젠시는 연신 가쁜 숨을 몰아쉬었다. 그러자 마침내 기술자가 입을 열었다.

"힌트를 줄까?"

기술자가 느긋하게 손을 들자 젠시는 아까 봤던 금속성 섬광이 실은 거울이었음을 알아차렸다. 처음에는 엉뚱한 곳을 비추는 바람에 젠시의 눈에는 주위의 벽만 보였지만, 곧 얼굴에 강렬한 빛이 반사되면서 눈이 부셔 순간적으로 앞을 보기 힘들었다.

그러자 거울에 비친 떨리는 상이 얼핏 보였는데, 그것은 젠시가 아니라 형 이스트반의 얼굴이었다.

■ ■ ■

잠에서 깨자 온몸이 따끔거렸다. 젠시는 바늘 자국이 남았을까 싶어 양팔을 문질러봤지만 아무것도 없었다. 혹시나 싶은 생각에 그는 자리에서 벌떡 일어나 자신이 이스트반이 아니라 젠시가 맞는지 거울을 쳐다보았다. 초췌하고 눈이 빨간 자기 얼굴이 보이자 가슴을 쓸어내렸다. 불길한 꿈에 또 잠을 설친 기색이 얼굴에 선했다. 깨고 났더니 똑같은 꿈이 되풀이될까 두려워 도로 눈을 붙이기 어려웠다. 그는 잠자리를 정리하고 침대에 앉아 생각에 잠겼다. 속으로 혼잣말을 중얼거리면서.

'형을 위해서 내가 해볼 만한 일은 전부 해봤어. 같이 있을 적만 해도 계속 뒷바라지를 해줬잖아. 나중에는 뭔가 성급한 짓을 저지르지 않게 막으려고 애썼고. 그런 뒤에는 몇 달을, 몇 년을 꼬박 형만 찾아다녔어. 이제는 뭔가 어떡 해볼 도리가 없잖아.'

하지만 스스로 그렇게 되뇌면서도 그 말을 믿지 않았다. 아직 형을 찾지 못했다. 아직 찾지도 못했는데 벌써 도리가 없다고 단념하기에는 이르잖은가?

고된 하루였다. 일단 평소보다 훨씬 지친 까닭도 있지만, 종일 같은 생각만 되풀이하면서 형이 지금 어디에 있을지 골몰한 까닭도 있었다. 더구나 주권 식민지 군대에서 정치범과 테러범을 어떻게 다루는지를 생각하면 이스트반이 갖은 고초를 겪었으리란 걱정을 떨칠 수가 없었다. 지금쯤 평소보다 훨씬 더 실성한 몰골이 됐을지도 모를 일이다. 아니면 어딘가 불구가 됐거나. 어쩌면 아예 죽었을지도 모르고. 지금 내가 정말로 형이 어떻게 됐는지 알고 싶어서 이럴까? 이스트반을 되찾는 들 과연 같은 사람이기나 할까?

'지금은 이렇게 자꾸만 생각나도 며칠만 있으면 형 생각도 잊게 되겠지.'

젠시는 그렇게 되뇌었다.

'삶이란 언제나 일상으로 되돌아오니까. 형을 찾지 못한다 해도 내 탓은 아냐.'

그러나 며칠이 지나도 형 생각은 여전했다. 도무지 떨쳐버릴 수가 없었다. 그래서 이럴 적이면 평소에 하던 대로 형을 만나게 해달라는 요청서를 또 작성해 군에 보냈다. 이전에 수없이 보냈던 진정서와 마찬가지로 이번에도 쓰레기통행이 되리란 사실을 뻔히 알면서도. 아예 읽어 보지도 않겠지. 이렇게라도 해두면 그나마 의식이 무의식에게 나도 손놓고 있었던 것은 아니라고 발뺌할 빌미를 만들어줬다.

젠시는 형이 사라진 4년 전과 마찬가지로 계속 운반 일을 했다. 화물선을 몰고 다니며 인근 궤도의 우주선에서 궤도에 있는 대형 충격점 운항선으로, 혹은 반대로 화물을 실어 나르는 일이었다. 아침에 출근해 배달 목록과 화물선을 배정받은 다음, 소규모 작업반과 할당량을 처리하면 끝이다. 일이 순조롭게 풀리면 하루 8시간이면 일과가 마무리되지만 어딘가 꼬이면 해결될 때까지 남아 있어야 했고, 근무 시간이 8시간을 넘겨도 초과 수당 한 푼 나오지 않았다. 그래도 나름 번듯한 직장에 경기가 나쁠 때라 이만한 것이 무직보다는 나았다. 화물선 조종 자체가 그리 손에 땀을 쥐게 하는 일도 아닌지라, 도킹 과정만 제외하면 군사 비행학교에서 처음 몇 주 동안 훈련받는 수준이었지만 그래도 일은 일이었다. 벌이가 짭짤한 것도 아니라 저축도 제대로 못하지만 호구지책은 하고 남았다.

그러던 차에 몇 주가 지나서, 젠시는 뜻밖의 영상 메시지를 받았다. 발신자가 어머니라 깜짝 놀랐다. 정신병원에 들어간 이후로 기별이 없었는데 영상의 배경을 보아하니 지금 있는 곳은 처음 들어간 바로 그 시설 그대로였다. 그래도 생각보다 멀쩡해 보였다. 머리는 가지런히 빗었고, 눈동자에 약간 초점이 없기는 했지만 전처럼 사방을 마구 흘겨보지는 않았다. 거기다 별로 말을 길게 하지는 않았지만 그래도 이제는 문장을 갖춰서 조리 있게 말을 했다.

"젠시, 좀 보자꾸나. 이리로 찾아오렴."

퍼뜩 이해가 되지 않았다. 어머니가 무슨 일로 연락을 했을까? 그동안 젠시 때문에 이스트반이 사라졌다고 책망했던 데다, 전에는 찾아뵙겠다고 먼저 연락해도 거절하던 사람이었는데. 솔직히 별로 찾아뵙고 싶지도 않았지만 그렇다고 뿌리치기는 어려웠다. 이제는 오히려 뵙고 싶지 않다지만, 이스트반을 실망시켰다는 죄책감에 줄곧 시달리던 예전에는 계속 어머니에게 얼굴을 비쳤다. 물론 영상으로만 그랬다 뿐이지 직접 찾아뵌 적은 없었다. 직접 얼굴을 대면할 것까지는 없으니까.

병원 직원이 그가 면회할 권한이 있는 가족임을 알아보기까지 한참이 걸렸고, 어머니의 병실을 찾아 화상 연결을 하기까지는 더 오랜 시간이 걸렸다. 처음 보낸 메시지에서 봤던 모습처럼 썩 좋아 보이지는 않았다. 지금은 머리도 산발에 얼굴은 축 늘어져 있었는데, 방금 약이라도 투여받은 듯했다. 어머니가 그런 몰골로 있는 모습을 보니 먼저 입이 열렸다.

"몇 년 동안 연락도 없으시더니 무슨 바람이 부신 거죠?"

처음에는 어머니가 말을 알아듣지 못한 탓에 같은 소리를 두 번 말했다. 어머니는 잠시 말을 더듬거리더니 무어라 횡설수설하다 간신히 말을 꺼냈다.

"그래도 마침내 널 용서해 줬잖니."

"용서? 뭘 말예요?"

"네가 형한테 했던 짓을 말이다. 이제는 용서하마."

젠시는 화가 머리 끝까지 치밀었다.

"제가 형한테 뭘 어쨌다고요! 형이 저렇게 된 건 제 탓이 아녜요. 스스로 자초했다면 모를까."

"네가 오기를 기다렸단다."

그렇게 말하는 어머니는 이제 목소리마저 이상하게 새되고 카랑카랑하게 들렸다.

"무엇 때문에요? 어머니가 저한테 뭘 해줬다고요?"

"제발로 찾아와야 나한테 용서받을 게 아니냐. 찾아와서 구원받으라는 게지."

젠시는 열을 받을 대로 받아 영상을 확 끊어버렸다. 애초에 장난에 넘어가 여기까지 헛걸음한 내가 바보지.

몇 시간 뒤, 그는 헨리가 보낸 짧은 녹화 메시지를 받았다. 헨리는 지금 다른 행성에서 무슨 특수시설 경비 일을 하고 있었다.

"이거 극비 정보야."

헨리는 그렇게 말하며 눈을 찡긋했다.

"길게 설명은 못 해. 벌이도 짭잘하고. 여기서 밑천을 잡아서 그 돈으로 빈두아가로 돌아가 번듯한 사업을 벌일 참이야. 너도 같이 하면 좋고."

발신지를 알아보려 했더니 기록이 삭제되고 없었다. 특정 위치만 없는 것이 아니라 정확히 어떤 태양계에 있는 행성인지조차 나와 있지 않았다. 대체 헨리는 무슨 꿍꿍이일까?

■ ■ ■

꿈이 서서히 사라지면서 하마터면 이스트반을 또 까먹을 뻔한 무렵, 또 병원에서 영상 메시지가 들어왔다. 보나마나 어머니겠거니 하고 수신을 거부했지만 곧바로 전화가 다시 걸려왔는데, 그것도 비상용 회선이었다. 젠시는 자기도 모르게 호기심이 생겨서 전화를 받아보았다.

발신자는 정신병원 원장이었다.

"이거 뭐라고 말씀드려야 할지 난감하군요."

"그냥 말씀하세요."

젠시는 벌써 머릿속으로 생각을 쏟아내며 어머니가 갑자기 광폭해져 다른 환자나 의사 혹은 문안객을 공격하는 장면을 상상했다. 아니면 정부 보조기금이 바닥나 어머니를 봐주기 곤란한 상황이라는 말을 꺼내거나. 얄궂게도 그런 지레짐작을 하고 있었던 까닭에, 어머니가 돌아가셨다는 소식을 듣게 되자 차라리 마음이 놓였다.

"뇌출혈이 생겼습니다"

원장이 사인을 말했다.

"노출혈요?"

"최근에 뇌 검사를 받으실 적만 해도 크게 염려할 정도는 아니었습니다. 그런데 급도로 악화되고 말았지요. 달리 손쓸 방도가 없었을 겁니다."

젠시는 원장에게 고맙다고 말하고는 전화를 끊었다. 그러고는 자리에 앉아 뭔가를 느껴보려고 했지만 아무런 감정도 들지 않았다. 화도 나고 상실감도 느껴지고 슬프기도 했지만, 형이 실종될 당시에 느꼈던 감정에 비할 바는 아니었다. 이제 어머니마저 돌아가셨다. 그러나 형은 아직 살아 있을지도 모른다.

'형을 찾아야겠어. 아직 해볼 만한 일이 남아 있으니까.'

젠시는 그렇게 다짐하면서도, 어디서부터 시작해야 할지 막막할 따름이었다.

13

그로토는 침대에서 일어나 머리를 바로잡은 다음 영상수신기로 몸을 기울이고 응답했다. 화면에는 블랙웰이 소개해준 사내의 모습이 잡혔다.

“아, 누군가 했더니.”

“달리 누구겠습니까?”

그로토는 어깨를 으쓱였다.

“지금 여기가 몇 시인 줄이나 압니까?”

“제가 알기로 당신은 행성이 아니라 함선에 있지요. 함선은 시간대가 적용되는 장소가 아니잖습니까?”

그로토는 불만스레 웅얼거렸다.

“당최 그쪽을 뭐라고 불러야 합니까? 이름이라도 말해주면 안 됩니까?”

회색 사내는 묘하게 능글맞은 웃음을 지었다.

“회색 사내라 부르면 됩니다.”

“회색 사내?”

“누가 저한테 붙여준 이름이지요.”

그로토는 그제야 눈치챘다. 그러고보니 피부가 다소 잿빛이로군.

“뭐라고 부르건 이름이야 중요치 않습니다.”

“무슨 일로 연락한 겁니까? 블랙웰은 어디 있습니까?”

“막 용건을 꺼내려던 참이었습니다.”

사내는 그렇게 말하며 씩 웃었다.

"우리 역시 슬슬 중간 단계를 생략할 참이라고 보고 있었습니다. 그래야 괜히 헷갈릴 일도 없고 명료할 테니 말입니다."

"잘 됐군요."

회색 사내는 그렇게 말하고는 대뜸 본론부터 꺼냈다.

"피셔가 살해됐습니다."

"살해? 대관절 무슨 일입니까?"

그로토가 깜짝 놀라 물었다.

"총에 맞아 머리가 날아갔죠. 현재 범인을 심문하는 중입니다. 이스트반 사토라는 자인데, 자기가 무슨 짓을 저질렀는지조차 모르는 것 같더군요. 묘하게도 정말 우연의 일치인가 보던데, 말인즉 앞으로 계획은 차질없이 순조롭게 진행될 겁니다. 정신적으로 심각한 문제가 있는 자이니 말입니다."

"왜 이런 얘기를 해주는 겁니까?"

"아스페라에 있는 수용소로 곧 이송될 테니까요. 우연이라는 짐작이 틀릴 일이 생기기를 바라지는 않지만, 혹시라도 일이 생길 경우를 대비해 누군가는 그자의 존재나마 알고 있어야 하지 않겠습니까? 그래서 이렇게 연락한 겁니다. 블랙웰은 몰라도 되는 일입니다."

"그렇게까지 저를 믿어주시니 감사하군요."

"문제는 당신을 믿느냐가 아닙니다. 블랙웰에 대한 신뢰가 점점 떨어지는 점이 문제지요. 그자는 동기가 좀……불순하다고 해둘까요?"

그로토는 계속해서 무표정한 얼굴로 일관했다.

"우리 쪽에서 오르토에게는 따로 연락을 하지 않았음을 알게 되실 겁니다. 그자는 어디까지나 블랙웰의 졸개이니 말입니다. 당신으로 말하자면…… 아무래도 단순한 졸개보다는 심복을 두는 편이 낫지요."

"칭찬인지 욕인지 모르겠군요."

"당연히 모르겠지요. 이제 수신기를 끄고 눈이나 붙이면서 방금 대화가 전부 꿈이었던 것처럼 행동하기 바랍니다."

14

다급한 마음에 젠시는 식민지 해병대에 입대할까 하는 생각마저 들었다. 그렇게 몇 년 동안 성실히 복무하면 형에 관한 정보에 접속하기에 충분한 권한이 있는 계급에 오를지도 모른다는 짐작에서였다. 그런데 다시 생각해보니 그럴 공산은 낮다. 하지만 그것 말고 달리 도리가 있을까? 컴퓨터 실력을 더욱 갈고 닦아서 시스템 해킹이라도 시도해봐? 컴퓨터야 언제나 능숙히 다뤘지만 그렇다고 전문가 수준은 아니었고, 일단 다짐은 둘째치더라도 어디서부터 시작할지 막막했다.

한창 이런저런 꿍꿍이를 생각하던 중 들어온 실시간 영상 메시지에 상황이 송두리째 뒤바뀌었다. 제때 수신받은 것부터가 행운이었다. 평소 같으면 업무 중이었겠지만 장례식 때문에 사정이 생긴 인부와 교대 시간을 바꾼 탓에 오늘은 집에 있었다. 발신자 이름이나 발신지 표시도 없어서 처음에는 단순한 광고에 비디마케터의 새로운 수법이겠거니 하고 생각했다.

그러나 그때 헨리가 녹화해 보냈던 영상이 퍼뜩 머리를 스쳤다. 그 영상에도 발신지 표시가 없었는데. 그는 얼른 화상을 연결했다.

이번에도 헨리였다. 화면에 얼굴을 바짝 대고 있어서 제대로 보기가 힘들었다. 게다가 낮은 목소리로 속삭였으며 긴장되고 조심스러운 얼굴로 자꾸만 뒤를 흘긋거렸다. 그래서인지 잠시 뒤에야 제대로 연결이 됐다는 사실을 알아차렸다.

"헨리, 연락을 다하고 뜻밖이네."

"쉿, 목소리가 너무 커. 이 통신망을 쓰는 것은 둘째치고 애초에 여기서는 전화도 못걸어. 이러다 들키면 그날로 해고될걸?"

"무슨 일이라도 있어?"

헨리는 고개를 저었다.

"너희 형 걱정 좀 덜어주려고 연락한 거야. 바로 여기 있어. 멀쩡히 살아 있어. 앞으로는 형 걱정 그만해. 내가 말해줄 수 있는 사실은 거기까지야."

젠시는 가슴이 마구 뛰기 시작했다.

"거기가 어딘데? 나도 알아야겠어."

"말 못 해. 장소는 상관없어. 어쨌든 이스트반은 무사하니까."

"죄수로 수감된 거야? 어떻게 됐어?"

"여기는 수형지야. 내 직장이고. 그리고 맞아, 너희 형은 수감됐어. 어제 처음 봤어. 직접 보지는 못했고 화면으로만. 처음에는 알아보지도 못하겠더라."

"처음에는 알아보지도 못했다니 대체 무슨 꼴을 당했길래?"

젠시가 언성을 높이며 물었다.

헨리는 입술에 손가락을 붙였다.

"지금 내가 무슨 위험을 무릅쓰고 연락하는지 알기나 하냐?"

"그정도로는 부족해. 좀 더 알아야겠어. 위치를 말해줘."

"기밀이야."

헨리는 그렇게 말하며 이제 전원 단추로 손을 옮겼다.

"나도 마음은 굴뚝같지만……."

"헨리, 지금까지 우리가 함께 했던 일을 생각해봐. 네가 지금 이렇게 나한테 말해준 시점에서 이미 말썽에 휘말린 격이야. 내친 김에 나머지도 말해줘."

화면 속의 헨리는 안절부절하고 있었고, 손은 전원 단추 위에 머물고 있었다.

"제발 부탁이야. 우정을 생각해서라도."

순간 헨리는 침착한 모습을 되찾았다. 눈치채지 못할 정도로 살짝 고개를 끄덕이더니, 딱 한 마디를 꺼냈다.

"아스페라."

그 말을 끝으로 화면이 툭 꺼졌다.

15

아스페라. 처음 들은 순간 젠시는 그것이 외딴 행성에 있는 수형지의 수용소 명칭인 줄 알았지만, 얼른 검색을 해 봤더니 그런 이름은 없었다. 아스페라라는 명칭과 관련해 유일하게 생각나는 단서라고는 지구에 있으나 지금은 폐교된 학교, 그리고 일반적인 상업로에서 멀찍이 떨어진 머나먼 은하계 변두리에 있으며 생명체가 없고 사람도 살지않는 미개척 행성 둘뿐이었다. 위성 이미지로 학교의 전경은 다 무너져가고 있었다. 보나마나 아무도 없겠지. 행성과 관련해서는 이미지를 구할 수가 없었다. 희귀 자원 매장량이 조금에, 산업관련 및 기타 금리평가 이외 목적으로는 접근 제한으로 분류되어 있었다.

그밖에는 달리 캐널 정보조차 없는 곳이지만, 헨리가 말해준 사실을 덧붙이면 추리할 여지가 남아 있었다. 형은 지금쯤 저 행성 어딘가에 있을지도 모른다. 아니면 아스페라가 아예 다른 곳을 가리키는 말일지도 모른다. 이를테면 세간에 회자되지 않는 기업체이거나 다른 행성에 있는 별로 알려지지 않은 지명이라던가. 그것도 아니면 헨리의 말을 잘못 들었을지도 모를 일이다. 사실은 '아스베라' 혹은 '하스패로' 였을지 누가 알겠는가. 그럴 가능성도 있기야 하지만 비슷한 이름으로 검색을 해봐도 별다른 소득은 없었다.

이스트반이 틀림없이 살아 있다고 귀띔을 받기는 몇 년 만에 처음이었다. 젠시는 스스로 자문했다. 나한테 정말로 형한테 찾아갈 용기가 있을까? 정말로 수형지로 떨어진 신세라면 달리 도와줄 방도가 없잖은가? 그냥 내버려 두는 편이 낫지 않을까? 하지만 흡사 불행한 반사작용처럼 그와 동시에 자기도 모르게 형에 대한 보호

본능이 깨어났다.

이제 이스트반의 소재까지 알았겠다, 뒤를 쫓지 않고는 배길 수가 없었다. 설령 형이 그곳에 없고 실제로 보지 못한다 한들, 일단 시도해볼 수밖에 없었다.

16

이스트반은 한참을 말없이 지냈다. 그러는 동안은 자기가 누구인지는커녕 무엇인지조차 인지하지 못했다. 왜소한 회색 사내가 주위에 빼곡이 들어찬 관물대에서 차례로 연장을 꺼내 그의 몸을 주무르는 사이, 이스트반은 점점 몸 속 깊은 곳으로 물러나며 안전한 곳으로, 자신에게 벌어지는 일을 느끼는 것이 아니라 지켜볼 만한 곳으로 숨었다.

고문 기술자가 대답을 얻어내지 못할 때마다 왜소한 회색 사내는 다른 약물을 쓰거나 큼직한 연장을 꺼냈고, 그러면 고통이 재개됐다. 점점 깊숙이 파고든 끝에 나중에는 달아날 곳도 없었다. 온몸이 고통과 괴로움으로 가득찼다. 고통에서 벗어난 곳은 아니지만 딴데보다 훨씬 아픔이 덜한 좁다란 반점 위에 몸을 잔뜩 웅크리고 버텼다. 그의 입과 몸이 뭐라고 말하는지는 신경쓸 겨를이 없었다. 마치 몸뚱이만 알아서 움직이는 듯했다.

그리고 이제는 한계라는 생각이 찾아올 때면, 이제는 정말로 정신을 잃겠다 싶을 때면 고통이 경미하게 누그러졌다. 몸에 걸친 실험실 외투가 어느새 피투성이로 변한 회색 사내도 잠시 뒤로 물러나 이마의 땀을 훔치며 숨 돌릴 틈을 주었다. 그러면 이스트반도 웅크린 자리에서 살그머니 걸음을 내딛으며 천천히 몸을 되찾기 시작했다. 하지만 그것은 속임수에 불과했다. 얼마 가지 않아 고통은 처음부터 되풀이됐고, 결국 다시 몸속 구석으로 억지로 파고들 수밖에 없었다.

그렇게 얼마나 오랫동안 움츠리며 지냈는지는 그로서도 알 수 없었지만 그러던 어느 날, 상황이 달라졌다. 회색 사내의 회색 얼굴 위로 일순 좌절의 고통이 스치더니, 이스트반은 이제 웃음을 참느라 몸속 깊이 파고들 일이 없어졌다. 사내의 낯빛이 어두워지더니 이번에는 전보다 훨씬 강도 높게 이스트반에게 달려들었다. 약인지 장치인지 몰라도 회색 사내가 몸에 찔러넣은 것 때문에 온몸에 개미가 들끓는 느낌이 들더니, 나중에는 아예 온몸이 개미떼로 변한 듯했다. 그는 고통 속에서 물러나 그동안 안전하게 숨어들던 곳으로 돌아갔지만 이번에는 고통이 가까이 뒤쫓아와 그를 건드렸다. 다만 이제는 한계 직전에서 물러나지 않고 계속 박차를 가해왔다. 발치부터 부식되어 사라지는 느낌이 서서히 온몸으로 퍼져나가기 시작했고, 느닷없이 의식이 피부에 확 맞닿으면서 여태껏 몸에만 가해지던 고통에 정신이 고스란히 노출됐다. 비명을 지르며 몸부림치는 사이 귓가로 회색 사내의 웃음 소리가 맴돌았다. 그로서도 도저히 견디지 못할 정도로 극심한 고통 끝에, 사방이 어둠에 휩싸였다.

이스트반은 한참이나 정신을 잃고 있었다. 조금씩 의식이 되돌아올 무렵, 처음에는 난잡하고 뜬금없는 감각만 밀려들었다. 그러다 차츰 자기 몸의 모양과 윤곽이 흐릿하게나마 와닿기 시작했지만 불에 타는 듯한 느낌은 여전했다. 움직이려고 해본들 헛수고였다. 차츰 불씨가 꺼지며 무덤덤한 통증으로 잦아들자, 지금쯤 온몸이 재가 되지 않았을까 상상도 해봤다. 이제는 그 자신이 그림자 사내가 되었다는 생각이 일순 머리를 스쳤지만, 점차 몸의 모양과 윤곽이 뚜렷하고 분명해지면서 자신이 사람임을 다시 자각하게 되었다. 그리고 지금 평평하고 딱딱한 무언가에 몸을 대고 옆으로 돌아누워 있다는 사실도. 눈을 뜨려고 힘을 주자 눈꺼풀이 파르르 떨리면서 명멸하는 불빛이 머릿속으로 희미하게 들어왔다.

그는 잠시 그대로 있다가 다시 시도했다. 이번에는 눈이 도로 감기지 않고 제대로 떠졌다.

그곳은 감옥으로 보이는 좁은 방이었고, 지금 누운 자리는 콘크리트 맨바닥이었다. 뒤와 양옆의 벽면도 모두 콘크리트 재질에 눈앞은 철창으로 가로막혀 있었으며 철문은 비스듬히 열려 있었다. 얼굴 옆으로는 움푹 패인 금속 변기 아랫부분이 보였고, 조금 떨어진 곳에는 조잡한 간이침대가 있었다. 순간 정치인을 쏴죽인 직후 처음에 갇혔던 감방에 돌아왔나 싶었다. 하지만 기억을 짚어보니 그 감방은 철창이 아닌 쇠문으로 가로막혀 있었다. 여기는 다른 곳이다.

한동안 끙끙댄 끝에 간신히 몸을 일으켰다. 온몸에 힘이 없었다. 팔다리가 예전 같지 않았는데, 아무래도 근육이 위축된 듯했다. 적응하려면 시간 깨나 걸리겠군. 어쩌면 그들이 아예 몸을 바꿔놓았을지도 모른다. 그를 몸속의 목소리로 만들어 몸뚱이를 치워버린 다음 새 몸을 입혔을지도. 얼마나 오랫동안 누워 있었지? 며칠? 몇달? 전에도 기절한 적이야 많았고, 특히 어릴 적에는 툭하면 기절했지만 깨어나면 언제나 기분이 원상태로 돌아와 있었다. 이런 적은 처음이다.

그는 비틀거리며 열린 감옥 문을 빤히 바라보다 밖으로 나갔다. 문을 나서자 약간 굽이진 복도가 나타났고, 한쪽으로는 각방이 나란히 늘어서 있었으며 반대편으로는 중간에 보안문이 하나 뚫린 매끈한 강철벽이 버티고 있었다. 굽이진 길을 따라 복도가 끝없이 이어지리란 의심이 들었다. 각방의 문은 모두 열려 있었다. 대부분 텅 비어 있었지만 한 군데에는 온몸이 문신으로 뒤덮인 사내가 침대 위에서 다리를 포개고 앉아 책을 읽고 있었다. 거기서 약간 내려간 다른 방에서는 깡마른 사내가 팔굽혀펴기를 하고 있었다. 둘 다 같은 바지와 단출한 셔츠를 입고 있었으며 윗옷 소매와 가슴 주머니에는 번호와 이름이 들어가 있었는데, 살펴보니 이스트반도 똑같은 차림이었다. 그가 옆을 지나가자 둘은 누군가 싶어 고개를 들어 슬쩍 쳐다보고는 각자 하던 일이나 계속했다. 뒤늦게 알고보니 그는 자기도 모르게 무어라 중얼대며 숨막힌 신음을 흘리고 있었다. 의식적으로 멈추려고 노력한 끝에 잠시 입을 다물었지만, 어느새 도로 새어나오기 시작했다.

계속 복도를 따라가자 각방이 끝나면서 길목이 나타났다. 어디로 통하나 싶어서 들어가보니 돔으로 덮인 널찍한 공간이 나타났다. 돔의 지름은 대략 40미터쯤이었다. 붙박이 의자가 달린 탁자와 영상 화면이 드문드문 흩어져 있었다. 곳곳의 탁자에는 수십 명쯤 되는 사내들이 앉아 식사 중이었다. 멀거니 서서 계속 중얼대고 있는데, 두툼한 입술에 수염이 엉성한 사내가 그를 알아보았다.

“미치광이가 깼군 그래. 오늘은 억지로 떠먹일 필요도 없겠네.”

사내가 옆사람 어깨를 흔들며 말했다. 그러고는 식탁 끄트머리에 앉은 사내에게 몸을 숙였다.

"말인즉 빌 너는 오늘부로 실업자 신세란 말씀이지."

이름을 불린 사내의 윗옷 주머니에는 앰블러, 윌리엄이라고 박음질되어 있었다. 그는 코웃음을 쳤다.

"나야 좋지."

"여기가 어디지?"

"여기가 어디냐고? 지옥이지 어디겠어, 이 친구야. 환영한다."

처음 입을 열었던 사내가 말했다.

"지옥?"

"정치범들의 종착역이라고 할까."

사내는 일어서서 이스트반에게 다가갔다.

"여기서 나가는 방법은 죽는 것 뿐이고. 그런데 이름이?"

"이스트반 사토."

"제임스 월드런."

사내가 손을 내밀며 말했다. 이스트반은 손을 빤히 쳐다보며 뭘 어쩌려고 저러나 싶어서 멀뚱히 기다렸다. 한참 뜸을 들인 뒤에야 월드런이 악수하자는 뜻으로 손을 내민 것을 눈치채고는 맞잡고 흔들었다.

"출출하지?"

악수가 끝나자 월드런이 물었다. 이스트반이 고개를 끄덕이자 그는 탁자 가운데 바닥에 있는 배식기로 데려가 자동으로 음식을 받는 방법을 가르쳐줬다. 식사가 나오자 그는 이스트반의 팔을 들어 다시 탁자를 가리켰고, 다른 사내들은 바싹 붙어 앉으며 자리를 내주었다.

이스트반은 걸신들린 듯이 먹어댔다.

"천천히 들어. 며칠만에 들어가는 제대로 된 식사니까."

월드런의 충고에 이스트반은 고개를 끄덕이고는 속도를 늦췄다. 월드런이 조언을 해줘서 다행이라는 생각이 금방 들었다. 조금밖에 먹지 않았는데 벌써 뱃속이 더부룩했다. 그는 식판을 슬쩍 밀어냈다. 월드런과 다른 사내들은 그런 이스트반을 가만히 지켜봤다.

"여기가 어디야? 내가 어쩌다 여기 있는 거지?"

그가 되묻자 월드런이 대답했다.

"아까 지옥이라고 했잖아."

"여긴 수형지야."

식탁 끄트머리 있던 빌이 입을 열었다.

"수형지?"

"정치범 수용소. 다시는 바깥 세상을 밟지 못할 신세지만 그렇다고 사형시키기는 난감한 놈들을 몰아넣어 두는 곳이지. 하기야 언제 변덕을 부릴지는 모르지만. 아무튼 제임스 말이 맞아. 여기는 종착역이야. 죽을 때까지 못 나가."

이스트반은 언뜻 이해가 되지 않았다. 전부 진짜인가? 회색 사내한테 고문당하던 순간과 지금 사이에 무슨 공백이 있었지? 몸은 이곳에 있지만 정신은 아니었다. 그렇다면 이제껏 어디에 있었던 것일까?

"그나저나 뭐하다 여기까지 오게 되셨나?"

깨끗이 면도한 얼굴에 머리를 민 사내가 물었다.

"뭐하다니?"

"죄목이 뭐냔 말이지. 뭔가 일을 저질렀을 것 아냐."

"아, 맞아. 누구를 쏴죽였어. 연설하던 정치인이었는데."

"정치적 이견 표명 한 번 거하게 했네."

빌이 한마디 했다.

"그 사람이 무슨 정치적 의견을 표방했는지도 몰라. 왜 쐈는지 나도 긴가민가해."

다른 사내들은 그를 빤히 쳐다보았다.

"그런데 정치범으로 여기까지 왔잖아. 무슨 대의라도 있었나?"

한 사내가 물었다.

"나도 몰라."

"모른다니?"

"아무래도 오해가 있었던 것 같아. 각본대로라면 웃기는 장난을 치려던 거였는데……."

"웃기긴 어디가?"

빌이 물었다.

뭐라고 대답할지 막막해서 이스트반은 그를 쳐다만 보았다.

"듣자하니 희생양이군. 쓰고 버리는 졸로 이용당한 거야. 누가 사람 하나 족치려고 널 속여 시킨 거지."

월드런의 말에 이스트반은 머뭇거리다 모르겠다는 듯 어깨를 으쓱였다.

"어쨌거나 이렇게 여기 떨어졌잖아."

월드런이 말했다.

"해명하기에는 너무 늦었지."

빌도 거들었다.

"뭘?"

"빌 말이 맞아."

처음에 죄목이 뭐냐고 물었던 사내가 말했다. 그는 손을 내밀었다. 이번에도 이스트반은 뜸을 들이고서야 무슨 뜻인지 알아차렸다.

"난 마이클 스튜어트. 일단 여기 들어오면 말로 설득해서 나갈 길은 없어. 실수건 아니건 여기가 네 무덤이니까."

"여기가 어디길래?"

이스트반이 되물었다.

"우리도 몰라. 어딘가 외딴 곳일 테지. 누구 하나 우연히라도 들릴 일 없는 구석진 벽지에 있는 황폐한 행성쯤 되겠지."

"경비나 기술자들은 알겠지만. 근데 그놈들도 모를지 누가 알아. 얼굴 구경하기도 힘든데."

빌이 말했다.

이스트반은 경비나 기술자가 없는지 주위를 둘러보았다. 다들 몸을 숨기고 있는지 몰라도 하나도 보이지 않았다.

그는 의심스러운 눈치로 주위의 사내들을 쳐다보았다. 애초에 경비가 있기나 한가? 기술자는 어디있고?

"각방이 어느 쪽인지는 알아?"

월드런이 물었다. 이스트반은 머뭇거리다 고개를 끄덕였다. 월드런은 접시에 남은 육즙 수프에 숟가락을 담그고는 접시 가운데를 따라 원을 그렸다.

"지금 우리가 있는 곳은 여기야. 이게 우리 먹거리고, 여기서 진종일 쏘다니거나 노가리 까거나 카드 놀이나 하면서 지내지."

그는 원을 따라 원을 하나 더 그렸다.

"여기가 각방으로 나가는 복도지. 잠은 거기서 자고."

그는 다시 숟가락을 담가 둘레를 따라 더 넓은 원을 그렸다.

"경비나 기술자처럼 비수용자는 전부 여기 있어. 사실 구조가 정확히 어떤지는 딱 잘라 말하기 어렵지. 놈들은 각방하고 돔의 철골에 숨겨진 카메라로 이쪽을 감시하거든. 경비나 기술자 머릿수가 몇인지는 아무도 몰라. 몇 명뿐일지, 아니면 떼거리로 있을지. 좀처럼 서로 마주칠 일이 없으니 말이야. 가끔 마주칠 때도 하나같이 폭동 진압장비를 차려입고 있어서 얼굴도 안 보여. 마이클 말처럼 여기가 정말로 외딴 곳이라면 그치들이나 우리나 똑같이 갇힌 처지인 셈이지."

그는 숟가락을 핥고 씩 웃었다.

"우리가 아는 바는 그게 전부고."

이스트반은 월드런이 말을 잇기를 기다리다 그가 말이 없자 물음을 던졌다.

"그럼 그 숟가락은?"

"숟가락?"

월드런은 흠칫하더니 숟가락을 빤히 쳐다봤다.

"숟가락은 전혀 상관없어. 어디 좀 모자라냐?"

이스트반은 고개를 끄덕였다. 그래, 이제야 알겠군. 숟가락은 상관없다.

"여기서 나갈 방법은?"

그의 물음에 월드런의 얼굴에서 웃음기가 가셨다.

"못 나간다니까. 내 말 헛들었냐?"

"그래도 나갈 방법이 있을 것 아냐."

"죽는 방법뿐이지."

"숟가락을 써서 경비들을 몰아붙이고 우리가 접수하는 거야."

"그놈의 숟가락 타령 좀 집어쳐. 여태 뭐 들었어?"

듣다 못한 마이클이 나섰다.

"경비들 머릿수가 우리하고 맞먹을지도 모른다고."

빌도 뒤질세라 고개를 끄덕였다.

"일단 바깥 원을 접수한다 치자. 그곳 구조가 우리 짐작대로라면 말이지. 그 다음에는 어쩔 건데? 어디로 가게?"

"밖으로."

이스트반이 말했다. 머리가 지끈거리기 시작했다.

"못 나간대도. 여기는 숨 쉴 대기조차 없는 행성이라고. 원형 수형지 바깥으로 나가면 즉사야."

"그야 모를 일이지."

월드런이 끼어들었다.

"그야 그렇긴 하지. 그래도 뻔할 뻔자야. 대기가 있으면 뭐하러 돔을 짓겠냐?"

"돔은 눈속임일지도 몰라. 우리가 있는 곳이 호흡 가능한 대기가 없는 행성이라고 착각하게 하려고."

그러나 월드런은 그렇게 말하는 자신도 그다지 확신이 서지 않는다는 투였다.

그때 발치를 내려다보던 이스트반의 눈에 탁자 다리 아래쪽에 있는 뭔가가 눈에 잡혔다. 얼핏 보기에는 작은 식물 같기도 하고 묘하게 촉수 같기도 했는데, 무슨 곰팡이 같았다. 어디 신발로 툭툭 건드려 보았다. 순간 남들 눈에는 보이지 않는 헛것을 보나 싶었는데, 알고보니 빌이 그러는 자신을 가만히 지켜보고 있었다.

"신경 쓸 것 없어. 사방에 널린 거야. 해롭지는 않은 모양인데 아무리 치워도 계속 생기더라고."

'사방에 널렸다. 사방에 널렸단 말이지.'

주위를 둘러보니 정말로 여기 조금, 저기도 조금씩 있었다.

이스트반은 갑자기 머리를 부여잡았다. 뭔가 이상했다. 무슨 음조인지 음성인지가 속에서 터져나오자 주위의 소리가 모조리 묻혀버렸다. 월드런이 옆에서 무어라 말을 붙였지만 아무 소리도 들리지 않았고, 입술이 뻐끔거리는 모습만 보일 뿐 말이 나오지 않았다. 그는 바닥에 벌러덩 드러누워 돔 천장을 쳐다보게 되었다. 시야가 이상해지더니 난데없이 그림자가 나타나 눈앞을 휙휙 오갔다. 귓가에는 고함치는 소리가 들렸는데, 뭐라는지는 불분명해도 분명 사람의 소리였고 지성을 갖추고 있었다. 그러더니 어느새, 아무것도 들리지 않았다.

17

연구 시설이 있는 행성 위로 몇 킬로미터 상공에 정지해 있는 함선에서, 일등 기술관 제인 헤일리는 양손바닥으로 관자놀이를 꾹 누르고 있었다. 머리가 어딘가 이상했다. 느닷없이 저릿한 통증이 연달아 덮치는 바람에 하마터면 의자에서 굴러 떨어질 뻔했다. 곧 통증은 느닷없이 찾아온 것만큼이나 갑작스레 사라졌다.

눈을 떴더니 에릭 오르토 소위가 부담스러울 정도로 빤히 쳐다보고 있었다.

"어디 아픈 데라도?"

헤일리는 고개를 저었다.

"갑자기 두통이 와서."

"자주 그래?"

오르토는 이참에 말이라도 붙여볼 기미였다.

헤일리는 그런 그를 무시했다. 주위를 둘러보니 다른 함교 승무원 몇몇도 얼떨떨한 눈치였지만 자신만큼 증세가 심한 사람은 없었다. 어쩌면 단순한 두통이 아니라 다른 뭔가일지도 모른다. 그런데 대체 뭘까? 다만 오르토는 멀쩡해 보였고, 그로토 중령도 마찬가지였다. 중령은 짙은 호기심이 어린 눈으로 그녀를 쳐다보고 있었다.

"전에도 그런 적이 있었나?"

중령이 물었다.

"두통 말씀이십니까? 물론입니다. 누군들 없겠습니까."

그는 그녀를 잠시 더 쳐다보고는 고개를 끄덕이더니 호기심을 거두었다.

"몇 분만 밖에서 휴식을 취하도록. 정신도 가다듬고."

"전 괜찮습니다."

"명령이다."

헤일리는 고개를 끄덕이고 자리에서 일어나 함교에서 나갔다.

'명령은 무슨. 언제부터 고작 두통 때문에 함교를 비우게 해줬다고?'

그래도 몇 분 동안 숨을 돌리고 정신을 가다듬을 틈이 생겨 나쁘지는 않았다. 그렇잖아도 오르토 때문에 거북하던 참이다. 원래 다정한 성격인지 아니면 다정한 척하는지 모르겠지만 왜인지 모르게 꺼림칙한 구석이 있었고, 틈만 나면 유니톨로지를 설파하고 다니는 위인이니까. 게다가 자신에게 데이트 신청을 하거나 종교회 참석을 권하려고 벼르는 분위기였는데, 어쩌면 둘 다일지도 모르겠다. 그리고 그로토로 말하자면, 헤일리가 보기에 다른 승무원에 비해 자신을 특별취급하는 듯했다. 자세히 주시하지 않으면 티가 나지 않을 정도로 은근히. 정작 본인도 막연히 그러는 모양이지만 그가 자신을 달리 대하는 것만은 틀림없었다. 다만 그 이유를 모른다 뿐.

헤일리는 개인실로 가서 한동안 침대에 누워 있었다. 정말로 두통인지는 몰라도 이제 통증은 싹 가셨다. 참 묘하단 말이지. 하지만 사실은 단순한 두통이 아니거나, 평소에 알던 두통이 아님은 분명했다. 뭔가가 눈앞을 스치면서 어떤 형상이 번개처럼 뇌리에 꽂혔지만 부분적이고 불완전한 탓에 정확한 모양을 떠올리기 불가능했다. 마치 화면이 깨져서 지직이는 영상과도 같은 인상이었다. 뭔가가 분명히 있었지만 제대로 보지를 못했다. 그녀는 침대에 누워서 천장을 바라보았다. 그로토 중령과 오르토 소위 사이에 팽팽한 긴장이 흐른다는 사실은 공공연한 비밀이었고, 중령이 좀처럼 티를 내지 않음에도 그가 자신한테만 꺼내고 오르토 앞에서는 함구하는 것들이 있음을 알아차렸다. 자신한테만 그런 말을 한다는 사실 자체가 특권의 증표라는 생각이 들었고, 또 그렇게 해석했다. 하지만 솔직히 사관학교에 입학할 때만 해도 이런 경우는 상상도 못했다. 아래의 행성에서 정확히 무슨 일이 벌어지는지는 몰라도, 속속들이 안다면 성격상 돌아설 일임은 분명했다. 그래서 왜 그로토가 자신을 승무원으로 선발했는지 의문이었다. 무슨 기대를 걸었길래? 이렇게 의문을 곱씹기도 벌써 열다섯 번째다. 내가 여기서 뭐하는 거람 충분히 시간이 지나자 헤일리는 세수를 하고 함교로 돌아갔다. 그대로 자리에 남아 있던 오르토는 그녀를 보자마자 득달같이 달려들었다. 그래서 대충 사과로 얼버무리고 자리로 되돌아가 업무에 복귀했다.

하지만 딱히 집중할 업무도 없었다. 당장은 별반 할 일이 없었으니까. 현재 함선은 궤도를 공전하는 것이 아니라 아스페라 위에서 위치를 고수하며 맴도는 중이었는데, 헤일리의 눈에는 괜한 연료 낭비로 비칠 뿐이었고, 그러면서 함선은 그녀가 최초로 포착했던 지표면의 어느 건물 근처에 머물고 있었다. 무슨 이유로 그러는지는 오리무중이었다. 행성에서 벌어지는 일에 관해 그로토가 귀띔을 해주기도 했고 들어오고 나가는 보급선을 보기도 했으며, 몇 개월 상간에 지표에서 새로 건설되는 건물도 목격했다. 신축 건물은 무슨 연구소였는데, 연구 대상과 목적은 갈피가 잡히지 않았다.

누군가 뒤에서 멈추는 인기척이 느껴졌다. 처음에는 보나마나 오르토겠거니 했다. 그래서 미리 짜증섞인 낯으로 무어라 쏘아붙여 썩 쫓아낼 마음의 준비를 해두고 있었다.

그런데 흘긋 살펴보니 정작 오르토는 자기 자리에 있었다. 목을 길게 빼고 보자 그로토 중령이 뒤에 있었다.

"그게 뭔지 설명해 주겠나?"

그가 물었다.

"예?"

그녀가 되묻자 그는 영상 패드를 손가락으로 튕겼다.

알고 보니 자기도 모르게 스타일러스를 쥐고 뭔가를 열심히 그리고 있었다. 꼭 한 쌍의 기다란 어금니 같았는데, 그냥 굽이진 것이 아니라 서로 감고 올라간 형태였다.

'재밌는 우연이네. 꼭 유니톨로지 기호 같잖아.'

오르토가 유니톨로지에 관해 떠들어댄 소리가 자기도 모르는 사이에 뇌리에 깊숙이 파고든 모양이다.

그러나 유니톨로지 기호와는 비슷한 동시에 보다 각진 점에서 상이했다. 작고 구불구불한 곡선으로 뒤덮인 데서도 어딘가 확연히 다르며 기괴한 기호였다.

"저도 모르겠습니다."

"뭘 보고 그렸지? 무슨 꿍꿍이인가?"

"아무것도 못 봤습니다."

헤일리는 괜히 울컥했다.

"아무런 의미도 없다고? 그렇다면 왜 그렸나?"

그녀는 고개를 저었다.

"별 뜻 없습니다. 정말입니다. 그냥 낙서일 뿐입니다."

"그럼 여기 숫자는 뭐지?"

그가 패드 오른쪽 끄트머리를 가리키며 물었다.

"방정식인가?"

저게 방정식이던가? 듣고 보니 그렇게도 보이는군.

"그냥 항법 계산식 자투리인가 봅니다."

그녀는 어림짐작으로 말했다.

"아니, 틀렸다."

"그런가요?"

"다른 사람한테 보여준 적이 있나?"

"보여주다니요?"

그녀는 어리둥절해 반문했다

"그, 그냥 낙서 좀 했을 뿐입니다. 아무한테도 안 보여줬습니다. 뭐하러 그러겠습니까?"

"오르토한테도?"

"당연하잖습니까."

그는 가늠이라도 하듯 그녀를 한참이나 바라보더니 고개를 끄덕였다.

"나한테 전송한 다음 삭제하도록. 잠시 나하고 진지한 얘기를 좀 해야겠군."

18

낌새를 느꼈을 즈음, 에녹 브라이든 박사는 거의 잠에 빠진 참이었다. 또 전파가 터졌다. 마치 뭔가를 풀어내려는 것처럼 전파가 순간 정신을 잡아끌더니, 뒤이어 짧고 강렬한 통증이 찾아오자 잠이 확 달아났다.

'이거 재미있군.'

지금처럼 끝에 통증을 수반하는 경우는 처음으로, 지난번과 확연히 달랐다. 뭔가 변화하며 진전을 보이고 있었다.

그는 침대에서 일어나 시간을 확인했다. 마지막으로 전파가 나온 뒤로 사흘만의 일로, 오차는 1시간 남짓이었다.

이번까지 모두 다섯 번째다. 기록을 꺼내 살펴보니 짐작대로 일정한 주기도, 특정한 순서도 없었다. 그러나 전파들이 이제는 분명히 전보다 가까워졌다. 마치 전파를 방출하던 물체가, 그러니까 말하자면 잠에서 깨어난 것처럼.

당직 중이던 기술자는 아직 소식이 없었다. 브라이든은 사람들이 다들 자신처럼 전파에 민감하지는 않고, 그런 그가 계획의 전두지휘를 맡게 되었음은 실로 우연의 일치였으며, 또한 전파에 예민한 사람이라고 해서 항상 같은 반응을 보이는 것도 아님을 익히 알고 있었다. 어지럼증을 느끼거나 코피를 흘리는 사람이 있는가 하면, 안절부절 못하거나 폭력성을 보이는 사람도 있었다. 전혀 눈치채지 못할 정도로 둔감한 사람도 아주 간혹 있었는데, 지금 당직중인 기술자가 바로 그 부류였다. 앞으로 60초 안에 연락이 없으면 그자의 이름을 적어뒀다 둔감한 신경에 보다 적합한 자리로 재배정할 작정이었다. 청소부 정도가 적당하겠군. 중대한 계획인 만큼 사소한 오차도 용납될 수 없다. 어쩌면 현행 계획이 인류의 앞날을 바꿔놓을지도 모르므로, 실수는 금물이다.

40초 경과. 아직도 연락이 없자 브라이든은 직접 영상수신기를 켜고 먼저 연락했다. 기술자는 신호가 8번이나 울리고 나서야 응답했는데, 눈이 벌겋고 머리는 헝클어진 점으로 미루어보아 졸았던 모양이었다.

"보고 사항 없나?"

브라이든이 물었다.

"없습니다."

기술자는 그렇게 답하더니 상태 표시창을 보느라 눈알을 한쪽으로 굴렸다.

"그게, 사실은 방금 전파가 잡혔습니다."

"감히 근무 중에 졸아?"

"아닙니다."

이번에는 눈알을 굴리지 않고 대답했다.

'무능한 데다 거짓말까지 하다니.'

브라이든은 괘씸한 생각이 들었다.

"이름을 밝히도록."

브라이든은 기술자의 이름을 받아적어 두었다.

"다음 교대가 언젠가?"

"약 1시간 뒤입니다."

"집에나 가봐. 자네가 일을 그르치는 꼴은 오늘밤으로 족하니."

기술자는 잠시 어리둥절한 얼굴이더니 곧 고개를 끄덕이고는 화면을 끄고 자리를 비웠다.

'꼭 이렇게 일일이 챙겨줘야 알아먹나?'

브라이든은 옷을 입으며 갸웃하게 생각했다. 현행 계획이 얼마나 중요한지 제대로 인식하는 사람은 나뿐인가? 그는 개인실을 나와 복도를 지나며 연구단지 깊숙이 들어섰다. 최초로 레드 마커를 제작할 당시부터 현장에 있었던 그였다. 처음에는 2년으로 종료될 예정이었으나 사안이 사안인 만큼, 추후에 지시가 있을 때까지 외부와 단절된 상태로 계획을 속행하라는 통보를 받았다. 성씨가 피트이던 인원은 이러한 결정에 불만을 토로했고, 계속 이의를 제기해도 소용이 없자 일부러 계획을 훼방놓기 시작했다. 결국에는 반역죄로 기소되어 약식 재판을 거친 끝에 연구소에서 추방되어 이곳에서 몇 킬로미터 떨어진 수형지에 구금되고 말았다. 그래도 아직 정신을 못 차렸는지, 거듭 불만을 늘어놓으며 석방해 달라고 호소하면서 다른 수감자들에게 연구소의 비밀을 흘리기에 이르렀다. 그래서 이번에는 따로 기밀 재판을 열었고, 몇 시간 뒤 피트는 간이 침대에서 시체로 발견됐다. 브라이든은 딱히 그가 죽어 싸다고 여기지는 않았지만, 그런 극약처방에 딱히 반대하지도 않았다. 사람이 눈치가 없어도 적당히 없어야지. 게다가 현행 계획은 신성한 소명이다. 제대로 되먹은 과학자라면 이런 기회를 못잡아 안달일 텐데. 마커를 보노라면 그는 지금도 온몸에 전율이 일었다. 언제 봐도 처음 눈에 담았을 때처럼 경이로운 존재였다.

브라이든은 1차 출입문에 도착해 카드를 긋고 암호를 입력했다. 문이 뒤로 밀려나며 열렸다. 다행히도 문제의 둔감한 기술자는 벌써 사라지고 없었으나 떠난 자리는 엉망이었다. 뭉쳐놓은 음식물 포장지에 장갑 한 짝, 거기에 구겨진 점검 목록 쪽지가 남아 있었다. 그는 두 번 볼 것도 없이 소각기에 싹 쓸어넣은 다음 유리창가로 걸어갔다.

맞은편으로 마커가 내다보였다. 인류는 혼자가 아님을, 인류 이외의 지성체가 우주에 존재한다는 사실을 드러내는 명백한 증거가 그곳에 있었다. 이는 또한 유니톨로지만이 진실된 종교이자 마이클 알트만이 참된 선지자임을 나타내는 증거이기도 했다.

마커는 대략 20미터 높이에 흑적색이 감돌았고 얼룩덜룩한 줄무늬가 곳곳에 아로새겨져 있었으며, 섬뜩한 광채를 발하는 본체를 따라서 해석조차 불가능한 수수께끼의 기호들이 기이한 빛을 내며 타오르고 있었다. 그를 필두로 한 연구진은 지구에서 있었던 블랙 마커 연구 기록을 토대로 마커를 제작했다. 그 구조가 추단적

프랙탈 격자 결정으로 이루어진 까닭에 지금은 완성 직후보다 더 '성장한' 상태였다. 마치 두뇌처럼. 또한 그 성질은 예고 없이 전파를 방출하는 데서 그치지 않았는데, 일단 가동되면 마커가 보이는 예상 밖의 특징을 분류 기록하는 데만도 벅찰 지경이었다. 그가 짐작하기로는 일종의 지성 역시 갖추고 있어 흡사 그들과 교감하고자 하는 듯했다. 정확히는 브라이든 한 사람과 말이다. 그렇게 말하면 남들은 가끔씩 콧방귀나 뀌면서 넘어갔지만, 어째서인지는 몰라도 그는 그렇다는 확신에 차 있었다. 마커의 전파는 그의 정신을 자극했고, 그럴 때마다 어떻게든 응답할 방법을 찾으려고 노력했다. 마커는 무엇을 찾는 것일까? 어떻게 하면 도움이 될까?

그는 2차 출입문을 열고 보관실로 들어섰다. 천천히 마커 앞으로 걸어나가며, 잠시 그 자태를 눈에 담아두었다.

계획을 속행하고자 서두른 까닭에 보관실 바닥은 암석이 드러난 맨땅이었다. 연구를 진행할 장소로 수형지가 선택된 배경에는 추후 있을 마커 실험에 이용할 먹잇감으로 종신형을 선고받은 수용자만큼 적합한 대상은 없다는 군당국의 판단이 있었다. 이미 수용자 일부를 동원해 레드 마커가 제작될 연구단지를 한창 건설하는 중이었다. 물론 기밀 유지를 위해 동원자들을 제거해야겠지만 어차피 막다른 인생들이니 상관없다. 더구나 작금의 은하계 정세 덕분에 수용소의 정치범 수급에는 차질이 없으니 필요할 때마다 써먹으면 그만이다.

마커 근처와 약간 떨어진 장소, 그리고 벽면 근처에 곰팡이나 썩은 흔적처럼 보이는 너저분한 촉수들이 군데군데 있었다. 기억이 맞다면 전보다 커졌는데, 거기다 수까지 늘었다. 그가 알기로 이제는 복도에도 보이기 시작하며 점점 퍼지고 있었다. 아무래도 청소반을 불러야겠군.

그는 팔을 뻗어 마커에 손을 댔지만 아무것도 느껴지지 않았다. 마커는 아직도 분명히 신호를 보내는 중이지만 그는 몸으로나 정신으로나 인지하지 못했다. 다만 컴퓨터는 신호를 잡아내고 기록하며 해독을 시도했다. 머릿속을 비우고 마음을 열려고 애쓰며, 마커가 자신에게 무어라 말하고자 하는 바를 들으려고 머릿속에 귀를 기울였다. 머릿속으로 이렇게 말하면서.

'준비됐습니다. 저를 받아주소서.'

그렇게 얼마나 오랫동안 기다렸는지는 모르겠다. 아무 일도 없자 그는 한숨을 내쉬고는 출입구를 되돌아가 관제실에서 최신 데이터를 정리하기 시작했다.

그는 최신 데이터가 기존의 것과 불일치한다는 사실을 금방 간파했다. 방출이 끝날 무렵 고통을 느꼈던 순간뿐 아니라, 앞부분도 마찬가지였다. 그리고 전파가 잦아든 지금 마커는 살짝 다른 주파수를 내보내고 있었으며, 이는 전례가 없던 일이다. 예상 밖의 사건이다. 어떻게 된 일일까?

데이터를 샅샅이 살피며 아귀가 맞도록 이리저리 맞춰보던 중, 다른 연구원들이 하나 둘씩 관제실로 들어왔다. 가장 먼저 들어온 사람은 캘리 덱스터였다. 브라이든은 그녀가 현행 계획의 부책임자임에도 다소 업무를 소홀히 여긴다는 느낌이 들었다. 나무랄 데 없는 과학자지만 마커 계획을 어디까지나 과학이라는 테두리에서만 접근하려 들었다. 합당한 신앙심이나 경외심은 없으므로 덮어놓고 신뢰하기는 어려웠다.

"벌써 왔네요? 오늘 기록은 어떤가요?"

덱스터는 안으로 들어와 그의 바로 옆 자기 자리에 앉으며 물었다. 브라이든은 건성으로 대꾸했다.

"뭔가 새로운 거라도?"

"있다마다. 간밤에 상당한 전자파 방출이 있었더군."

몇 분 뒤 애너 틸튼이 왔다. 짧은 흑갈색 머리가 얼굴에 바짝 붙어 있었다. 브라이든은 사안의 중대성을 이해하는 그녀가 차라리 더 마음에 들었다. 그와 마찬가지로 유니톨로지 신자이자, 블랙 마커를 선물인 동시에 유니톨로지가 참된 종교임을 드러내는 빛나는 증거라고 여겼으며, 여기서 마커를 재건하고자 하는 계획이야말로 신성한 소명이라 믿었다. 우리는 지금 신의 정신을 해석하고자 노력하는 중이 아니던가. 틸튼은 안으로 들어오며 그에게 고개를 끄덕이고 자리에 앉았다.

곧 전원이 도착하자 관제실에 열 명 남짓한 과학자 및 기술자들이 모였고, 각자 전문분야의 관점으로 데이터를 점검하며 숙고했다. 서로 정보취급 인증허가를 요청하거나 그날의 시험 및 실험을 준비하면서 여기저기서 의견을 주고받는 소리가 들렸다.

덱스터가 브라이든에게 몸을 기울였다.

"변화하고 있군요. 어떻게 생각하세요?"

"낸들 알겠나. 나름대로 우리한테 말을 해본는 듯하군. 전에는 우리가 통 귀를 기울이지 않았으니 다른 목소리를 내봤는지도 모르고."

"마커가 살아 있기라도 하다는 듯한 말투네요."

브라이든은 어깨를 으쓱였다.

"가끔 그런 생각이 들고는 하지."

"조심하세요, 박사님. 그러다 객관적인 태도를 잃겠어요."

덱스터의 주의에 브라이든은 발끈했다.

'캘리 덱스터 박사는 자기 눈앞에 무엇이 있는지도 알아보지 못하는군.'

애초에 유니톨로지 신자가 아닌 사람을 연구진에 넣은 것부터가 실수였다. 그래서 덱스터를 제외시켜 달라고 윗선에 건의했지만 기각됐다. 그녀가 흠잡을 데 없는 과학자임은 인정하지만 현행 계획은 단순히 과학만 가지고 될 일이 아니잖은가. 이번 건은 훨씬 크고 중대한 사안이다.

눈초리가 느껴져서 봤더니 그녀가 그를 빤히 쳐다보고 있었다.

"괜찮으신가요?"

"아무렴 괜찮고말고."

그는 차가운 웃음을 지어보였다. 지금은 참고 넘어가줄 수밖에. 하지만 언젠가 그러지 않아도 되는 때가 올 테지.

말없이 작업에 몰두해 있는데 덱스터 침묵을 깨뜨렸다.

"흐음……."

그는 들은 체도 하지 아않고 모형화 시스템에 계속 자료를 전송했다. 그때 그녀가 헛기침을 하더니 입을 열었다.

"이상하네요."

"어디가?"

그가 물었다.

"벡터값이 나오네요."

"오히려 없으면 비정상이지. 벡터값은 항상 있었어. 그간 몇 번은 잡혔고. 당장 신호가 우주로 송출되고 있잖나."

덱스터는 고개를 저었다.

"그런 말이 아녜요."

그녀는 그렇게 말하며 의자를 그에게 가까이 붙이더니 그에게도 보이도록 화면을 돌렸다.

"여기 보이세요? 전날에 미확인 신호가 잡혔어요."

"말소리가 너무 커. 여기 모인 인원이 전부 우리하고 같은 정보취급 인증허가를 받은 것도 아니잖나."

덱스터는 웃음을 지었다.

"새삼 호들갑은. 지금 우리가 아는 것만 쳐도 다들 보안상 위험 인물인걸요."

그녀는 팔을 뻗어 손가락으로 화면 위에 선을 그렸다.

"이제는 다른 뭔가가 여기서 나오고 있어요. 대략 수십 성계 떨어진 곳이죠. 겉으로 봐서 발신지는 크리마르 행성 같은데, 아니면 신호가 그곳을 통과해서 오는지도 모르고요. 그리고 우리 위치는 여기죠."

그녀는 나머지 벡터값을 거의 보이지 않을 정도로 어둡게 가리고 가리킨 수치만 밝게 띄웠다. 그러고는 뒤로 스크롤을 돌렸다.

"잘 보세요. 우리는 여기서 무작위로 신호를 송출하는 중이고 가끔은 전파가 방출되죠. 그러다 오늘 새벽에는, 어라? 범위가 좁게 집중됐어요."

"그냥 주파수가 달라져서 그렇잖나."

"뭐, 그럴 수도 있겠죠. 그런데 다른 전파는 하나같이 행성 외부 우주로 나가는데 이것만 방향이 달라요. 절반은 맥없이 지면에 부딪혀 튕겨나지만, 나머지 반은 행성 지면에 바짝 맞닿아서 퍼져가죠. 이런 경우는 처음이에요."

'그렇다면 방출이 끝나는 순간에 고통을 수반한 이유가 설명될지도 모르겠군. 그래서 달라졌을 수도 있겠어.'

브라이든은 그렇게 생각하며 덱스터에게 태연히 물었다.

"어째서 그러는 것 같나?"

그녀는 그의 표정을 훑어보았다.

"마커가 살아 있다고 여기는 사람은 박사님이니, 대신 말씀해 보세요."

하지만 대답이 없자 말을 이었다.

"원하는 것을 찾아서 저러는지도 모르죠."

브라이든은 고개를 끄덕였다.

"그게 무엇일 것 같나?"

덱스터는 어깨를 으쓱였다.

"저도 몰라요. 데이터를 더 주신다면 곧 답이 나오겠죠."

19

기묘한 빛의 장막이 이스트반의 눈앞에서 어른거렸다. 넝마 조각을 짜깁기해서 만든 커튼마냥 너덜너덜하고 얼룩덜룩했다. 장막 속에서 뭔가가 움직이며 앞뒤로 흔들리거나 숨었다 나오는 모습들이 눈에 잡혔다. 그것들은 눈앞에 있는 동시에 없었다.

'꿈이구나.'

그러나 꿈이 아니었고, 눈은 번쩍 뜨여 있었다. 빛의 장막 사이로, 장막 너머로 주위의 철창이 보였고, 간이 침대에 누워 있는 느낌이 들었다. 누가 몸 위로 몸을 굽히고 있었지만 빛 때문에 도저히 얼굴을 볼 수가 없었다. 순간 그 왜소한 회색 사내인가 싶었는데, 이윽고 커튼이 걷히면서 회색 사내가 아니라는 사실을 알아차릴 정도로 얼굴이 선명해졌다. 머리가 굉장히 커 보일 정도로 거리가 가까운데도 여전히 빛에 눈이 부셔서 얼굴을 제대로 알아보기 어려웠다. 입술을 떼고 무어라 말하려 했지만 이가 단단히 맞물려 있어서 성난 숨소리만 잇새로 새어나올 뿐이었다.

빛에 얼굴이 가린 사내가 말했다.

"진정해, 아무 일 없으니까. 긴장 풀어."

긴장을 풀려고 했지만 좀처럼 맘대로 되지 않았다. 사내가 어깨를 붙들고 흔드는 느낌이 들더니, 마치 더는 몸이 필요하지 않기라도 하다는 듯 이윽고 천천히 감촉이 사라졌다. 굉음이 귓속을 가득 메우더니 빛의 장막이 갈수록 환해지자 더는 장막 너머가 보이지 않게 되었고, 원래 머리가 있던 데서는 웅웅거리는 통증만이 느껴졌다. 눈앞에 보이는 것이라고는 아무것도 없이 살풍경하게 끝없이 펼쳐진 빛뿐이었다. 그러더니 끓는 물처럼 뭔가 다른 형체가 굽이지고 떨어지는 모습들이 천천히 눈에 들어왔지만, 여전한 빛 때문에 간신히 알아볼 정도였다. 처음에는 불규칙한 문양처럼 뭐가 뭔지 분간할 수조차 없는 형태를 띠고 있었지만, 차츰 모양을 바꾸며 조절해 나갔다. 그는 자신의 정신이 형체들과 맞물리며 무언가 다르고 이해가 가능한 형태로 바꿔나가고 있음을 직감했다. 나한테 이런 일을 해낼 머리가 있었던가? 혹시 목소리들 같은 것일까? 하지만 지금은 목소리는 없고 형체만 있을 뿐이었다. 목소리와 반대되는 개념인데도 무슨 연유에서인지 그의 정신은 형체 속에서 무언가를 분간하기 시작했고, 그는 멍하니 지켜볼 따름이었다.

처음에는 기하학적 형태를 취하며 단순한 직선에서 단순한 도형을 이루다가, 서서히 더 복잡한 형태로 거듭나며 서로 변화무쌍하게 녹아들었다. 그러나 어느새 굽이지고 일그러지기 시작하면서 형체가 붕괴되더니, 다시금 천천히 얼굴의 형태를 취했다. 처음에는 만화마냥 뻣뻣하고 단순했지만 점점 세밀해지며 서서히 사람을 닮아갔다. 여전히 형체를 만들어낸 빛에 파묻혀 제대로 보이지 않았지만 갈수록 그럴싸해졌다. 순백의 불빛이 눈으로 쏟아져 들어오더니, 웬 머리통이 앞으로 불쑥 튀어나와 펑 터져버렸다. 다른 흰 형체가 떠올라 이쪽으로 돌더니 그를 알아보는 눈치였다. 몸도 없이 머리만 있었지만 무슨 수를 쓰는지, 목에 힘을 주며 용케도 움직였다. 머리는 호기심으로 가득한 눈을 하고서 그에게 다가왔는데, 점점 커지면서 시야를 가득 메우자 마치 코앞에 바짝 다가온 듯했다. 머리통의 내뿜는 숨이 얼굴에 닿는 것만 같았다.

얼굴은 씩 웃더니 입을 비스듬히 벌렸는데, 어찌나 넓게 벌어지는지 마치 뺨이 찢어지고 턱이 빠진 듯했다.

그는 비명을 질렀다.

새하얀 얼굴도 똑같이 흉내 내어 되받아 비명을 내지르며 귀청이 떨어질 정도로 크게 소리쳤는데, 이내 한쪽으로 뒤집히더니 빛 속에 묻혀 사라졌다. 그는 숨을 가다듬고 몸을 되찾으려 했으나 뜻대로 되지 않았고, 빛 아래 어딘가에 떨어진 몸을 찾을 수가 없었다. 그때 무언가가 다시 형태를 취했다. 아까처럼 똑같은 머리가 다시 나타났는데 이번에는 어딘가 다른 데가 있었고, 빛줄기가 주위를 밝히는 가운데 근육과 힘줄이 모여서 목석처럼 뻣뻣하고 험악한 얼굴을 이루기 시작했는데, 잠시 뒤에야 그것이 자기 얼굴임을 알아차렸다. 자기 얼굴을 그런 식으로 보게 되자 적잖이 충격이었다. 순간 정신이 빠져나가려 드는 느낌이 들더니, 얼굴이 느닷없이 다시 모양을 바꿔 동생의 얼굴이 되었다. 하지만 동생을 그런 모습으로 보게되자 너무도 고통스러웠고, 계속 정신이 몸부림치는 느낌이 들던 찰나, 어머니의 얼굴이 나타났다.

그는 어머니가 원망스러웠지만 지금 만난 어머니에게는 그런 감정이 들지 않았다. 오히려 두려웠다. 이렇게 빛으로 이루어진 어머니의 모습을 보자 오싹했다.

"여긴 어쩐 일이세요?"

그렇게 묻는 순간, 지금 그의 몸이 떨어진 아래편 저 멀리 어딘가에서 누군가 손을 꼭 쥐는 느낌이 들었다.

"여긴어쩐일이니."

어머니의 얼굴이 똑같이 따라했다. 입이 움직이는 모양이 어딘가 어색하고 이상했다. 단어 사이에 간격도 없이 그냥 단어를 모조리 붙여서 쏟아내더니, 기다리듯이 그를 바라보았다. 그는 그것이 바로 자신이 평소에 뭔가를 바라보는 눈빛임을 알아차렸다.

그가 말이 없자 어머니의 얼굴은 뜻도 없는 소리를 줄줄이 쏟아내며 울부짖는 소리와 아우성치는 소리와 신음하는 소리처럼 낯설고 섬뜩한 소리를 연달아 냈고, 그런 소리를 듣는 자신마저 어딘가 모자라고 이상해지는 기분이 들었다. 얼굴은 소리를 뚝 멈추더니 멀뚱히 기다렸다.

"왜 이러는 건데요?"

얼굴이 윽박지르지 못하게 막으려고 먼저 엄포를 놓으며 물었다.

"왜이러는건데?"

어머니의 목소리가 대답했다.

"먼저 말해요."

"먼저말해."

그때 갑작스레 빛이 다시 흐려지기 시작하더니, 처음에는 시야의 절반을 가리던 너덜너덜한 빛의 장막만 흐릿해 지더니 이윽고 한꺼번에 사라졌고, 그는 숨을 헐떡이고 욱신거리는 이를 악문 채 세상으로 되돌아왔다.

월드런이 옆에서 손을 잡아주고 있었다.

"그렇지. 긴장 풀어. 이제 안심해."

다른 수감자 몇 명도 옆에서 그를 에워싸고 있었다.

이스트반은 천천히 손을 풀고는 공간이 나도록 구경꾼들을 뒤로 밀어내고 일어나 앉은 뒤 양손으로 머리를 감쌌다. 눈을 감았다 다시 뜨자 가장 먼저 눈에 들어온 것은 감방 구석에 자라난 바닥을 기는 촉수였다. 그런데 전에는 저 자리에 없었는데. 혹시 지금 헛것을 보나? 남들한테도 보이나?

"어떻게 된 거야?"

월드런이 물었다.

그는 멍하니 고개를 저으며 촉수를 쳐다볼 따름이었다.

"평소에도 발작을 일으키고 그러냐? 어찌나 몸을 떨어대던지 간신히 침대에 눕혔어."

그는 고개를 들었다.

"그게 날 쳐다봤어."

"뭐? 그게 뭔 소리야?"

구경하던 다른 사내가 물었다.

"날 똑바로 쳐다봤어. 그러면서 뭐라고 말했고. 그런데 내가 말하는 대로 따라하면서 이상하게 말했어. 그러더니 내가 알아듣지도 못하는 소리를 하더라."

월드런이 고개를 설레설레 저었다.

"이스트반, 당최 무슨 말인지 우리는 한 마디도 못 알아먹겠다."

"여전히 저기 있어. 눈에 보이지만 않는다 뿐이지."

"실성했네."

빌의 말이었다.

"다 아는데 뭘 새삼스럽게."

마이클도 덧붙였다.

"그런데 이렇게 실성한 꼬락서니는 처음 보잖아. 보나마나기는 하지만."

빌이 말했다.

"그게 도대체 뭔데?"

월드런이 눈을 가늘게 뜨며 물었다.

"흰색이야. 온통 허연 색이었어. 아니다, 빛으로 되어 있었어. 그런데 사실은 그게 아니라 내가 보기에만 그런 느낌이 들었는지도 몰라. 얼굴을 자꾸 바꿨어. 기억은 가물가물한데 다른 사람을 닮긴 했지만 그 사람은 아니었어. 한동안은 내 얼굴이었고."

"횡설수설하는군."

다른 사내가 말했다.

"한동안은 그게 나였어."

이스트반이 멍하니 말했다.

월드런은 그의 어깨를 툭툭 두드렸다.

"혹시 또 보거들랑 우리 좀 여기서 나가게 도와달라고 부탁해봐."

그는 그렇게 말하고는 돌아서서 밖으로 나가며 앞을 막는 구경꾼들을 해산시켰다.

"자, 자, 다들 갑시다. 구경 끝났수다."

20

여태까지 알아본 결과 아스페라는 사람이 살지 않는 미개척 행성임이 틀림없었다. 멀찍이 떨어진 데다 자원이 풍부한 것도 아닌 별 볼 일 없는 행성이었다. 그러니 은밀한 정치범 수용소를 짓기에는 최적의 조건을 갖추고 있었다. 헌데 미개척 상태에 거리까지 먼 고로 이제 젠시는 어떻게 거기까지 갈지 고민이었다. 거기까지 타고 갈 개인용 선박을 살 돈이 없는 것은 둘째치더라도, 직통 배편이 있다 한들 뱃삯을 낼 형편이 되지 않았다. 더구나 행성 인근에만 접근을 시도해도 경보가 울릴 공산이 컸다. 분명 순찰을 돌면서 예의주시하다 누군가 다가오면 돌려보내겠지.

어떡할까 고민하느라 며칠이 지났다. 나름 정보를 캐보았지만 아스페라가 미개척 불모지라는 사실 외에는 별반 건질 것도 없었다. 슬쩍한 통행증을 써서 우주 공항에 있는 잠긴 문을 따고 들어가 잠금을 풀고 단말기에 접속한 다음 형이 알려준 독창적인 해킹 솜씨를 살짝 발휘한 끝에, 자동 잠금이 걸리기 전까지 몇 분 남짓이나마 비공개 군사기록을 살펴보는 데 성공했고, 행성에서 뭔가가 벌어진다는 감을 잡았지만 정확히 무엇인지는 여전히 감이 오지 않았다. 그곳에 정치범 수용소가 있음을 가리키는 대목도 종종 있었지만 거기서 끝이 아니었다. 다른 계획이 진행되는 중이라는 사실이 넌지시 암시되어 있었는데, 극비로 분류되어 '아스페라 작전'이라고만 언급되어 있었다. 처음에는 그것이 수용소의 명칭인 줄로만 알았다. 하지만 수용소는 '지옥'이라는 다소 단순하고 창의력이 부족한 이름으로 통했고, 아스페라 작전은 별개였다. 그러나 그 정체를 알아내려고 머리를 굴린다 한들 당장 그곳까지 어떻게 가는가 하는 문제 해결에는 전혀 진전을 거두지 못했다.

며칠이 지나서야 뒤늦게 뭔가가 떠올랐다. 그곳이 정말로 불모지이고 아무것도 자라지 않는 땅이라면 자급자족을 위해 수경재배 시설이라도 갖추고 있겠지만…… 그렇다 해도 다른 물자가 필요할 테니 몇 달 주기로 누군가가 물자를 대주고 있음이 틀림없다. 아니면 그보다 자주, 혹은 뜸하게 들락거릴지도 모르고. 그것이 바로 그곳에 들어갈 배편이었다.

아무리 머리를 굴려봐도 그밖에 다른 뾰족한 방법은 없었다.

그래서 또 우주 공항으로 가서 보안 허가증을 몰래 도용하게 되었다. 주간 근무가 끝나기를 기다렸다 사무실을 나서는 보안 관리인의 뒤를 밟은 끝에, 입에 재갈을 물리고 손발을 꽁꽁 묶어 물품 보관함에 가둬버렸다. 그러고는 그의 키 카드를 가지고 사무실로 돌아가 단말기에 써먹었다. 암호를 몰라서 다시 보관함으로 되돌아가 가족까지 들먹이며 관리인을 협박하는 수고를 들여야 했지만, 그래도 결국에는 시스템에 접속했다. 시간이 조금 걸렸으나 형이 가르쳐준 방법대로 차근차근 따라가자 군당국 쪽 경로가 열렸다.

시스템이 자동으로 닫히기 전까지 극히 짧은 틈밖에 없었지만, 아스페라가 있는 구역의 통과허가를 받은 화물선의 이름을 알아내기에는 충분했다. 선명은 '에이본'으로, 거기서 정보는 공항 기록으로 이어져 있었다. 에이본의 선적 청구서를 훑어보니 석 달에 한 번 꼴로 기밀 장소로 출항하며, 가장 최근 건은 두 달 반 전이라는 사실을 알아냈다. 시간이 그리 많지는 않았다. 화물은 수용소로 전달될 예정으로, 그 품목은 식량과 의료품 및 막대한 양의 물이었다. 그런데 다른 화물도 눈에 뜨였다. 과학용 전문기기, 컴퓨터 부품, 외과수술 장비 따위였다. 그 화물선의 위치를 알아내기는 어렵지 않았다. 그러나 화물선은 군용 정박장에 있었고 경비도 삼엄했다. 혹시 승무원을 모집하는 중인지 통신망을 뒤져봤으나 채용 공고는 없었다. 운반 일을 하는 직장 단말기로 접속해 보니 에이본의 지난 적재 목록을 비롯해 승무원의 사진과 명단이 나왔다. 하는 일은 똑같은 운반부이지만 직함만 거창한 화물 전문가 둘이 있었는데, 하나는 덩치가 커다란 스완슨이라는 스웨덴 사내였고, 다른 하나는 그보다 체구가 작은 탤벗이라는 사내였다.

두 이름 모두 공개 디렉터리에 기재되어 있었다. 스완슨은 우주 공항에서 가까운 곳에 아파트가 있었는데, 젠시가 사는 곳에서 불과 몇 블록 떨어진 거리였다. 탤벗은 돔 반대편에 살고 있었다. 며칠 동안 젠시는 퇴근하는 탤벗의 뒤를 밟았고, 그가 사는 곳을 맴돌며 어디로 외출하는지 살폈다. 헌데 좀처럼 집밖을 나서지 않았다. 젠시가 있는 거리에서는 탤벗 주위로 영상수신기에서 나오는 파란 불빛이 깜박이는 모습만 보일 뿐이었다. 직장 말고는 삶이라 할 만한 것이 없는 부류의 사내였다.

그래서 젠시는 우주 공항을 나서자마자 '순교자'라는 간판이 붙은 바에 매일 밤마다 들리는 스완슨으로 목표를 바꿨다. 그는 항상 바 끄트머리의 같은 자리에서 좁다란 간이 의자에 거구를 조심스레 받치고 앉아 있었다. 단골이라 그런지 그가 도착할 무렵이면 그 자리는 지정석마냥 언제나 비워져 있었다.

바에 들린 첫날 밤, 젠시는 스완슨과 몇 자리 떨어진 바 구석가 자리에 앉았다. 그러고는 스완슨이 자기 맥주를 시킬 때를 기다렸다 그쪽으로 고개를 끄덕였다. 스완슨은 의아한 듯이 그를 보며 눈가에 주름을 짓더니 고개를 끄덕여 답했다. 가만히 지켜보는 동안 스완슨은 대략 10분 간격으로 맥주 대여섯 병을 연달아 시켰고, 정확히 한 시간이 되자 칼 같이 자리에서 일어났다. 비틀대며 의자에서 거구를 일으키더니 살짝 휘청거리는 모양새로 걸어갔지만, 아직은 멀쩡했다. 젠시는 자택까지 뒤를 밟을까 생각하다 그냥 바에 남아 있기로 했다.

다음번에는 스완슨보다 먼저 자리를 잡고 있었다. 젠시는 그에게 고개를 끄덕였고, 그도 목례로 답하며 자리에 앉았다. 젠시는 스완슨이 세 번째 맥주를 거의 비우고 한 병 더 시키려는 순간, 스완슨 몫까지 대신 주문했다. 스웨덴 사내는 고맙다는 뜻으로 고개를 끄덕이고는 순식간에 잔을 비웠지만, 과묵한 성격인지 한마디도 말을 붙이지 않았다. 그리고 저번처럼 한 시간이 지나자 칼처럼 털고 일어나더니, 어색하고 엉거주춤한 걸음으로 문밖으로 나갔다.

그날 늦은 저녁 이런 생각이 들기 시작했다. 이 수법이 먹히지 않으면 어쩌지? 그럴 때를 대비한 예비책이라도 있던가? 하지만 아무런 대책도 떠오르지 않았다. 에이본에 오르려면 지금 수법이 반드시 먹혀 들어야 한다.

셋째 날 저녁, 스완슨이 바에 들어설 무렵 젠시는 그의 지정석 바로 옆자리를 차지하고 있었다. 스완슨은 무어라 꿍얼대더니 그에게 살짝 고개를 끄덕이고는 좁다란 자리에 몸을 구겨 넣었다. 젠시는 자기가 마실 맥주를 시키고 스완슨에게 고개를 돌렸다.

"그쪽 것도 시킬까요?"

"댁이 사는 거요?"

"아무렴요. 지금 괜히 묻겠어요?"

스완슨은 고개를 끄덕였다.

바텐더가 맥주를 내오자 둘은 한동안 말없이 술만 들이켰다. 끝내 젠시가 입을 열었다.

"우주 공항에서 일하시죠?"

스완슨은 고개를 끄덕였다.

"댁도 그렇잖수."

젠시는 되받아 고개를 끄덕였다.

"운반 일을 하죠."

거구의 스웨덴 사내는 피식 웃었다.

"운반 일이라, 참 막막한 일을 하시는구만."

"그래요? 그러는 그쪽은 무슨 일을 하는데요?"

"화물수송. 운반 쪽이랑 별반 다를 바도 없수다. 벌이가 좀 낫다 뿐이지."

스완슨이 잔을 벌컥 들이키자, 순간 젠시는 이제 그가 다시 입을 굳게 다물려는가 싶었다. 섣불리 계속 말을 붙이기 껄끄러웠다. 뭔가 노림수가 있는 인상을 주기는 싫으니까. 그래서 그가 한 말은 한동안 거기서 머물렀다. 처음 시킨 맥주를 비우고 이어서 두 병째, 어느새 세 병째 맥주를 절반쯤 마셨을 즈음까지도.

"행성 밖으로 나가는 배편이 필요한가보구만. 짐짝에 섞여서 움직인 다음 짐짝에 섞여서 내릴 셈일 테고. 맨입으로는 힘든 일이지."

끝내 스완슨이 입을 열었다. 술기운에 말이 약간 어눌했다.

"눈치가 빠르군요. 어떡하면 되나요?"

스완슨은 고개를 저었다.

"딴 데나 알아보쇼. 이쪽은 벌써 만차니."

"그 딴 데가 어디죠?"

"에이본. 괜찮은 배지. 신형에 첨단이고."

"그쪽 다음 출항은 언제인가요?"

스완슨은 미간을 찡그렸다.

"어림잡아 일주일 반 뒤요."

그날 밤은 거기까지 진도가 나갔다. 젠시는 이튿날 밤에도 바에 들러 맥주를 샀고, 스완슨은 조금 더 입을 열었다.

"벌이로 따지면 정체 모를 화물을 싣는 편이 제일 짭짤하지."

스완슨이 그렇게 말하며 눈을 찡긋거렸다.

"그리고 그런 화물이 지금 에이본에 실린 듯하단 거요."

"정체를 모른다니요? 그래도 누군가는 알 텐데요."

스완슨은 두툼한 손으로 손사래를 쳤다.

"아, 선장이라면야 뭔가 귀띔을 받을 거요. 우리야 선적비용 청구서에 적힌 기본 목록밖에 모른단 말씀."

"우리 같은 인부가 아는 바는 보통 그 정도 선이죠."

"그야 그렇지. 그런데 댁은 운반부잖수."

스완슨은 갈수록 말수가 많아졌다.

"댁이 일을 하는 시점은 운송이 시작되거나 끝날 때요. 화물이 손상되기 쉬운 물품인지 아닌지만 알면 땡이고. 우리는 화물을 싣고서 줄창 같이 타고 있다 하적하잖수. 보통은 혹시라도 수틀릴 경우 우리더러 대처하라고 내용물이 뭔지 상세 목록을 챙겨주기 마련이고."

그는 간이 의자를 돌리고 젠시를 정면으로 마주보았다. 젠시의 눈에 비친 그의 눈빛은 어딘가 번득이고 있었다.

"뭔가가 샜다고 칩시다. 뭔가 수틀리는 일이 생긴다면 지금 우리가 싣고 있는 물건이 뭔지, 까딱하면 터져서 갑판을 태워먹을 물건인지 아닌지 알면 대처가 한 결 수월할 테니. 그런데 전에는 어떤 건수가 있었냐면……."

그는 맥주를 들이켰다.

"아니지, 말이 헛나왔구만. 지금 전담하는 어떤 건수는 상자에 의료품 딱지를 붙여놨던데, 실수로 쏟아놓고 보니 웬 산성 용액이 담긴 밀폐용기만 잔뜩이지 뭐요. 그래서 말인데, 댁 생각에는 그게 정말로 의료품일 것 같수?"

"밀수품이로군요."

스완슨은 검지로 젠시의 가슴팍을 쿡 찔렀다.

"끝까지 들어보쇼. 정부 사람들이 보내는 거요. 물품이 어디로 가는지, 또 배송지에서 무슨 꿍꿍이를 벌이는지 드러내고 싶지 않은 거지."

"그런데 용케도 알아냈네요."

스완슨은 고개를 저었다.

"괜히 들춰내서 좋을 것 없수다. 눈감아 주면서 보수나 챙기는 편이 상책이지. 그런데 기웃거리는 사람 치고 무사한 꼴을 못 봤으니."

'나도 곧 그렇게 되겠지.'

젠시는 그렇게 속으로 중얼거렸다.

■ ■ ■

주말쯤 되자 둘은 허물 없는 사이가 되었고, 스완슨은 이따금씩 이상하리만큼 과묵해질 때도 있지만 남들처럼 말수가 늘었다. 스완슨은 몇 번인가 젠시의 등을 치며 곧 출항하면 그리워질 것이라고 말했다.

"자리가 하나쯤 날지도 모르죠."

스완슨은 고개를 저었다.

"괜한 기대 말어. 그래도 혹시나 그렇게 되거든 자네를 추천하지. 운반부지만 이쪽 일도 얼마든지 해낼 테니까."

'선택은 두 가지로군.'

이튿날 젠시는 바에서 스완슨을 기다리며 그렇게 생각했다. 스완슨이 출항하기까지 앞으로 사흘 남았다. 원래 계획대로 그냥 스완슨에게 약을 먹여 출근하지 못하게 해버릴 수도 있다. 맥주에 가루 수면제를 슬쩍 타면 그만이니까. 그만한 양이면 곧장 나가떨어질 테고, 어쩌면 족히 며칠은 곯아 떨어질지도 모른다. 그렇게 그가 며칠간 일터에 나타나지 않으면, 젠시가 나서서 일감이 없냐고 기웃거리다 운좋게 화물취급 일을 따내는 것이다.

하지만 스완슨이 마음에 든다는 점이 문제였다. 그런 반면 탤벗이야 남남이나 마찬가지이다. 탤벗이 출근하지 않는다면 스완슨이 대신 자신을 불러줄지도 모르고, 이쪽이 더 승산이 있었다. 관건은 이를 어떻게 매끄럽게 처리하느냐였다.

이런저런 생각이 머릿속을 오가는 사이, 그는 스스로 자문해 보았다.

'내가 형을 위해 어떤 일까지 불사할 수 있을까? 형을 위해서 법마저 어기고, 그저 형을 보기 위해서라면 남의 밥줄까지 끊어버리는데, 앞으로 무슨 짓까지 벌이게 될까? 설마 살인도 서슴지 않게 될까?'

그는 고개를 휘휘 저었다. 아니다, 섣부른 행동은 금물이다. 형을 찾기 위해 아예 지금과 다른 사람으로 변할 수는 없다. 설령 형을 찾더라도 자각하지 못하는 사이에 사람이 너무 변해 그가 젠시를 알아보지 못하는 사태가 벌어질지도 모른다. 형을 찾기 위해서라는 이유 하나만으로 자포자기할 수는 없는 노릇이다.

그날 오후, 젠시는 사직서를 썼다. 그의 상관은 다소 놀라더니 미리 언질을 줬어야 하지 않느냐고 따졌지만, 결국은 한숨을 쉬면서 나머지 임금을 챙겨주고는 악수를 청하고 작별을 고했다. 그는 밖으로 나가 강력접착 테이프를 사들고 탤벗이 사는 아파트로 갔다. 누군가 응답하기를 기다리며 초인종을 몇 번이나 눌렀다. 그의 호실은 3층에 있었는데, 문짝이 허름한 싸구려라 몸을 기대고 손잡이를 이리저리 돌린 끝에 문틈에 카드를 끼워 쉽사리 잠금을 풀고 안으로 들어섰다.

아파트 내부는 말쑥했고 달리 별난 점도 없었다. 깨끗한 접시 두 개가 조리대에 나란히 놓여 있었고 그 위로는 칼과 포크가 X자로 포개져 있었으며, 유리잔 두 개가 접시와 완벽히 대칭을 이루며 놓여 있었다. 찬장은 거의 텅 비어 있었지만 한 군데는 똑같은 통조림으로 가득했다. 침대는 반듯하게 정리되어 있었고 화장실은 특히나 말끔했다. 어떻게 보면 사람이 산다고는 믿기 어려울 정도였다.

그는 한동안 아파트를 서성이며 머리를 굴렸다. 그러다 사무실에서 펜과 종이 쪽지를 찾아

"다음으로 해야 하는 일은?"

이렇게 적고는 영상수신기로 걸려온 회사 연락을 받았다. 지금 괜한 흔적을 남기면서 턱없는 위험을 감수하는 중일까? 그럴 지도 모르나, 자신도 지금껏 고된 삶을 살아왔기에 남의 밥줄을 끊어놓을 수는 없었다. 그것이 제아무리 탤벗처럼 이상하고 무미건조한 삶을 사는 사람이라 할지라도. 그는 쪽지를 부엌에 놔두었고, 식탁에 어색하게 놓인 그 쪽지는 그 아파트에서 가장 위화감을 주는 물체로 남았다.

탤벗이 퇴근해서 집으로 돌아와 문을 열 즈음, 젠시는 복면을 쓰고 문 뒤에 숨어 있었다. 왜소한 사내가 문간에 들어서자 젠시는 그의 관자놀이에 두 차례 힘껏 주먹을 날렸다. 탤벗은 숨이 넘어가는 것처럼 묘한 외마디 비명과 함께 풀썩 쓰러졌다. 젠시는 그를 끌어다 앉히고 테이프로 팔다리를 의자에 묶었다. 팔다리가 단단히 고정되자 물 한 잔을 받아 종이에 감싸둔 가루낸 수면제를 솔솔 뿌렸다. 그러고는 탤벗이 정신을 차리기를 기다렸다. 하지만 한참이 지나도 기별이 없었다. 젠시는 좀 더 기다려 보다가 의자를 가까이 당겨 손가락을 목에 대고 맥을 짚어보았다. 맥박이 없었다.

어처구니 없는 운명의 장난이었다. 젠시는 복면을 벗고 탤벗을 풀어 반듯하게 눕힌 다음 인공호흡을 하고 가슴을 두드렸으나, 이미 너무 늦고 말았다. 이미 혈액이 몸 아래로 스며들며 고이는 중이었고 얼굴은 생기 하나 없이 창백했다.

그는 시신 곁에서 물러나 소파에 털썩 주저앉아 양손으로 머리를 감싸쥐었다. 전부 그의 잘못이다. 너무 세게 때린 것이다. 아니면 단지 운이 나빴을지도 모를 일이

다. 탤벗은 전부터 심장병 같은 지병을 앓았는지도 모른다. 아무튼 쓰러지자마자 맥박을 확인하고 숨을 쉬는지 확인했어야 하는 건데.

이제 젠시는 형을 다시 만날 기회와 남의 목숨을 바꿨다. 앞으로 형을 찾기 위한 도정에서 얼마나 많은 목숨을 앗아가게 될까?

한참이 지나서 그는 자리에서 일어나 탤벗의 팔다리와 의자에 붙은 테이프를 뗐다. 그러고는 탤벗을 다른 방으로 끌고 가 영상수신기 앞에 있는 안락의자에 앉혀 두고 방송을 틀었다. 시신은 벌써 조금 굳었지만 약간 힘을 주자 의자에 맞게 모양이 구부러졌다. 이러면 의자에 앉아서 죽은 것처럼 보일지도 모를 일이다.

그는 조심스레 부엌 의자를 원래 있던 대로 식탁에 맞춰둔 다음, 수면제를 탄 물잔을 깨끗이 비우고 원래 있던 자리에 정리해 놓았다. 쪽지는 네 조각으로 찢어 구겨진 약종이와 함께 주머니에 넣었다. 그런 다음 마지막으로 실내를 둘러보며 속으로 어쩔 도리가 없었다고 되뇌며, 아파트를 나섰다.

이튿날 젠시는 출항하는 스완슨을 보려는 명목으로 아침 일찍 우주 공항으로 향했다. 거구의 사내는 그를 보자마자 솥뚜껑 같은 손을 어깨에 턱 걸쳤다.

"앞으로는 같이 술잔도 못 기울이겠는걸? 이제 궁상맞게 자네 혼자 마셔야 겠구만."

스완슨이 눈을 찡긋거리며 말했다. 그러고는 선장 마틴에게 젠시를 소개해 주었고, 서로 악수를 나눴다.

"제 친구 젠시라고 합니다. 둘째 가라면 서러워할 정도로 실력 좋은 운반부입죠. 헌데 이제는 좀 더 묵직한 화물선 쪽으로 직장을 옮길 참이라고 하는군요. 혹시 자리가 나거든 이 친구한테 귀띔이나 해주십쇼."

스완슨이 너스레를 떨었다. 마틴 선장은 고개만 끄덕이고는 잠시 대화를 나누다, 다시 준비 작업으로 돌아가 현재 궤도에 있는 에이본에 화물을 실어 나를 왕복선 선적을 감독했다. 스완슨은 다시 그와 악수를 나누고는 자리를 떠났다.

젠시는 한동안 그대로 서성이다 궁색하거나 수상쩍어 보이지 않으려고 집으로 걸음을 돌렸다. 다음 몇 시간 동안 영상수신기로 그쪽에서 연락을 해오기를 기다리자니 고역이 따로 없었다. 연락이 없으면 어떡하지? 염두에 두던 다른 사람을 쓰거나 그냥 탤벗을 대신할 보결도 없이 출항하기로 한다면? 그리되면 탤벗은 이유 없이 횡사한 꼴이고, 젠시는 형을 만날 길을 잃고 만다. 선장이나 스완슨 혹은 다른 누군가가 탤벗이 출근하지 않았다는 사실을 알아차려 영상수신기로 연락해 보고는, 집으로 사람을 보냈다 시체를 발견하는 광경이 머릿속에 떠올랐다. 자연사한 것처럼 보일까? 주먹을 날린 관자놀이에 수상쩍은 멍 자국이 남아 있지는 않을까?

한 시간이 지나고 두 시간이 흘렀지만 여전히 연락이 없었다. 다 포기하고 마음을 접으려는 순간, 영상수신기가 깜박이더니 선장의 얼굴이 나타났다. 그는 연결을 수신했다.

"젠시 사토?"

선장이 말했다.

"네?"

"이 시간에 집에 있을 줄은 몰랐는데 이렇게 연락이 닿는군."

"오늘 교대 시간을 바꿨거든요."

젠시는 그쪽에서 자신이 근무한 업체를 추적해 그가 사직했다는 사실을 아직 알아내지 못했기를 빌며 그렇게 둘러댔다.

"이제 몇 분 있으면 나가봐야 하지만요."

"그야 모르지. 나하고 일해보는 것은 어떤가?"

"선장님하고요? 여부가 있겠습니까."

그는 그렇게 답하고는 본론으로 돌아가 물었다.

"임금은 어떻게 되는지요?"

선장은 운반 일의 거의 두 배라는 손짓을 해보였다.

"스완슨이 자네를 높이 사더군. 스완슨의 판단을 믿도록 하지. 조건은 오늘 당장 시작해야 한다는 거지만."

젠시는 저울질하는 척하더니 고개를 끄덕였다.

"언제 출근하면 되나요?"

“지금 당장. 벌써 궤도에서 자네만 기다리는 중이다. 공항에 왕복선이 대기하고 있으니 소지품 챙겨서 당장 타게나. 꾸물대지 말도록. 자네가 도착하는 대로 출항할 테니까.”

그는 고개를 끄덕이고 영상수신기를 껐다. 그러고는 크게 심호흡. 이제 형에게 한 발 가까이 다가선 것이다.

21

이스트반은 언제 세상이 자신에 맞추어 변화할지 감을 잡을 수가 없었다. 다른 세상은 언제나 주위에 있었지만 뒷배경에 깊이 묻힌 탓에, 속삭이며 두런거리는 흐릿한 목소리만이 아득히 머나먼 곳에서 말을 걸어왔다. 바로 그때, 갑작스런 통증이 머릿속을 후벼파자 장막이 다시 내리깔렸고, 이윽고 사방을 둘러싼 수형지가 주위에서 사라지더니 윙윙대는 소리와 함께 어딘가 다른 장소의 풍경이 순식간에 빈자리를 차지했다. 어느 쪽이 진짜 세상일까? 둘 다인가? 아니면 둘 다 가짜인가? 시야가 역전되면서 사방이 원래대로 돌아오자 다른 세상은 뒷배경으로 슬그머니 물러나, 살짝 더 요란하고 시끄러운 상태로 남았다. 다른 수감자들 역시 같은 증상을 느끼고 있음을 알아차렸지만, 정작 본인들은 무엇을 느끼는지조차 몰랐다. 대관절 무엇이 두통을 일으키고 장막을 펼치거나 도로 헐어버리는지 몰라도, 그것은 수감자들의 후뇌를 살살 간지럽히거나 피가 나도록 살갗을 박박 긁어내고 있었다. 다들 같은 증상을 느꼈지만 자각이 없을 때도 있었다. 평소에 비해서 안절부절 못하는가 하면, 머리를 제대로 가누지 못하는 이들도 있었다. 벌컥 화를 내는가 하면, 마음에도 없고 본인들조차 무슨 뜻인지 모르는 소리를 지껄여댔다. 이쯤 되자 이스트반은 자신이 비정상이 아니라는 느낌이 들기도 했다. 다른 사람들 눈에는 보이지 않는 것이 그에게는 보였고, 정작 본인들은 전혀 알아차리지 못하는 가운데 그것이 남들에게 무슨 효과를 일으키는지도 눈에 선하잖은가.

그는 침착하려고 애썼다. 밤에는 각방에서 잠을 잤고, 알람이 울리고 문이 자동으로 열리면 나머지와 마찬가지로 밖으로 나가 재주껏 대화를 나누며 자신 역시 남들과 똑같은 사람인 척했다. 그러나 정상인 행세는 예나 지금이나 서툴러서 그리 오래가지 못했다. 자신이 남들과 다르다는 사실은 자각하고 있었다. 처음 탁자에 함께 앉았던 빌, 마이클, 월드런은 이스트반을 애써 받아주었으며 그 역시 그런 셋에게 정이 갔는데, 정이 붙는 이유가 자신을 받아주는 아량 덕인지, 아니면 처음부터 같은 자리에 앉았던 까닭인지는 확실치 않았다. 그의 눈에 비친 그들 역시 정체모를 효과의 영향을 받았으나 어딘가 남들과 달랐다. 세상이 이스트반을 위해 뒤로 물러나는 순간이면, 마이클은 그냥 자기 몸속으로 침잠했다. 월드런은 느닷없이 광기를 보이며 고도의 흥분상태에 들어갔다. 빌은 혼잣말을 중얼거리며 씩 웃었는데, 세상이 되돌아오면 셋은 다시 원래 모습을 되찾았다. 그러나 어딘가 조금씩 달라졌다. 매번 조금씩 정신이 원점에서 멀어졌고, 그럴 때마다 일순 멈칫거렸다.

수형지라는 환경이 증상을 더욱 악화시키는지도 모를 일이었다. 겉으로는 자유로워 보일지 몰라도 수감자들은 원속의 원에 갇힌 채로, 누군가가 자신들을 지켜보는 삼중 원이 더 둘러져 있음을 인지하고서 살아가니까. 이스트반은 항상 감시받는 기분이 들었다. 교묘하게 시야가 닿지 않는 어딘가에서 누군가가 지켜보는 느낌이었지만, 과거에는 오로지 자신만 그런 기분에 사로잡혀 지냈다. 이제는 남들처럼 자신도 똑같은 기분을 느낀다는 사실, 그리고 남들이 보기에도 그가 옳다는 사실에 한결 마음이 놓였다.

몇 주가 흐르는 사이 이스트반의 눈앞에 장막이 펼쳐지는 횟수가 갈수록 잦아졌고, 장막은 서서히 사라지다 섬광으로 변하여 과거 그에게 말을 걸었던 인물 중 하나의 형상을 띠었다. 이유는 모르겠지만 그렇게 나타난 인물은 하나같이 이미 죽었거나 그에게는 죽은 것이나 다름없는 사람들이었다. 처음에는 동생의 얼굴이나 심지어 동료 수감자의 얼굴마저 흰 선과 빛 속에서 거꾸로 뒤집힌 몰골로 나타났다. 그러나 왠지 모르게 심란한 기분이 들었으며 그에게 이러한 환영을 투사하는 존재 역시 이를 감지하고는 그가 정신적으로 받아들이도록 스스로 형태를 조정했다.

어째서 산 사람이 아닌 죽은 사람의 얼굴을 보자 도리어 안심될까? 그로서도 알 길이 없었다. 남들 같으면 안심이 되기는커녕 아예 미쳐버릴 사람도 조금은 있을 텐데. 하지만 그에게는 수형지라는 세상과 다르고 새로운 세상을 구분하도록 도움을 주었다.

시간이 지나자 빛이 서서히 잦아들고 새로운 세상은 차츰 색상과 깊이를 띠기 시작했는데, 두통이 머릿속을 메우지 않았더라면, 또 스쳐가는 얼굴들을 보면서 그들이 고인이라는 사실을 알아차리지 못했더라면 지금 자신이 보는 세상이 어느 쪽인지 분간하지도 못했을 것이다.

문득 이런 궁금증이 들었다.

'그런데 어째서 어머니가 보이지?'

지금쯤 돌아가셨을지도 모를 일이지만, 정말로 돌아가셨는지 아닌지 확신이 서지 않았다. 어쩌면 전에도 생각했듯 애초에 그에게는 죽은 사람이나 마찬가지라 그런지도 모른다. 아니면 정말로 돌아가셨고, 그래서 환영이 어머니의 모습으로 어머니의 목소리를 내면서 부고를 알리는 중일지도 모른다. 그러나 자주 눈앞에 나타나면 나타날수록 얼굴은 흐물흐물 녹아내리며 빛에서 빠져나와 그 주위로 하나의 세상을 만들더니, 그가 죽였던 의원 팀 피셔의 형상을 취했다. 피셔는 머리가 날아간 상태로 쿵쿵대는 걸음걸이로 그에게 다가왔다. 그러고는 생전의 팀 피셔와 같은 목소리로 말했지만, 도대체 어떻게 그럴 수가 있는지 이스트반으로서는 알 길이 없었다. 그러나 이상하게도 목소리는 계속해서 이스트반을 따라했는데, 마치 이해되지 않는 말을 되풀이하듯 단어를 모조리 붙여서 줄줄이 읊어대는 식이었다.

"당신은 죽었을 텐데."

이스트반이 이렇게 말하면.

"당신은 죽었을텐데."

피셔의 목소리는 그렇게 대꾸했고, 머리에서는 피가 질질 흘러내렸다.

"무슨 말을 하고 싶은 거죠?"

그렇게 물어도 목소리는 똑같이 되풀이했다. 악몽 같으면서도 사람을 사로잡는 구석이 있었다.

'어떻게 하면 저 말이 이해될까? 어떻게 하면 내가 하는 말을 알아들을까?'

정체모를 에너지가 방출되는 경우는 가면 갈수록 빈번해졌고, 얼굴들은 나타나면 날수록 주의가 예리해졌는데, 마치 오로지 그에게만 관심을 보이는 듯한 눈치였다. 그는 머릿속으로 숫자를 떠올릴 때면 얼굴들이 자신을 가장 유심히 살핀다는 사실을 알아차렸고, 어려서부터 하던 대로 자신과 함께 구조와 문양을 만들었다. 무엇 때문에 그리도 자신에게 흥미를 보이는지는 그로서도 오리무중이었다. 남들도 같은 느낌을 받고 있을까? 아니겠지. 확실히는 모르겠지만 다른 수감자들은 수십 명 단위로 방출에 서로 다른 반응을 보였다. 그러나 방출이 잦아짐에 따라 서서히 변화하며 이스트반이 생각하던 그들 본래의 모습을 한 겹씩 드러내기 시작했다. 이스트반이 보기에 점점 노골적이고 변덕스러워졌던 것이다. 그리고 그로 말하자면, 환영이 갈수록 격렬해짐에도 자신의 참모습이 예전부터 수면에 가까이 올라왔던 느낌이 들었다. 그래서 오히려 남들보다 수월하게 받아넘겼다.

그러나 브라이언 콘이라는 수감자는 전혀 받아넘기지를 못했다. 그때는 점심시간이 지났을 무렵이었고, 수감자 몇몇은 내부 원을 산책했고, 운동 기구를 쓰는 사람도 조금 있었으며, 여전히 탁자에 앉아 책을 읽는 이들도 있었다. 빌과 월드런은 두런두런 대화를 나누고 있었는데, 둘의 언성이 높아질수록 이스트반은 머릿속의 압박감도 커져가는 느낌이 들었고, 그 순간 에너지 방출이 일어났다. 다시 장막이 확 펼쳐져 세상을 감싸자 이스트반은 입을 꾹 다물었는데, 남들 앞에서 피셔 의원의 얼굴과 말하는 모습을 보이고 싶지 않기도 했지만 옆자리에 앉은 두 사람이 보이지도, 열띤 토론이 들리지도 않았던 까닭도 있었다. 그래서 턱을 악물고 소름끼칠 정도로 이쪽을 빤히 바라보는 피투성이 얼굴을 쳐다보던 중 누가 몸을 건드리는 느낌이 얼핏 들었는데, 그것이 빌인지 월드런인지는 그로서도 알지 못했다. 몇 초 혹은 몇 분이 지났을까, 이번에도 얼굴은 하얗게 변하며 사라져 시커먼 공허로 떨어져 내리자 장막이 해어지면서 그 사이로 다시금 진짜 세상이 보이기 시작했는데, 비명 같은 소리도 들려왔지만 그 소리는 금방 멎었다. 월드런이 그의 어깨를 꽉 쥐었지만 생각만큼 아귀에 힘을 세게 넣지는 않았는데, 이는 그가 이스트반이 환영에서 헤어나지 못했음을 알아차렸기 때문이 아니라, 당장 눈앞에서 벌어지는 일에 정신을 팔렸기 때문이었다.

"저게 뭐하는 짓거리야?"

월드런이 말했다. 그는 정면을 똑바로 쳐다보고 있었는데, 빌 역시 돌려앉아 앞만 쳐다보는지라 이스트반도 시선을 돌렸다. 몇 탁자 떨어진 곳에 콘이 있었고, 순간 이스트반은 무엇 때문에 소란인지 전혀 감을 잡지 못했다. 그때 콘이 자기 팔뚝에 꽂아넣은 포크 손잡이가 눈에 잡혔다.

콘은 입을 벌리고 다시 비명을 질렀다. 그가 손잡이를 붙잡고 포크를 뽑자 순식간에 상처에서 피가 뿜어져 나왔는데, 이스트반이 보기에 비정상적일 정도로 콸콸 흘러나왔다. 그는 포크를 휘둘러 이번에는 상박근에 깊숙이 박아 넣고는 또 길게 비명을 내질렀다.

"저 자식 왜 저래?"

빌의 물음이었다.

그러나 이스트반은 빌이 이해할 만한 대답을 떠올릴 수가 없었다. 설명할 내용이 너무도 많은 데다 무슨 말을 써야 할지도 막막했다. 마치 콘이 다른 세상에 손을 댔다가 그 일부를 고스란히 지니고 돌아왔고, 그것이 뇌 속으로 들어간 것처럼 보였다. 해를 끼칠 의도가 아니라 그저 그들과 의사소통하는 방법을 알아내려는 노력의 일환이나, 그 과정에서 뇌가 쉽게 망가진다는 사실을 미처 몰랐던 것이다.

"당장 뜯어말리자."

월드런은 그렇게 말하고는 그에게 걸어갔다.

하지만 그때쯤 벌써 포크는 다시 상처에서 빠져나왔고, 이번에는 목을 깊숙이 파고들어 경동맥을 자르고 기관지에 구멍을 뚫어놓았다. 월드런이 다가서는 순간 콘은 휘청거리며 의자에서 떨어졌다. 월드런은 급히 목을 압박했지만 피는 계속 손가락 사이로 솟구쳤고, 콘은 숨을 헐떡이다 곧 숨이 끊어졌다.

월드런은 계속 손으로 압박하면서 마치 유령이라도 보는 눈빛으로 콘을 계속 쳐다보았다. 다른 이들이 다가와 그를 뒤로 끌어냈다. 그러나 그러고 나자 다들 어떡할지 막막했다. 하나같이 시체에서 몇 미터 거리를 벌리고 그저 우두커니 서 있을 따름이었다.

'콘.'

이스트반은 죽은 사내를 쳐다보며 얼굴을 떠올려 보았다. 이제 다른 세상에서 못 보던 얼굴이 자신을 찾아오리란 직감이 들었다. 죽은 지 얼마 되지 않는 고인이 그를 찾아올 테지. 그런 일이 생기고 불과 몇 초가 지나자 감옥으로 돌아가라는 경보가 울렸다. 곧장 돌아가는 수감자도 몇몇 있었지만 대다수는 그대로 어정거리고 있는데, 돔의 철골에 설치된 확성기에서 목소리가 울렸다.

"각방으로 돌아가라. 30초 여유를 주겠다. 경고는 지금이 마지막이다."

이에 대다수는 발걸음을 옮겼지만 그래도 한두 명은 남아 있었다. 빌은 이스트반과 피투성이가 된 채로 여전히 충격에서 헤어나오지 못한 월드런을 각자 방으로 데려갔다. 이스트반은 침대에 가만히 앉아 있다 철창이 닫히자 일어나서 철창을 붙들고 바깥을 내다보았다. 복도 끝에서 검은 광택이 눈가에 번득이더니, 평소 굳게 잠겨 있던 보안문을 통해 폭동 진압복으로 무장한 교도관 너댓이 몰려나와 수감자들이 있는 원을 거쳐 중앙 원으로 들어섰다.

이윽고 비명 소리가 들려왔다. 보이지는 않았지만, 명령에 불복한 수감자들을 세워놓고 곤봉으로 후려패는 모습이 눈에 선했다. 그리고 잠시 뒤 정말로 의식을 잃고 피투성이가 된 수감자가 두 교도관에게 붙잡혀 모퉁이로 끌려 나왔다. 교도관들은 이스트반이 있는 각방에서 그리 멀지 않은 복도 바닥에 그 수감자를 털퍽 던져놓았다. 얼굴이 플라스틱 보호대로 가려서 빛을 반사하는 탓에 아예 얼굴이 없는 듯한 착각마저 일어 이스트반은 흠칫 놀랐다. 아니면 얼굴이 원래부터 빛으로 되어 있거나. 다른 세상의 그 얼굴들처럼! 교도관 하나가 수감자를 한 번 걷어차고 나자 둘은 돌아서서 모퉁이를 돌아 내부 원으로 들어섰다. 잠시 뒤 교도관 전원이 다시 외부 원으로 나가며, 콘의 시체를 수형지에서 끌어냈다. 보안문이 닫히자 침묵만이 내리깔렸다.

침묵만 내리깔린 것은 아니었다. 주위에 감도는 침묵 사이와 아래로, 자기 심장 박동 소리보다도 낮게 속삭이는 목소리들이 이스트반의 귀에 들렸다. 듣기 힘들다 못해 거의 듣기가 불가능할 정도였지만 그에게는 똑똑히 들렸다.

뭐라고 하는지는 모르겠지만 그래도 그는 가만히 귀를 기울였다.

22

헨리 원드레이는 운이 지지리 없게도 하필 죄수가 발광한 그때가 감시 근무를 서고 있었다. 모니터 앞에서 이스트반을 관찰하며 자신이 잘못 본 것이 아니며 분명히 젠시의 형임을 다시금 확인한 순간, 머리가 지끈거리기 시작했다.

'이놈의 편두통.'

돔 내의 인공 대기 때문이 틀림없다. 전에는 이렇게 편두통에 시달려본 적조차 없었으니까. 그는 눈을 질끈 감고 콧대를 주무르며 통증이 가시기를 기다렸다. 몇 초쯤 지나 두통이 조금이나마 사라져서 눈을 떴더니, 모니터 하나에 이상한 광경이 스쳐지나갔다. 카메라를 살짝 조정해서 살펴보니 보고도 믿기 어려운 광경이 벌어졌다. 장면을 확대해 보니 죄수의 팔에 포크가 박혀 있는 것이 아닌가.

'이런 염병할.'

그때 사내의 손이 포크 쪽으로 다가가 다시 움켜쥐고 팔에서 뽑았다. 거기까지는 지극히 정상적인 대처로 보였다. 포크를 뽑자마자 피가 분수처럼 솟구치기는 했지만. 그러나 그러자마자 도로 팔에다 더욱 깊숙이 포크를 꽂는 행동은 정상과는 거리가 멀었다. 이런 상황을 목격하기는 처음이었다. 그가 이곳에 배치된 이후로 단 한 건의 사건사고도 없었다. 이렇다 할 싸움이나 자살 기도 따위도 없었고, 교도관들을 투입해 수감자를 심문실로 데려가는 경우를 제외하면 폭력이 발생하는 일도 극히 드물었다. 이곳 '지옥'이 종착역인 만큼 대다수 수감자는 지칠대로 지친 몰골로 들어오기 마련이었고, 대부분이 정치범이라 일반적인 독종 죄수들과 경우가 달랐다. 교도관을 부르려고 단추로 손을 뻗는 사이 한 수감자가 포크로 자해하는 사내에게 달려갔고, 사내는 다시 포크를 뽑아 이번에는 목에 깊숙히 꽂아넣더니 의자에서 나동그라졌다. 그러고 나서는 상황이 제대로 보이지 않았다. 달려나간 수감자가 응급처치라도 하는지 다친 사내 위로 몸을 숙여서 카메라가 가렸다. 자기도 모르게 교도관 호출 단추를 눌렀는지, 분명 누른 기억이 없는데도 이어폰에서 목소리가 들리더니 무슨 일이냐고 물어왔다. 그는 더듬거리는 목소리로 방금 목격한 상황을 설명하며 한 수감자가 별다른 이유도 없이 자해를 벌인 끝에 쓰러져 심각한 부상을 입었다고 보고했다. 그러는 사이 응급처치를 하던 수감자가 뒤로 물러나자 카메라에 현장이 다시 잡혔고, 이제 보니 포크로 자해한 사내는 죽었음에는 의문의 여지가 없었다.

충격의 정도가 큰지 작은지 본인도 갈피가 잡히지 않았다. 그는 앉아있을 따름이었다. 주위를 둥글게 에워싸고 시신을 쳐다보는 수감자들과 마찬가지로 멍하니 화면을 바라보면서. 이스트반의 모습이 다시 눈에 들어왔다. 그는 조금도 충격을 받거나 위축되지 않아 보였는데, 놀란 기색 하나 없이 우두커니 서서 무표정하게 응시하고 있었다. 바로그때, 느닷없는 웃음이 그의 얼굴을 스쳐갔다.

'아주 미쳤나봐. 하기야 수감자 전부 미친놈들일지 모르는 판이니.'

헨리는 자신이 현장에 직접 투입되는 교도관이 아니라 저곳에 들어갈 일이 없다는 사실에 가슴을 쓸어내렸다. 그대로 남아서 수감자들을 지켜보는 가운데, 교도관들이 보안문 뒤에 열을 맞추고 돌입 준비를 갖추는 모습이 모니터에 잡혔다. 그는 경고 방송을 하면서 수감자들에게 각방으로 돌아가라고 전했다. 몇몇은 지시대로 이행했지만 대다수는 충격에서 헤어나지 못했는지 그대로 남아 있었다. 그래서 수칙대로 화성기를 켜고 음량을 최대로 높인 다음 최종 경고를 날렸다. 다소 우왕좌왕하는 분위기였지만 결국에는 다들 각방으로 돌아가고 단 한 명만 남았다. 다시 경고를 줄까 싶었지만, 규칙대로 해야 한다는 사실을 상기하고 마음을 돌렸다. 그래서 수용동의 철창을 폐쇄한 다음, 돌입조에는 내부에 사망자가 발생했으며 수감자 하나가 돌아다니고 있으나 충격을 받은 것으로 보이므로 크게 경계할 필요는 없다고 일러두었다. 이윽고 응답이 돌아오자 그는 보안문을 열고 돌입조가 진입하는 모습을 지켜보았다. 돌입조는 멍하니 있던 수감자를 의식을 잃을 지경이 되도록 구타했다. 불필요한 과잉 진압을 지켜보자니 헨리는 직장 선택을 제대로 잘못했다는 후회가 다시금 밀려들었다. 애초에 위치조차 모르는 행성으로 건너와서는, 수감자뿐만 아니라 교도관마저도 지옥이라 부르는 수형지의 외부 원에서 지내기로 동의한 데서부터 실수였다. 그는 폭동 진압복 때문에 얼굴이 보이지 않아 누구인지 알아보지도 못하는 두 교도관이 정신을 잃은 수감자를 수용동으로 끌고 나오는 광경을 지켜보았다. 한편 나머지 교도관 셋은 시체를 옮기느라 낑낑대고 있었다.

그때 이어폰이 지직거렸다.

"시체는 어떻게 합니까?"

투입조 조장이 물었다. 그가 돌아서서 카메라 쪽으로 고개를 드는 모습이 모니터에 잡혔다.

"평소에 주로 어떻게 했지?"

헨리가 물었다.

"사망자 발생은 이번이 처음입니다."

'그놈의 존대는 집어쳐. 너희랑 같은 취급 말라고.'

그 말이 목구멍까지 올라왔다. 그러나 그렇게 내뱉으면 도리어 상황만 혼란스럽게 만들 뿐이다. 게다가 그 생각이 정말로 맞는지도 속으로 긴가민가했고. 어떻게 보자면 우물쭈물거리던 수감자를 흠씬 두들겨패 정신을 잃게 만든 병사들이나 자기나 지은 죄는 똑같은 셈이니까.

"혹시 관련 수칙 없어?"

"제가 알기로는 없습니다."

"그렇다고 시체를 내버려둘 수는 없잖아. 안으로 끌고와서 해결책이 생길 때까지 어디다 놔둬. 심문실이면 적당하겠네. 중령님께 연락해서 조언을 구해볼 테니까."

시체가 운반되어 심문실에 있는 금속 탁자에 눕혀지자, 헨리는 통신을 연결했다. 중계 위성이 먼저 연결의 승인여부를 확인하고 신호를 암호화한 다음, 보안 경로를 거쳐서 행성을 공전 중인 함선으로 해독 암호를 보내느라 연결까지 몇 분이 걸렸다. 군사 인원 대다수가 이곳 교도소의 외부 원이 아니라 행성 궤도에 머문다는 사실이 헨리로서는 미심쩍을 따름이었다. 그렇다고 이곳이 인원을 수용하기 좁은 것도 아니었다. 차라리 궤도에 있는 편이 훨씬 자유로워서일 테지. 아니면 궤도라는 관측 지점을 확보함으로써 수형지뿐만 아니라 근처에 건축한 다른 시설 역시 감시하기 위함일지도 모르고. 헨리는 그곳의 목적은커녕 무슨 시설인지도 전혀 아는 바가 없었다. 왕복선을 타고 행성에 착륙할 무렵 얼핏 봤을 뿐이었고, 주변 조명이 알맞거나 어둡고 청명한 날이면 먼발치로 어슴푸레한 미광이 내다보이기도 했다. 하지만 그 시설이 어딘가 있음은 분명했고, 이런 외딴 행성에 건물을 세우고 안에서 무슨 일을 벌이는지는 몰라도, 거기에 연루되는 것만큼은 사양하고 싶었다. 드디어 잡음과 함께 연결이 이루어지자 중령 휘하의 여러 소위 중 하나의 얼굴이 보였다. 마른 체격에 입이 자그마하고 어딘가 껄끄러운 친구였다. 상의 호주머니 이름표에 '오르토'라고 박음질되어 있었다.

"보급선은 아직 도착하지 않았습니다. 앞으로 몇 주 동안은 기별이 없을 겁니다. 현재 물량은 다음 보급까지 쓰고 남을 만큼 충분할 텐데요."

'저 밥맛.'

헨리는 속으로 꿍얼대고 입을 열었다.

"보급 때문이 아닙니다."

"그래요? 그렇다면 무슨 까닭인지요?"

"중령님께 말씀드릴 것이 있습니다."

"무슨 일이라도?"

헨리가 대답 없이 침묵을 지키며 빤히 바라보자, 소위는 한발 물러났다.

"연결이 가능하신지 알아보도록 하지요."

화면이 백지가 되었다가 그로토 중령의 얼굴이 나타났다. 윗부분만 남기고 밀어버린 머리에 얼굴은 우락부락했으며, 뺨은 남들 같으면 진작 수술로 없애버렸을 얽은 자국으로 덮여 있었다. 거기다 커다란 흉터가 코에서부터 입술까지 길게 이어져 있었고, 그 자국을 따라서 피부가 부풀어 있었다.

"젠킨스였던가?"

"헨리 윈드레이입니다."

그는 중령이 일부러 이름을 틀리게 불렀다는 느낌을 지울 수가 없었다.

"윈드레이였지, 참."

중령은 그렇게 대답하며 크지만 생기 없는 웃음을 지었다.

"아무튼 무슨 일인가?"

헨리는 사정을 설명했다.

"포크로 그랬다고 했나? 제대로 실성한 모양이로군."

"여태껏 장애나 광기의 징후는 전혀 없었습니다. 수감자 대부분은 들어올 때부터 기세가 꺾여 있습니다. 그렇다보니 다른 수감자나 자신을 대상으로 폭력적 태도를 보이는 경우는 사실상 없습니다."

"그런데도 이런 일이 생기는군. 너무 걱정 말도록, 젠킨스. 자네 책임이 아니니까."

"윈드레이입니다."

그렇게 대꾸하자 중령의 얼굴에 짜증스런 기색이 스쳤다.

"책임 소재가 저한테 있다는 말씀은 드린 적이 없습니다. 시신을 어떻게 처리할지 곤란해서 연락드린 겁니다. 땅에 묻으면 됩니까? 아니면 소각해야 합니까?"

중령은 잠시 망설인 끝에 고개를 저었다.

"혹시 모르니 사람을 시켜서 살펴봐야겠군. 당분간 보존해 두도록."

"예?"

"시체 안치실이 없는 것도 아니잖나?"

"있습니다만 현재는 심문실로 쓰고 있습니다."

"아, 알겠군. 그렇다면 냉장고에 넣어두도록."

"냉장고는 저희 식량 저장용밖에 없습니다."

"그냥 하나 비우고 넣어두도록. 며칠만 있으면 되니까."

"며칠이나 말입니까?"

교도관 하나가 잠에서 깨어 비틀거리는 걸음으로 주방에 가서 냉장고 문을 열었다 시체가 튀어나오는 광경이 헨리의 머릿속에 떠올랐다.

"그보다 짧을지도 모르고. 이쪽에서도 방법을 알아보겠다."

중령은 손을 뻗어 화면을 꺼버렸다.

23

헤일리 소위는 웃어야 할지 울어야 할지 아직도 긴가민가했다. 과연 그로토가 자신을 이용했던 것인지도 판단이 서지 않거니와 그가 얼마나 진실을 많이 알려줬는지, 아니면 얼마나 진실을 감췄는지 통 분간이 되지 않았다. 그리고 그에게 그 여부를 직접 물어볼 결단 역시 서지 않았다.

"지금부로 직위를 해제한다."

그는 사실에서 그렇게 말했다.

"자네는 더 중한 일을 맡아줘야겠군."

전처럼 함교에서 보는 업무와 동시에 함교 외부 정규 업무 따로 배정해 병행한다는 것인데, 그런 이후에 예정된 일을 하도록 허락하겠다는 것이다.

"무슨 업무 말씀입니까?"

"그림 그리는 일이지 뭐겠나? 낙서나 끄적대면 된다. 너무 깊게 생각하지는 말고. 머릿속에 떠오르는 생각이면 무조건 그려서 전송하도록."

"저더러 낙서나 하면서 소일하라는 말씀이신가요?"

중령은 고개를 끄덕였다.

"자네는 아직도 감이 안 오나 보군 그래?"

"무슨 감 말씀이신지?"

"자네가 뭘 그렸는지 알고는 있나?"

"모릅니다."

소위는 그렇게 대답하고는 덧붙였다.

"하기야, 유니톨로지 기호 같기는 했습니다만."

"맞다. 하지만 단순한 기호 이상이지. 자네한테 뭔가 하나 털어놔도 괜찮겠나?"

"그게……."

헤일리는 말꼬리를 흐렸다. 그러나 뜸을 들이자 그는 오히려 빈틈을 주지 않고 말을 이었다.

"행성에서 진행하는 우리 계획과 관련이 있지. 자네 낙서는 말이야, 헤일리 소위, 매우 중요한 일이다. 겉보기에는 전혀 아니지만 천만의 말씀. 내가 하는 말을 똑똑히 명심하도록. 혹시라도 엉뚱한 놈이 공을 가로챌지도 모르니까."

그녀는 웃음이 새어나왔다.

"지금 농담이시겠지요."

그러나 그는 진담이었고, 그래서 지금 지정석에 앉아 디지털 패드 위에 스타일러스를 끄적이고 있었다. 이러기 시작한 지도 벌써 일주일째였고, 다음 쪽으로 넘어갈 기미가 느껴지는 족족 그로토에게 낙서를 전송했다.

그로토는 처음에는 시큰둥한 반응을 보이더니, 갈수록 실망감을 드러내기 시작했다.

"아니야, 이게 아니야. 전혀 도움이 되지를 않잖나."

"뭘 그려야 하는지 말씀해 주신다면야 조금이라도 도움이 될지도 모르죠."

그는 고개를 저었다.

"아니, 뭐가 됐건 소득이 있으려면 저절로 나와야 하거든."

그러나 초등학교 졸업 이후로 줄곧 남의 비위를 살피며 살았음에도, 어떻게 되먹은 것인지 하필 지금 그럴 수가 없다니 답답해 미칠 지경이었다. 나중에는 그로토가 원하는 바를 알아맞혀 보려고도 했다. 처음에 유니톨로지 기호를 몇 가지 그렸더니 흡족해했음을 떠올리고는 다시 똑같이 그려냈더니, 일순 흥분한 기색이 그의 얼굴을 스쳐갔다. 그러나 그 흥분은 금방 가셨다.

"머리 굴리지 말도록. 저절로 나오게 해보란 말이다."

그가 나무랐다.

'대체 뭘 나오게 하라는 말이야?'

그런 식으로 한참이 흘렀고, 그러던 끝에 그로토는 답답한 심정에 이만 헤일리 소위를 원래 업무로 돌려보냈지만 다행히도 그로토는 쉽사리 단념하는 사람이 아니었고, 더더욱 다행스럽게도 때마침 뭔가가 벌어졌다.

그로토는 나중에 데이터를 살펴보고서 알았는데, 당시 함선은 위치를 고수하던 중 아스페라 지표면에 건설한 시설 바로 위에 도달한 상태였다. 거기다 함선은 오르토 소위의 어설픈 조종 때문에 평소보다 지표에 가까이 내려와 있었다. 그리고 측정기에도 잡혔겠지만 마지막으로, 그 순간 행성에 있던 마커에서 에너지 방출이 있었다.

헤일리는 느닷없이 짧은 비명을 지르며 머리를 감싸쥐었다.

"두통이야?"

오르토가 물었다. 그가 입을 열 때마다 그로토는 짜증이 치밀었다. 블랙웰이 심어놓은 끄나풀인 이유도 있지만, 원래부터가 사람 비위를 건드리는 인간이었다. 지표에서 연락을 취해온 원드레이라는 기술관을 가지고 놀면서 짐짓 이름을 모르는 척하기도 해봤지만, 짜증 해소에 크게 도움이 되지는 않았다.

두통이 꽤나 심했던 모양인지, 헤일리 소위는 30초 씩이나 머리를 감싸쥐고 있었고, 그러고 나서도 한동안 얼떨떨한 눈치였다. 그는 의문이 들었다. 대체 뭐였을까? 편두통일 뿐인가? 어째서 그토록 갑작스레 도졌던 것일까? 그는 소위를 한동안 바라보았다. 그녀는 잠시 가만히 있더니 스타일러스를 다시 쥐고 업무로 돌아갔다.

"헤일리 소위."

소위는 고개를 들어 지친 얼굴로 그를 바라보았다.

"부르셨습니까?"

그렇게 묻는 목소리에는 힘이 없었다.

"밖으로 나가서 잠시 숨 좀 돌리도록."

순간 그녀는 이전에 그랬듯 따지려는 듯했으나, 짧게 고개를 끄덕이고 패드에 있던 내용을 전송한 다음 자리에서 일어나 밖으로 나갔다.

교 출입문으로 절반쯤 걸어갔을 무렵, 그는 그녀가 무엇을 보냈는지 알아차렸다.

"잠시 기다려 보도록, 헤일리."

그녀는 걸음을 멈추고 그가 내용을 자세히 살펴보는 사이 함교 반대편에 서서 기다렸다. 못 보던 형태의 방정식이었다. '결정화 역배열', 처음에 나왔던 수식을 회색 사내는 그렇게 불렀다. 아니면 무언가 그것과 비슷한 명칭으로 불렀던가. 첫 그림에도 곁들였던 방정식 기호가 이번에도 조금씩 눈에 뜨였지만, 그로서도 그것이 얼마나 중요하며 또 꾸며낸 것이 아닌지를 알아볼 만큼의 안목은 없었다. 내용을 함께 전송해 회색 사내의 의견을 들어봐야 갈피가 잡힐 듯했다. 수식 옆의 그림은 전혀 마커 같지 않았으나 마커를 나타낸 작은 밑그림이 아래쪽 구석에 있었고, 그는 지금 자신이 보고 있는 직사각형 그림이 마커의 횡단면이라는 사실을 알아차렸다.

"함교에서 나가보도록, 오르토 소위."

"예? 두통에 시달리는 사람은 제가 아닌데……."

"아닌데?"

그로토가 단호히 말했다.

"예?"

"존대는 어디 빼먹었느냐는 말이다. 당장 나가도록. 명령이다."

오르토는 화를 꾹 참는 낯으로 자리에서 일어나 말없이 나갔다.

"이제 나머지 인원도 나가라. 전부 말이다. 헤일리 소위 자네만 남도록."

얼떨떨한 침묵이 감돌더니 함교 승무원들은 자리에서 일어나기 시작하더니 밖으로 나섰고, 무어라 두런거리는 말소리가 주위에 깔렸다. 잠시 시간이 걸렸지만 이윽고 그로토는 헤일리 소위와 단둘이 남게 되었다.

기나긴 침묵 끝에 그녀가 먼저 입을 열었다.

"이제는 뭘 어떡하라는 겁니까?"

"업무를 보도록."

"업무라니요?"

"그리도록. 저 의자에 앉아서 더는 영감이 보이지 않을 때까지 계속하고, 끝나면 계속해서 그림을 그리도록."

어리둥절해서 도로 앉은 순간, 헤일리는 무언가 심상찮은 일이 벌어지고 있음을 직감했다. 갑자기 최면에 걸린 듯한 상태에 들어가면서 낯설고 복잡한 결과물을 쏟아내기 시작했다. 방정식과 도식, 도면과 구조를 그려냈다. 그는 그녀가 평범하지 않다는 사실을 전부터 알고 있었으나, 어느 방면으로 특출한지 그제서야 깨달았다.

그런 상태가 꼬박 몇 시간 동안 지속된 끝에 그림은 점차 평범한 낙서로 변해갔다. 이번에는 결과물을 보고 실망하는 일이 없었다. 그리고 더욱 중요한 사실은, 회색 사내 역시 그러했다는 점이었다.

24

방출이 덮치는 순간 잡음과 속삭임이 들렸다. 한참이 지나도 이스트반의 귓가에서 떠나지를 않았고, 환영이 서서히 사라지기 시작한 뒤로도 자세히 귀를 기울이면 여전히 목소리들이 들렸다. 부분적이고 불완전하기는 해도 그가 듣기에는 틀림없는 목소리였다. 아닐지도 모르지만. 게다가 이전에 들었던 것들과는 다르게 이번 목소리들은 그가 하는 말을 어설피 따라하지 않는, 진짜 목소리였다. 이제 똑똑히 들리도록 열심히 귀를 기울일 일만 남았다.

그는 각방에 있는 침대 끄트머리에 앉아 바닥에 발을 딛고, 양손을 무릎에 올리고 가만히 귀를 기울였다. 그러고 있자니 어릴적 밤늦게 침대 끝에 앉아 세상을 머릿속에서 지워버리는 연습을 하던 때가 생각났다. 온갖 일상 소음이 들렸다. 발자국 소리, 다른 수감자들의 말소리, 여기저기서 삐걱거리는 소리 등등. 그러나 듣지 않으려 애쓰면서 소음을 무시하는 연습을 시작했더니, 며칠 뒤에는 정말로 가능해졌다. 이제는 자기 숨소리와 심장박동 소리, 배에서 나는 소리밖에 들리지 않았고, 그것 역시 무시하는 법을 터득하게 되면서 처음에는 작게 들리다 나중에는 전혀 들리지 않게 되었다. 워낙 천천히 소리가 사라지느라 자리에 앉을 때마다 수고롭게 처음부터 다시 해야 했지만, 그쯤은 감내하면 그만이다. 그렇게 침묵의 공간에 접어들면 귀를 더욱 예민하게 단련했는데, 묻힌 채로 두런거리고 속삭이는 목소리에 귀를 기울이려고 애를 쓰는 데서 그치지 않고, 한 소리에만 전념하여 포착해낸 다음 말소리 하나하나를 들어보기 시작했다.

그렇게 엿새가 지났다. 그러는 동안은 거의 먹지도, 움직이지도 않았다. 동료 수감자들도 처음에는 걱정이 되어서 주위에 모였지만, 몇 시간 동안 거들떠 보지도 않자 끝내 포기하고 홀로 내버려두었다. 가끔 한두 명이 돌아와서 살펴보기도 했다. 주로 월드런이었으나 그리 오랫동안 머물지는 않았고, 누가 몸을 흔들며 말을 걸어대면 성가시기도 했지만 이것 역시 어느새 무시하는 방법을 터득하게 되었다.

그렇게 엿새 째 되던 날이 끝나갈 무렵, 귓가에 들려오는 목소리의 이야기에 자세히 집중한 끝에 마침내 말이 들렸다. 부분적이고 불완전했지만 틀림없는 진짜 목소리가 자신의 의지로 무어라 말하기 시작했다. 목소리를 주무르고 어루만져 조금씩 소리를 키워나간 끝에, 이스트반은 목소리가 자신을 부르고 있음을 알아차렸다.

이스트반, 왜 말이 없어?

'그치만 네가 누군지도 모르는걸.'

그는 입술을 움직이며 속삭이면서 머릿속으로도 같은 말을 되뇌었다.

아, 거기 있었구나. 이제야 들리나 보네.

'계속 말하려고 애쓰고 있었는데.'

나도 너한테 말하려고 애쓰고 있었지. 서로 말하는 방법을 터득하느라 시간이 걸렸네.

정말로 대화가 오가는 사이에 목소리는 갈수록 뚜렷해지며 힘을 찾아갔다. 목소리는 길게 늘어나 동물처럼 정신의 측면을 간지럽히며 점점 커져갔고, 그는 원한다면야 언제든지 목소리를 다시 찾아서 들을 수 있음을 직감했다.

그리고 이레째 되던 날이 끝나갈 무렵 방출이 다시 시작되자, 전보다 두통이 덜했다. 마치 머릿속이 살아 있는 생각하는 불길로 가득찬 기분이었다. 이번에도 장막이 주위에 내리깔렸고, 처음에는 너덜너덜해도 언제나 그랬듯 서서히 광채로 빛나더니 전보다 훨씬 빠르게 형형색색의 세상으로 변했다. 콘의 얼굴도 보였는데, 입술은 시퍼렇고 목은 피투성이었다. 그는 앞에 둥둥 떠서 이스트반을 멀거니 쳐다보았다.

"안녕, 콘."

그리고 이번에는 얼굴이 말을 똑같이 따라할 틈을 주지 않고, 점점 커지며 힘이 생겼음에도 뒷배경 속에만 틀어박힌 채로 파묻혀 있는 어디선가 들려오는 목소리를 시체의 목으로 연결했다. 이윽고 콘은 입을 열고 말을 시작했다.

"안녕."

콘이 말했다. 목소리는 낯선 데다 입술과 제대로 모양이 맞지도 않았으며 여전히 목이 피로 가득한지 부걱거리는 소리가 났다. 기관지에서는 바람이 살살 새는 소리마저 새어나왔다.

'됐다, 이제야 말이 통하겠네.'

25

"이것 좀 보세요."

캘리 덱스터 박사가 말했다.

브라이든은 컴퓨터에서 고개를 돌려 그녀를 쳐다보았다.

"그래, 보여줄 것이 있으면 얼른 보여주지 그러나."

"벡터값 말예요."

"벡터값 얘기는 전에도 했잖아. 불과 며칠 전에 말이야."

덱스터 박사는 고개를 끄덕였다.

"이제 데이터가 더 모였거든요."

그녀는 그렇게 말하며 그의 의자를 자기 모니터에 가까이 끌어당겼다.

"마커의 벡터값에 변동이 생긴 이후로 일어난 방출을 모두 기록했어요. 그리고 그 기록을 마커가 방출을 일으키지 않을 때도 어디론가 보내는 신호에 연결했고요. 이전에 방출이 일어날 때는 우주로 광범위하게 에너지를 분출했고 항상 뭔가를 찾는지 벡터값이 달랐어요. 그런데 뭔가 변한 거죠."

"이제는 우주로 신호를 보내지 않는군."

"아뇨, 이제는 분출의 범위가 좁아졌죠. 마치 총구에서 뿜어져 나오는 에너지처럼요. 여전히 일부는 다소 넓게 흩어지지만 그 속도가 확연히 느려졌어요. 게다가 이제는 항상 대략 같은 방향을 가리키죠."

"그래, 어딘가 변했군. 그래서 어쨌단 말인가?"

덱스터 박사는 씩 웃었다.

"이쪽은 이지스 VII 마커에서 나온 벡터값이에요. 그것 또한 의도적으로 이곳에 있는 마커로 전파를 동시에 보내고 있었죠. 아득히 머나먼 거리에다 행성계 자체가 넓으니 범위도 상당해요. 하지만 중심점을 계산하면 파장은 여전히 아스페라를 정확히 관통한다는 사실이 드러나죠.

이제야 솔깃해진 브라이든은 고개만 끄덕였다.

"이게 바로 크리마르에서 있었던 지난 계획에서 도출된 전파에요. 그 건은 우리한테 공개된 적도 없는데 이렇게 알고 있는 이유는 여기서 나온 신호 또한 이쪽을 향하고 있었고, 다른 두 곳하고도 연계된 듯하기 때문이죠."

그녀는 지형도를 띄웠다.

"행성 지표를 나타낸 위성 사진이에요. 얼마나 힘들게 구했는지 모를 거예요. 그로토 중령한테 직접 부탁해서 받아냈거든요."

"나한테 보고부터 했어야 하는 일 아닌가?"

"중령한테는 그랬다고 둘러댔죠. 안 그랬으면 빈손으로 돌아왔을 테니까요."

"자네가 무슨 권한으로……."

브라이든은 한소리 늘어놓으려 들자, 덱스터는 화면에서 고개를 돌리며 능글맞게 웃었다.

"쩨쩨하게 굴지 말아요. 어차피 한 배를 탔잖아요. 일이 성사되면 박사님도 공로를 인정받을 테고, 행여 수틀리더라도 모르는 일이라고 잡아떼면 그만이에요. 불안하거들랑 지금 중령한테 연결해 보세요. 박사님이라면 뜸들이잖고 연락을 받아줄 테니까요."

브라이든이 분을 삭이느라 말이 없자, 덱스터는 다시 모니터로 고개를 돌렸다.

"우리 위치는 여기죠."

그녀는 손가락으로 화면을 건드렸다. 몇 센티미터 크기의 연구단지가 황적색으로 나타난 지도 위에서 회색 점으로 표시되어 있었다.

"마커는 대략 이쯤 있어요."

덱스터는 손가락을 살짝 옮겼다.

"벡터값은 이쪽으로 몰리는데, 바로 여기를 관통해서 지나가죠."

그녀는 그렇게 말하며 손가락을 놀리다 다른 회색 점 위에서 멈췄다. 수형지였다. 그는 그곳에 시설이 있음은 알고 있었고, 몇 번인가 창밖의 지평선 너머로 흐릿하게 보이기도 했었다. 그러나 안에 들어가보기는커녕 근처에 얼씬한 적조차 없었다. 현재 그들이 행성에 있는 목적과 전혀 무관한 일이니까.

"마커가 교도소로 신호를 송출한단 말인가?"

"그런 말이 아녜요. 게다가 정확하게 말하자면 교도소 너머의 무언가에 신호를 쏘고 있는데, 몇 킬로미터는 족히 떨어진 거리에 있을지도 몰라요. 하지만 컴퓨터로 각 벡터값의 중심점을 계산해보니 이렇게 나오더군요."

그녀가 화면을 건드리자 선 세 개가 지도에 나타났다. 전부 교도소가 있는 지점에서 교차했다.

"이럴 수가."

"솜씨 좋죠?"

"그런 말이 아니잖아. 대체 마커가 무얼 바라보고 있는 것 같나?"

"또 시작이다. 마커를 사람 취급 하시네. 바라보긴 뭘 바라봐요, 사람도 아닌데. 피차 알다시피 마커는 기계 장치일 뿐이에요. 어딘가를 바라보도록 프로그램된 것도 아니고요."

'아냐, 잘못 짚었어. 마커는 그 이상의 존재야.'

브라이든은 속으로 그렇게 생각하면서도 겉으로는 이렇게만 말했다.

"대충 무엇일 것 같나?"

"대충 알아맞혀 보라고요? 그것 참 과학하고 거리가 먼 질문이네요."

그러나 브라이든이 걸려들지 않자 덱스터는 눈썹을 추켜세우며 천장을 바라보는 눈치였다.

"낸들 알겠어요? 뭔가 저곳에 중요한 것이 있나 보죠. 이를테면 자기장처럼 특정한 힘의 흐름 같은 것인데, 우리한테 있는 기기로도 잡히지 않는 뭔가일지도 모르고요."

"뭐가 될지는 아무도 모르지."

브라이든의 말에 덱스터가 냉큼 지적하고 나섰다.

"너무 과장하시네요. 물론 여러 가지가 있겠지만요."

그는 한숨을 쉬었다. 저 여자는 항상 따지고 본다니까.

"그럼 이제 어떡하나?"

"어떡하기는요? 직접 찾아가서 살펴보는 것 말고 달리 있겠어요?"

"수형지 한복판 어디쯤에서 말이로군."

"어디로 갈지는 데이터를 토대로 살펴야죠. 우리는 명색이 과학자니까요."

브라이든은 머뭇거리다 고개를 끄덕였다.

"중령한테 연락을 해봐야겠군. 어떻게 합의가 될지는 말을 꺼내봐야 알겠지."

26

“도와줘? 나더러 도와달라고?”

이스트반이 말했다.

“난 그런 말한 적 없는데.”

빌이 중얼거리며 받아넘겼다.

“대체 누구한테 말하는 거야, 이스트반?”

월드런이 물었다.

이스트반은 들은 체도 하지 않았다. 이쪽 세상 사람들은 중요치 않다. 정말 중요한 세상의 일부가 아니니까.

그래, 도와줘.

죽은 콘이 말했다.

“그런데 무슨 수로?”

“이스트반, 혹시 어디 아프냐?”

월드런이 어깨에 손을 얹었지만, 그는 어깨를 으쓱여 떨쳐버렸다.

우리는 네가 필요하거든.

그렇게 말하는 동안 콘의 얼굴은 서서히 매끄럽게 바뀌었다. 목의 상처는 천천히 아물었고, 목도 어딘가 바뀌며 목젖이 사라져버렸다. 잠시 뒤 그의 얼굴은 영락없는 여자 얼굴이 되어 있었다. 조금 더 시간이 지나자 이스트반은 그것이 어머니 얼굴임을 알아보았다.

네가 필요하단다.

'교묘한 속임수로군.'

이스트반은 속으로 생각했다.

"저더러 뭘 어떡하라고요?"

와서 함께하자꾸나.

"와서 함께하라니요? 지금 바로 여기 있으면서."

어머니는 고개를 저었다.

날 찾아오너라. 직접 와야 한단다.

"전 여기 갇혔어요. 수감자 신세라고요. 맘대로 못 나가요."

"우리 전부 여기 있어."

옆에 있던 월드런이 말했다.

"너도 남들하고 똑같은 신세라고."

그러나 어머니는 방금 했던 말을 듣기나 했는지 이스트반을 바라보고만 있었다. 그러더니 웃음을 지었다.

변화를 도와줄 사람은 바로 너란다.

하지만 갈수록 수수께끼처럼 들릴 따름이었다. 무슨 말인지 알아듣지도 못하겠는데 어떻게 도와달라는 말인가?

거기까지 생각이 미치자 의심의 씨앗이 맘속에서 자라났다. 이스트반은 살아계실 적에도 어머니를 그리 좋아하지 않았다. 이제는 아예 돌아가셨는데 어머니 말을 들을 이유가 뭐가 있지? 게다가 따져보면 어머니도 아니고 누군가 혹은 무언가 다른 존재인데.

'그렇다면 정체가 뭘까?'

그러나 문제는 그것이 아니지 않던가? 그 이유는 간단히 그로서도 확실히 알지 못하기 때문이었다. 어쩌면 아예 가짜일지도 모른다. 어릴 적부터 오랫동안 이스트반은 그 여부를 뻔히 알면서도 무엇이 진짜이고 무엇이 가짜인지 구분하느라 애를 먹어왔다. 그럼에도 진짜처럼 느껴지지 않던가? 그리고 무슨 말인지 끝까지 들어보고 싶었다. 그렇담 주저할 이유가 없잖아? 그럼에도 약간은 주저했다. 어쩌면 처음부터 한 사람이 지기에 버거운 일일지도 모른다. 특히나 그 적임자가 바로 그라면 말이다. 게다가 이곳에 갇힌 신세다. 무엇을 원하는지는 몰라도 어떻게 여기서 나간단 말인가?게다가 나간다 한들 도울 방법을 모르는데?

"어째서 저죠?"

우리 목소리가 제대로 들리는 사람은 너뿐이니까. 너라면 우리를 가르쳐줄 수 있단다. 어떻게 하면 너를 거쳐 다른 사람들을 이해시킬지.

'우리?'

문득 궁금증이 들었다. 하지만 분명히 어머니밖에 보이지 않으므로 또다른 의문의 씨앗이 생겨났다. 그때 방출이 벌어졌다. 이번에는 특히나 강렬했다. 근처에서 빌의 비명이 들렸는데, 그 소리가 이 세상까지 전해졌다. 손가락이 뇌를 만지며 건드리는 느낌이 들더니, 이내 머리가 불타서 녹아내려 새까맣게 타버리는 느낌이 들었다. 세상이 이상하게 바뀌더니 갑자기 두 세상이 동시에 보이면서 왼쪽과 오른쪽 눈으로 보이는 세상이 서로 겹쳐졌으나, 두 가지 모두 상존하고 있었다. 그러던 도중 그는 자신이 바닥에 드러누워 천장을 바라보고 있음을 알아차렸고, 주위를 둘러싼 두 세상은 똑같이 아수라장이 되어 있었다. 동료 수감자들은 소리를 지르거나 고함을 치거나 땀을 흘리거나, 아니면 멍하니 천천히 벽에다 머리를 박아댔다.

27

"저희더러 뭘 어쩌라고 하셨습니까?"

헨리가 물었다.

영상수신기 화면에 비친 중령의 시선이 한쪽으로 힐긋하는 모습에서 헨리가 간파할 만한 유일한 단서는, 그로서도 이러한 요청을 내리기가 껄끄럽다는 점뿐이었다.

"젠킨스, 별난 요청이라는 사실은 나도 알고 있다. 하지만 매우 중요한 일이지. 사실 수감자들의 안전이나, 이런 말을 하기는 솔직히 꺼려지나 자네를 비롯한 교도관들의 안전보다도 훨씬 중요한 일이라서 말이야."

"좀 더 자세히 말씀해 주실 수는 없습니까?"

"유감스럽게도 기밀이라 곤란하다."

헨리는 다시 설득해 보았다.

"지금은 그러기에 적절한 때가 아니지 싶습니다. 수감자들이 단체로 이상한 행동을 보이고 있습니다. 다들 신경이 곤두선 데다 뭔가 오락가락하는 놈들도 있습니다. 뭔지는 몰라도 저희 중에도 영향을 받은 인원이 있습니다. 전체적으로 격앙된 분위기입니다. 자꾸 뭔가 일이 터질 듯한 예감마저 듭니다."

"적절한 때이건 아니건 상관없다. 시키는 대로 하도록, 윈드레이."

그제야 헨리는 반박해봐야 아무 소용이 없음을 깨달았다. 얼마나 진지하면 평소처럼 일부러 이름을 틀려서 창피주는 것조차 삼갈 정도였으니까.

그는 고개를 끄덕였다.

"그쪽에서는 언제 도착한답니까?"

"나도 모른다. 아마 하루쯤 걸릴 거다. 한 달이 될지도 모르고. 얼마나 걸리건 때가 되면 가겠지."

"몇 명이나 온다고 합니까?"

"그쪽에서 필요하다고 생각하는 만큼 데려갈 테지. 못해도 브라이든 한 사람은 갈 거다. 그 사람이 책임자니까."

"그리고 그 사람들은 과학자란 말씀입니까? 혹시 여기서 그리 멀지 않은 곳에서 근무하는 사람들입니까?"

"그렇다. 굳이 설명을 해줘야 자네 마음이 놓인다면 말해줘도 상관없겠지. 그쪽에서 하는 요청이 아무리 미심쩍더라도 가능한 모든 지원을 해주도록. 벽을 허물라면 허물고, 수감자의 손을 자르라면 잘라버려. 그쪽에서 내리는 명령이 내가 내리는 명령인 것처럼 따르도록."

"그쪽에서 무슨 요청을 할지 여쭤봐도 됩니까?"

"그야 자유다만, 젠킨스, 나로서는 말해줄 수 없다."

"기밀이라 말입니까?"

"나도 짚이는 데가 없으니 말이다. 거기다 이번 요청이 그쪽 계획과 대관절 무슨 연관이 있는지도 아는 바가 없다 하지만 전적인 재량권은 그쪽이 갖추고 있다는 사실은 알고 있지."

"수감자를 죽이려 들면 어떡합니까?"

"그렇다면 죽이게 내버려두도록."

중령은 한 치의 망설임도 없이 말했다.

"거기 수감된 놈들은 인권을 상실한 지가 오래니까. 정부 역시 놈들을 국민으로 간주하지 않으니 말이다."

"수감자를 풀어주라고 하면 어떡합니까?"

이번에는 중령도 머뭇거리더니 끝내 대답했다.

"그쪽에 권한을 넘겨라. 하지만 그러는 즉시 연락하도록. 알겠나?"

헨리가 고개를 끄덕이자 중령은 연결을 끊었다. 그는 한숨을 쉬었다. 빈두아가로 돌아가 개인 사업을 벌일 밑천을 모아볼 요량으로 시작한 임시직이 어느새 꼬이고 또 꼬이고 말았다. 게다가 여기서는 인공 대기 이상으로 심상찮은 일이 벌어지고 있었다. 거의 매 순간마다 머리가 지끈거렸데, 가끔 찾아오는 짧고 극심한 통증도 모자라 이제는 편두통 조짐까지 있었다. 눈앞에서 번쩍이며 지끈거리는 두통이 마치 정신 사나운 장막처럼 시야를 오가면서 오른쪽과 왼쪽을 번갈아가며 눈앞을 가로막았다. 업무에서 오는 중압감 때문이거나 제대로 먹지를 못해서일지도 모르지만, 두통이 이곳과 관련이 있어서 이곳만 뜨면 도로 말짱해 지리란 생각을 지우기 어려웠다.

그리고 그렇게 생각하자니 이러다 중령 때문에 제 명에 못 살겠다는 생각도 좀처럼 떨치기 힘들었다. 전부 함정인가? 아니면 수형지의 외부 원에서 거주하면서 생겨난 폐쇄감으로 인한 피해망상일 뿐일까? 수감자가 아닌데도 그는 자신이 수감자가 된 기분이었다. 거기다 뜻하지 않게 상황을 잘못 처리하기라도 하면 중령이 자신을 지금 있는 기술관 자리에서 내쫓고 벽 반대편의 감방에 처넣어 버릴지도 모른다. 빈 감방이야 넘치니까. 그중에서도 어디가 될지는 아무도 모를 일이다.

그는 고개를 휘휘 저었다. 대체 왜 이러는 거지? 뭐가 그리도 전전긍긍하는 거야? 크게 웃어보려고 했지만, 오히려 뭔가 걸려서 컥컥대는 이상한 소리가 나올 뿐이었다.

■ ■ ■

헨리는 교도관 여섯 명과 다른 기술관을 호출해 상황을 설명했다. 그가 보는 앞에서 그들의 얼굴 위로 분노와 의혹과 피해망상의 기색이 흘러가더니 천천히 잦아들었다. 헨리는 한 명 한 명 유심히 살피며 이중에서 과연 누가 먼저 견디지 못하고 무너질지 속으로 생각해 보았다. 정확히 알 수만 있다면 나머지의 안전을 위해서라도 감방에 넣어두고 싶은 심정이니까. 그러나 무슨 수로 알아낸단 말인가? 그러자면 만전을 기한답시고 전부 다 감옥에 넣어버려야 하는 데다, 그렇게 하나 둘씩 투옥하기 시작했다가는 그 역시 다른 사람 손에 옥에 갇히고 말 것이다. 그러다가는 조만간 전부 감옥에 갇힐 테고, 결국에는 전원이 천천히 아사하고 만다.

그는 고개를 휘휘 저었다. 내가 대체 무슨 생각을? 평소에는 이렇게 극단적인 생각을 하지도 않았는데. 지금은, 특히 지금만큼은 정신을 똑바로 차려야 하며, 특히나 지금처럼 중압감이 가해지는 상황에서는 역량을 총동원해야 한다. 결코 흔들려서는 안 된다.

28

젠시는 가만히 기다리다 출항 이후 몇 시간이 지나서야 스완슨에게 목적지를 물어보았다. 거구의 스웨덴 친구는 어깨를 으쓱일 따름이었다.

"전에도 갔던 경로로 가겠지. 그런데 선장은 목적지에 관해서는 입을 여는 법이 없어서 말이야. 하기야 그럴 수밖에 없을 테지."

선장이 에이본을 천천히 운항하면서 그들은 꼬박 며칠 내내 태양계를 통과했다. 젠시는 함선이 인근의 충격점으로 이동한다는 선원의 말을 엿듣고는 한 시간 뒤 화물실에서 스완슨에게 그렇느냐고 물었더니, 그는 고개를 끄덕이며 그렇다고, 다들 아는 사실이라고 대답했다. 충격점까지 간 다음 거기서 금성 충격점으로 이동, 그 이후 어딘가 다른 기밀 장소로 간다는 것이다.

"금성 접속점에서 접근 가능한 충격점 접속점은 얼마 없어요. 아마 그중 하나로 가겠죠."

그러자 스완슨은 씩 웃었다.

"처음에는 나도 그런 줄로만 알았지. 그런데 사람들이 아는 접속점 말고도 적어도 한 군데가 더 있다는 말씀."

'사람들이 아는 접속점 말고도 적어도 한 군데가 더 있단 말이지.'

나중에 젠시는 침대에 누워 아래층 침대에서 들려오는 술에 취해 곯아떨어진 스완슨의 코고는 소리를 들으며 곰곰이 생각을 해보았다. 충격점 건설에는 상당한 비용과 시간이 소요된다. 따라서 수형지는 성급하게 개척된 것이 아니라 수십 년에 걸친 기간과 계획의 결과물일 가능성이 높다. 둘 중 하나이거나, 아니면 어마어마한 자원을 쏟아 부었을 테지. 어쩌면 둘 다일지도 모르고. 그는 에이본이라는 화물선부터가 일반 화물선이 아님을 간파했다. 에이본은 부가 장비까지 완비한 최첨단 최신형이었다. 이런 배를 운항할 형편이 되다니 정말 대단하다고 말했더니, 선장은 조용히 고개를 가로저었다.

"내 소유가 아니라네. 실 소유주는 당국 관계자고."

'당국 관계자라.'

젠시는 침대에서 곰곰이 생각해 보았다. 당국 관계자, 항상 그자들이 문제였다. 그러나 정작 그치들의 정체와 소재는 딱 잘라 말하기 어려운 경우가 많았다. 언제나 배후에 몸을 숨기며 마치 보통 사람들이 있는 세상의 풍파가 닿지 않는 안전한 세상에 있는 듯한 작자들이니.

함선이 접근한 접속점은 건설 중으로 보이는데도 선장은 경고체계에 걸리지 않고 유령처럼 유유히 통과했다. 실로 에이본은 상대측에서 보기에도 유령 같았다. 경보가 울리거나 제재가 가해지지도 않았다. 함선이 서서히 접속점에 다가가자 기이한 에너지 터널을 지나게 되면서 동시에 방향감각 상실과 불안감이 찾아왔고, 이윽고 또다른 우주 공간으로 진입함으로써 전혀 다른 곳에 도달하자 주위의 항성에 대한 방향감각이 되돌아왔다.

그런데 대관절 여기는 어디일까? 아스페라 성계라고 하기에는 태양이 어딘가 맞지 않았다. 그는 순간 실수로 엉뚱한 배를 잡아탔고, 그러느라 아무런 이유 없이 멀쩡한 사람까지 죽였으며, 이제는 형과 전보다 훨씬 멀리 떨어진 줄로만 알았다.

"다 온 건가요?"

그는 스완슨에게 물었다.

"우리 목적지 근방에는 충격점이 없어. 갈 길이 멀지. 이제 통상 우주에서 2주 더 운항하면 드디어 도착이고."

2주 간의 운항 동안에는 젠시나 스완슨이나 별반 할 일이 없었다. 그저 하루하루 화물 상자나 점검하고 또 점검하고 있자니 나중에는 뭐하는 짓인가 싶은 생각도 들었다. 그리고 하릴없이 술이나 들이켰다. 선내에 주류가 완비된 데다 자기 것까지 따로 몇 상자 챙겨온 스완슨은 틈만 나면 한 잔 걸칠 기세인지라, 그가 취하느냐 아니냐는 같이 잔을 기울이는 젠시에게 달려 있었다. 평소에 스완슨의 과음을 막던 사람은 탤벗의 몫이었을지도 모를 일이고.

스완슨은 2주 사이 점점 말이 많아졌는데, 그러면서 한편으로는 그가 아는 사실은 극히 적다는 사실도 드러났다.

그는 현재 가고 있는 행성의 명칭도 모르는 데다 딱히 호기심을 품고 알아보려는 생각도 없었다. 선장은 조금씩 젠시를 살갑게 대했지만 다소 걱정되는 눈치였다.

"자네를 태우기 전에 보안 검문부터 해볼 것을 그랬군."

선장은 어느날 아침 젠시에게 그렇게 말하며 생각에 잠긴 눈으로 바라보았다.

"당국 관계자들은 그런 절차를 바랄 테니. 하기야 자네도 알다시피 그때는 워낙 서두르던 참이었잖나. 그놈의 탤벗이 덜컥 가버리는 바람에 말이야. 게다가 스완슨이 자네를 추천하기도 했고. 내가 미리 검사를 했더라면 자네한테 뭔가 나올 건수가 있었겠나?"

"아무것도요."

젠시의 대답에 선장은 고개를 끄덕였다.

"그런가? 믿어주는 셈 치지. 나중에 검사를 해봤더니 아무것도 나오지 않았다고 둘러대면 그만이니."

며칠 뒤 스완슨은 선장을 화물실로 불러서 술병을 땄다. 서로 농담을 주고받으면서, 선장이 폐선 연한을 몇 년은 넘긴 낡아빠진 화물선을 몰던 시절에 맡았던 다른 건수에 관해 얘기가 오갔다.

"그러다 지금은 이렇게 출세하셨잖습니까. 신수가 훤하십니다."

스완슨이 그렇게 추켜세워도, 선장은 가만히 앉아서 수수께끼에 쌓인 희미한 웃음을 지으며 술을 홀짝일 따름이었다. 젠시는 조금 떨어진 화물 상자에 걸터 앉아 가만히 대화를 지켜볼 뿐, 끼지는 않고 있었다.

"그런데 아리송한 점이 말입니다, 그쪽에서는 어째서 우릴 골랐답니까? 원한다면야 자기네가 제시하는 가격에 넙죽 일감을 맡을 다른 선장을 고르면 그만인데 말입니다. 어쩌다 우리가 됐답니까?"

술이 좀 들어가자 스완슨이 그렇게 물었다.

선장은 어깨만 으쓱일 따름이었다.

"재수가 좋았지."

"재수라굽쇼? 에이, 솔직히 옛날부터 재수 없는 경우가 태반이었잖습니까."

"이제 슬슬 운수가 트일런지도 모르잖나."

"아니면 뭔가 처세술을 터득하셨는지도 모르지요."

스완슨은 그렇게 말하며 선장의 가슴을 두드렸다. 선장은 이를 기분 나쁘게 여기지는 않았지만 이렇게 말했다.

"여기 있는 사람 전부가 처세술의 달인들은 아니잖나."

넌지시 주의를 주자 스완슨은 눈치를 채고 입을 다물었다.

둘은 계속 잔을 기울였는데, 마시는 쪽은 주로 스완슨이었고 선장은 옆에서 맞춰주는 정도였다. 젠시는 곁에 있다는 티만 내면서 선장의 눈빛이 둔해지고 손이 떨리는 모습을 유심히 지켜보았다.

한참이 지나자 스완슨은 앉아 있던 상자에서 바닥으로 스르륵 쓰러져 곯아떨어졌다. 선장은 잔을 놓고 일어나 상의를 바로잡고 나서려 했지만, 젠시가 앞을 막아섰다.

"아직 마실 시간은 남아 있잖습니까. 아까운 시간을 버릴 수는 없죠."

다음 병을 반쯤 비었을 즈음, 선장은 솔직히 털어놓기 시작했다. 아스페라라는 명칭을 꺼내지는 않았지만 구금이 어쩌고 반역죄가 저쩌고 자유의 대가가 어떻고 본의 아니게 티를 내는 덕에 젠시는 목적지가 어디인지 확실히 감을 잡았다. 계속 정보를 캐면서 선장을 부추겨도 정말로 처세의 달인이라 입이 무거운지, 아니면 정말로 아스페라에 관해 아는 바가 없는지 별반 건질 것도 없었다. 다만 배송을 끝내도 언제나 궤도에 머문다고 했다. 행성으로 내려가는 사람은 화물수송 전문가뿐이라는 것이다.

"그리고 이번에 내려갈 전문가는 스완슨뿐이지. 자네를 내려보낼 것 같았으면 빈두아가 우주 공항에서 검사를 했을 테고. 궤도에서 하는 화물 적재는 맡겨도 직접 내려갈 수는 없어."

'여기서 새로운 문제에 봉착하는군.'

선장이 자리를 떠난 뒤, 젠시는 그렇게 생각하며 스완슨을 깨워서 침실로 데려가려고 뺨을 찰싹찰싹 때렸다. 그렇다면 행성으로 내려갈 방법을 찾아야 한다. 화물 상자를 하나 준비해서 몰래 들어가면 될지도 모른다. 아니면 스완슨이 덜컥 병이 나서 그가 대신 내려가야 하는 일이 생겨줄지도 모르고. 다만 전자는 들켰을 경우 특히나 상당한 위험이 따르는 방법이고, 후자의 경우는 괜한 의심을 살 공산이 있었다.

어렵사리 스완슨을 깨워내 운송 절차까지는 알아냈는데, 말을 잇게 하느라 계속 흔들어줘야 했다. 이전에도 진탕취하면 이튿날 전날 일을 까맣게 잊는 위인이라, 젠시는 부디 이번에도 아침이면 간밤에 있었던 일을 기억하지 못하기를 빌었다. 배송 절차는 이러했다. 우선 궤도의 군함과 연계해 수형지와 교신 여부를 허가받는다. 그러면 왕복선에 화물을 적재하기 시작하고, 보통은 스완슨이 수형지 외부에 착륙해 호흡 가능한 대기를 갖춘 소형 돔으로 들어가 탤벗과 함께 화물을 하적한다. 보통 그때면 군함이 착륙해 병사 2인조가 버티고 있고, 그가 탤벗과 함께 화물을 전부 내리면 2인조는 화물 목록을 훑어보고 화물을 둘로 나눈다고 했다.

"왜 둘이죠?"

젠시의 물음에 스완슨은 어깨를 으쓱였다.

"거기까지는 안 물어봤는걸. 굳이 직접 수고를 하겠다는데 말릴 것도 없지. 괜히 물었다가 운반을 거들어줄 일만 생길지도 모르니까."

스완슨은 눈꺼풀이 반쯤 감긴 채로 젠시를 쳐다보며 대답을 기다리는 듯했다.

"그렇군요."

젠시는 달리 뭐라고 대꾸해야 할지 막막해서 그렇게 말했다.

이만하면 족하다. 스완슨은 고개를 끄덕였다.

"탤벗 그 친구도 굳이 긁어 부스럼 만들지 않았지. 그런데 나름 생각을 해보더구만.”

“뭐라고 생각하던가요?”

“크게 염두에 두지는 않더라고. 착륙 준비를 할 때면 언제나 다른 불빛도 보였거든. 행성의 수형지 옆에 다른 단지가 있는 거지.”

“그럼 수형지가 하나 더 있다는 말인가요?”

스완슨은 축 늘어진 채로 어깨를 으쓱였다.

“수형지를 둘 씩이나 지어서 뭐하게? 아냐, 탤벗 생각은 다르더군. 다른 뭔가일 것 같다면서.”

“이를테면요?”

“낸들 알아?”

스완슨은 그렇게 대꾸하더니 눈이 감기기 시작했다. 젠시는 그를 흔들어 깨웠다.

“뭐야?”

스완슨은 고개를 번쩍 들며 물었다.

“수형지가 아니라면 무엇일 것 같다고 하던가요?”

“모른대도. 그런데 이렇게 추측을 하더군. 착륙 허가가 떨어지는 곳은 수형지 인근이지 그 단지 부근이 아니라고. 말인즉 정확한 정체는 몰라도 수형지는 저리 가라 할 정도로 남들한테 보여주기 꺼림칙한 데라는 거지.”

‘무슨 극비 작전을 벌이나 본데. 그런데 불법으로 사람을 가두고 반역자라는 명목으로 고문을 할지도 모르는 비밀수용소보다도 훨씬 더 기밀이라니. 대체 어떻게 되먹은 곳이지?’

어떻게 됐건 접근을 삼가야 신상에 이로울 정도로 엄중한 장소일 테지.

“그나저나 탤벗은 어디로 샜어?”

“탤벗요? 못 왔잖아요.”

스완슨은 씩 웃었다.

“참 딱하게 됐구만.”

그러고는 곯아떨어졌다.

젠시는 스완슨의 장화를 벗기고 이불을 덮어주었다. 공식적으로는 왕복선에 탑승할 방법이 없다는 결론이 나왔다. 어렵사리 탄다 한들 저 밑에서는 군인 2인조가 버티고 있다가 돌려보낼 테고. 들키지 않고 상자에 숨는다 한들 수형지가 아니라 엉뚱한 기밀 단지로 실려갈 확률 또한 반반이었다. 그리고 현재로서 가장 큰 난점은 도착까지는 불과 이틀 아니면 사흘밖에 남지 않았다는 점이다.

29

"대체 뭘 찾으시는 겁니까?"

헨리가 물었다.

"일단 보면 알게 될 거요."

브라이든이 짧게 대꾸했다.

"적어도 한 가닥 기대나마 걸고 계시죠."

캘리 덱스터는 그렇게 말하며 눈을 찡긋했다.

찾아온 사람은 모두 여섯 명으로, 브라이든과 덱스터가 통솔을 맡았다. 중령이 연락한지 불과 몇 시간 만에 도착해서는 차량 한 대에 가득 싣고 온 장비를 꺼내 헨리가 평소에 지내던 공간을 도배하기 시작했다. 바닥에 앉아 있는 사람이 있는가 하면 멀뚱히 서 있는 사람도 있었다. 브라이든이 곧장 자기 책상과 의자를 차지하는 바람에 헨리 역시 서서 모니터를 감시하고 있었다. 다만 뜻밖의 손님들에 정신이 팔려서 좀처럼 업무가 손에 잡히지 않았다.

"얼마나 위험한 자들이오? 살인범 같은 부류요?"

브라이든이 물었다.

"몇 주 전만 해도 위험과는 거리가 멀었다고 말씀드리고 싶군요. 다들 강간범이나 살인범과는 거리가 먼 정치범입니다. 전에 무슨 대의를 표방했는지는 몰라도 주관이 강하다 뿐이지 그밖에는 일반인과 다를 바가 없습니다."

헨리가 말했다.

"아까 몇 주 전이라고 했는데, 지금은 어떻소?"

"지금은 저로서도 모릅니다. 신경들이 날카로워졌고 어딘가 좀 이상합니다. 어떻게 나올지 예측불허입니다."

브라이든은 이상한 눈빛으로 헨리를 응시했다. 그러고는 가까이 다가서더니 팔을 잡고 나지막이 물었다.

"느낌이 어떻소?"

"저 말입니까? 뭐, 괜찮습니다."

그는 눈길을 피하지 않으려고 애썼다. 혹시 함정이면 어떡하지? 그를 함정에 가두려고 짜놓은 속임수라면? 그래서 극비 계획인지도 모를 일이다. 그는 그런 생각을 멈추고 속으로 삼켰다.

"혹시…… 열망이 느껴지지 않소?"

브라이든은 거북할 정도로 바짝 다가서며 눈을 가늘게 치떴다.

"행동거지가 바뀔 기미는 없고?"

"어……."

헨리는 뭐라고 답하는 편이 나을지 감이 잡히지 않아 말꼬리를 흐렸다.

"전 멀쩡합니다. 원체 스트레스를 받는 때잖습니까."

끝내 그렇게 답하자 브라이든은 한쪽 눈썹을 추켜올렸다.

"느끼고 있다고 얼굴에 뻔히 쓰여 있군."

그렇게 말하는 브라이든은 이제 거의 속삭이고 있었다.

"혹시 신자시오?"

"신자라니요?"

브라이든은 옷깃 속에 손을 넣더니 목걸이를 꺼냈다. 배배 꼬인 작은 형상을 나타낸, 유니톨로지 기호였다.

"알트만을 찬양하라."

"죄송하지만 아닙니다."

헨리는 냉큼 대답했다.

"전 신자가 아닙니다. 그렇다고 그쪽에 딱히 반감이 있는 것도 아니고요."

"곧 신자가 될 거요."

브라이든은 그렇게 말하며 천천히 목걸이를 치우며 여전히 얼굴에 웃음을 띠우고 있었다.

"벌써 느끼고 있잖소. 허나 아직 인정하지 못할 뿐."

그러고는 돌아서서 휘하 연구원들에게 지시를 내려 장비를 설치했고, 헨리는 얼떨떨한 기분으로 어쩔 줄을 모르고 있을 따름이었다.

'여기 있군. 틀림없어.'

브라이든은 속으로 생각했다. 마커가 그들로 하여금 무엇을 찾기를 바라는지는 몰라도, 브라이든은 반드시 그것을 찾아내리라 맘먹었다. 그러도록 선택받았으니까. 신성한 소명을 받았으니 마치 머리에 빛나는 성스러운 왕관이 씌워진 느낌마저 들었다. 이는 실로 신성하고 진실로 선택받은 자의 눈에만 보이는 것이니. 반드시 마커가 원하는 바를 찾아낼 것이며, 불신자 무리 속에서 마커와 마커가 원하는 바를 지키기 위해서라면 뭐든지 하리라.

원드레이라는 기술관한테 다짜고짜 밝힌 것은 실수였지만, 브라이든은 분명 그 사내 속에서 뭔가를 느끼고 감지했다. 브라이든은 자신이 그렇듯 원드레이 역시 뭔가를 느꼈음을 직감했다. 조금이라도 뭔가를 느끼지 못한 사람은 없었다. 신자와 불신자를 가리지 않고 모두 영향을 미치다니, 마커는 얼마나 강력한 존재란 말인가. 그러나 대체로 두통이나 불안감, 어지럼증 같은 시답잖은 반응을 보일 뿐이었다. 그러나 합일의 부름, 즉 저마다 목숨을 바침으로써 보다 크고 하나된 통합과 생명의 소속감을 찾으라는 소명을 느끼는 사람은 갈수록 늘었다. 벌써 연구원 중의 여섯은 스스로 목숨을 바치거나 자원자의 손에 목숨을 빼앗겼고, 브라이든은 부활의 날을 위해 반드시 시신을 보존해 둘 것을 강조했다. 그는 이곳에서 행하는 일이 신성한 과업이라 믿어 의심치 않았던 것이다.

그때 캘리 덱스터가 갑자기 옆으로 다가왔다. 그 여자는 그에게 고난이자 눈엣가시와도 같았다. 애초부터 불신자라 자신의 믿음을 아무리 설파한들 알아듣지 못하니 소용없는 노릇이었다. 실컷 말해줘도 도리어 놀리는가 하면 믿음을 역으로 이용해먹으려 들 테니. 아니다, 그 여자는 그에게 내려진 시험이자 싸워서 극복할 장애물이나, 고도의 신중을 기해 은밀하고 튀지 않는 방법으로 처리해야 한다.

"준비는 끝났나?"

브라이든의 물음에 덱스터가 고개를 끄덕였다.

"관측 장비 설치는 완료됐어요. 방출이 잡히기만 기다리면 돼요."

"그렇군, 그런데 그 사이에 해둘 일이 있다."

"네? 뭐가 있는데요?"

"이곳을 느끼며 감각을 익혀둬야 하잖나. 산책이라도 하면서 기운을 몸소 느껴보도록 하지."

"기운 대체 지금 무슨 미신 타령이에요?"

"혹시 이상 징후가 없는지 살펴두자는 말이지."

브라이든은 얼른 말을 번복했다.

"자기 이상이나 압력 불균형 같은 특이한 판독치가 잡히지 않는지 말이야. 저곳에 무엇이 있는지, 마커가 무엇을 찾는지 단서가 될지도 모르잖나."

"또 시작이다. 맨날 마커를 사람 취급 하신다니까."

브라이든은 발끈했다. 정작 그는 마커를 사람 취급하지도 않았다. 지성을 갖췄으나 사람과는 거리가 멀고, 오히려 인간을 초월한 존재가 바로 마커 아니던가.

"빗대자면 그렇다는 말이다. 별 의미는 없어."

덱스터는 그를 날카로운 눈초리로 쳐다보았다.

"부디 그 말이 사실이면 좋겠네요. 그럼, 어디 살펴보도록 하죠."

30

내면의 목소리와 바뀌는 얼굴은 이제 항상 이스트반과 함께했다. 보통은 쥐죽은 것처럼 조용히 있었지만, 제대로 귀만 기울이면 언제나 듣고 이해할 수 있었다. 마치 동생이 다시 생긴 느낌이었는데, 버림받을 일이 없으니 오히려 친동생보다도 나았다. 아니지, 동생이 아니라 새 친구다. 그는 누군가가 자신과 영원히 함께해 주려는 듯한 느낌이 들었고, 그도 이런 누군가라면 여생을 함께하고 싶었다.

그것은 그에게 뭔가를 가르치기 시작했다. 그는 때때로 그것이 머리를 가볍게 건드리며 어떤 부분은 반듯이 펴주고 다른 부분에는 주름을 넣어주며 그의 몸속에서 뭔가를 만들기 시작하는 느낌이 들었다. 마치 누군가가 머리에 손을 대고 부드럽게 뇌를 어루만지듯 묘하게 어딘가 친숙했고, 겁먹을 필요는 없나 싶은 의문도 들었다. 솔직히 처음에는 조금 겁이 났지만 그것이 뇌의 특정 부분을 쓰다듬자 공포감이 조금이나마 사라졌다. 문양과 형태가 형성되면서 단순히 보는 것뿐만 아니라, 느껴지고 이해까지 되는 이상하게 뒤틀리고 흐릿한 형상이 나타났는데, 왠지 모르게 적당한 도구를 갖추고 적절한 연습만 거치면 그것을 직접 만들어볼 수도 있겠다는 느낌이 들었다. 실로 장엄할 것이라며, 머릿속 목소리가 속삭였다.

원대한 일이지. 진화의 다음 단계잖아. 육신에 속하던 의식이 확장되어 육신은 물론 육신과 육신 사이에도 존재하게 되는 것, 바로 경의로운 합의의 경지에 오르는 거야.

정말로 경의로운 일이 아닌가. 경이로움에 감탄한 나머지, 고통 하나 느끼지 않고 여느 보다도 강렬한 방출 속에서 다른 세상으로 이끌려갔다. 다른 세상 이면의 이전 세상에서 동료 죄수들의 신음과 비명이 들려오자 그들 역시 느끼고 있음을 알아차렸지만, 그가 받아들이는 것과는 판이했다. 뇌속의 손가락들이 섬세하게 움직이며 뇌를 어루만지고 재배열하는 느낌이란 그조차도 처음에는 신랄한 전율이 일었을 정도이니, 지금쯤 다들 머리가 터질 듯한 기분이겠지. 정말로 방출이 잦아들고 시야가 일부나마 돌아오기 시작하자, 탁자 맞은편에 앉아 있던 사내가 탁자에 머리를 찧고 또 찧어 머리가 깨진 모습이 눈에 들어왔다. 탁자 위로 피가 철철 흘러 맞은편으로 넘어왔다. 이스트반은 피가 흐르는 모습을 멍하니 지켜보면서 피가 무릎 위로 뚝뚝 흘러도 미동조차 하지 않았다.

'죽었나? 이름이 뭐더라?'

잠깐 궁금증이 들기도 했지만 이름이야 상관없다. 아직은 숨이 붙어 있지만 곧 죽을 테니까. 각자 방으로 돌아가라는 경보가 울렸다. 다른 죄수들은 하나같이 얼떨떨한 얼굴이었고, 아무렇게나 어슬렁대는 이들이 있는가 하면 우두커니 시체를 바라보는 이들도 있었고, 어떤 죄수는 양손으로 머리를 때리고 또 때렸다. 그러나 다들 차츰 정신을 차리고 움직이기 시작했다. 이스트반은 일어나려고 피가 넘쳐 흐른 탁자에 양손을 받쳤다.

그런데 자리에서 일어서려는 찰나, 목소리가 말을 걸어왔다.

가만 있어.

"가만 있으라고? 왜?"

그러나 대답이 없었다. 주위를 둘러보니 다른 죄수들은 각방으로 돌아가고 있었고, 죽었는지 죽기 직전인지 모를 사내는 탁자 맞은편에 쓰러져 있었다. 목소리는 뭘 믿고 저러지? 목소리가 시키는 대로 했다가는 틀림없이 교도관들한테 죽도록 얻어맞다 진짜 죽을지도 모르는데. 그는 자리에서 일어나려 들었다.

가만 있어 보래도.

그는 어리둥절한 기분으로 우뚝 멈췄다. 뭐하러 꾸물거린담? 그런들 무슨 득이 된다고? 아니다, 괜한 실수일 뿐이다. 하지만 그러면서도 일단 그는 가만히 있었다.

확성기에서 경고가 지직이며 흘러나와 돌아가기까지 30초 여유를 주겠다고 엄포를 놓았다. 맘속으로 30초를 세어보고 1분쯤 더 헤아릴 즈음, 철창이 철컹 닫히는 소리가 들렸다.

'이제 너무 늦었네. 난 이제 죽었다.'

그는 교도관들이 자신을 경계하지 않도록 양손을 뒤통수에 붙였다. 그러고는 가만히 기다렸다. 1분이 지나자 외부 원의 출입문이 일제히 열리면서 교도관들이 진입했다.

헌데 지금은 저번처럼 달려오지 않았다. 훨씬 천천히 움직이며 폭동 진압복을 입은 채로 네 사람을 사이에 대동하고 있었는데, 남자 둘에 여자 둘이었고 평범한 복장을 하고 있었다.

'새로 들어온 죄수들인가?'

얼핏 그런 생각이 들었다. 하지만 수갑이 없는 데다 느긋한 자세였으며 온갖 기술 장비를 들고 있었다. 모두 안으로 들어서자 뒤에서 문이 닫혔다. 일행은 천천히 수용동을 지나 중앙 원으로 들어섰다.

교도관 하나가 총을 들었다.

"진압할까요?"

넷 중의 가운데 있던, 척 봐도 대장격인 막 중년에 접어들어 머리가 희끗한 사내가 고개를 저었다.

"먼저 공격해오지 않는 한 그럴 필요 없다. 내버려 두도록."

과학자들이 앞으로 나와 주위를 훑으며 앞뒤를 오갔고, 교도관들은 호위하느라 어정쩡하게 따라붙다가 서로 엉뚱하게 움직이면서 부딪히기도 했다. 이스트반은 가만히 서서 그들이 다가오는 모습을 지켜보았다.

"죽었는지 살펴보도록."

대장격 사내가 말했다.

"알겠습니다."

교도관 하나가 앞으로 다가가 탁자에 축 늘어진 사내를 살피더니, 장갑을 벗고 목을 짚어 보았다.

"죽었습니다."

"윽, 끔찍해라."

과학자 중에 섞여 있던 어느 여자가 말했다. 말은 그러면서도 흥미가 생겼는지 앞으로 다가와서는 넋을 잃은 듯 시신을 바라보았다. 그러고는 이스트반에게 고개를 들었다.

"어쩌다 이랬던 건가요?"

여자의 물음에 이스트반은 잠시 머뭇거리다 고개를 저었다.

"저도 몰라요. 보지를 못했거든요."

"오리발 내밀지 말아요. 이 사람 바로 맞은편에 앉아 있었으면서."

"소리만 듣고 보지는 못했어요."

두 교도관이 시신 수습을 맡았다. 둘은 양팔을 붙들고서 구불구불한 핏자국을 바닥에 남기며 시체를 질질 끌고 나갔다. 나머지 교도관과 장비를 챙겨온 과학자 일행은 계속 주위를 돌며 천천히 초점을 좁혀들더니, 나중에는 다들 이스트반 주위에 섰다.

"바로 여기로군."

대장격 사내가 말했다.

"미안하지만 좀 비켜주도록."

사내가 이스트반에게 말했다.

이제 그만 움직여도 돼. 그만 감방으로 돌아가봐.

목소리가 말을 걸어오자 콘의 창백한 얼굴과 이상한 웃음이 눈앞을 스쳤다.

이스트반은 고개를 끄덕이고는, 아주 천천히 탁자에서 일어나 의자에서 발을 뺐다.

"저는 그만 방으로 가봐도 될까요?"

대장격 사내는 건성으로 고개를 끄덕였다.

"그래, 그래. 이만 가봐."

그는 여전히 머리에 손을 붙인 채로 걸어나갔다. 교도관들이 눈으로 그를 좇으며 총을 겨누었다. 가는 내내 교도관들의 따가운 시선을 등으로 느끼며, 그는 천천히 중앙 원에서 내부 원으로 들어간 다음 굳게 닫힌 각방 철창 앞에서 가만히 기다렸다.

31

"바로 여기로군."

브라이든이 장비를 가리키며 말했다.

"바로 저 친구가 앉아 있던 자리였어."

그는 캘리 덱스터에게 돌아섰다.

"거 봐, 내가 뭐랬나? 단순한 이상 현상? 우리 마커의 결정 구조에 뭔가가 보이는 특이한 반응일 뿐이라고?"

"그런가 보군요."

그는 씩 웃었다.

"아무래도 바닥 바로 밑에 있나 보군. 장비를 들여와서 어디 파봐야겠어."

덱스터는 어깨를 으쓱였다.

"확신하기에는 데이터가 부족하잖아요."

"부족하기는. 데이터를 보고 여기까지 왔잖나? 지표에는 아무것도 없으니 분명 아래에 뭔가가 있을 테지."

그들은 멀거니 있던 죄수를 감방으로 돌려보낸 다음, 마커 단지로 사람을 보내 컨택트 빔과 그것을 다룰 줄 아는 기술자를 데려왔다. 그러느라 한 시간 혹은 그 이상을 허비했지만, 드디어 장비와 기술자가 도착하자 바닥 굴착에 착수했다.

처음에는 진도가 더뎠다. 기술자가 컨택트 빔을 조작하고 교도관 몇몇을 부려다 삽으로 파편을 치우게 했다. 위험이 얼마간 따른다는 사실은 브라이든도 알고 있었다. 무슨 동굴이 나오거나 대기가 없는 공간이 나오기라도 한다면 근처에 있던 사람은 죽은 목숨이나 마찬가지인지라, 그는 살짝 거리를 두고 있었다. 그러나 캘리 덱스터는 바짝 다가서서 몸을 기울이며 작업을 유심히 구경하고 있었다. 갑자기 진공을 맞닥뜨리는 바람에 그녀의 눈알이 뽑혀나가고 숨을 쉬려고 컥컥대는 장면을 떠올리며 가학적 만족감에 젖었다. 그는 슬며시 웃음을 지었지만, 결국에는 만일에 대비해 호흡 장비를 요청해 두었다. 그러나 장비가 오기까지 굳이 굴삭 작업을 중단할 이유는 없었다.

대략 1미터 남짓 파고들었으나 흙과 수정 광맥 사이로 파고든 암석 말고는 아무것도 나오지 않았다. 혹시 찾던 것이 크리스탈은 아니었을까? 아니면 더 깊숙한 곳에 다른 뭔가가 있나? 서로 연계해서 흔적을 추적하고 지금 제대로 따라가는 중인지 확인하려면 신호 방출이 다시 일어나줘야 하는데, 그러기까지 몇 시간 혹은 며칠이 걸릴지 아무도 모를 일이었다.

거기서 다시 2미터 남짓을 파고들었다. 컨택트 빔의 연료가 바닥나 카트리지를 교환했고, 나중에는 기계 자체가 과열되는 바람에 기술자가 밧줄을 잡고 구덩이에서 빠져나와서는 고개를 설레설레 저었다.

“일단 좀 식혀야 합니다. 한 몇 시간은 못 씁니다. 더구나 이제 눈 붙일 시간이기도 하고요.”

“꾸물거릴 시간 없다. 조금만 내려가면 분명 뭔가 나올 텐데 말이야.”

기술자는 양손으로 땀을 닦았다.

“저 밑에는 아무것도 없습니다. 돌밖에 없어요. 시간 낭비만 하는 꼴입니다.”

브라이든은 작업을 속행하고 싶은 마음이 굴뚝같았지만, 기술자와 동료 과학자들의 표정을 보니 지금은 물러나는 편이 현명할 듯했다.

“할 수 없지. 요기들 하고 몇 시간쯤 눈을 붙이고 나서 재개하도록 하지.”

브라이든은 뭔가가 나오리라 믿어 의심치 않았다. 분명히 마커가 이곳을 점지해 준 대로 저기서 그들을 기다리고 있을 테니까. 없을 수가 없지. 이것은 믿음에 대한 시험이자, 그의 신앙에 대한 시험이다. 그들의 예언자로 거듭나려면 끈질기게 물고 늘어질 수밖에 없다.

그는 접시에 차려진 음식을 깨작대기만 하고 거의 입에 대지도 않았다. 남들은 남는 교도관용 혹은 기술관용 간이침대에서 쪽잠이라도 자려고 벌써 자리를 뜨고 없었다.

"뭘 그리도 골똘히 생각하는지 궁금하네요."

덱스터 박사가 말했다. 그녀는 여전히 맞은편에 앉아서 연구용 표본을 관찰하듯 그를 유심히 살펴보고 있었다. 그는 고개를 내저었다.

"브라이든……."

그녀가 말했다. 저렇게 다정하면서도 다소 망설이는 투로 말한 적은 이번이 처음이었다.

"저 밑에 아무것도 없을지 모른다는 사실을 그만 받아들여요."

"하지만 판독치에는 분명히 뭔가 잡혔어. 자네도 똑똑히 봤잖나. 그래서 이렇게 최대한 가까이 추적해온……."

"판독치는 매번 조금씩 바뀌었잖아요. 원래 이랬다 저랬다 하는지도 몰라요. 아니면 마커가 오락가락했던가요. 그것도 아니면 이제는 사라지고 없는 뭔가에 대고 신호를 보내는지도 모르죠."

하지만 그는 아니다, 절대 그럴 리가 없다는 생각만 들었다. 분명히 뭔가 있어야 하는데. 그는 이 계획에 거의 평생을 몸바쳤다. 결코 이렇게 막을 내릴 수는 없다. 마커는 분명히 그에게 말을 걸어오고 있었고, 방출이 일어날 때마다 몸소 느꼈잖은가. 캘리 덱스터와 달리 그에게는 믿음이 있었다. 현행 계획과 자신의 소임에 대한 굳건한 믿음이. 필시 뭔가가 있을 테지.

"좀 들어봐요, 아까도 말했잖아요. 현재로서는 데이터가 부족……."

브라이든은 신음을 내뱉았다.

"그놈의 데이터 타령. 데이터나 모은다고 뭐가 달라지겠나? 어디로 가야 하는지는 벌써 알아냈어. 이제는 파낼 일만 남았잖나. 뭔가 나올 때까지 파고 또 파면 된단 말이다."

"그러면 뭐가 있는데요?"

"난들 알겠나? 아무튼 뭔가 있어. 그러지 않고서야 애초에 마커가 우리를 여기로 이끌지도 않았을 테니까."

덱스터는 말없이 그를 바라보고만 있었다.

"왜 그래?"

그가 끝내 물었다.

"아무것도 아녜요."

"왜 빤히 쳐다보나?"

"모르는 편이 약이에요."

"그냥 말해봐."

그녀의 눈에 노기가 어렸다.

"말해드리죠. 박사님은 강박증에 빠졌어요. 객관적 판단력을 잃어버렸다고요. 감정에 사로잡힌 꼴이죠. 끝까지 마커가 살아 있다고 믿으니 말 다했죠. 게다가 본인 스스로도 뭐가 뭔지 하나도 모르잖아요? 지금 자기가 과학적 발견을 하는지, 맹목적 숭배를 하는지조차 분간을 못하는 상태란 말예요."

'알다마다. 숭배하는 중이지. 자네는 아직도 모르겠나?'

그는 성질을 죽이느라 부들부들 떨었지만, 입은 꾹 다물고 있었다.

덱스터는 다소 누그러진 목소리로 다시 입을 열었다.

"애쓰시는 점은 알아요. 우리도 마찬가지죠."

그러면서 팔을 뻗어 그의 손을 잡았다.

그는 뭔가에 물린 것처럼 손을 홱 빼더니, 접시와 식기를 챙겨 자리를 떴다.

'이것도 하나의 시험이다. 저 여자도 결국은 날 혼란스럽게 하려는 시험일 뿐이라고. 난 옳고 캘리는 틀렸어. 마커께서는 캘리가 아니라 날 믿으시니까.'

그는 원을 따라서 걸어다니다 보니 어느새 한 시간이 지났고, 다리가 쑤셔왔다. 그는 통제실에 앉아 책상에 팔꿈치를 받치고 한참을 기다리다, 나머지 인원을 깨워 굴삭을 재개했다. 정신을 바짝 차리고 캘리가 간밤에 흘려넣은 짜증과 의혹을 잊으려고 애쓰면서.

'참, 캘리가 아니라 덱스터 박사지.'

그는 말을 고쳤다. 그 여자 손에 이렇게나 놀아나다니.

그러나 곧 모든 것이 바뀌리라고, 그는 속으로 되뇌었다.

'머잖아 다들 내가 옳았고 덱스터가 틀렸다는 사실을 똑똑히 알게 되겠지. 시시비비는 끝까지 두고 볼 일이니까.'

그들은 더욱 깊이 파고들며 5미터를 더 내려갔지만, 이쯤 되자 컨택트 빔이 아주 나가버렸다. 기술자는 구덩이에서 올라와 고개를 설레설레 저었다.

"돌무더기 정도 치우는 일이라면 모를까 애초에 굴삭용 장비가 아닙니다. 이쯤 되면 굴착기가 필요합니다. 아예 올라타고 조종하는 그런 장비 말입니다."

"굴착기라, 그렇다면 하나 가져와야겠군."

기술자는 다시 고개를 저었다.

"공수해 달라고 한다면 모를까, 그런 장비까지는 없습니다."

"그렇담 요청해야지. 도착까지 얼마나 걸리겠나?"

"한 달은 걸립니다. 두 달이 될지도 모르고."

한두 달씩이나?

"더 빠른 방법은 없나?"

그의 물음에 기술자는 어깨를 으쓱였다.

"컨택트 빔이 한두 대 더 있기는 합니다. 그것마저 전부 나가버릴 지경이 되도록 굴리면 조금 더 깊이 파고들 수도 있겠지요. 하지만 이점은 알아두십쇼. 계속 파본들 아무런 소득도 없을 겁니다. 보아하니 수백만년 전부터 버티던 암석이더군요. 근래에 변화가 있었다는 징후도 전혀 없고 말입니다."

'또 시험에 드는군.'

브라이든은 입을 앙다물었다. 그러나 저 아래에 그 무엇이 얼마나 오랫동안 있었을지 누가 알겠는가? 마커는 영겁의 세월 전부터 있었을지도 모르는데.

"나머지 공구도 챙겨오도록. 그리고 굴착기도 요청하고."

기술자는 한숨을 쉬고는 밖으로 나갔다.

일이 터진 것은 바로 그때였다. 또 강렬한 전파 방출이 덮치면서 브라이든은 이제껏 열심히 파놓은 구덩이 옆에 쓰러지다 하마터면 빠질 뻔했다. 머리가 지끈거리면서 눈앞까지 아득해졌다. 순간 누군가인지 뭔가인지가 보였지만 무엇인지 제대로 알아볼 수가 없었다. 그러다 죽은 아버지의 얼굴이 눈앞을 스쳐가다가 그마저도 사라졌고, 정신을 차려보니 숨을 헐떡이며 드러누워 덱스터의 눈을 바라보고 있었다.

"괜찮아요?"

그녀가 물었다. 그는 말을 하려고 입을 열었지만 아무 말도 나오지 않았다. 옆에서는 교도관이 무릎을 굽히고 앉아 신음했고, 휘하 연구원 하나는 머리를 쥐어뜯고 있었다. 수용동에서 죄수들이 울부짖는 비명이 들려오자 한둘 혹은 그보다 많은 수의 죄수들이 자해를 가하다 죽었음을 알아차렸다. 시체가 쌓일수록 합일에 접어드는 영혼의 수도 늘어만 간다. 언젠가 그도 같은 길을 가게 될 것이다. 아직은 때가 아닐 뿐.

"방금 느꼈나?"

간신히 그렇게 말하자 덱스터가 고개를 끄덕였다.

"뭔가 느껴졌어요."

그러고 보니 눈물을 흘리고 있었지만, 눈물이 흐르는 눈은 한쪽 뿐이었다.

"실로 영광스러운 일이 아닌가?"

그는 도저히 그렇게 말하지 않을 수가 없었다.

그녀는 잔뜩 인상을 썼다.

"당치도 않은 소리 말아요."

그러고는 그를 일으켜 세웠다.

교도관들은 어리둥절한 채로 여기저기 흩어져 있었다. 다른 남녀 과학자 둘은 천천히 침착을 되찾았는데, 하나는 손에 자기 머리카락을 한 웅큼 쥐고 있었고, 다른 하나는 주먹으로 관자놀이를 주무르고 있었다.

"바뀌고 있어. 점점 강해지는군."

브라이든이 말했다.

"점점 위험해지는군요. 신중을 기해야겠어요."

덱스터는 주위의 바닥과 벽면을 이끼처럼 타고 올라간 촉수를 가리켰다.

"잡초에 어떤 변화가 생겼는지 보이세요? 수가 부쩍 늘었어요. 신호에 맞춰 퍼지나 보네요."

"그렇다면 마커의 일부로군. 뽑아 없앨 것이 아니라 오히려 더욱 자라게 해줘야겠어."

덱스터는 고개를 저었다.

"그저 부산물일 뿐이에요. 없애는 편이 나아요. 신중을 기해야 한다니까요."

그러고는 휴대용 판독기를 꺼내 통제실의 컴퓨터로 자료를 받아 신호를 확인한 다음, 이번 방출이 가리키는 곳은 정확히 어디인지 파악해 보았다. 그녀는 구덩이 옆에 서서 판독기를 이리저리 조정했다.

"흥미로운걸요."

"뭐가?"

브라이든이 대꾸했다.

"먼저 판독기부터 확인해 보세요. 결과치가 동일한지 살펴보게요."

그는 판독기를 꺼내 전원을 켰다. 다른 과학자 둘도 똑같이 따라했다.

일단 새 데이터를 불러들여 선택한 다음, 교점을 연산해 현재 위치를 판단했다. 처음에 여전히 거리가 상당한 상태에서는 멀쩡해 보여서 그가 정확히 점지된 위치에 있는 것처럼 보였지만, 판독기가 버벅이며 지도의 축적이 정밀해지자 그렇지 않다는 사실을 알아차렸다. 그는 교점 근처가 아니라 족히 수십 미터는 떨어진 곳에 있었다. 덱스터의 화면을 살펴봐도 수치는 같았다.

"뭐랬어요? 데이터가 더 필요하댔잖아요."

그가 고개를 끄덕이고는 여기저기 돌아다니며 새로운 교점으로 짐작되는 장소로 향하자 그녀는 옆으로 따라붙었고, 나머지 두 과학자는 약간 어리둥절한 눈치로 뒤에서 따라갔다.

'옮겨다니는군.'

브라이든은 그런 생각이 들었다. 그러나 어째서? 위치를 옮기다니 대체 무슨 뜻일까? 어쩌면 눈에 보이기는커녕 감지할 수조차 없는 것인지도 모른다. 그래도 그는 계속 걸으며 판독기를 따라갔다.

내부 원의 막다른 벽까지 다다랐지만 여전히 거리가 벌어져 있었다. 교점은 다른 방향, 즉 수용동 어딘가에 있었다. 그는 덱스터와 눈빛을 주고받은 다음 함께 통로를 지나 수용동으로 내려가 복도를 따라서 추적에 나섰다. 각방 대여섯 군데를 지난 끝에 드디어 판독기에 표시된 교점이 있는 장소가 나왔다.

철창 안에는 어느 젊은이가 바닥에 발을 딛고 침대에 앉아 양손은 무릎에 가지런히 대고 있었다. 눈은 감은 채 절제된 자세로 천천히 숨을 들이쉬고 내쉬었다.

"이제 여기 있군. 당장 파내면 제때 찾아낼 수 있을지도 모르겠어."

"브라이든, 그러지 말아요."

캘리 덱스터가 그렇게 말하며 팔을 붙들었다.

"그러지 말라니?"

그는 그렇게 말하며 성난 얼굴로 돌아섰다.

"누가 책임자인지 잊었나? 내가 파라면 파는 거다."

그러나 그녀는 그를 뒤로 끌어당겨 철창에서 떼어놓고는 속삭이듯 낮은 목소리로 물었다.

"저 사람 알아보겠어요?"

그는 어리둥절한 얼굴로 돌아서서 철창 안에 차분히 앉아 있는 사내를 다시 쳐다보았다. 그냥 죄수 중의 하나일 뿐인데 뭐가 어떻다고? 그때 사내가 고개를 돌리고 눈을 뜨더니 그를 보며 웃음을 지었다.

"처음 판독치가 잡혔을 때 탁자에 앉아 있던 사람이에요. 우리가 파냈던 바로 그 자리에 앉아 있었죠."

"그럴 리가."

"그리고 이번에도 방금 잡힌 판독치가 가리키는 곳에 앉아 있잖아요."

덱스터는 들뜨고도 어리둥절한 말투였다. 평소의 객관적인 판단력도 일순 흔들렸다.

"브라이든, 우리가 찾아헤맨 뭔가는 묻혀 있던 것이 아녔어요. 장비 따위도 아녔고요. 바로 저 사람이었던 거예요."

4부

32

그는 목소리에 귀를 기울이며 목소리가 시키는 대로 했다. 목소리는 결코 그를 그릇된 길로 인도하는 법이 없었으니까. 오히려 정 반대였다. 옥살이의 굴레에서 벗어나게 해주고, 이곳 지옥에서 그를 건져내 여기로 데려왔잖은가.

"불편한 데는 없나?"

대장격 과학자가 그에게 물었다. 이름이 뭐더라? 바든? 아니다, 브라이든이었지. 그는 고개를 끄덕였다

"혹시 필요한 거라도 있나?"

그는 죽은 자의 목소리가 어떻게 하면 되는지 일러주기를 기다렸지만, 아무 말도 없었다. 브라이든이 그를 바라보고 있었다. 이스트반은 얼마나 시간이 지났는지 긴가민가했다. 그는 가만히 고개를 저었다.

"지금은 없어요."

"그렇다면 나중에라도 말해주겠나?"

브라이든이 이상하리만큼 적극적으로 물었다.

이스트반은 고개를 끄덕였다. 움직임이 어딘가 어색했다. 목소리가 점점 멀어지면 모든 것이 가짜 같고 어딘가 낯설게 느껴졌다. 그는 어려서부터 수시로 그런 인상을 받고는 했다. 마치 자신이 세상을 살아가는 것이 아니라 세상이 자신을 살아가는 듯했는데, 그런 느낌은 질색이었다.

브라이든은 탁자에 앉아서 그를 마주보고 있었다. 왜소한 회색 사내가 그랬던 것처럼. 브라이든이라는 사내는 무슨 속내로 이러는 것일까?

"느낌이 어떤가?"

"네?"

브라이든의 물음에 이스트반은 흠칫 놀랐다.

"나도 선택받았다. 내게 손을 뻗어 어루만지시는 순간, 내가 바로 그 예언자가 되리란 사실을 직감했지. 자네한테도 그러시던가?"

브라이든이 무슨 말을 하는지 감이 오지 않는 탓에, 이스트반은 머뭇거리다 고개만 끄덕였다. 브라이든은 웃음을 지었다.

"우리한테 원하는 바가 무어라고 하시던가?"

"원하는 바요?"

"우리를 구하고자 오셨잖은가? 우리가 잘 되기만을 바라시는 것이고. 우리를 합일로 인도하고자 하시잖나. 합일이 어떻게 완성될지 말씀해 주시던가? 혹시 언제 일어날지 알려주시던가?"

이스트반은 어리둥절한 눈치로 가만히 쳐다만 보았다.

브라이든은 대답을 바라는 표정으로 그를 바라보며 기다렸다. 이스트반이 무덤덤한 반응을 보이자, 짜증스러운 기색이 얼굴을 스쳐갔다.

"나한테는 말해도 괜찮아. 나는 선택받은 자니까."

"뭘 위해서 선택받았는데요?"

"지금 혹시 나를 시험하나? 날 가지고 놀 속셈인가?"

이 사람은 누구이며 무슨 속셈인 것일까? 그는 목소리에 귀를 기울이며 조언을 해주기를 기다렸다. 언제나 그렇듯 지금도 말하고 있었지만 지금 눈앞에 있는 사내에 관해 말하는 것도, 무엇을 해야 하는지 말하는 것도 아니었다.

그는 이 세상과 다른 세상을 통해서 살피며 죽은 자의 얼굴과 입속에 맴도는 목소리를 보고 느끼려 했지만, 장막은 펼쳐질 기미가 없었다. 그렇다고 억지로 끄집어낼 수도 없는 노릇이었다.

"나도 선택받았어. 내가 선택받은 자가 아니었다면 자네는 아직도 갇혀 있었겠지."

브라이든이 방어적으로 말했다.

어떻게 보면 틀린 말은 아니라는 생각이 들었다. 그러나 브라이든은 처음에 이스트반을 뚫어져라 쳐다보면서도 전혀 자신을 신경쓰지 않았잖은가. 오히려 그를 알아본 사람은 다른 여자 과학자였고. 그래도 일단은 진정시키려고 고개만 끄덕였다.

그러자 먹혔다. 브라이든은 웃음을 지으며 의자에 살짝 기댔다.

"이제 본론으로 들어가서, 우리에게 무엇을 원하시는 것 같은가?"

그러나 이스트반은 집중을 하기가 곤란했다. 머릿속에서 목소리가 다시 말을 걸어왔다.

'날 봐, 내 말을 들려줘.'

"날 봐."

"자네를 보라니?"

브라이든은 흠칫하는 눈치였다.

"지금 보고 있잖나. 이렇게 탁자 바로 맞은편에 앉아서 말이야."

"아니, 저 사람을 봐. 저 사람을."

"저 사람? 그 사람이 누군데?"

브라이든이 물었다. 이스트반이 말없이 쳐다보고만 있자, 다시 입을 열었다.

"진심인가? 마커를 일컫는 말인가?"

그랬던가? 마커가 뭐였지? 그것이 무엇인지 긴가민가한데다, 정확한 방향을 일러주던 목소리는 하필이면 지금 잦아들어 조용히 읊조리는 상태로 되돌아갔다. 제대로 듣거나 얼마나 중요한 말인지 알만한 수준이 아니라, 머릿속에 목소리가 있다는 사실만 느끼는 정도였다.

"좋다, 안 될 것 없지. 보여주마. 이제야 이해가 되는군. 보안수칙 따위야 무시하면 그만이다. 이러니 저러니 해도 내가 계획의 책임자이니 말이야. 이번 일은 그까짓 보안수칙하고는 비교하기 어려울 정도로 중요한 일이니까."

벽에 있던 영상수신기가 울렸다. 브라이든은 소리가 나는 쪽을 잠깐 쳐다보았다. 다시 고개를 돌리는 그의 얼굴에는 짜증스러운 기색이 어려 있었다.

"잠깐만 실례하지. 금방 끝날 테니까."

브라이든은 자리에서 일어나 모니터로 걸어갔다. 연결을 수신하자 처음에 자신을 알아봤던 여자 과학자의 얼굴이 이스트반의 눈에 들어왔다.

"무슨 일인가, 덱스터 박사? 바쁘단 말이다."

"죄수가 자기 방에 없어요. 혹시 어디 갔는지 아세요?"

"고쳐주자면 첫째, 죄수가 아니라 손님이다. 둘째, 그래, 어디 있는지 알고 있다. 나하고 같이 있는 중이지."

"거기서 당신하고 뭘 하는데요? 보안수칙은 어쩌고요?"

"얘기를 좀 해야 하거든. 게다가 지금 상황에서 보안수칙은 해당사항이 없다고 본다."

"그래요? 어째서죠?"

"그걸 일일이 해명할 이유는 없지, 덱스터 박사."

"있거든요. 그리고 말 조심하세요. 제가 올릴 보고서에 다 들어갈 테니까요."

그는 무어라 대꾸하려다 맘을 고쳐먹는 눈치였다. 이스트반의 눈에 그가 심호흡하는 모습이 보였다.

"아직도 모르나보군."

"모르기는 뭘요?"

"우리가 여기서 벌이는 일의 실체를 말이다. 그리고 그것이 얼마나 중요한지도. 이제와서 돌이킬 수는 없다. 덱스터 박사."

"브라이든, 그냥 그런 식으로……."

그녀는 발끈하여 응수하려 했지만 브라이든이 연결을 끊어버린 탓에 나머지는 거기서 잘리고 말았다.

탁자로 돌아온 그의 얼굴에는 웃음이 돌아와 있었다.

"어디까지 했더라? 아, 그래. 마커를 직접 보고 싶다고 했었지. 따라오도록."

업무 시간이 끝나갈 무렵이라 다소 늦은 때였다. 통제실로 들어서자 여전히 자리를 지키며 일하던 몇몇 과학자들이 고개를 돌렸다. 대부분은 도로 고개를 돌리고 업무로 돌아갔지만, 한두 명은 한동안 계속 시선을 보냈다. 브라이든은 전혀 개의치 않으며 이스트반의 손을 잡고 통제실을 가로질러 반대편의 관측창으로 다가갔다.

"저기 있군."

그가 손으로 가리켰다.

창 너머의 물체가 이스트반의 눈에 들어왔다. 뒤틀린 형태의 암적색 첨탑이 불그스름한 광채를 내뿜으며 버티고 있었고, 그 표면에는 온통 낯선 기호가 새겨져 있었다. 기호가 그렇게 낯설지만은 않았다. 처음 눈에 들어온 순간, 그 속에서 다른 세상의 얼개가, 시야를 가리던 장막을 이루던 물질은 물론 다른 세상에서 그에게 다가왔던 얼굴들의 윤곽과 원리까지 보이기 시작했다. 오랫동안 바라볼 기회만 된다면 저러한 표시와 기호가 어떻게 해서 그에게 낮게 중얼거리는 목소리를 이루는지까지 간파할 수 있을 것만 같았다. 그래, 해답은 이곳에 있었구나. 이제야 이해가 되는군. 세상에 존재하는 만물의 열쇠가 바로 이곳에 있었던 것이다.

"정말 아름답지 않나?"

브라이든의 물음에 이스트반은 고개를 끄덕였다. 도저히 눈을 떼기가 어려웠지만, 그는 천천히 브라이든에게 시선을 돌렸다.

"직접 내려가보고 싶어요."

"그럴 시간은 나중에도 충분할 거다. 한꺼번에 다 할 수는 없는 법이지."

"아뇨, 지금 당장요."

둘은 서로 한참을 쳐다보았다. 브라이든은 호기심이 어린 눈이었고, 이스트반은 진지한 눈빛으로 응시할 따름이었다. 끝내 브라이든은 한숨을 내쉬며 고개를 돌렸다.

"그러지. 꼭 그래야 한다면야."

그는 키카드를 긋고 암호를 입력했다. 문이 옆으로 열리자 두 사람에게 시선을 돌리는 과학자들의 수는 더욱 늘어났다. 브라이든은 이스트반을 안으로 안내했다.

"수칙에 목매달 필요는 없지."

그렇게 말하는 그는 거의 혼잣말을 하는 듯했다. 둘의 등 뒤에서 문이 닫혔다.

이스트반이 보기에 이곳 보관실은 나머지 연구단지 내부와는 어딘가 달랐다. 바닥이 그냥 돌로 되어 있고, 아랫부분은 통째로 깎아낸 바위에 인공 벽면을 두른 형태였다. 마커는 거칠고도 장엄한 자태로 보관실 한가운데에 우뚝 서 있었다. 마커에서 뿜어져 나오는 에너지가 온몸으로 느껴질 것만 같았다. 바라보기만 해도 머리가 어질어질할 지경이었으니.

"바로 저기다. 마커와 같은 공간에 들어선 셈이지. 이만 나가볼까?"

그러나 이스트반은 들은 체도 하지 않았다. 그는 느린 걸음걸이로 마커를 향해 다가갔다.

"이스트반. 이스트반!"

말을 듣지 않자 브라이든은 언성을 높였다.

그는 브라이든의 손이 어깨를 붙잡는 기분이 들자 떨쳐내 버렸다. 계속 다가갔다. 브라이든이 무어라 말했지만 자신을 앞으로 이끌며 위대한 아름다움을 간직한 물체로 인도하는 목소리들에 묻혀서 거의 들리지도 않았다.

이제 자각하기는 했으나 마커는, 혹은 그와 엇비슷한 것이 이미 그의 머릿속에 있었다. 필요한 자잘한 부분과 계획들은 이제 그 속에 빠짐없이 저장되어 있었다. 지금껏 마커가 그의 뇌를 건드렸던 이유가 바로 그것이었다. 그의 머릿속 공간에서 자신의 영향을 키워갔던 것이다.

그러나 브라이든은 팔을 붙잡고 그를 돌려세웠다. 짜증스러운 마음에 이스트반은 이를 드러냈지만 브라이든은 물러설 기미가 없었다. 그는 이렇게 말하는 듯했다.

'지금은 참아. 우선은 먼저 해결해야 하는 일이 있…….'

그때 뒤에서 문이 열리더니 덱스터 박사가 들어왔다. 잔뜩 화가 났는지 붉으락푸르락하며 버럭 소리쳤다.

"브라이든! 아무리 당신이 책임자라지만 지금의 행동은 허용범위를 한참은 넘어섰……."

그러나 그때쯤 이스트반은 아예 귀를 닫고 있었다. 반면 그렇지 않았던 브라이든은 정신이 팔리는 바람에 이스트반을 놓쳤다. 그는 비틀거리며 마커를 향해 나아갔다. 슬쩍 돌아봤더니 두 과학자는 서로 소리를 지르느라 바빴고, 브라이든의 눈길은 덱스터 박사와 그 사이를 홱홱 오가고 있었다.

어느새 이스트반은 마커의 밑둥에 있었다. 팔을 뻗어 표면에 손을 대자 다른 세상의 장막이 다시 시야를 덮으면서 그 너머의 어마어마한 힘이 보이기 시작했다. 먼발치에서 누군가 소리치고 있었다. 느리고도 신중하게 정신을 열고 조심스레 펼쳤다. 그러고는 눈을 감고 기다렸다.

한동안은 아무 일도 없었다. 그때 뭔가가 흘러들어오는 느낌이 들더니, 수많은 경로로 동시에 흘러들며 그의 정신을 낱낱이 살피기 시작했다. 다른 세상이 갑자기 찾아와 다른 모든 사물을 애초부터 존재하지 않았던 것처럼 뒤덮어버렸다. 사실 누가 알겠는가? 정말로 애초부터 없었는지. 고개를 들자 마커가 있던 자리에는 이제 죽은 콘의 얼굴과 몸뚱이가 살아 있을 때보다 여섯 일곱 배는 커진 상태로 버티고 있었다. 콘은 이스트반을 쳐다보며 아래를 내려다보고 있었다. 점점 몸을 굽히며 얼굴을 가까이 붙이자 어느새 시야가 전부 가렸고, 이스트반은 그의 그늘 아래 서게 되었다. 콘은 여전히 목에서 피를 뚝뚝 흘리며 씩 웃었다.

바로 그때 에너지 방출이 일어나자 이스트반은 뼛속까지 온몸을 전율했다. 온 사방에서 비명 소리가 들렸다. 백색광 분출 한 번으로 그의 정신은 깨끗이 비워졌다. 갑자기 자신이 누구인지, 여기가 어디인지, 자신이 과연 존재하는지 아닌지조차 잊고 말았다. 그는 이내 바닥에 쓰러졌다.

33

방출이 얼마나 강렬했던지 그로토도 분명히 느낄 정도였고, 온몸에 몸서리가 일었다. 그는 난간을 붙들고 몸을 추스른 다음 아찔한 현기증이 가시기를 기다렸다. 오르토는 머리를 감싸쥐고 짧은 비명을 지르더니 기기에 머리를 찧어대기 시작했다. 다른 함교 승무원들도 발악하기는 마찬가지라 하나같이 얼떨떨하거나 혼란스러워 보였고 아예 발광한 것처럼 보이는 인원도 있는지라, 그로토는 이렇게 멀찍이 떨어진 궤도에서도 증상이 심각할 정도이니 지금 있는 곳이 행성 표면이 아니라 천만다행이며 다시금 속으로 되뇌었다.

마침내 고통이 가시자마자 일단 그는 오르토에게 머리 좀 그만 찧으라고 명령했다. 이마가 멍으로 시퍼렇게 변한 데다 살갗이 찢어질 지경이었다. 그대로 몇 분만 방치했더라도 심각한 자해를 끼쳤을 것이 분명했다. 그래도 그래준 덕분에 다른 승무원들에게 시켜서 그를 영창에 가둬놓을 빌미가 생겼으니, 일석이조인 셈이었다. 이제 블랙웰은 눈도 귀도 없으니 그와 회색 사내가 무슨 일을 꾸미는지 전혀 알아차리지 못할 테지.

상황이 일단락되자 헤일리 소위에게 고개를 돌렸다. 그녀는 뭔가에 씌인 것처럼 미친 듯이 스타일러스를 휘갈기며 숨죽여 무어라 중얼거리고 있었다. 그러면서 그에게 필기를 줄기차게 전송했는데, 전부 누가봐도 마커와 연관되어 있었으며 몇 장에 달하는 방정식과 설명서도 뒤따랐다. 그는 자료를 받는 족족 회색 사내에게 전송했다.

대여섯 시간쯤 지나 드디어 필기가 끝나자, 헤일리는 지쳐 몸을 떨며 당장이라도 나가떨어질 듯했다. 그는 침실까지 그녀를 부축하고 자리에 눕도록 거들었다.

"하지만 저는, 그게…… 여전히 저더러 받아적으라고 부르……."

헤일리가 입을 열었지만 그가 가로막았다.

"쉿, 기회는 다음에도 있을 거다."

30분이 지나자 그는 오르토를 대신할 보결을 포함해 나머지 승무원을 전원 함교로 소집했다. 그러고는 아무런 이상이 없는지 철저히 확인한 다음 자리를 비웠다. 영창에 있는 오르토를 찾아갔더니 그는 피해망상과 편집증과 분노에 사로잡힌 기색이 역력했다. 머리의 붕대는 죄다 뜯어버렸고, 자기가 없었던 사이에 무슨 일이 벌어졌는지를 알아내려고 속이 뻔히 보이는 서툰 질문을 던져댔다. 그로토는 한 마디도 대답하지 않고 버티다 영창을 나섰다.

개인실로 돌아간지 몇 분도 채 되지 않아 영상수신기로 회색 사내의 연락이 들어왔다.

"굉장히 만족스럽군요. 크나큰 도움이 됐습니다. 덕분에 크게 한 수 배웠습니다."

"정확히 뭘 배운 겁니까?"

그로토의 물음에 회색 사내는 씩 웃었다.

"말하기에는 너무 이릅니다. 아직은 모자라니까요. 어떤 증세 끝에 이런 결과를 보입니까?"

"아직 확신하기 어렵지만 아무래도 두통 같습니다."

"두통의 원인은 뭡니까?"

"저도 모릅니다. 애당초 평상시 두통의 원인은 뭡니까?"

"마커 판독치를 확인하기 바랍니다. 행성의 상황을 파악한 다음 소위의 필기와 무슨 연관이 있는지 파악하세요. 혹시 다른 데이터가 하나의 조짐이라면 뭔가 연결고리가 있을 겁니다."

"다른 데이터?"

회색 사내는 이번에도 씩 웃을 뿐이었다.

"기초까지 파악해야 하니까요. 되는 데까지 알아보고 소위의 결과물을 더 얻어내기 바랍니다. 너무 위험해진다 싶으면 중단하세요. 무엇보다도 소위와 행성의 상태는 철저히 비밀로 감춰야 합니다. 정 필요하다면 행성에 핵을 날려도 무방합니다. 소위가 내놓는 결과물만 충분히 챙겨도 연구단지 따위는 없어도 그만이니 말입니다."

34

"교신에 응답이 없습니다."

통신사가 말했다.

"그런가? 계속 시도해 보도록. 도착하거든 궤도로 이동해야 할지도 모르겠군."

선장은 항법사에게 고개를 돌렸다.

"살펴보도록."

함교 뒤편에서 젠시는 상황을 지켜보고 있었다. 엄밀히 따지면 이곳에 있으면 안 되지만 그가 있어도 아무도 신경을 쓰지 않는 눈치였다. 위에서 내려다보는 행성의 모습이 어떤지 궁금했고, 한편으로는 저 아래에 있는 누군가 혹은 무엇이 교신에 답할지 궁금하기도 했다.

보아하니 아무도 없는 모양이지만.

"혹시 주파수가 틀린 것 아닌가?"

"전에 썼던 것과 같은 주파수입니다."

"암호화는?"

"같습니다."

"다른 주파수를 써보도록. 암호화도 다른 방식으로. 통보도 없이 저쪽에서 바꿨을지도 모르겠군. 뭐라도 잡히는지 살펴보도록."

그러나 처음에는 아무것도 없더니, 한참이 지나서야 뭔가가 잡혔다. 화물선이 궤도에 들어서는 순간, 통신사가 조난 주파수대에서 뭔가가 잡혔다고 보고해왔다.

"다들 들리도록 크게 틀도록."

선장이 말했다.

"하지만 선장님……."

"어서."

통신사는 시키는 대로 했다.

"경고한다. 해당 구역은 격리됐다. 아스페라 행성에 대한 착륙을 전면 금지한다. 접근 중인 선박은 즉시 돌아가라. 예외는 없다."

잠시 침묵이 흐르더니 같은 말이 자동으로 반복됐다.

"우리한테도 해당되는 겁니까? 아니면 그냥 무허가 선박을 겁주려고 틀어놓는 겁니까?"

항법사가 물었다.

"우리가 보내는 교신에 응답이 없었으니 우리도 해당되는 모양이군. 뭔가 일이 단단히 틀어졌나본데."

그들은 계속해서 교신을 시도했지만 허사였다. 선장은 조금도 개의치 않는다는 듯이 차분히 서 있었다. 이만 돌아서서 떠나는 편이 좋지 않을까요? 젠시는 그렇게 물어보고 싶었지만 애초에 자기는 함교에 있으면 안 되는 처지인데다 당장 형이 행성 어딘가에 있잖은가. 좌우간 형에게 무슨 일이 벌어졌는지 꼭 알고 싶었다.

"어떡합니까?"

항법사가 물었다.

"계속해서 궤도에 진입하도록. 배달하라고 주문받은 보급품을 어떻게 해야 처리할지 알아봐야 하니까. 배달을 못하면 보수도 없잖나."

"하지만 격리됐다는데 어떡합니까?"

"교신이 되기 전까지는 배를 내려보내지 않는다. 안전이 최우선이니."

그렇게 화물선은 고궤도에 진입해 천공에 매달린 채로 계속 교신을 시도했지만, 마찬가지로 허사였다.

"계속 시도할까요?"

통신사의 물음에 선장은 머뭇거리다 끝내 고개를 끄덕였다. 통신사는 주파수대를 하나하나 거치며 다시 시도했지만 여전히 무응답이었다.

'탈옥이 벌어졌는지도 몰라. 죄수들이 교도소를 장악했나봐.'

젠시는 그런 생각이 들었다.

그때 전방의 화면에 작은 반점이 잡히더니 점점 커졌다. 서서히 거리가 좁혀들면서 반점은 일정 크기의 물체가 되더니 천천히 함선의 형태로 변했다.

"주권 식민지 군함입니다."

항법사의 말에 통신사도 덧붙였다.

"여기서 뭐하는 걸까요?"

"궤도에 기뢰를 뿌리고 있군요. 행성을 봉쇄할 작정인가 봅니다."

항법사가 말했다.

"교신을 취하도록. 아무래도 오해가 있는 모양이로군."

처음에는 응답이 없었지만, 통신사가 비상 주파수대로 화물선 번호를 반복해서 내보내자 끝내 응답이 돌아왔다.

"여기는 그로토."

사내가 말했다. 옷에는 중령 계급장이 붙어 있었으며 가혹하고 험악한 얼굴을 하고 있었다.

"그로토 중령님, 석 달치 보급품을 싣고 왔습니다. 그러니 봉쇄 해제를 정중히……."

선장은 말꼬리를 흐렸다. 화면에 잡힌 중령은 손을 들어 말을 멈추게 하더니 고개를 저었다.

"하필 지금 와서 의도치 않게 문제에 휘말리다니 유감이로군."

선장은 어리둥절한 눈치였다. 화면에는 군함보다 작은 물체들이 중력을 타고 이쪽으로 다가오는 모습이 잡혔다.

첫눈에는 무엇인지 알아보기 힘들었다.

'제기랄, 기뢰잖아…….'

젠시는 뒤도 돌아보지 않고 달렸다.

뒤편의 함교는 즉각 대응에 들어갔다. 선장이 고함을 치며 명령을 내리자 항법사는 급히 선수를 돌렸지만, 그래봤자 이미 늦었음을 젠시는 직감하고 있었다. 그는 젖먹던 힘까지 달리며 가는 곳마다 마구 소리를 질러 상황을 알렸다. 그는 승강기를 무시하고 사다리를 타고 하부 구획으로 내려갔다.

절반쯤 내려갔을 무렵, 선두에 있던 기뢰가 직격하는 바람에 손을 놓쳐 수직통로 아래로 떨어지고 말았다. 윗층에서 공기가 빠져나가는 소리가 들리면서 하마터면 사다리 위로 빨려 올라갈 뻔했지만, 때마침 격벽이 올라와 유출을 차단했다. 자리에서 일어나 비틀거리며 통로로 나간 그는 사물함에서 산소가 저장된 RIG 우주복을 찾아내 어렵사리 착용했다. 위에서 비명소리가 들려왔다.

젠시와 같은 생각이던 몇몇 사람들이 그를 제치고 구명정으로 달려갔다. 이번에는 하부 구획에서 다시 폭발이 일었고, 젠시를 비롯해 그가 있는 방향으로 달려오던 사람들이 한꺼번에 뒤로 빨려나갔다. 그가 보는 앞에서 사람들이 날카롭게 뚫린 구멍을 통해 순식간에 우주로 쓸려나갔고, 자칫 그도 같은 신세가 될 뻔했지만 폭발로 너덜너덜해진 가장자리를 붙잡고 버티는 사이에 선체가 자동으로 압력을 조절했다.

그는 다시 선내로 몸을 끌어올렸다. 이제는 인공 중력이 사라져서 무중력 장화로 발을 디뎌야 했다. 공기가 빠져나가는 바람에 소리마저 이상하게 들렸다. 이제는 소리가 아예 없는 것처럼 귀가 먹먹했다. 구명정으로 향하는 자신의 쿵쿵거리는 발걸음 소리도 거의 들리지 않았고, 차라리 진동처럼 느껴졌다. 유일하게 들리는 소리라고는 공포에 사로잡힌 자신이 내는 거친 숨소리뿐이었다. 거의 파편 덩어리들과 함께 헤엄치듯 통로를 떠내려간 끝에 그의 눈에 들어온 것은 원래라면 멀쩡한 구명정 배열이 있어야 하는 자리가 뻥 뚫려 우주가 내다보이는 광경이었다. 등뒤로 희미한 폭음이 들리더니, 이윽고 충격파가 덮이면서 중심을 잃을 뻔했다.

'결국 이렇게 죽는구나.'

그는 자포자기한 심정으로, 장화를 끄고 몸을 날렸다.

그러나 중력이 없으니 제대로 움직이기 어려웠다. 장화를 끄자마자 느낀 점은 자신이 구멍에서 곧바로 우주로 치솟는 양 너무 높게 향하고 있다는 사실이었다. 몸을 뻗었다 굽혔다를 반복하며 궤적을 바꿔보려고 애썼지만 별반 효과가 없었고, 하릴없이 우주를 표류하기 시작했다. 바로 그때 파편 조각 하나가 위에서 날아들자 그는 있는 힘껏 파편을 밀어냈다. 그러자 가속도가 멈추면서 옆으로 천천히 나아가기 시작했고, 외부 선체가 점점 가까워지자 반중력 장화를 다시 가동한 다음 알아서 표면에 들러붙게 내버려 두었다.

그는 서둘러 선체를 따라 쿵쾅쿵쾅 걸음을 옮기며 아래편으로 내려갔고, 상면을 따라 달리다 벽을 타고 내려가 남아 있는 구명정으로 향했다. 한 대는 문이 열린 채로 입구에 누군가 쓰러져 있어서 봤더니, 다름아닌 스완슨이었다.

눈알이 불거져 나온 몰골을 보아하니 사인은 산소 부족이었다.

'스완슨마저 죽다니.'

젠시는 그를 들어낸 다음 구명정에 올라탔다.

탑승과 동시에 문이 천천히 닫혔다. 그는 어렵사리 몸을 밀어넣고 충격에 단단히 대비한 다음, 고정해제 단추를 누르고 엔진을 점화했다. 구명정은 발진과 동시에 빙빙 돌며 대기권으로 곤두박질쳤다. 부디 구명정 크기가 작아서 기뢰의 주의를 끌지 않거나, 기뢰가 대기권을 거치다 아예 분해되기를 빌었다. 행성으로 총알처럼 내리꽂히며, 그는 조마조마한 심정으로 목숨을 부여잡았다.

35

"대체 뭐였죠?"

덱스터 박사가 물었다. 휘둥그래진 그녀의 눈은 공포에 사로잡혀 있었다.

"이제야 자네도 느꼈나?"

브라이든이 말했다. 머리가 지끈거리는 통에 제대로 서 있기조차 힘들었다.

"자네는 마커가 소리를 질러야만 간신히 듣는군. 나한테는 여태껏 들렸는데도 말이야."

"마커는 사람이 아녜요, 브라이든. 마커는 위험한 존재에요. 뭔가 잘못됐는지도 몰라요. 이러다 우리까지 죽기 전에 계획을 중단해야 돼요."

"중단해? 제정신으로 하는 소린가? 이제야 뭔가 소득을 얻는 판국에?"

"그 소득이 뭔지 직접 보시죠."

덱스터는 마커 옆에 쓰러진 이스트반을 가리켰다. 그는 온몸을 벌벌 떨었고 눈은 뒤로 넘어가 있었다.

"멀쩡한 사람 정신을 잃게 만들었잖아요."

"아니, 멀쩡할 거다."

브라이든은 이스트반에게 다가가 맥박을 확인하고는 다시 일어났다.

"단순한 발작 증세로군. 곧 정신을 차리겠지."

"브라이든, 마커는 선한 물체가 아녜요. 사악하다고요. 백해무익일 뿐이에요."

"당치도 않은 소리. 마커야말로 구원의 열쇠란 말이다."

덱스터는 고개를 젓고는 씁쓸하게 웃었다.

"강박증에 사로잡힌 나머지 눈앞에 무엇이 있는지조차 보지 못하는군요. 박사님은 이번 일을 종교적인 측면에서만 접근하려 들고 있어요. 그러니 명백한 반증이나 검증된 사실 따위는 안중에도 없겠죠. 하기야 증거는 무슨, 결과는 애초부터 정해 놨잖아요."

브라이든은 고개를 저으며 돌아설 따름이었다. 그는 이스트반 옆에 무릎을 굽히고 뺨을 살살 때리며 눈을 살폈다.

잠시 뒤 눈꺼풀이 파르르 떨리면서 동공이 원래 자리로 돌아왔고, 벌어진 입은 다물어졌다.

"됐네, 돌아왔어."

그는 고개를 돌리고 덱스터를 올려다보았다.

"보이지? 멀쩡하잖아."

"멀쩡하다고요? 계획을 중단해야 돼요. 지금 바로 중령한테 알리세요."

이스트반은 정신을 되찾고 브라이든을 쳐다보았다. 그는 손을 뻗어 이스트반의 얼굴을 쓰다듬었다.

"뭘 보고 왔나? 뭐라고 하시던가? 우리한테 원하시는 바가 무엇이던가?"

이스트반은 말이 없었다.

"브라이든 당신이 못하겠다면 내가 연락하겠어요."

브라이든이 대답이 없자, 그녀는 갑갑한 심정에 발에 힘을 주며 출입구로 돌아갔다.

"덱스터 박사."

그녀가 문에 다가서려는 순간, 그가 끝내 대답했다.

덱스터는 멈춰서 뒤로 돌아섰지만, 그녀의 눈에 잡힌 것은 그가 권총을 겨누며 천천히 다가오는 모습이었다.

"지금 뭐하는 짓이죠?"

"진작 했어야 하는 일을 하는 중이다."

그녀는 천천히 양손을 올렸다.

“이러지 말아요, 브라이든. 지금 제정신이 아녜요.”

“무슨 말씀을, 덱스터 박사. 제정신이고 말고. 이제 돌아서서 걸어가시지. 출입문을 지나 통제실을 가로질러 그 출입문을 통해 나가도록. 언제 멈추면 되는지는 나중에 알려줄 테니까. 이제부터 상황은 내가 접수한다.”

“그러세요? 아무래도 마커가 접수한 것 같은데요.”

덱스터는 고개를 돌리며 차갑게 쏘아붙였다.

브라이든은 덱스터를 통제실로 내보냈고, 주위의 과학자들이 일에서 손을 놓고 경악한 얼굴로 두 사람의 행진을 지켜보는 가운데, 둘은 복도로 나갔다.

둘은 계속 걸어간 끝에 경비실에 다다랐다.

“이 죄수를 구금해 두도록.”

브라이든이 경비실에 있던 사내에게 말했다.

“죄수라니요?”

경비원이 의아스러운 듯이 눈썹을 찡그렸다.

“그래, 여기 있잖나.”

“하지만 그분은 덱스터 박사님이잖습니까.”

“그럼 덱스터 박사지 달리 누구겠나? 이 여자는 반역자다. 일단 영창에 가둬놓도록.”

경비원은 덱스터와 브라이든을 번갈아 쳐다보았다.

“안 가두면 차라리 날 쏴버릴지도 몰라요.”

끝내 덱스터가 그렇게 말하자 경비원은 어쩌겠냐는 듯이 어깨를 으쓱였다. 그는 팔을 잡고 덱스터를 영창에 넣은 다음 문을 닫았다.

마커 보관실에서 이스트반은 바닥에서 미동조차 하지 않고 위로 솟아오른 두 갈래의 뿔을 올려다보고 있었다. 죽은 콘이 꼭대기에서 자리를 잡고 있었고, 어머니도 마찬가지였으며, 그가 쐈던 피셔라는 정치인도 함께 있었다. 얼굴들이 이리저리 뒤섞이면서 하나가 되었다. 목소리 역시 하나로 합쳐져 음조가 높으면서도 낮은 다중음이 들렸다.

다른 세상이야말로 진짜 세상이라는 사실을 이제야 알 것 같았다. 정말로 중요한 장소는 바로 그곳이었다. 그러나 마커는 두 세상에 공존하고 있었다. 마커가 바로 간극을 잇는 다리였던 것이다.

이제 알겠어?

위에 있던 세 유령이 물었다.

'응, 이제야 알았어.'

그렇게 말하려고 했지만 말이 입밖으로 나오지 않았다. 그런데도 마커에게는 들리는 모양이었다.

주위로 뭔가가 움직이면서 이상한 그림자들이 스쳐지나가자, 그는 잠시 시간이 지나서야 그 정체를 알아보았다.

그는 그림자의 주인이 다름아닌 과학자들임을 천천히 알아차렸다. 너댓 명쯤 되는 과학자들이 그를 살펴보러 다가왔다. 하나가 이스트반의 목을 짚더니 아무 말도 없었다. 다른 하나는 눈꺼풀을 열고는 마치 두개골 속을 살피듯 눈을 들여다봤다. 그는 과학자들을 무시하려고, 한낱 성가신 파리떼일 뿐이라고 생각하려고 애썼지만, 계속 곁에서 귀찮게 굴었다.

'우리는 아직 불완전해. 아니, 전보다는 완전하지만 이제 다른 존재로 거듭나야 돼. 네가 우리를 하나되게 하여 새롭게 만들어줘.'

유령들이 말했다.

"하나되어 새롭게 해달란 말이지."

이스트반이 중얼거렸다.

"뭐? 방금 뭐라고?"

한 과학자가 물었다.

"뭐라도 보고 뭐라도 말해봐."

이스트반이 말했다.

우리는 너를 그릇으로 쓸 거야. 네가 우리 형상을, 그러니까 단순히 지금의 우리뿐만 아니라 이윽고 우리가 거듭날 존재의 형상을 본딴 다음, 널리 나누는 거야.

"나누라."

이스트반이 중얼거렸다.

"마누라? 대관절 무슨 소리지?"

과학자가 말했다.

우리를 풀어줘. 자유롭게 풀어줘.

서서히 환영이 사라졌다. 사라졌다기보다는 배경 속으로 스며들었다고 보는 편이 맞겠다. 환영은 여전히 있었고,

유령들과 깜박이는 얼굴들 역시 그대로 있었지만 얼굴이 변하는 속도는 훨씬 느려져서, 전처럼 쉬지 않고 바뀌는 것이 아니라 대략 5초 간격으로 바뀌었다. 게다가 희미하고 조용해져서 이제 이스트반은 과학자의 모습과 말소리가 또렷이 보고 들렸다.

"괜찮아요?"

한 과학자가 물었다.

그랬나? 무슨 뜻으로 물었지? 그는 머뭇거리며 고개를 끄덕였다. 다른 과학자가 잡고 일어나라고 손을 내밀었지만 그는 손사래를 쳤다.

"아직 이른가요? 괜찮아요, 천천히 숨부터 가다듬어요. 서두를 필요 없으니까."

"여기 있을래요."

이스트반의 말에 다른 남자 과학자가 대답했다.

"아무렴요. 아직 준비도 안 됐는데 서둘러 옮길 필요 없죠."

"준비되려면 영영 기다려야 돼요. 난 여기서 지낼래요."

유령들이 풀려나 그의 일과 사명을 다할 때까지 여기서 버텨야 한다. 사명이라는 단어를 떠올리자 미묘한 의혹이 머릿속을 찔렀다. 대체 왜?

"여기서 지낼 수는 없어요. 여기는 맨바닥인데."

과학자의 대답에 그는 고개를 저었다. 당연히 지낼 수 있고말고. 안될 이유가 없잖아?

"정신이 오락가락하는군요. 아직 충격에서 헤어나오지 못했나봐요. 우리 셋이 쉴

만한 곳으로 옮겨줄게요."

"여기서 쉬면 돼요. 쉴 틈도 없고요."

"고집 부리지 말아요."

과학자는 그렇게 말하며 다시 손을 내밀었다.

"그렇게 여기 있고 싶다는데 내버려 두도록."

이스트반은 목소리의 주인이 브라이든이라는 사실을 잠시 뒤에야 알아차렸다.

그는 브라이든을 쳐다보고는 웃음을 지었다. 그래, 브라이든은 알아주는구나. 전부 다는 아니라도 말이야. 이윽고 브라이든은 그의 옆에 무릎을 굽히고 앉아 눈을 반득였다.

"여기 머물라고 하시던가?"

누가? 누구 말이지? 이 사람한테는 유령이 안 보이나? 그는 유령들을 가리켰지만 브라이든은 마커만 쳐다봤다.

"그래, 난 다 이해한다."

브라이든이 어깨에 한손을 얹으며 말했다.

'아냐, 이 사람은 제대로 이해하지 못했어.'

그러나 엇비슷하게나마 이해하니 상관없다. 브라이든은 그가 원하는 대로 하게, 반드시 행해야 하는 과업을 하게 해줄 테니까. 이제 마커의 밑둥에서 지내는 동안 마커가 그가 받아들일 만한 것을 모두 가르쳐주고 반대로 그가 자신이 아는 얼마 되지 않는 것을 가르쳐주고 나면, 그런 연후에 그가 세상으로 나아가 전해들은 것들을 설파해 만인을 이해시키고 나면 다른 마커들이 속속들이 솟아남으로써 비로소 밝은 앞날이 열리리라.

36

밝은 앞날은 살인, 그리고 잇따른 자살로 막을 올렸다. 수형지에 감금되어 있던 제임스 콜버트라는 사내가 평소보다 침울해 하면서 혼자 틀어박히더니, 급기야 동료 수감자인 켄 달러의 목을 조르는 사태가 벌어지고 말았는데, 달러는 정신을 잃더니 결국 죽어버렸다. 상황을 파악한 다른 수감자들은 콜버트를 말리려 들었지만 그때는 너무 늦고 말았다. 그리고 그들이 달러를 구하려고 어떻게든 방법을 강구하는 사이, 콜버트는 혼자 중얼거리며 웅성웅성 모여든 수감자 주위를 어슬렁거렸다. 다른 수감자 몇몇이 그를 주의 깊게 감시하고 있었지만 그의 돌발행동을 미처 막지 못했다. 감시하던 수감자들이 달러를 살려내려는 시도에 정신이 팔린 사이, 콜버트는 별안간 벽을 뚫고 지날 것처럼 있는 힘껏 달려나가더니 벽을 들이받고 머리가 깨져 뇌를 다치고 말았다. 그도 곧 죽고 말았다.

헨리는 살해 현장을 목격하고는 공포에 사로잡혔다. 그는 즉각 교도관들을 소집했다. 교도관들이 출입문 근처에 모였을 무렵, 콜버트는 이미 자살한 뒤였다. 죄수들을 돌려보내려고 알람을 울렸지만, 서성대는 죄수 한둘 빼고는 전부 가만히 있는 모습에 흠칫했다. 일단 기다려 보다가 확성기를 틀고 30초 여유를 준다는 경고를 내보냈으나 그마저 무시당했다.

'이제 어쩐다?'

브라이든 일행이 들렀던 이후로 수감자들이 하나같이 신경이 날카로워졌다. 그리고 일행이 젠시의 형을 데리고 떠난 뒤로도 상황은 조금도 나아질 기미가 없었다. 나아질 기미가 없기는 교도관이나 다른 기술관도 마찬가지였다.

느닷없이 주먹다짐이 벌어졌다. 마셜이라는 둔감하고 노련한 교도관은 다른 교도관의 귀를 거의 물어 뜯어낼 뻔했다. 지금은 방에 가둬놨는데 거기서도 계속해서 소리를 지르고 비명을 지르며 벽에 온몸을 들이받아댔다. 이튿날이 되어서야 나오게 해주려고 문을 열었더니, 그는 자기가 싸놓은 대변 위에 퍼질러 앉아 있었다. 거기다 제 손바닥을 갈라서 벽을 온통 피범벅으로 만들어 놓기까지 했다. 하지만 헨리가 자세히 살펴보니 그것은 단순한 핏자국이 아니라 무슨 기호를 그려놓은 자국이었는데, 그가 전혀 모르는 어떤 언어의 오싹하고 기묘하게 생겨먹은 문자였다.

그는 그로토 중령에게 연락해 상황을 알렸다. 중령은 무어라 투덜대더니 벽면을 촬영해 즉각 보내라고 지시했다.

"그럼 마셜은 어떻게 합니까?"

"마셜? 감방에 넣도록. 다른 죄수들처럼 말이야."

일단은 가두는 수밖에 없지만, 그래도 만일을 대비해 독방에 넣었다. 음식은 월드런이라는 다른 죄수가 가져다 철창 아래의 배식구로 밀어넣어 주었다. 마셜은 식사를 할 때가 있는가 하면 하지 않을 때도 있었다. 그는 자꾸 손바닥 부상을 걱정하면서도 상처를 도로 벌렸고, 다시 피가 나면 계속 그 기호를 그렸다. 처음에는 바닥이며 벽이며 침대며, 나중에는 자기 몸에까지도.

'대체 어쩌다 저렇게 됐지?'

헨리는 문득 의문이 들었다. 화면으로 고개를 돌리자 시체 두 구와 주위에서 서성이는 죄수들이 눈에 들어왔다.

'죄수들은 또 왜 저 모양이고?'

교도관들은 여전히 출입문에서 대기하며 지시를 기다리고 있었다. 돌입조장이 통신을 연결해 헨리에게 문제가 뭐냐고 물었다.

"죄수들이 각방으로 돌아가지 않고 버티고 있다."

"예? 수가 얼마나 됩니까? 한둘입니까?"

"그보다 많다. 거의 전원이니까."

"문제 없습니다. 얼마든지 제압 가능합니다."

조장은 그렇게 말하며 코를 벌름거렸다. 오히려 이런 순간이 오기를 벼르던 것처럼 말하자, 헨리는 이대로 출입구를 열었다가는 여러 사람 죽는 꼴을 보겠다는 생각이 들었다.

"교도관실로 돌아가라. 지금은 열지 않겠다."

"에이, 몸 좀 풀게 열어 주십쇼."

"안 돼. 교도관실로 돌아가. 명령이다."

투덜거리는 소리와 함께 성난 사내들은 다시 흩어졌고, 헨리는 화면으로 고개를 되돌렸다.

'시체는 어떻게 처리하지?'

죄수들을 지켜보니 여전히 서성대고 어슬렁거리다 중간 중간 시체에 걸려 넘어질 뻔하기도 했다. 그러다 죄수 둘이 시체 하나를 붙잡고 브라이든이 파놓은 구덩이로 끌고 갔다. 그러더니 구덩이에 그대로 던져넣는 것이 아닌가.

그러고는 나머지 시체도 처리하려고 다시 돌아갔다.

'저래두면 되겠네.'

헨리는 그렇게 생각하고는 다른 곳으로 주의를 돌렸다.

이스트반은 마커 곁에 머무르며 어루만지고 우러러보았다. 마커는 그의 말을 들으며 반응해주고 있었다. 마커는 황홀하리만큼 아름다운 존재였고, 마커가 그의 정신을 주무를 때면 똑같이 황홀감에 젖었다. 마커는 그를 바꾸며 자신과 흡사하게 만들어 나갔고, 동시에 그도 마커를 바꾸고 있었다. 마커는 그에게 말을 건네는 방법을 터득하는 한편, 사방으로 목소리를 퍼뜨려 그와 같은 두뇌를 지닌 이들을 물색했다.

그러나 그의 두뇌는 남달랐다. 그의 두뇌로는 이해하는 것들도 남들의 두뇌에는 고통으로 작용할 뿐이었다. 그는 남들을 지켜보며 어떻게 반응하는지 살펴보았다. 얼굴에 얼떨떨한 기색이 어리더니 눈을 치떴지만, 정작 그 속에는 총기가 없었다. 마커가 손길을 뻗으면 그들의 두뇌는 망가지기 시작했다. 마커의 신호는 그에 가까운 두뇌를 위한 것이지, 그들과 같은 부류의 두뇌를 위한 것이 아니기 때문이다.

게다가 신호는 갈수록 커지며 강도를 더해가고 있었다. 보관실에 자주 와서 마커와 그를 바라보던 과학자들도 대체로 신호를 고통으로 받아들였고지만, 한둘 정도는 두뇌가 남들보다 다소 유연한지 이제는 이스트반의 눈에 항상 보이는 유령들의 흔적이 차츰 보이기 시작하는 모양이었다. 과학자들은 마커 보관실 밖에서 무슨 일이 벌어지는지 서로 속삭이며 그에게 소식을 전해 주기도 했다. 갈수록 미쳐가는 사람의 수가 늘고 있다는데, 무슨 뜻으로 미쳤다고 하는지는 그로서도 갈피가 잡히지 않았다. 또 별 이유도 없이 싸움이 벌어지는가 하면 영문 모를 자해와 자살도 잇따른다는 것이다. 질서가 무너지기 시작하면서 연구단지 내부의 사회 구조가 붕괴하기 시작했다는 징후였다. 하지만 그쯤은 괜찮다고, 이스트반은 속으로 생각했다. 기존의 것을 무너뜨려야 새 것을 지을 수 있는 법이니까.

항상 그를 살펴보러 오는 과학자들이 있었는데, 브라이든이 그중 하나였으며, 하나같이 열성적인 믿음을 갖춘 이들이었다. 그들은 주위에 모여 그가 말하거나 움직이기를 기다렸다. 그의 몸짓과 말 하나하나까지 기록하는 과학자도 있었다. 그들한테도 유령의 모습이 보이고 유령이 하는 말이 들린다면 유령이 전에 했던 말만 들려줘도 될 텐데.

'왜 그러지 못하는 걸까?'

그런 의문이 들었지만, 답은 그로서도 오리무중이었다.

반면 얼씬조차 하지 않는 과학자도 있었다. 통제실에서 모니터와 시스템을 관리하거나 관측창 근처에 서서들 있는 모습이 보이고는 했지만. 그는 이곳에 두 파벌이 있다는 사실을 어렴풋하게나마 눈치채기 시작했다. 브라이든이 우두머리인 한쪽 파벌은 마커와 그 가능성을 굳게 믿고 있었다. 이들 중의 일부는 유니톨로지 신자로서 신앙심을 위해 현행 계획에 헌신하고 있었다. 브라이든을 필두로 하는 이들 무리는 굉장히 열성적이었다. 이스트반은 그들에게서 자기네 대의를 위해서라면 거의 무엇이든 감내할 각오가 느껴졌다. 나머지는 일반 과학자이거나 무신론자 혹은 종교에 무관심한 이들이었지만, 그들도 그에게 무언가 고유한 기폭제가, 마커 가동에 필수불가결한 요소가 내재되어 있다고 보았다. 이런 면에서 그는 무언가 특별하고 귀중한 존재로 여겨졌다.

반면 다른 파벌은 브라이든의 말에 따르자면 적이나 마찬가지였다. 현재 구금됐지만 캘리 덱스터는 여전히 그들의 실질적 우두머리였고, 서로 남몰래 전갈을 주고받았다. 이쪽 과학자들은 주로 통제실에 상주하는 인원이었고, 마커 계획을 중단하기를 바라고 있었다. 그들이 보기에는 뭔가가 틀어져도 단단히 틀어진 상황이었고, 누가 봐도 정신적으로 장애가 있는 죄수를 현행 계획의 열쇠로 간주하는 발상에 대해 반대했다. 그러나 덱스터 박사가 구금된 탓에 그들은 의지가 꺾여 이러지도 저러지도 못하고 있었다.

캘리 덱스터는 상당량의 장비를 감옥으로 남몰래 들여왔다. 연구원을 그곳에 가둔다는 사실조차 어리둥절하게 생각하던 경비원은 그녀가 건네는 쪽지를 관제실에 있는 연결책에게 기꺼이 전달해 주었다. 경비원이 전해다준 그쪽의 쪽지에는 지금까지 벌어졌던 일과 현재 상황이 소상시 적혀 있었고, 그녀는 답변을 적어서 다시 느릿느릿한 경비원의 손에 쥐어보냈다.

그리고 기대 이상의 소식이 들어왔다. 마커 보관실로 침투한 동료가 이스트반에게 가까이 다가가 측정한 몇 시간 분량의 뇌파 스캔 데이터를 저장기기에 넣어서 보냈던 것이다. 그녀는 입수한 데이터를 토대로 이스트반의 정신이상 정도를 정리하며 그의 손상도를 파악해 보았다. 살펴본 결과 그의 뇌파는 매우 비정상이었고 배열이 불균형했으며 파장의 변동이 극심했다. 그가 망가질대로 망가진 사람임에는 의문의 여지가 없었다. 설상가상으로 그의 뇌파를 마커의 파장과 비교해봤더니, 마커는 그의 뇌파에 훨씬 적극적인 반응을 보였으며 심지어 거기에 적응하고 있었다.

이스트반을 마커 근처에 놔둬서 좋을 일은 전혀 없었다. 마커는 갈수록 신호를 격렬하게 바꾸고 있었는데, 디멘시아 증세가 증가한 것과 결코 무관할 리가 없었다. 신호가 증대된 원인이 과연 이스트반 때문일까? 확답은 어렵지만 분명히 그가 도착한 이후로 상황은 악화일로로 치닫고 있었다.

문의 홈을 통해 덱스터가 브라이든을 불러달라고 부탁하자, 경비원은 옆걸음질로 느릿느릿 경비실을 나갔다. 그녀는 차분히 기다리며 데이터를 다시 살펴보았다.

그녀는 자신이 틀리지 않다는 확신이 들었다. 분명히 마커는 이스트반의 뇌파에 맞춰서 파장을 조정하고 있었다.

몇 분이 지나자 경비원이 돌아왔다.

"못 오신답니다."

"못 온다던가요, 안 온다던가요?"

덱스터의 물음에 경비원은 어깨만 으쓱였다.

"혹시 나 좀 내보내 줄 수 있나요?"

경비원은 고개를 저었지만, 동작이 느릿느릿한 점에서 아직 설득의 여지가 있는 분위기였다.

"이게 생사가 걸린 문제라면 어떤가요?"

"누구의 생사가 말입니까?"

"우리 모두죠."

경비원의 눈매가 가늘어졌다.

"무슨 말씀이신지?"

"이스트반을 끌어내지 않으면 심각한 결과가 초래될 거예요. 가서 브라이든한테 그렇게 전해요. 그리고 내 말이라는 점도요."

순간 경비원은 어리둥절해 하더니 다시 어정거리며 경비실을 나섰다.

이번에는 브라이든을 데리고 돌아왔다. 브라이든은 성가신 기색이 역력했다. 머리는 산발에 연구복에서는 냄새가 났고, 거의 며칠은 씻지 않은 몰골이었다.

"또 뭔가?"

그가 문에 있는 틈으로 물었다. 그녀가 설명을 시작했지만 그는 말을 도중에 가로막았다.

"이스트반은 멀쩡하게 있다. 이스트반은 없어서는 안 돼. 마커께서 녀석에게 말씀을 전하시니까."

"그치만 그 녀석이 신호 변동의 주범이란 말예요. 마커가 갈수록 활성화되고 있지만 그 방향이 잘못됐어요. 전에는 신호가 약했죠. 이제는 조율돼서 거의 전원한테 영향을 미치는 데다 이전에는 미약한 수준에 머물던 디멘시아 증상마저 훨씬 빈번해졌다고요."

"얼토당토않은 소리. 마커는 영광스러운 존재다. 그리고 이스트반은 마커의 예언자이지."

덱스터는 고개를 저었다. 그녀는 몸을 숙여 음성 기록을 들어서 그의 앞에서 틀었다. 이윽고 느릿느릿 횡설수설하는 이스트반의 목소리가 흘러나왔다.

우리 모두 새로이 거듭나야 돼. 우리를 데리고 가서 새로 거듭나게 해줘. 그리고 우리가 그곳에서 새로이 거듭나는 날, 우리를 다른 곳으로 데리고 가서 다시금 새로 거듭나게 해줘.

그녀는 소리를 껐다.

"그런데?"

"뭐라는지 안 들려요? 마커가 어떻게 자신을 재생산하는지 가르쳐주고 있잖아요. 더욱이 데이터를 살펴봤더니 마커가 녀석의 일그러진 두뇌를 뜯어고치고 있고, 녀석의 두뇌도 역으로 마커를 일그러뜨리고 있어요. 벌써 몇이나 죽었는지 생각해봐요. 얼마나 많은 사람들이 자살했는지 말예요."

"부수적인 피해일 뿐이다."

"부수적인 피해일 뿐이라고요? 진심이세요?"

"게다가 반드시 지금 같은 상황이 아니더라도 그만한 사망 및 자살율은 일상적으로도 나오는 수치잖나."

"지금 제 정신인가요? 브라이든, 지금 작정하고 스스로 눈을 가리는군요."

"눈을 가린 사람은 다름아닌 당신이지."

"아녜요. 브라이든, 제발 믿어줘요. 마커는 위험한 존재에요. 거기다 이스트반이 곁에 있으면 훨씬 위험천만해질 거라고요."

"신성모독까지 하는군."

"종교하고는 전혀 무관한 얘기에요. 하기야 당신이 멈추지 않겠다면 나라도 가서 저지할 테지만요."

브라이든은 씩 웃었다.

"어디 발악해 보시던가. 어차피 이렇게 감옥에 갇힌 처지니 말이야."

그러고는 돌아서서 경비실을 떠났다.

이스트반은 꿋꿋이 남아서 마커의 곁에 머물렀다. 여기가 바로 그에게 안전한 장소라고, 그가 죽인 피셔의 유령이 그렇게 일렀다. 곁에 있으면 마커가 그를 지켜줄 것이라면서.

"지켜준다니 왜?"

그러나 마커는 그 질문에 대해서는 준비해둔 대답이 없었던 모양이었다. 진짜 세상의 안개를 헤치며 사방에서 다른 세상이 밀려들었다. 격렬하게 소용돌이치며 수많은 유령과 아름다운 풍경으로 가득한 다른 세상이. 이제는 장막이 내리깔릴 때면 전보다 훨씬 빠르고 한꺼번에 펼쳐졌다. 마커를 바라보노라면 바로 자기 자신의 모양과 형상이 비춰보였다. 그가 있을 곳은 바로 이곳, 마커가 함께 하는 장소였다. 겉보기에는 남들처럼 뼈와 살로 이루어진 사람일 뿐이지만, 왠지 모르게 주위에 몰려서 자신을 멀거니 쳐다보는 사람들보다는 서로 뒤틀리며 뻗어올라간 석조탑에 훨씬 더 친밀감이 들었다. 남들은 어딘가 잘못 만들어져 있었다. 척 보면 감이 왔다. 마커는 그들이 아니라 바로 그에게 말을 걸고 있었다.

'날 안전하게 지켜줄 거야.'

그는 그렇게 되뇌었다. 그렇게 말하자 왠지 한동안 까맣게 잊었던 젠시 생각이 났다. 젠시도 그를 안전하게 지켜줬지. 아니지, 정확하게는 어느날 갑자기 더는 그러지 못하게 됐던 때까지 혹은 그냥 싫증이 났던 때까지 한동안 그랬다 뿐. 그 기억을 떠올리자 화가 치밀었다. 자신은 젠시의 도움이 절실했는데 정작 그때 젠시는 어디 있었지? 피셔 의원한테 친 장난이 엇나갔을 때도 젠시는 그곳에 있었다. 군중 속에 있는 모습을 똑똑히 봤는데 그때 과연 젠시가 지신을 구해줬던가? 놈들이 자신을 끌고가 끝내 이곳에 내동댕이치지 못하게 막아섰던가? 천만에, 손도 까딱 않았다. 그는 동생이 너무도 야속했다.

그러나 마커는 그에게 야속하게 굴 염려가 없었다. 분명히 자신을 지켜준다고 했으니 식언하지 않겠지. 마커는 힘을 갖추고 있었으며 그 힘을 이스트반에게도 나눠 주었다. 어떻게 보면 그도 마커가 되어가고 있었다.

우리는 계속 재생산되어야 하거든. 우리가 더욱 많아져야 돼. 이 행성에서 평생 버틸 수는 없어.

죽은 자들이 말했다. 마커는 죽은 자들을 통해서 말을 전했다.

'아무렴, 그렇고 말고.'

이스트반은 속으로 맞장구쳤다.

크게 소리쳐 불러서 누군가 우리 말을 듣고 몸속으로 받아들여주기를 빌어야지. 이스트반 네가 그래줬듯 말이야.

'맞아, 내가 그랬던 것처럼.'

그는 마커의 모양과 형체가 머리에 각인된 느낌이 들었다. 섬세하고도 아름다우면서, 그가 적었던 숫자처럼 어딘가 사람을 홀리게 만드는 구석이 있었다. 그것이 바로 마커라는 사실이 각인되자, 그 형상을 머릿속에서 끄집어내 당장에 실제로 재생산하고싶은 충동에 사로잡혔다. 머잖아 남들도 똑같은 충동을 느끼게 되리란 예감이 들었다.

죽은 자들은 이제 함께 그의 주위에서 소용돌이치고 있었다. 다들 입을 벌리고 노래를 부르며.

때가 왔어. 때가 왔네!

그렇구나, 드디어 때가 왔구나. 그런 생각으로 자리에서 벌떡 일어나자 주위의 과학자들이 넋빠진 얼굴로 그를 쳐다보았다. 브라이든은 옆에서 팔을 뻗어 이스트반의 어깨에 손을 얹었다.

이윽고 이스트반은 드디어 다가오는 느낌을 받았다. 그는 양손을 머리 위로 높이 쳐들었다. 그가 손을 아래로 내리는 순간, 방출이 뒤따랐다.

37

수형지에 있던 죄수들은 하나같이 휘청거리다 바닥에 고꾸라졌다. 헨리 역시 머리를 부여잡고는 지금 무슨 일이 벌어지는지는 몰라도 한시 빨리 지나가기를 빌었고, 다시 고개를 들어올리자 눈에 보인 것은 대다수 죄수들이 그와 거의 똑같은 상태로 혼란에 빠져 서성대는 모습이었다.

그러나 차츰 몇몇은 정신을 되찾았다. 한 사내가 다른 사내를 붙잡고 브라이든이 파놓은 구덩이로 끌고 가더니 아래를 빤히 내려다보았다. 헨리는 스피커를 켜고 그들이 뭐라고 하는지 들어보았지만 이미 말없이 구덩이만 쳐다보고 있었다. 이제 보니 오염물질이 부쩍 늘어나 있었는데, 지난 방출 이후로 넓게 급속도로 퍼지더니 구덩이 아래까지 뻗어내려가 있었다. 브라이든 일행이 그토록 찾던 것이 바로 오염물질이었나? 헌데 다른 소리가 들렸다. 다른 몇몇 사내들이 신음을 흘리고 어디선가 끊어진 말 몇 마디가 들려오는 가운데, 어떤 소리라 하기는 어려운 뭔가 다른 소리가 뒤섞여 있었다. 막대기가 뚝뚝 꺾이고 부러지는 듯한 낯선 소리였다.

'나무인가?'

돔에는 나무가 없었으며 애초에 수형지 그 어디에도 없었다. 그러나 분명히 나무소리였다. 대체 무슨 소리지? 음량을 조금 더 높였지만 이제 부러지는 소리는 들리지 않았다. 대신 뭔가 축축하고 질퍽거리는 소리가 들려왔다.

구덩이에 가까이 있던 사내는 몸을 움츠리며 뒤로 물러났다. 그러더니 입을 벌리고 비명을 질러댔다. 이번은 정말로 강한 방출이 일었고, 이전에 덱스터가 느꼈던 사례와 확연히 달랐다. 정신이 돌아오자 그녀는 자기도 모르게 감방 벽에 머리를 찧고 있었음을 알아차렸다. 이마가 욱신거리다 못해 피까지 났다.

'내가 정말로 자해를 벌였구나.'

그녀는 비틀거리며 챙겨온 기계로 다가가 파장을 어떻게 기록했는지 확인해 봤더니, 아예 도표의 측정 범위를 넘어서 있었다. 지금 있는 감방에도 갑자기 촉수가 늘어나 있었다. 아까 전만 해도 없었는데.

'뭔가 심상찮은 일이 벌어지고 있어.'

그녀는 그렇게 생각하며 자리에서 일어나 홈을 통해 누가 없는지 바깥을 내다봤지만 복도는 텅 비어 있었다. 복도에도 촉수 같은 오염물질에 뒤덮인 자리가 늘어나 있었고, 어떤 촉수는 전선처럼 보일 정도로 굵고 길었다.

경비원을 불렀지만 오지 않았다. 더 큰 소리로 다시 부르며 이번에는 철문을 두드리자 드디어 느리고 무거운 발걸음 소리에 이어, 뭔가 질질 끄는 이상한 소리를 동반하며 모습을 드러냈다. 모습이 보이기 한참 전부터 소리만 내다 드디어 모습을 드러낸 그는 머리를 틀어쥐고 있었고, 묘하게 광기 어린 표정이 얼굴을 일그리는 바람에 마치 서로 다른 네 사람의 얼굴이 하나로 합쳐진 인상을 풍겼다. 틈새를 들여다보는 그의 한쪽 눈은 질끈 감겼고 나머지 한쪽은 신경질적으로 사방을 훑기고 있었다.

"괜찮은가요?"

경비원은 대답이 없었다. 그는 얼굴을 철문에 세게 들이받더니 홈의 가장자리에 걸려 이마가 찢어지고 말았다. 덱스터는 소스라치게 놀라 뒷걸음질쳤다. 그가 고개를 들자 좁다란 틈새로 피가 이마에 철철 흐르는 모습이 보였다.

위에서 내리꽂는 듯한 묘한 걸음새로 이번에는 훨씬 세게 다시 머리를 들이받자, 피가 그녀에게도 덕지덕지 튀었고 홈 사이로도 질척질척 흘러내렸다. 그러더니 경비원은 시야에서 사라졌다.

정확히 무슨 소리인지 모를 긁는 소리가 들리더니 경비원이 다시 철문 앞에서 몸을 일으키는 소리가 들렸다. 순간 덱스터는 그가 자신을 노리고 문을 열면 어떡하나 걱정이 들었던 나머지, 감방 깊숙이 물러나며 뒤편의 벽을 더듬거렸다. 다시 나타난 경비원의 얼굴은 눈두덩 살갗이 통째로 떨어져 나가 분홍색 뼈가 훤히 드러나 보였다. 그는 휘청대더니 다시 머리를 뒤로 젖혔다.

"멈춰요!"

그렇게 외쳤으나 너무 늦고 말았다. 어찌나 머리를 세차게 내리찍었는지 으스러지는 소리와 함께 홈의 가장자리가 머리를 파고드는 모습이 똑똑히 보일 정도였고, 경비원이 도로 나가떨어진 뒤에도 핏자국이며 뇌와 뼛조각이 그대로 남아 있었다. 그는 자루처럼 힘없이 쓰러지더니 꼼짝도 하지 않았다. 덱스터는 여전히 벽에 몸을 바짝 붙이고 숨죽인 채로 경비원이 다시 움직이기를 기다리는 한편, 그가 어쩌다 저렇게 됐는지, 도대체 무엇 때문에 저런 짓을 저질렀나 하는 의문을 일순 떠올릴 따름이었다.

이내 시선이 피를 뒤집어쓴 모니터와 줄이 위로 솟구쳐 화면 테두리를 넘어선 도표로 옮겨가자, 그녀는 이유를 알 것 같았다.

교도관들은 시신을 천으로 덮어 심문실에 방치하고는 그 사실을 까맣게 잊어버렸다. 냄새를 풍기기 시작하면서 악취가 들끓고 부패가 일어나자, 시신의 일부가 천에 들러붙으면서 회색 액체가 스며들었다. 이곳에는 파리 같은 곤충이나 박테리아조차 없이 시체만 있었으므로 부패 과정이 이상하고 유별날 수밖에 없었다. 근무를 서다 잠깐 눈을 붙일 장소를 찾던 어떤 교도관은 심문실에 들어왔다 얼른 도로 나갔다.

천 아래에서는 뭔가가 일어나고 있었다. 오염물질 촉수가 탁자의 다리를 감고 올라가 시신의 머리로 향했다. 우두둑거리는 소리와 함께 시신은 시트가 달라붙은 채로 벌떡 앉았다. 다리가 뚝 부러지면서 이상한 각도로 꺾였고, 이윽고 온몸이 뒤틀리면서 탁자에서 떨어졌다.

시신은 천에 반쯤 감긴 채로 그대로 바닥에 있었다. 머리가 비틀려 쪼개지며 넓게 벌어졌고, 턱은 아래로 내려가며 몸에 깊숙이 박혔다. 가슴팍의 피부는 천처럼 늘어나 부러진 양다리 사이에 붙었다. 이윽고 한때 사람처럼 보이던 시신은 살색 박쥐와도 같은 몰골로 변했다.

그리고 이제 더는 사람이 아닌 괴생명체는 신음을 내며 바닥을 기기 시작했다. 잠시 뒤, 놈은 시험삼아 날개를 퍼덕여 보았다.

비명 소리에 다른 일부 죄수들도 구덩이로 모여들었다. 헨리는 교도관 소집 단추 근처에 손을 두고 죄수들이 아래로 내려다보는 모습을 지켜보았다. 한 죄수는 친구들더러 팔을 붙잡아 달라고 부탁한 다음 구덩이로 몸을 숙이고 다른 각도에서 아래를 내려다보았다.

그때 무언가 이상한 일이 벌어졌다. 괴상한 박쥐처럼 생긴 생명체가 구덩이에서 튀어나와 죄수의 얼굴에 들러붙었다. 붙잡아주던 사내들이 깜짝 놀라 손을 놓치는 바람에 그 죄수는 구덩이로 떨어졌고, 근처에 모여 있던 이들은 전부 헐레벌떡 뒤로 물러나 중앙원 사방으로 흩어져 각방으로 움직이기 시작했다. 다른 화면에 잡힌 광경을 보니 헨리를 비롯해 교도관들이 있는 외부 원으로 통하는 출입문에 달라붙어 비명을 지르고 두드리며 나가게 해달라고 애걸하는 죄수들도 있었다.

'대체 뭐가 어떻게 돌아가는 거야?'

헨리는 교도관들을 집합시킨 다음 구덩이가 잡힌 카메라를 확대하고 계속 상황을 살폈다. 대체 뭐였지? 어떻게 안으로 들어왔지? 그는 계속 카메라 초점을 구덩이에 맞췄다.

교도관들이 자리에 도착하자 그는 경보를 울리고 죄수들에게 각방으로 돌아가라고 지시했다. 그는 다른 카메라도 힐끗힐끗 쳐다봤다. 벌써 방으로 돌아간 죄수가 있는가 하면 전혀 움직일 기미를 보이지 않는 죄수도 있었다. 반면 출입구를 두드리는 죄수들의 수는 늘어나 있었다. 그들도 꼼짝하지 않았다.

그때 이어폰이 지직거렸다.

"전원 집합했습니다. 문 열어 주십쇼."

간수장이 말했다.

"잠시 대기."

헨리는 그렇게 말해두고 다시 구덩이로 주의를 돌렸다. 그렇게 한 30초 정도 바라보고 있었는데, 어쩌면 그보다 조금 더 길었을지도 모른다.

"설마 또 괜한 경보만 울리고 헛물 켜게 하려는 속셈입니까?"

간수장이 물었다.

"아니, 지금 죄수들을 문에서 물러나게 만들 방법을 강구하는 중이라."

카메라를 살피느라 헨리는 반쯤 건성으로 답했다.

"몇 놈이나 있길래 그럽니까? 얼마든지 상황을 정리할 수 있습니다."

"물고를 내는 한이 있더라도?"

"죽일 것까지는 없습니다. 기절시키면 그만이니 말입니다."

헨리는 대답하려고 입을 열었다 그대로 멈췄다. 모니터에 뭔가 잡혔다. 구덩이에서 뭔가가 움직이고 있었다.

38

이번 방출이 일어난 순간, 헤일리 소위는 숨이 멎을 지경이었다. 비틀거리며 잠시 망설이던 끝에, 그녀는 의자에서 쓰러져 정신을 잃었다.

그녀는 머리부터 발끝까지 흰 옷을 입은 여인과 함께 서 있었는데, 잠시 시간이 지나서야 그 여인이 어머니임을 알아보았다. 기억 속의 모습보다 젊어 보였고 병들어 보이지도 않았지만, 틀림없는 어머니였다. 물음을 던지면 한쪽으로 고개를 갸우뚱거리는 버릇 물론, 움직임이나 손을 비비는 몸짓까지 생전과 똑같았다. 그 여인이 어머니라는 사실에는 의문의 여지가 없었다.

조금 젊어 보인다는 점만 빼면.

그리고 병들어 보이지 않는다는 점도.

그러나 분명 설명할 방법이 있겠지. 설명할 방법과 내용을 생각하느라 머리를 굴리는데, 어머니가 말을 걸어왔다.

"내가 가꾼 정원 구경하러 가지 않으련?"

"아무렴요."

그렇게 구경에 나섰다. 그녀는 어머니가 한줄로 심어놓은 채소를 따라서 걷거나 벌들이 윙윙대는 화단을 걷는 모습을 상상했다. 어머니가 병에 들기 전까지만 해도 그렇게 산책하며 이야기를 나누고는 했는데. 아니지, 지금의 어머니는 환자가 아니다. 분명 건강을 되찾으신 모양이지. 그러면 설명이 되겠네. 그렇구나.

그러나 꽃도 채소도 없었다. 어머니는 그녀를 구석으로 데려갔고, 그곳에는 서로 감겨든 뿔처럼 솟아난 두 갈래의 기다란 물체만 땅에서 돋아나 있었다. 그것은 거

대해서 정원을 통째로 차지하고도 모자라 하늘 높이 뻗어 있었다.

그렇다면 여기는 정원이 아니겠지? 그러나 어머니는 그녀를 그 물체로 인도하며 만져보더니, 자신이 그것을 어떻게 가꿨으며 얼마나 아끼는지 얘기했다. 그러더니 갑자기 그 속으로 들어서며 딸을 함께 데리고 들어갔다. 그 속에서 그녀는 모든 것을 만져보고 세포와 조직까지 하나하나 가리키며, 발길이 닿는 구석구석을 온몸으로 느꼈다.

"이렇게 너한테 말해주는 이유는 네가 나보다 나은 정원사가 되기를 바라는 마음에서란다."

"어머니보다 나은 정원사요?"

어머니는 고개를 끄덕였다.

"차례가 돌아와 네가 길러낼 무렵이면 훨씬 무럭무럭 자라날 거란다."

정신을 차려보니 헤일리는 바닥에 누운 것이 아니라, 계속해서 패드에 뭔가를 적어서 몇 장이나 필기를 해둔 상태였다. 그리고 그 내용은 본인도 알다시피 그로토에게 빠짐없이 전송됐다. 대관절 그것을 가지고 뭘 하려고 그러지?

패드를 뒤로 넘겨 앞서 써놨던 필기를 살피며 자기한테 무슨 일이 벌어졌는지, 또 무슨 교훈이 있을지 알아보려고 했지만 이전 기록은 패드에서 말끔히 삭제되고 없었다. 내가 모르는 사이에 그랬나? 도저히 기억이 나지 않았다.

그랬을지도 모르지만 어째서? 그렇다면 그로토의 소행인가? 그럴지도. 그러나 그녀는 그로토를 신뢰했는데. 괜히 믿었던 것일까? 어쩌면 그로토가 그녀에게서 정보를 얻어낸 다음 원본을 지워 자기 것처럼 위장한 다음, 그녀의 손이 닿지 않는 곳으로 치웠을지도 모른다.

그러나 정보는 자신의 내면에, 머릿속에 전부 들어 있음이 똑똑히 느껴졌다. 이제는 자신의 일부나 마찬가지였다.

그렇다면 개인실로 돌아가서 이번에는 혼자서 다시 써보면, 그렇게 해두면 언젠가 그것을 어떡할지 결정할 순간이 올지도 모른다. 미리 받아적어둔 내용을 친구들에게 보내거나 누군가 믿을 만한 사람한테 보내면 그만이다.

어림 없지, 그로토 혼자서 정보를 쥐도록 내버려둘 수는 없다. 정원사가 되고자 하는 사람이라면 누구에게나 나눠줘야 하니까.

"며칠 뒤에 다시 연락하겠습니다. 논쟁의 여지는 없습니다. 소위가 당장 필요합니다."

회색 사내가 말했다.

"하지만 소위는 유능한 승무원이란 말입니다. 포부가 있으며 명석한 데다 그쪽이 원하는 정보까지 줬잖습니까. 더는 간섭 받지 않을 자격이 있습니다."

그로토의 반박에 회색 사내는 고개를 저었다.

"우리가 원하는 바는 끝이 없습니다. 게다가 소위라면 정보를 캐낼 여지가 더 있지요. 보기보다 숨겨진 것들이 많으리란 예감이 드는군요. 직접 머리를 열어서라도 구해야겠습니다. 판단이 틀리지 않는다면 계획의 다음 단계로 가는 열쇠를 소위가 지니고 있으니까요."

"하지만 그렇게 다짜고짜……."

"못할 이유가 없잖습니까?"

회색 사내는 그렇게 말을 끝맺고는 손을 뻗어 연결을 끊었다.

39

캘리는 수치를 훑어보고 다른 장비를 둘러보며 산출된 데이터를 분석한 다음 서로 어떤 연관이 있는지 살피던 중, 무슨 소리를 들었다. 뭔가 퍼덕이는 소리 같았는데, 처음에는 무시하려 했지만 잠시 뒤 뭔가가 철문을 때리자 혹시 자기 머리를 내리찍었던 경비원인가 싶은 생각이 들었다. 아직 살아 있었나 보네. 방금 소리는 일어나려고 하면서 난 소리였을 테고.

그녀는 천천히 일어나 문에 있는 홈에 다가섰지만 각도에 가려서 철문 아래쪽은 보이지 않았다. 그러나 뭔가가 일어나고 있음은 분명했다. 불에 던져넣은 장작이 타닥거리는 소리처럼 뭔가 우지직거리는 소리가 들렸다. 물론 장작으로 쓰기에 목재는 너무 귀한 자원이라 실제로 장작불을 태우는 모습을 본 적은 없었지만, 어릴 적에 영상으로 본 기억은 있었다.

그러나 장작불은 아귀가 맞지 않았다. 여기서 불을 피울 사람이 누가 있다고? 게다가 정말로 불이라면 냄새도 나고 연기도 보일 텐데. 그런데 불이 아니라면 도대체 무슨 소리일까?

덱스터는 무릎을 굽히고 앉아 문에 귀를 바짝 붙였다. 소리는 여전했지만 그런들 더 선명하게 들리지도 않아서 별반 소용이 없었다. 도로 몸을 일으켜 바깥을 내다보려 해봐도 여전히 아무것도 보이지 않았다. 소음이 한동안 계속 이어진 끝에 뚝 멈췄다. 그녀는 여전히 기다리며 어떡할지 머리를 굴리고 있었다. 그때 전과 다른 소리가 들리기 시작했다. 뭔가가 문쪽으로 미끄러져 움직이고 있었다. 그렇다면 분명히 경비원일 테지. 아직 살아 있었던 거야. 지금쯤 일어났나보네.

그래도 혹시 모르니 뒤로 조금 물러섰다. 아까처럼 폭력적인 행동을 보일까? 이제는 신호가 잦아들어서 아까전의

정체모를 괴기스러운 상태에서 벗어난 것일까?

홈 높이로 머리가 올라오자 그녀는 숨을 죽였다. 얼굴이 온통 피투성이에 이목구비도 뒤바뀌어 있었다. 턱은 원래라면 벌어지지 않는 데까지 내려와 이상하게 매달려 있었고 머리뼈가 부서졌는지 머리 역시 묘하게 울퉁불퉁했으며, 눈도 전보다 깊숙이 들어가 있었다.

"괜찮으세요?"

경비원은 말없이 그대로 서서 홈을 통해 그녀를 쳐다보았다.

"당장 치료를 받아야겠어요. 상처가 심해요. 쇼크 상태일지도 모르잖아요."

살짝 다가서자 경비원은 갑자기 홈으로 팔을 디밀어 그녀를 잡아채려 들었다. 알고보니 팔도 아니라 무슨 기다란 낫이었다. 대체 낫은 어디서 났지?

다시 알고보니 그냥 낫도 아니라 뼈로 된 낫이었다. 사실은 그것도 낫이 아니라 경비원의 신체 일부였다.

놈은 문을 벅벅 할퀴며 나가려 들었다. 몸에 들러붙은 천을 질질 끌면서, 계속 문을 긁으며 몸을 들이받았다.

한편 복도에 있던 교도관들은 여전히 내부 원으로 들어가는 출입문에 집결한 상태로 어슬렁거리고 있었고, 돌입 조장이 영상수신기로 기술관과 입씨름하는 사이 다들 조바심이 나고 짜증만 늘어갔다. 그중 밀러라는 새파란 금발 교도관이 가장 안절부절 못하고 있었다. 어떻게든 싸워보고 싶었던 나머지, 한 놈만 걸려라는 심정으로 며칠째 잔뜩 벼르던 참이었으니. 그리고 드디어 몸을 풀어볼 기회가 왔는데 윈드레이라는 작자는 문을 못 열어준다지 뭔가.

"성질 죽여."

곁에 있던 교도관 라미레스가 말했다.

"말이야 쉽지. 얼른 뛰쳐들고 싶어 죽겠네."

"아서라. 먼저 지시가 떨어져야 돌입하지. 지시가 아예 안 떨어질지도 모르잖아."

"저번처럼."

"그래, 저번처럼."

밀러는 계속 몸이 떨렸다. 부들부들 떨었다가 기지개도 켰다가 벽에 부딪힐 뻔도 했다.

"정신 사나워 죽겠네."

보다 못한 라미레스가 말했다.

"너 때문에 남들까지 신경이 곤두서잖냐. 그렇게 힘이 남아돌거든 산책이나 하고 와. 너만 따돌릴 속셈 아니니까 걱정 말고."

밀러는 복도로 총알처럼 뛰쳐갔다. 조금이라도 움직이니까 살 것 같았다. 조바심을 떨치는 데 도움이 될지도 모르겠군. 그는 굽이진 복도를 따라서 있는 힘껏 달음박질했다. 그런다고 조바심이 싹 가시지는 않았지만, 그래도 약간은 효과가 있었다.

그는 복도 끝까지 갔다가 잠긴 문 앞에서 멈췄다. 돌아서서 다시 반대로 달리려던 순간, 문 안에서 이상한 긁는 소리가 들렸다.

"안에 누구 있어요?"

긁는 소리가 더욱 커졌다. 목이 졸려서 켁켁대는 듯한 소리도 덩달아 들렸다.

밀러는 허리띠에서 곤봉을 뽑아들고 무게를 가늠했다. 안에 뭐가 있는지는 몰라도 정체를 밝혀내 주마.

그는 문에 다가서다 우뚝 멈췄다. 혹시 뭔가 위험한 것이 있으면 어쩌지? 여러 사람을 불러야 하지 않을까?

그러나 그럴 리가 없다고 속으로 되뇌었다. 폭동 진압복으로 완전무장했는데, 설마 몸에 상처라도 하나 나겠어?

헨리는 얼핏 그것이 사람의 등인 줄 알았다. 하지만 등뼈만 두드러져 보일 뿐, 머리는 어디로 갔는지 보이지 않았다. 아니지, 사람일 리가 없다고, 눈에 묘한 시점 전이가 오면서 사물이 엉뚱하게 보이는 것일 뿐이라고 그는 속으로 되뇌었다. 하지만 팔도 온데간데 없었고 그 자리는 날개처럼 보이는 괴상한 살점으로 덮여 있었다. 잠시 뒤 그것이 날개였음을 알아본 순간, 괴생명체는 허공으로 풀쩍 떠올랐다. 그는 이 모니터에서 저 모니터로 시선을 옮기며 놈이 짧은 거리를 날았다 내려앉으며 무언가를 찾아다니는 모습을 지켜보았다. 뭘 찾는 중일까?

그때 다른 놈이 구덩이에서 빠져나왔다. 반쯤 퍼덕이며 꼭대기까지 날아오더니 구덩이 가장자리에 착지해 잠시 기다리는 눈치였다. 이제 생김새가 또렷이 눈에 들어오자, 어째서 처음 봤을 때는 눈을 믿지 않았는지 감이 왔다.

왜 처음에 그것이 사람의 등이라고 착각했는지 이제 알 것 같았다. 정체가 뭔지는 몰라도 놈은 원래 인간이었던 것이다. 구덩이에 떨어진 시체가 바로 놈의 출처였다.

도대체 어떻게? 헨리는 의문에 고개를 저었다. 헛것을 보나보다 싶어 눈을 감았다 다시 떠봤지만, 괴생명체는 여전히 눈앞에 있었다.

그때 구덩이에서 계속 뭔가가 움직이는 모습이 눈에 잡히더니, 괴상한 칼처럼 생긴 것이 밖으로 빠져나와 닻처럼 바닥을 붙들었다. 그것도 그냥 칼이라기보다는 곡도 같았는데, 정확히는 둘 다 아니었다. 게다가 칼날에 맞붙은 물질은 괴상하게 합쳐지기는 했어도 분명히 살점이었다.

이윽고 얼굴과 몸뚱이가 따라서 올라왔다. 얼굴과 몸을 보니 구덩이에 고개를 숙이다 떨어졌던 사내가 분명했고, 죄수복까지 여기저기 너덜너덜하게 남아 있었다. 분명 그 사내임을 알아보고도 그는 도무지 믿을 수가 없었다. 어떻게 사람이 저렇게 변했고, 또 어떻게 온몸이 분해되어 저렇게 괴상망측한 형태로 합쳐졌지? 저렇게 생겨먹은 얼굴과 몸뚱이를 보기는 그로서도 난생 처음이었다.

40

원래는 경비원이었던 괴생명체가 크게 울부짖더니 문에 난 홈으로 낫팔을 디밀었다. 자기한테 열쇠가 있다는 사실을 모르거나 현재 몰골로는 열쇠 사용법조차 모르는 듯했다. 어느 쪽이 되었건 문은 열리지 않았다.

처음에 캘리는 겁에 질려 눈을 질끈 감은 채 등에 벽을 맞대고 쭈그려 있었다. 그러나 서서히 과학자로서의 호기심에 용기를 얻어 놈을 관찰하기 시작하다, 급기야 조금 가까이 다가섰다. 정체가 뭔지는 몰라도 놈은 원래 인간이었지만 지금은 그 흔적을 거의 찾아보기 어려웠으며, 일말의 인간다운 면모를 갖추고 있다고 보기도 힘들었다. 움직임마저 미리 짜여진 듯이 살아 있는 육신을 찾아다니는 반복적 행동 방식을 보였다. 그녀가 감옥 한쪽에서 반대쪽으로 움직이면, 마치 햇빛을 따라 굽는 꽃처럼 놈도 몸을 돌리며 움직임을 좇았다.

이윽고 캘리는 놈이 더 이상 인간이 아니라는 결론에 이르렀다. 다만 놈이 정말로 사고력을 갖춘 생명체인지 아닌지는 결론을 내리기 어려웠다. 생명체라기보다 오히려 제한된 반응만 취하도록 짜여진 꼭두각시 같았다. 과연 살아 있기나 할까? 틀림없이 움직이기는 하지만 호흡은 없어 보였다. 정말 살아 있다 한들 인간이던 때의 기준으로는 살아 있는 것도 아니었다.

그러나 지금 중요한 것은 첫째, 어떻게 탈옥하느냐와 둘째, 그 다음에는 어떻게 놈을 따돌리느냐였다. 전자 장비라면 수중에 많이 있다. 여차하면 구조 신호 발신기 정도는 급조 가능할지도 모른다.

쓸만한 것이 있을지 장비를 정리하던 중 복도에서 고함 소리가 들리자 놈이 고개를 홱 돌렸다. 몇 발의 총성이 들리더니 눈앞에서 총알이 괴생명체의 가슴을 꿰뚫었다. 그러나 피격되고도 복도로 나가는 점으로 미뤄보아 총은 크게 먹혀들지 않았다. 아예 고통을 느끼지 못하는 듯했다.

'흥미로운걸.'

놈이 쿵쾅쿵쾅 복도로 향하며 시야에서 사라지는 모습을 보며 그녀는 그런 생각이 들었다. 잠시 뒤 총성 몇 발이 더 들리더니 비명이 연달아 들려왔지만, 후자는 갑자기 뚝 끊기고 말았다.

밀러는 놈을 곤봉으로 세게 후려갈겼다. 이정도로 후려맞으면 팔을 쓰지 못해야 정상인데 괴생명체는 꿈쩍도 없었다. 도리어 느닷없이 그에게 뛰어들어 박쥐 같은 날개로 역겨운 품속에 감쌌다. 그러고는 몸을 바짝 숙이며 빨대처럼 생긴 주둥이를 꺼냈지만, 안면보호대에 부딪혀 닿지도 않았다.

'하! 거봐, 안전하잖아. 나한테 손도 까딱 못할 거다.'

그는 그렇게 생각하며 놈을 도로 후려치려고 양팔을 빼낼 궁리를 했다. 놈은 계속 안면보호대를 들이받으며 괴성을 내더니, 기다란 주둥이가 앞을 콱 찍어내리자 플라스틱 보호대에 쩍 금이 갔다.

'어럽쇼.'

또 내리찍히자 보호대가 깨지기 일보직전까지 갔다. 그는 놈을 떨쳐내려고 버둥거렸지만, 놈은 그를 놔줄 기미가 없었다. 그는 비명을 내질렀다. 놈이 다시 내리찍자 이번에는 주둥이가 보호대를 관통해 그의 뇌에 깊숙이 박혔다.

■ ■ ■

헨리는 박쥐처럼 생겨먹은 괴생명체가 그토록 찾아다니던 목표물을 포착했는지 앞으로 쏜살같이 날아들어 죄수의 얼굴과 어깨를 덥썩 감싸는 광경을 지켜보았다. 죄수는 비명을 지르며 놈을 떼려고 했지만 괴생명체는 사내를 꽉 붙들고 힘을 주더니 대롱처럼 기다란 주둥이를 몸에서 뽑아내 이마 한가운데에 찔러넣었다. 죄수는 숨이 끊어져 풀썩 쓰러졌지만 놈은 여전히 들러붙은 채로 사내의 머리에 뭔가를 주입하는 역겨운 장면을 연출했다. 박쥐처럼 생긴 괴생명체는 그러고 나서야 시체에서 떨어져 나와 바닥 위를 엉거주춤하게 기어갔다.

거기까지만 해도 끔찍한데 뒤이어 훨씬 더한 일이 벌어졌다. 놈이 떨어져 나온 순간에만 해도 벌써 흉하게 쭈그러들어 있던 시체가 변이를 일으키기 시작했다. 뼈와 근육이 뒤틀리고 부러지며 거꾸로 뒤집혔다. 뼈대가 살점을 밀고 나와 가늘어지며 전혀 다른 형태 변했다. 온몸이 송두리째 이질적인 뭔가로 변하면서 아까 구덩이에서 기어나왔던 팔처럼 변했다. 그러자 이제는 마치 곡도로 무장한 듯한 괴생명체의 모습을 띠었다.

'세상에.'

헨리는 이대로는 수용동에 있는 죄수 전부 머잖아 저런 괴물로 변한다는 사실을 퍼뜩 깨달았다. 그는 허둥지둥 보안문을 열고, 안에서 쏟아져 나오는 죄수들과 맞은편에서 뛰어들어 곤봉으로 그들을 사정없이 때려패는 교도관들을 모니터로 지켜보았다.

"멈춰, 때리지 마! 이쪽으로 들여서 구해줘!"

그가 헤드셋으로 간수장에게 말했다.

"예?"

"안으로 들여보내. 다른 교도관들도 후퇴시키고. 저 괴물들만 못 나오게 막아."

"괴물들이라니요?"

돌입조장이 그렇게 묻기가 무섭게 은 그렇게 묻는 순간 칼날 같은 팔이 달린 비척대는 괴물이 눈에 들어왔다. 그는 곤봉을 머리 위로 쳐들고 겁도 없이 달려들었지만, 잠시 뒤 도리어 그의 머리가 바닥에 떨어졌다.

헨리는 확성기를 켜고 소리쳤다.

"후퇴, 후퇴!"

지시에 응하는 교도관도 있었지만 불응하는 교도관도 몇몇 있었고, 아직 수용동에 남아 있는 죄수도 상당수였다.

그러나 박쥐처럼 생긴 괴생명체와 사람처럼 생긴 놈이 점점 다가오는 광경을 목격한 순간, 그는 보안문을 봉쇄할 수밖에 없었다.

보안문이 천천히 닫히기 시작했다. 시체에 걸려서 가동이 멈추는 바람에 강제폐쇄를 실행하자, 문이 시체를 천천히 반으로 찢어놓았다. 문 너머에는 여전히 사람이 많이 남아 있는 데다 문에 끼여 팔을 잃은 사람도 있었다. 화면을 번갈아 훑으며 괴물의 수를 세어보니 놈들은 전부 바깥에 있었다. 일단은 안전한 셈이다.

그러나 바로 그 순간, 문 근처 어딘가에서 비명 소리가 들려왔다.

경보가 요란하게 울리는 와중에도 이스트반은 태연했다. 사람들이 주위를 정신없이 오간 끝에 나중에는 브라이든만 곁에 남았다.

"돌아오는 사람은 얼마 되지 않겠죠. 손에 꼽을 겁니다."

"음?"

브라이든이 물었다.

"위험을 막고 우릴 안전하게 지켜줄 거예요."

이스트반은 마커를 가리켰다.

"무슨 위험 말인가?"

그러나 이스트반은 묵묵부답이었다. 눈을 감고 머리를 숙인 채로 기다릴 따름이었다.

41

헨리는 보안실로 통하는 문을 굳게 잠갔다. 그가 살아남으려면 확실한 방법은 그뿐이었다. 비명과 고함 소리를 애써 무시했지만 도저히 듣지 않을 수가 없었고, 여러 출입문과 통제실 관측창을 통해 괴물이 교도관 하나를 천천히 찢어발기는 광경마저 훤히 보였다. 교도관이 끝나자 놈은 이번에는 어느 죄수에게 다가갔다.

도대체 어디서 나왔을까? 어떻게 안으로 들어왔지? 못 보고 놓치기라도 했나?

교도관들은 괴물을 곤봉으로 때려눕히려 들었지만 아무 소용이 없었다. 아무리 얻어맞아도 괴물들은 멀쩡하게 다가왔다. 교도관 하나가 무기고로 가서 총을 꺼내왔지만, 괴물은 총에 맞고도 끄떡없었다. 그냥 맞으며 다가와서는 낫팔로 교도관을 붙들고 얼굴 반쪽을 먹어치웠다. 벌써 족히 너댓 명은 쓰러졌다. 그러다 한 죄수가 총을 주워들더니 이번에는 가슴이 아니라 다리를 노리고 계속 쏴서 너덜너덜한 살덩이로 만들어버리자, 괴물이 걸음을 딛음과 동시에 무게를 견디지 못하고 나가버렸다. 그렇게 됐는데도 괴물은 이제 낫팔 끝으로 몸을 질질 끌면서 움직이다 죄수가 관절부에 총알을 더 박아넣자 낫팔마저 부러졌다. 그러고 나서도 놈은 지렁이처럼 꿈틀거리며 죄수의 발을 물어뜯으려 들었고, 다른 사람이 나서서 발로 짓이겨 머리를 몸통에서 떼어놓고 나서야 멈췄다. 그러나 몸통은 여전히 살아 있는 것처럼 움직였다.

'놈을 멈추는 유일한 방법은 움직이지 못하게 만드는 것뿐이로군.'

헨리는 그런 생각이 들었다. 어떻게든 사지를 절단내거나 못쓰게 만들면 된다. 그렇게 되고도 움직이기는 하지만 공격력만큼은 크게 줄어들었다.

살아남은 교도관과 죄수들은 험악한 분위기 속에서 서로 적대시하는 듯했다. 그러나 결국에는 함께 도와서 시신을 벽에 일렬로 눕혀두었다.

괴물이 드디어 죽었나보군. 접근을 전면 차단하느라 통제실로 통하는 문을 잠갔던 것은 섣부른 판단이었다. 저렇게 멀쩡히들 살았으니까.

문의 잠금을 해제하려고 준비하던 중 고통스러운 파장이 그의 머리를 스치고 지나갔다. 표정이 일그러지다 기절 직전까지 갔던 짧은 순간, 누군가가 옆에 서 있는 모습이 눈에 잡혔다. 살아 생전처럼 진짜 같은 모습으로, 할아버지가 나타나 있었다.

"할아버지?"

하지만 할아버지일 리가 없다. 그의 할아버지는 돌아가신 지가 오래였다. 할아버지인지 누구인지 모를 노인은 가만히 웃으며 고개만 끄덕이더니 팔을 뻗어 그의 손을 토닥였다. 할아버지는 아주 천천히 희미해지기 시작하더니 흔적도 없이 사라졌다.

헨리는 고개를 휘휘 저어 떨쳐버렸다. 그런데 아래에서 무슨 소리가 들렸는데, 뻔히 들리는데도 무슨 소리인지 긴가민가했다. 몸을 일으켜 창가로 가보니 시체가 있던 곳에서 박쥐처럼 생긴 괴생명체가 또 나타나서는 다른 시체로 옮겨가 머리에 뭔가를 주입했다. 놈이 다시 이웃한 시체로 넘어가는 순간, 아까 건드린 시체가 부들부들 떨면서 변이를 일으키기 시작했다. 이윽고 살육의 막이 다시 올랐다.

소름끼치는 광경임에도 헨리는 눈을 떼기 어려웠다. 난투극 끝에 괴생명체는 대부분 죽었지만, 생존자 역시 남김없이 죽어서 사방이 시체로 가득했다. 헨리는 예감이 좋지 않았다. 나중에 다시 방출이 덮치면 저 시체들도 걸어다니기 시작할 테니까. 그리고 현재 이곳의 생존자는 그 혼자뿐일 가능성이 다분했다.

헨리는 중령에게 연락을 시도했으나 응답이 없었다. 뭔가 이상이 생겼나? 누군가 혹은 뭔가가 회로를 차단하거나 그쪽에서 그냥 응답을 하지 않을지도 모른다는 생각이 들었다.

그는 구조 신호를 반복 송신으로 송출한 다음 누군가가 통신을 듣고 도와주러 오기를 빌었다.

그러나 신호마저 오래가지 않았다. 송출 개시 불과 몇 분만에 꺼져버렸다. 재송신을 시도했으나 단번에 차단됐다. 어떻게 신호가 가로막혔으며 배후에 누가 있는지 파악하던 도중, 화상 연결이 들어오면서 중령의 얼굴이 나타났다.

그의 얼굴에는 단호한 표정이 서려 있었다.

"무슨 일인가? 이쪽도 지금은 바쁘다."

헨리가 서둘러 상황을 설명하자 그로토 중령은 고개만 끄덕였다.

"반대편도 삽시간에 일이 꼬여버린 상황이다."

그렇게 말하는 그의 단호한 얼굴에서, 헨리는 처음으로 피로하고 약간은 당황한 눈빛을 읽어냈다.

"우리가 무슨 힘을 풀어버렸는지는 신만이 아시겠지."

"중령님, 반대편은 금시초문입니다. 이쪽을 가리키는 말씀 아닙니까? 반대편이라니 어디 말씀입니까?"

"흠? 아, 자네는 수형지 파견원이었지. 내 정신 좀 봐. 그러니 아무것도 몰랐겠군."

"대체 뭐가 어떻게 돌아가는 겁니까?"

그러나 중령은 이렇게 답할 뿐이었다.

"미안하지만 그쪽 신호를 차단할 수밖에 없다. 멋모르는 사람들이 말려들면 곤란하거든. 이제는 끝을 내야 할 때다. 더 번지기 전에 이만 여기서 끝을 봐야겠군."

"하지만 대피부터 시켜주셔야 하지 않습니까? 하다못해 저만이라도 말입니다. 생존자는 저뿐일지도 모릅니다."

중령은 고개를 저었다.

"자네의 목숨보다 훨씬 중대한 사안이 걸린 상황이다. 애석하게도 자네는 이미 죽은 목숨이나 마찬가지로군."

그는 그렇게 끝맺으며 연결을 끊었다.

42

구명정은 아래로 내려가며 빙글빙글 회전했다. 젠시는 동체를 안정시켜 한쪽으로 바로잡으려고 애썼지만 조종간이 말을 듣지 않았다. 그는 계속 조종간을 붙들고 어떻게든 고삐를 잡으려고 진땀을 흘렸다.

대기권에 진입하자 구명정의 전면 보호대가 열기에 붉게 달아오르기 시작했다. 구명정이 뒤로 돌면서 추격해오던 기뢰가 눈에 들어왔고, 다시 뒤로 돌았을 때는 거리가 더욱 좁혀들었다. 끝내 기수를 앞으로 돌리는데 성공하자 구명정은 드디어 회전을 멈추고 제대로 방향을 잡았지만, 여전히 옆으로 돌고 있었다. 게다가 이제는 기뢰가 어디서 좇아오는지, 얼마나 가까이 따라붙었는지, 언제쯤 따라잡힐지 전혀 살펴볼 수가 없었다. 추진기를 가동해서 구명정의 속도를 늦추는 모험을 했던 것이 실수였을까, 아니면 기뢰가 너무 가까웠던 것일까?

이제 대기권에 들어서자 구명정의 움직임이 달라졌다. 측면 회전은 여전했지만 속도가 더뎌졌다. 경로를 지나치게 수정하는 바람에 순간 기체가 반대편으로 회전하기 시작했지만 이내 천천히 방향이 잡혔다. 강하 속도가 너무 빨랐다. 아래편으로 서로 약간 거리를 두고 있는 두 광원이 눈에 들어왔다. 한 곳은 극비 시설일 테고, 다른 하나는 형이 있는 수형지였다. 어느 쪽일까? 왼쪽? 아니면 오른쪽?

가만히 바라보며 갈피를 잡을 만한 특징을 살폈다. 왼쪽에서 나오는 불빛이 서로 조밀하게 모여 있는 점으로 미루어 보건대, 경비 시설을 갖춘 밀집된 건물이라는 짐작이 들었다. 그럼 저곳이 수형지인가? 잘못 짚었는지도 모른다. 하지만 더는 짐작할 만한 단서도 없잖은가?

그래서 조종간을 왼쪽으로 살짝 꺾었다. 뒤에서 폭발이 일면서 기체가 뒤흔들렸다. 대기권의 열기에 기뢰가 터진 것이다. 상태창에 아무것도 표시되지 않았으니 구명정은 멀쩡한 모양이었다. 다만 이제는 조종간의 반응속도가 약간 둔해졌다. 경미하기는 해도 손상이 전혀 없지는 않았던 것이다.

속도를 늦추려고 전면 추진기를 가동했더니 기체에 한차례 요동이 일면서 계기판에 헬멧을 들이받고 말았다. 불빛이 가까워지자 속력을 줄였지만 좀처럼 뜻대로 감속이 이루어지지 않았다. 추진기 출력을 높이려 했더니 이미 최고 출력이었다. 그때 구명정은 행성 착륙을 염두에 두고 설계된 선박이 아니라는 사실이 퍼뜩 떠올랐다. 구명정이란 원래 손상되거나 침몰한 우주선에서 가능한 멀리 벗어나 몇 시간 혹은 며칠 뒤 다른 우주선이 구해줄 때까지 목숨을 부지하는 용도였고, 따라서 조작력과 선회력 및 동력에 제약이 있었다. 살펴보니 벌써 전면 보호대의 방열막 일부가 까맣게 그을려 있었다. 이러다 보호대가 떨어져 나가면 기체가 점점 뜨거워지다 타죽는 신세가 되고 만다.

'젠시 넌 할 수 있어.'

그는 속으로 중얼거렸다. 운반부로 일하면서 온갖 종류의 소형 선박을 타고 행성 지면에서 궤도에 있는 우주선과 접선했다 돌아오기를 반복했다. 이런 일에는 잔뼈가 굵은 그였다.

전면 추진기를 분사하자 기체가 요동치면서 잠시 속도가 느려지기 시작했다. 과연 구명정이 어느 정도의 충격까지 견뎌낼까? 알 길이 없었다. 추진기 연료는 얼마나 남았을까? 상태창을 살펴보니 벌써 절반을 소모했다. 그러고 보니 후면 추진기는 잔여 연료량 눈금이 따로 있었는데, 그렇다면 연료통도 따로라는 말이었다.

'설계가 엉망이네.'

연료를 한꺼번에 사용할 수만 있다면 구명정 안착도 불가능하지는 않을 테니, 생존할 가능성도 있을 텐데.

거기까지 생각이 닿자 수가 떠올랐다. 이렇게 하다가는 목적지에서 족히 몇 킬로미터 떨어진 곳에 떨어질 가능성도 있다는 사실을 뻔히 알고서, 그는 건물 쪽으로 기수를 돌렸다. 일단 충분히 거리가 좁혀들 때까지 기다렸다 추진기를 최대치로 가동해 가능한 분사 상태를 가능한 오랫동안 유지한 끝에, 연료량 경고등에 불이 들어왔다. 그러자 그는 전면 추진기를 하나만 분사해서 구명정의 방향을 돌렸다. 그렇게 기체가 거꾸로 날아가게 되자 나머지 전면 추진기의 출력도 일정하게 유지하다, 곧 연료 공급을 중단하고 후면 추진기를 최대치로 가동했다.

이제 눈이 가린 채로 뒤로 날아가며, 후면 추진기가 불시착을 견딜 만큼만이라도 속도를 늦춰주기를 빌었다. 경로에서 얼마나 벗어날지, 목적지가 얼마나 멀리 떨어져 있는지, 얼마나 빠른 속도로 떨어질지 무엇 하나 확실한 것은 없었지만, 그래도 체감 속도는 얼마간 줄어들었다. 후면 추진기를 계속해서 최대 출력으로 유지하는 사이, 그는 혹시라도 계산이 빗나가 지면에 닿기도 전에 연료가 바닥나 도로 가속도가 붙는 일이 일어나지 않기를 빌었다.

그는 이를 악물고 충격에 대비했다.

■ ■ ■

헨리는 텅 빈 화면을 쳐다보고 있었다. 처음에는 중령을 재호출하려 했지만 응답이 없었고, 아예 대답조차 없었다. 이렇게 되자 다른 주파수대로 구조 신호를 보내려 했지만 그쪽도 막혀 있었다. 회로나 전자기기를 조금 다룰 줄만 알았어도 어떻게든 수를 냈겠지만, 그런들 무슨 소용일까? 신호 발신에 성공해 현재 위치와 난감한 상황을 알린다 해도, 인근에 있는 우주선이라고는 방금 그더러 이미 죽은 목숨이나 마찬가지라고 했던 중령이 타고 있는 군함뿐이다. 차라리 다른 시설 같았으면 탈출용 우주선을 갖춰뒀을지 모르지만, 교도소는 죄수들이 탈출할 위험 때문에 그마저도 없었다. 가장 기대를 걸어볼 만한 방법은 구조 신호지만, 군함 몰래 보낸 신호를 발신 범위 어딘가에 있는 우주선이 듣고 오기까지 과연 얼마나 걸릴까? 적어도 이틀, 사흘은 걸린다. 그렇게 도착하면 중령의 군함을 통과하고, 교도소에 들끓는 괴물들을 처치하고 사람을 보내야 드디어 탈출길이 열린다. 그러나 통제실 내부에 식수는 있지만 양은 그리 많지 않았고, 식량은 전무했다. 그렇게 운수 좋은 일이 벌어질 리가 없다.

'곧 죽는다는 사실을 자각하면 보통 어떻게들 하지?'

헨리는 자문해 보았지만 답을 얻지 못했다. 지금 그는 아무것도 없는 화면을 쳐다보며 뭐라도 교신이 들어오기를 빌었지만, 화면은 잠잠하기만 했다.

어떤 죽음을 맞이하느냐도 문제였다. 굶주리면서 천천히 쇠약해지다 차츰 죽어가는 아사를 택할 수도 있다. 아니면 비상용품 보관함을 열고 권총을 꺼내 머리에 대고 방아쇠를 당겨도 그만이고. 그것도 아니면 그냥 문을 활짝 열어 지금도 여전히 바깥에서 멍하니 어슬렁거리는 괴물들이 알아서 자신을 죽여주기를 기다려도 된다. 그것 말고도 방법은 몇 가지 더 있을 테니 머리를 굴리다 보면 꽤나 참신한 방법도 나올 듯했다. 그러면 되겠네. 인생의 마지막 남은 며칠 동안 어떻게 하면 더 괴상망측하게 죽을지 궁리해보는 것이다.

끝내 그는 모니터에서 물러나 창가에 섰다. 권총을 쏴서 창문을 깨버리면 공기가 밖으로 빠져나갈 테고, 그러면 자신은 허파가 쪼그라들어 쓰러지게 된다는 사실이 퍼뜩 생각났다. 방충유리다 보니 한 발로는 안 되겠지만 몇 발만 제대로 꽂으면 깨지고도 남겠지.

바위 투성이 땅덩이 너머의 먼발치로 연구 시설에서 나오는 불빛이 보였다. 저기서 도대체 무슨 일을 하고 있었을까? 혹시 저들이 작금의 사태를 일으킨 장본인인가? 저곳 사람들도 구조받지 못한다고 일방통보를 받았을까? 똑같이 여기서 꼼짝없이 죽을 신세인가?

헨리는 교도소 바깥에 교도관들이 수형지에 운송된 보급품을 연구 시설에 배달하는 용도로 썼던 전지형차가 주차되어 있다는 사실을 알고 있었다. 여차하면 차를 몰고 건너편 연구 시설까지 가서 힘을 합쳐도 될 법했다. 이제부터 어떡할지 함께 궁리하면 살 길이 트일지도 모르니. 그가 알기로 현재 괴물들은 수형지 내부에 갇혔으므로 안전한 곳이 있을 가능성도 있었다. 하지만 문제는 어떻게 여기서 탈출해 전지형차까지 무사히 살아서 도달하느냐였다. 산소가 저장된 RIG가, 그것도 우주에서 가동되는 물건으로 있어야 하는데 그만한 장비가 비치되어 있을지 의문이었다. 적어도 쓸만한 RIG와 산소통 몇 개는 필요한데, 하필이면 괴물들이 득실거리는 아래편 구획의 사물함에 들어 있었다. 거기까지 살아서 도착할 리가 만무했다.

바로 그때, 창밖으로 하늘에서 뭔가가 번쩍이는 모습이 눈에 잡혔다. 뭔가가 하늘에서 떨어지고 있었다. 처음에는 불이 붙은 줄 알았지만 다시 보니 지표로 내려오는 선박의 추진기에서 나오는 불길이었다. 그래도 누군가 자신을 구하러 와줬구나 하는 생각에 그는 숨을 죽였다. 그러나 그 생각은 이내 바뀌었다. 제대로된 우주선이라 하기에는 모양이 어딘가 이상했고, 뭔가 다른 물체였다. 무슨 로켓인가 싶기도 했지만, 그렇다면 추진기가 반대로 달려서 감속이 아니라 가속을 하고 있어야 하는데. 그러자 이어서 아니다, 로켓이 아니라 구명정일지 모른다는 생각이 퍼뜩 들었다. 구조의 손길이 아니라, 조만간 자신처럼 꼼짝없이 조난당할 사람이었던 것이다.

그는 이내 구명정이 수형지로, 자신이 있는 방향으로 직행하고 있다는 사실을 알아차렸다. 구명정은 불길을 그리며 하늘에서 내리꽂히더니 그대로 추락했다.

'지옥'이 통째로 울리는 느낌이 그에게도 전해졌다. 그는 쓰러지지 않으려고 벽을 잡고 버티다 쏜살같이 모니터로 달려갔다. 대부분 여전히 작동 중이지만 지직거리는 화면만 잡히는 것도 있었다. 중앙 원에 설치된 카메라 대부분이 나가버린 점으로 봐서 구명정이 떨어진 장소는 그곳이 분명했다. 다른 모니터를 훑어보며 추락한 물체의 흔적을 살폈지만 아무것도 보이지 않았다.

'어떻게 됐지?'

그는 계속 모니터를 들여다보며 뭐라도 화면에 곧 잡히기를 빌었다.

'대체 누굴까?'

43

젠시는 신음을 내뱉았다. 온몸이 욱신거렸고 안면보호대는 거미줄처럼 금으로 뒤덮여 있었지만, 그래도 운좋게 살아남았다. 정신을 차려보니 우주복 오른팔에 불까지 붙어 있어 얼른 손으로 털어 꺼버렸다. 그는 천천히 안전 벨트를 풀고 관측창으로 다가가 바깥을 살폈다.

처음에는 눈앞에 무엇이 있는지 제대로 감이 잡히지 않았다. 바위나 모래 투성이의 척박한 풍경을 예상했는데, 지금 눈에 들어온 광경은 판이했다. 웬 어둡고 둥글게 둘러진 벽이 머리 위까지 높이 솟아올라 있었다. 그럼 절벽인가? 아니다, 절벽치고는 형태가 너무 일정했다. 그는 구명정 내부를 더듬거리다 전조등 단추를 누르고 자세히 살펴보았다. 절벽이 아니라 인공적으로 세운 벽이었다. 어딘가 건물 안에 떨어진 것이다.

그는 조심스레 구명정 출입구를 열고 밖으로 기어나왔다. 그곳은 돔형 실내로 꽤 넓고 둥글었다. 구명정은 돔 천장은 돔 천장을 뚫고 들어와 있었는데, 그렇다는 말인즉 행성의 대기가 호흡에 적합하지 않다는 뜻이었다. 어딘가 밀폐된 공간에 들어가기까지 우주복에 저장된 산소량이 충분하기를 비는 수밖에. 산소야 충분하겠지만 혹시 모르니 다시 구명정으로 기어들어가 보충용 산소통 두 개를 챙겨 나왔다. 현재 입은 부상이 욱신거리는 선에서 끝나지 않을 경우를 대비해 구급상자를 꺼내고, 조명탄 발사기도 챙겨서. 나와 보니 탁자 몇 개가 구명정에 받혀 박살나 있었고, 돌바닥에는 고랑이 길게 패여 있었다. 불시착한 곳에서 그리 멀지 않은 곳에는 커다란 구덩이가 있었고 속에는 새까맣게 그을린 시체가 한둘이 아니었는데, 아무래도 착륙하면서 뜻하지 않게 죽여버린 사람들인 듯했다. 애초에 불시착은 사고였다. 구명정이 어딘가 근처가 아닌 하필 여기 떨어질 줄도 몰랐거니와 어디로 떨어지는지조차도 제대로 보지 못했지만, 그럼에도 죄책감을 금할 길이 없었다. 그의 사망자 명단에 또 애꿎은 목숨이 추가된 격이다. 그저 죽은 사람 중에 혹시라도 이스트반이 없기를 빌 뿐이었다.

실내의 나머지 공간에는 아무도 없는 듯했다. 가장자리 근처에 있던 시체 중 하나는 폭동 진압복 차림으로 쓰러져 있었고 검게 그을려 있지도 않았다. 겉보기에는 정말로 죽었는지 긴가민가해서 쿡쿡 찔러보다 거꾸로 뒤집어보니 가슴팍에 커다란 구멍이 뚫려 있었는데, 마치 가슴 속에서 대포라도 터진 듯했다.

'대체 뭐가 이래놓은 거지?'

권총이나 소총이나 플라즈마에 생길 법한 부상 같아 보이지는 않았다. 하지만 그것도 아니라면 대체 뭘까?

시체의 폭동 진압복 허리춤에 뭔가가 불룩하게 튀어나와 있었다. 호기심에 지퍼를 열어보니 속에서 플라즈마 권총이 나왔다. 광선의 폭이 넓고 총기번호가 지워진 구식인 점으로 봐서 교도관이 밀수해 들여온 물건이 분명했다.

그는 권총을 챙겨 손에 쥐었다.

RIG 이어폰에서 지직거리는 소리가 나더니 낯설고 뚝뚝 끊기는 무전이 들어왔다.

"……인지는 몰라도 조심하세요."

"여보세요? 거기 누구죠?"

반대편에서 무어라 다시 말하기 시작했지만 젠시는 제대로 듣지 못했다. 느닷없이 뭔가가 머리와 어깨를 후려치는 바람에 바닥에 나동그라졌다. 뭔가가 양팔과 어깨를 감싸며 등으로 파고들어 우주복을 파고들려는 것이 느껴지더니, 얼굴 앞에서도 바짝 달라붙으며 더듬이인지 대롱인지 모를 주둥이가 헬멧을 더듬거리며 파고들 틈새를 찾고 있었다. 분명 살아 있는 생물이지만 이런 종류를 보기는 난생 처음이었고, 놈이 자신을 죽이려 든다는 데는 의문의 여지가 없었다.

대롱처럼 생긴 주둥이가 몸을 파고들려고 목 언저리의 밀폐 부위를 쑤셔대는 느낌이 들었다. 그는 거칠게 몸을 굴리며 놈을 몸과 바닥 사이에 짓눌렀고, 순간 놈이 등덜미에 가해오는 압박이 거세지자 힘겹게 양팔을 빼내 놈을 뜯어내려 들면서 한 손으로는 놈을 밀쳐내고, 다른 손으로는 쭈뼛거리다 우연히 놈의 주둥이를 붙잡았다. 주둥이는 그의 손아귀에서 풀려나려고 마구 꿈틀거렸다. 주둥이를 앞으로 당겨 힘껏 꺾어버렸더니 끄트머리가 움직임을 멈췄지만, 나머지 부분은 계속 풀려나려고 몸부림치며 다시 달려들었다.

그는 천천히 놈을 뿌리쳤다 다시 달려들어 무릎으로 몸뚱이를 꽉 짓눌렀다. 그런 다음 한 손으로 주둥이를 붙잡고, 다른 손으로는 권총을 찾아 더듬거리며 아직 손 닿는 곳에 있기를 빌었다. 그러나 손에는 아무것도 잡히지 않았다. 다급한 심정에 허리띠에서 조명탄 발사기라도 뽑아들고 괴생명체의 몸에 들이밀었지만 어디를 쏴야 할지 감이 오지 않았다. 놈한테는 커다란 날개 두 짝과 사지처럼 길게 늘어난 부속지에, 오싹하게도 사람 등뼈처럼 생겨먹은 가운데 몸통이 전부였다. 대체 어디를 쏜다?

"……문까지 갈 수는 있어요. 열어줄게요."

귓속에 지직거리는 목소리가 들렸다.

'지금은 말 걸지 마시죠.'

그는 기다란 주둥이가 튀어나온 곳쯤에 조명탄 발사기를 겨누고 방아쇠를 당겼다. 조명탄이 지글거리는 소리와 함께 괴물을 태우며 주둥이와 그 주위의 살점을 먹어치웠다.

괴생명체는 크게 몸부림치더니 이윽고 잠잠해졌다.

그는 어지럼증을 느끼며 비틀비틀 일어나, 땀으로 가득한 우주복 속에서 자신이 내뱉는 거칠고 긴장된 숨소리에 귀를 기울였다.

'대체 뭐야? 무슨 외계인인가? 그럼 뭐야, 외계인이 쳐들어오기라도 했나? 드디어 인간을 죽이지 못해서 안달인 생명체가 나타난 건가?'

그는 우주복의 조명등을 켜고 괴생명체에게 비췄다. 조명탄은 놈의 몸 속 어디쯤에서 아직도 타들어가고 있었다.

살펴보니 색깔은 살색에 어떤 부분은 사람의 신체 일부처럼 보였지만 뒤틀린 채로 이상하게 맞붙어 있었다. 무슨 악몽에나 나올 법한 괴물마냥 오싹한 분위기를 풍기는군.

RIG 이어폰이 다시 지직거렸다.

"아직 거기 있어요? 혹시 벌써 당했나요?"

반대편에서 물어왔다. 여전히 잡음이 심했지만 아까보다는 또렷하게 들렸다.

"아직 살아 있어요. 누구죠?"

"들리나 보군요."

안도의 목소리가 돌아왔다. 목소리가 왠지 모르게 익숙했지만 왜인지는 아리송했다. 형 목소리는 절대 아닌데.

"그 작자들이 신호에 죄다 전파 장애를 걸고 있어요. 정확히 그쪽에 신호를 보내는 방법을 찾느라 시간이 좀 걸렸지만 그만큼 차단에 걸릴 가능성도 낮겠죠."

"대체 뭐가 어떻게 돌아가는 겁니까?"

젠시가 물었다.

"몰라요. 생존자는 나뿐이거든요."

"생존자는 뭐요?"

"나뿐이라고요."

반대편에서 대답했다.

'아뿔싸.'

젠시는 주위를 살피다 드디어 권총을 찾았다. 그는 권총을 주워 한 손에는 조명탄 발사기를, 다른 손에는 플라즈마 권총을 쥐었다.

"내 말 잘 들어요. 지금 그쪽은 위험천만한 곳에 떨어졌어요. 덤벙대다가는 놈들한테 죽기 십상이에요. 혹시 문까지 올 수만 있다면 열어줄게요. 그러고 나서는 어떻게 내가 있는 곳까지 올지 수를 내야 하겠지만, 문에 올 정도면 아마 여기까지도 문제 없을 겁니다."

"어떻게 거기로 가죠?"

"주위를 둘러봐요. 벽면에 틈이 한 군데 있어요. 거기로 가서 감옥이 있는 곳에서 오른쪽이든 왼쪽이든 옆으로 새지 말고 곧장 직진하세요. 그러면 바로 눈앞에 문이 있을 겁니다. 문까지 가면 말해요, 열어줄 테니까."

"그러죠. 쏜살같이 뛰어갈 테니."

벽을 따라 우주복 조명등을 찬찬히 비춰보니 틈이 있는 곳에서 빛이 끊겼다. 바로 저기로군. 안심하고 가도 될까?

"그나저나 이것들은 대체 뭐죠?"

"말해줘도 못 믿을 걸요."

"어디 들어보죠."

"사람이에요. 나나 그쪽하고 똑같은 사람요. 지금은 아니지만. 무슨 일이 생겼던 거예요. 뭔가가 사람들을 뒤바꿔 놨어요."

"지금 농담이겠죠."

"농담이면 좋게요. 말해줘도 못 믿는다 그랬잖아요."

뭐라고 답할지 막막해서 젠시는 아무 말도 하지 않았다. 그는 이제 우주복 조명등을 끄고 구명정에서 나오는 희미한 전조등 불빛에 의존하며 조심스럽게 실내를 가로질러 걸어갔다.

"무슨 조화가 있었길래 저렇게 뒤바뀐 거죠? 도대체 어떻게 된 겁니까?"

"나도 몰라요."

"그냥 그렇게 모른다고요?"

그러나 반대편에서 입을 다물었는지 신호가 발각되어 차단됐는지 아무 말도 들리지 않았다.

"여보세요? 들립니까?"

그러나 아무런 대답이 없었다.

젠시는 문득 머리가 아팠다. 아무래도 불시착의 충격이 컸던 모양이다. 정말이지 미칠 듯이 지끈거렸다. 그는 천천히 걸음을 내딛으며 권총을 겨누고 굽이진 벽면을 따라서 가능한 빨리 이동했다.

누가 눈 사이로 칼을 꽂더니 푹 찌르는 것처럼 격렬한 통증이 머리를 파고들었다. 잠시 휘청거리는 사이 어두운 잿빛 주변이 붉게 물들더니, 이윽고 시야가 원래대로 돌아왔다.

그런데 못 보던 것이, 누군가가 눈앞에서 그와 등을 돌리고 있었다. 어딘가 익숙해 보이는 여인이 몸을 은은히 빛내며 서 있었다. 하지만 이곳에 여인은커녕 다른 사람이 있을 리가 없다는 사실은 그도 알고 있었다. 돔이 박살난데다 바깥 공기에서는 숨을 쉬지도 못하는데 살아 있는 사람이 있을 리가 만무하지.

그런데도 그 여인은 분명히 살아 있는 것처럼 보였고, 어느새 저도 모르게 그리로 이끌렸다. 그는 벽을 짚으며 조심스레 다가가 뒷모습을 바라보았다. 분명 어디선가 봤던 사람 같았지만 그럴 리가 없다고, 분명히 헛것을 보는 중이라고 속으로 되뇌었다. 틀림없이 환영이겠지. 우주복에 구멍이 나는 바람에 산소에 바깥 공기가 새어들어 눈앞에 헛것이 어른거리는지도 모를 일이다.

그럼에도 그는 계속 여인에게 다가갔다. 어느새 그가 한두 발자국 떨어진 곳까지 다가서서 머뭇거리는데도 여인은 자리에서 미동조차 하지 않았다.

그는 여인의 어깨에 손을 얹었다. 그러자 여인은 살아 움직이며 홱 돌아서서 얼굴을 마주보자 그는 어째서 여인이 그렇게 익숙해 보였는지 이유를 알게 되었다. 여인은 다름아닌 어머니였던 것이다.

그는 손을 거두고 한 걸음 물러났다.

"어머니는 돌아가셨잖아요. 여기 계실 리가 없어요."

"젠시야, 좀 도와주렴. 이 어미가 다음 존재로 거듭나게 도와다오."

그는 부디 사라지기를 빌며 어머니에게 총을 겨눴지만, 어머니는 여전히 그를 바라보며 애원하고 있었다.

"싫어요. 어머닌 환영일 뿐이에요."

"젠시, 도와다오."

그는 방아쇠를 당기려다 자기도 모르게 주저했다. 눈을 질끈 감고 머리를 절레절레 저었다. 다시 눈을 떴더니 어머니는 사라졌고, 어머니를 향하던 총구는 알고 보니 자기 머리를 겨누고 있었다.

대체 무슨 조화였지? 머리가 이상해지기라도 했던 것일까?

잠시 뒤 두통이 가시자 정신이 또렷해지면서 이만 전진해도 괜찮겠다 싶을 정도로 주위에 대한 인지력이 돌아왔다는 확신이 들었다. 벽 근처에 시체가 보였는데, 여기저기 이상하게 찢겨나 있었고 불탄 듯하기도 했다. 색깔도 어딘가 이상해서 마치 햇볕에 너무 오래 놔둔 고기처럼 자회색을 띠고 있었다. 벽에서 멀찍이 떨어져 에둘러가고 싶었지만 그러자니 마뜩잖았다. 차라리 계속 손으로 벽을 짚으면서 걷는 편이 안심이 되었다.

'그냥 시체일 뿐이잖아.'

그는 속으로 그렇게 되뇌며 시체를 넘어가려 했다.

문제는 그것이 시체가 아니라는 데 있었다. 넘어가려는 순간 시체는 돌연 움직이며 날카로운 괴성을 내뱉았고, 짐작과 달리 사람조차 아니었다. 아니, 더는 사람이 아니라 해야 맞겠다. 주춤거리며 뒤로 물러나자 놈은 그를 쫓으며 몸에서 돋아난 것처럼 보이는 낫처럼 생긴 칼을 휘둘러댔다. 뒷걸음질로 달리며 몸에다 권총을 갈겼지만 먹혀들 기미가 없었다. 머리를 겨냥해 눈알 바로 위에 구멍을 뚫었는데도 쓰러지기는커녕 주춤하지도 않았다.

'이런 염병할.'

그는 속으로 욕을 내뱉으며 괴생명체의 다리를 쏘기 시작했다.

서너 발쯤 갈기자 다리가 무릎에서 떨어져 나갔지만, 그래도 놈은 낫팔을 지팡이처럼 받치고 한 발로 절뚝대며 다가왔다. 반대쪽 다리까지 작살냈더니 이제는 바닥에 배를 붙이고 양쪽 낫팔로 기어오기 시작했다. 그는 조명탄 발사기를 꺼내들어 한쪽 낫팔을 겨누고 방아쇠를 당긴 뒤, 백린 조명탄이 근육에 들이박혀 연기를 내며 타올라 부속지를 통째로 태워먹는 광경을 지켜보았다. 그런데도 놈은 탈골된 턱에서 침을 줄줄 흘리고 남은 낫팔로 몸을 질질 끌어대며 끈질기게 덤벼들었다.

"대체 이놈들 정체가 뭡니까?"

무전으로 물었지만 대답이 없었다. 그는 앞으로 뛰쳐나가 있는 놈을 힘껏 밟아 목을 끊어놓은 다음 밟고 또 밟았고, 그렇게 세 차례 짓밟자 곤죽이 되었다. 그렇게 됐는데도 남아 있는 낫팔은 앞으로 꿈틀거리며 그를 찾으려고 몸부림쳤다.

'머리가 날아갔는데 어떻게 살아 있지?'

설마 이것도 환영이 아닐까 하는 의심이 들 지경이었다.

그는 남은 낫팔을 짓밟아 아예 분질러 놓았다. 그러고도 놈은 움직임을 멈추지 않았고, 이제는 부질없이 꿈틀거리는 정도에만 머물렀다. 가만히 서서 여전히 펄떡거리는 몸통을 바라보자니, 좀 더 효과적인 무기를 마련해야겠다는 생각이 들었다.

그러나 구명정에 쓸만해 보이는 물건이라고는 하나도 없었다. 더구나 주위 실내도 지금껏 둘러본 결과 별반 소득이 없기는 마찬가지였다. 하기야 이곳은 감옥이니 중화기 같은 것이 굴러다닐 리가 없지. 이제 조명탄도 몇 발밖에 없었다. 플라즈마 권총 전지는 조금 있었지만 오래 가지 못할 분량이었다. 저런 놈이 한둘이 아니라면 큰일이었다.

'어떻게 저렇게 되고도 살아 움직이지? 머리가 날아갔는데 어떻게 계속 덤벼드는 거야?'

원래는 사람이던 시체들이 어떻게 변했는지는 몰라도 이제는 인간과 한참은 거리가 멀었다. 그는 놈들의 몸뚱이가 움직이는 원리를 도무지 이해하기 어려웠다. 게다가 좀처럼 죽지도 않아서 움직이지 않을 때까지 난도질해서 다시는 덤비지 못하게 해두는 정도가 고작이었다.

그럼 이제는 어쩐다? 일단 문까지 간 다음, 다른 놈이 나타나 그를 죽이려 들기 전에 무전으로 연락해온 사내가 얼른 열어주기를 빌 수밖에.

처음에는 벽을 따라서 조심스레 걸음을 뗐지만, 어느새 될 대로 되라지 하는 심정으로 달리기 시작했다. 괴생명체가 더 있다면 빨리 움직이는 편이 놈들을 따돌릴 최선의 방법일 테니까. 그는 벽을 따라 달려 복도로 들어섰다. 왼쪽이나 오른쪽으로 발길을 돌리지는 않았지만, 실수로 왼쪽으로 고개를 돌렸더니 일렬로 늘어선 감옥과 아직도 켜져 있는 일부 조명이 눈에 들어왔고, 동시에 산소 부족으로 죽은 시체가 무더기로 쌓인 광경과 함께 아까 봤던 사람처럼 생긴 괴생명체들이 먼발치에서 감옥을 따라 비틀대며 서성이는 광경이 눈에 들어왔다.

그는 앞으로 달려가 커다란 문앞에서 멈춘 다음 수화기에 대고 숨죽여 말했다.

"도착했습니다. 열어주세요."

잠시 기다렸지만 대답이 없었다. 부디 감옥에 있는 놈들한테 들리지 않기를 빌며, 그는 조금 큰 목소리로 다시 말했다. 그러자 드디어 지직거리는 목소리가 들려왔다.

"……이 안에도 있어요. 알아볼 수 있게…… 손을 흔들어봐요……."

대체 무슨 말이지? 달리 도리가 없으므로 일단 시키는 대로 손을 흔들었다.

철컹 소리와 함께 문이 열리기 시작했다. 그러나 문 반대편 역시 안전한 곳이 아님을 퍼뜩 알게 되었다.

반대편 실내에는 곳곳에 시체가 나뒹굴고 있었고, 산산이 조각난 것이 있는가 하면 비교적 멀쩡한 것도 있었다.

게다가 그중에는 아까 봤던 인간형 괴생명체도 대여섯쯤 뒤섞여 있었다. 그가 눈에 들어온 순간, 놈들은 날카로운 괴성을 지르며 그에게 달려들었다.

44

조명탄이 앞장서서 달려오던 놈의 골반 근처에 들이박혀 다리 관절을 태우자 놈은 미처 당기도 전에 쓰러졌다. 그는 돌아서서 달아나기 시작했다.

처음에는 중앙 원으로 달렸지만 곧 방향이 틀렸다는 사실을 알아차렸고, 함정이나 다름없는 하나뿐인 출구로 직행하고 말았다. 방향을 틀어 감옥이 늘어선 복도로 향함과 동시에 아까 그곳을 서성이던 괴생명체들을 맞닥뜨린 순간, 길을 잘못 들었다는 사실을 뒤늦게 알아차렸다. 뒤를 돌아봐도 돌아서기에는 너무 늦었다. 나머지 놈들이 벌써 바짝 쫓아왔던 것이다.

그는 속도를 높이며 가능한 조용히 달렸다. 곧 앞에서 세 놈이 보였고, 자신이 다가오는 소리를 놈들이 분명히 들었을 정도로 거리가 좁혀들 때까지 방아쇠를 당기지 않고 기다렸다. 일단 오른쪽으로 빠져서 놈들을 유인한 다음 가장 가까운 놈한테 조명탄을 발사했고, 조명탄이 면상에 들이박히자 순식간에 머리통이 불덩이로 변했다. 그런 다음 신속히 왼쪽으로 방향을 틀어 벽에 붙어서 놈들을 헤치고 지나갔다. 그때 한 놈이 뼈처럼 생긴 칼날로 그를 내리쳤다. 순간 팔이 마비되면서 조명탄 발사기를 떨어뜨리고 말았지만, 반쯤 빗나간 덕에 우주복을 찢어놓을 정도는 아니었다. 그는 놈들을 제치고 굽이진 벽을 따라 달리며 행여 다른 놈들과 맞닥뜨리지 않기를 빌었다.

“아직 살아서 뛰고 있어요. 들리는지 안 들리는지는 모르겠지만, 들리거든 제발 문 닫지 말고 열어둬요.”

그는 벌써 헐떡이는 목소리로 수화기에 대고 말했다. 가슴이 터질 것만 같았지만 달리고 또 달렸다. 우주복에 산소가 얼마나 남았지? 따라붙은 괴생명체들은 좀처럼 거리를 좁히지 못하고 있었지만 지쳐서 뒤쳐질 기미는 전혀 없었다. 속도를 늦췄다가는 금방 따라잡힐 판이었다. 그런 다음에는 그를 죽이거나 한패로 만들려 들겠지.

하지만 좀처럼 멀찍이 거리를 벌여 놈들을 따돌릴 수도 없었다. 이대로 놈들을 유인해서 모조리 문에서 뚝 떼어놓은 다음 그대로 한 바퀴 빙 돌아서 들어가야 하니까.

그때 상상조차 하기 싫은 생각이 뇌리를 스쳤다. 복도가 사실은 이어진 원형이 아니라면 어쩌지? 혹시라도 곧 막다른 길목이 나온다면?

괜한 염려는 접어두고 계속 달리려고 애썼지만, 공포에 사로잡히자 얼마나 멀리 왔는지 감을 잡기 어려웠다. 아직 절반도 멀었나? 아니면 절반은 넘었을까? 끝까지 도착하려면 기력이 어느 정도 남아 있어야 할까?

그러느라 속도가 떨어지는 바람에 하마터면 뒤를 잡힐 뻔했다. 다시 속도를 높이는 순간, 눈앞에 문이 보였다.

"지금 가요! 지금 가고 있어요! 닫을 준비 하고 있어요!"

무전으로 그렇게 소리치고는 젖먹던 힘까지 달렸다. 문을 5미터쯤 앞둔 순간 미리 "닫아요!" 하고 소리쳤다 문이 너무 빨리 닫혀들자 기겁하고 말았다. 과연 통과할 수 있을까? 그는 마지막으로 전력질주하며 문틈으로 몸을 날린 끝에 아슬아슬하게 미끄러져 들어갔고, 문이 굳게 닫힘과 동시에 놈들을 바깥에 가두면서 중간에 끼인 한 놈을 작살내는 광경을 지켜보았다.

45

그는 바닥에 드러누워 거칠고 자기가 내는 거치고 가쁜 숨소리에 귀를 기울였다. 잠시 뒤 실내에 산소가 공급되면서 쉭쉭대는 바람 소리가 들리더니 RIG 산소 공급기가 차단됐다. 이곳 공기는 들이마셔도 괜찮은가보군.

그는 몸을 일으키고 헬멧을 접어들인 다음 땀을 닦고 주위를 둘러보았다.

그곳은 상당히 널찍하고 기다란 형태의 실내로, 양옆으로 문이 있었다. 벽은 피로 물들었고 바닥에는 살점이 사방에 흩어져 있었다. 여기도 멀쩡한 시체가 여럿 있었는데, 이번에는 신중을 기해 가까이 가기 전에 사람 시체가 맞는지 부터 확인했다. 그중 한 구는 사람 형체가 아니었지만 산산이 찢겨나 전투력을 상실한 상태였다. 무기를 구하려고 시체를 뒤져보니 폭동 진압복 차림의 시신 두 구에서 곤봉이 나왔지만 별 쓸모는 없을 듯했다.

'어느 쪽이지?'

그는 막연히 오른쪽 문으로 향했다.

그쪽으로 들어서자 아무도 없는 긴 복도 끝에 심문실이라고 적힌 문이 나왔다. 근처에는 폭동 진압복을 입은 시체가 목부터 머리까지 찢겨난 채로 복도 끄트머리에 뒹굴고 있었다. 그는 조심스레 시체를 넘어가 문을 열었다.

심문실 안에서는 썩은내가 물씬 풍겼고, 가운데 놓인 탁자는 체액인지 구정물인지 모를 액체로 미끌거렸다. 탁자는 무시하고 일단 벽을 따라 비치된 금속 관물대로 시선을 돌렸다. 그는 관물대를 하나하나 열며 무기로 삼을 만한 것은 없는지 뒤져보았다. 수술 장갑에 앞에 희미한 갈색 자국이 남은 수술복, 메스 한 벌, 그리고 전기고문과 관련된 장비가 가득했고, 빈 플라스틱 양동이와 수술용 튜브 따위도 나왔다. 서랍 가득한 피하주사기 바늘이 써달라는 듯이 빛을 받아 반들거리고 있는 사물함도 있었다. 각종 약물 앰풀 중에는 통증을 완화시키는 것이 있는가 하면 도리어 고통을 가하는 것도 있었고, 말을 하지 못하게 하는 것이 있는가 하면 말을 멈추지 못하게 하는 것도 있었다.

'대체 여기서 무슨 일을 벌였던 거지?'

궁금증과 함께 다시 이스트반 생각이 나자 형도 이곳에 끌려와 고문을 당했을지, 놈들이 무슨 말을 불게 하려고 했을지, 끝으로 형을 어떤 몰골로 만들었을지 하는 궁금증이 머리를 스쳤다.

심문실에 있는 관물대 중에서 가장 큼직한 두 개는 마지막으로 살펴봤다. 하나는 잠겨 있었지만 권총 손잡이로 내려쳐 열어보니 대형 고문기구가 들어 있었다. 끝에 길고 굽이진 갈고리가 달린 쇠장대, 자동가열기가 부착된 인두, 그리고 레이저 톱이 나왔다. 톱을 꺼내 단추를 누르자 30센티미터 길이의 톱날이 켜졌다.

'됐다, 이제야 쓸만한 물건이 나오네.'

다른 관물대는 열려 있었지만 자물쇠에 뭔가가 걸려 있었다. 손잡이를 힘껏 당겨보고 쾅쾅 두드려도 보면서 씨름한 끝에, 갑자기 문이 벌컥 열리는 바람에 뒤로 휘청대다 넘어질 뻔했다.

속에는 웬 사람이 들어 있었다. 어찌나 문을 꽉 붙들고 있었는지 양손이 피투성이에 얼굴에는 핏덩이가 엉겨붙어 있었다. 여기저기 정신없이 눈을 흘겼고, 문이 열렸는데도 관물대에 쪼그리고 앉아 벽에 몸을 바짝 기대고 있었다.

"사, 사, 살려주쇼."

사내가 기어들어가는 목소리로 말했다.

"뭐하러 죽이겠어요? 그쪽이 누군지도 모르는데."

젠시는 손을 뻗었지만 사내는 뒤로 진저리쳤다.

"엄살 떨지 말아요. 겁먹을 것 없으니까."

"겁먹잖고 배길 수가 있나."

사내는 그렇게 말하더니 아주 조심스레 관물대에서 나와 주위를 둘러보았다.

"제임스 월드런. 댁이 오는 소리가 들리더군. 서랍 뒤지는 소리가 나길래 놈들인 줄로만 알았는데."

"대체 무슨 상황인지 알고 있나요? 어떻게 놈들이 여기로 들어왔죠?"

"들어온 게 아뇨. 처음부터 여기 있었지."

"구덩이가 있던데, 그럼 뭔가 파낸 건가요?"

월드런은 고개를 저었다. 그는 여전히 초점을 잡지 못하고 사방에 눈을 흘겼다.

"그게 아뇨, 놈들은 바로 우리요."

"우리?"

"외계인은 절대 아뇨. 처음에는 그런 줄 알았는데 아니더군. 죽은 사람들이 변한 거요. 변이를 일으켜서."

"무전으로도 그러더군요. 그런데 도무지 못 믿겠어요. 확실한가요?"

"누가 그러쇼? 확실하고 말고. 빌 앰블러가 어떤 꼴을 당하는지 똑똑히 봤단 말요."

"빌 앰블러가 누군데요?"

"빌이 누구였느냐는 말이겠지. 처음에는 죽어 있었는데 변했수. 발작을 일으키더니 찢어지고 갈라지더니 도로 살아나지 뭐요. 따져보면 우리나 빌이 생각하기에는 살아도 산 것이 아니었지만. 그러더니 마이클 스튜어트를 죽였고, 마이클 스튜어트도 덩달아 변했고, 난 걸음아 살려라 도망쳤수다."

"놈들 수가 얼마나 되나요?"

"낸들 알겠수? 오라지게 많수다. 사방에 깔렸으니."

"탈출 시도라도 해봐야죠. 안전한 곳부터 찾읍시다."

"여기가 바로 안전한 곳인데? 여기 있으면 괜찮을 거요."

젠시는 고개를 가로저었다.

"여기는 식량도 없어서 오래 못 버텨요. 다른 데를 알아봐야죠."

"싫수다."

월드런은 잔뜩 움츠러들며 돌아서려 들었다. 그는 횡설수설하기 시작하더니 앞뒤가 맞지 않는 말을 늘어놓으며 살육상에 얽힌 목격담을 두서 없이 털어놓았다. 요지는 절대 나가면 안 된다는 말이었다. 목이 잘린 사람이 있는가하면 그 괴물들이 휘두른 낫팔에 찍혀 허공에 매달린 채 칼날에 가슴을 관통당한 사람도 있다는 것이다. 누구는 박쥐처럼 생겨먹은 놈한테 머리를 감싸여 기다란 주둥이인지 촉수인지 모를 것에 머리를 뚫려 죽고, 또 누구는…….

젠시는 정신을 차리게 하려고 그를 붙들고 흔들었다.

"겁나는 거 알아요. 나가기 싫겠죠. 하지만 나가야 돼요. 살 길은 그것뿐이에요."

월드런은 설레설레 고개를 저었다.

"나갔다가는 죽기 십상이지."

"내가 있는 한 그럴 일 없어요. 약속하죠."

월드런은 마지못한 듯이 고개를 저었지만, 그래도 젠시에게 이끌려 천천히 문으로 걸음을 옮겼다.

"혹시 우리 형 아세요? 이스트반이라고 하는데. 아직 살아 있나 싶어서요."

나가던 길에 젠시가 물었다.

"이스트반?"

월드런은 고개를 끄덕였다. 문 너머에서 어떠한 운명을 맞이하게 될지는 몰라도 이제는 단념했는지 아까보다 훨씬 차분해 보였다.

"여기 있었수다. 그 미치광이 자식, 어딘가 실성해도 단단히 실성했더만. 정말로 댁 형이요?"

젠시는 고개를 끄덕였다.

"아직 살아 있어요?"

"어떤 사람들이 데려갔수다."

"어디로요?"

"나도 모르지. 웬 과학자들이 그 친구한테 관심을 보이더만."

"혹시 연구 시설로 데려가지 않았을까요?"

"뭔놈의 연구 시설? 이 행성에 그런 데도 있던가? 금시초문인데. 내가 양심수라 그런지 일언반구도 없었수."

"아마 거기 있을 겁니다. 아니면 데리고 행성을 떴거나요. 그치만 아녜요, 형은 분명 거기 있어요."

"진심으로 형을 찾을 작정이쇼? 헛수고 마쇼. 보나마나 지금쯤 죽었거나 놈들 같은 신세가 됐을 테니. 기껏 찾았더니 도리어 댁 목을 베려 들지도 모른단 말요. 나 같으면 실성한 형을 찾느니 내 목숨부터 부지하고 보겠수다."

"아뇨. 형은 아직 살아 있어요. 틀림없어요. 벌써 죽었을 것 같으면 어떻게 내가 여기까지 왔겠어요? 형은 내가 있어야 돼요. 가서 도와줘야 한다고요."

젠시는 월드런에게 말하는 동시에 자신 스스로 되뇌었다.

월드런은 어깨를 으쓱일 따름이었다.

"댁도 제정신은 아니구만."

둘은 복도를 되돌아갔다. 월드런은 줄곧 노심초사하는 눈치로 젠시의 어깨에 손을 얹고 항상 뒤쳐져 따라갔다.

"어디로 나가야 하나요?"

젠시가 물었다.

"아마 통제실에 출구가 있을 거요. 괴물한테 죽기 전에 어떤 교도관이 하는 말을 들었는데, 아마 잠겼을 거요. 다른 출구가 있는지는 나도 모르겠수다. 바깥 원으로 나와 보기는 이번이 처음인지라."

"원?"

"우리끼리 부르는 명칭이지. 삼중원 서커스라고 부르기도 하고, 아니면 삼중 지옥이라 부를 때도 있수. 안쪽 원 두곳은 감옥, 바깥 원은 교도관용. 여기가 바로 그치들이 우릴 감시하면서 좌지우지하는 곳이고."

"나한테 무전으로 연락한 사람이 당신인가요?"

"뭐요? 무전은 무슨, 내가 무슨 재간으로?"

"그럼 신호를 보낸다면 어디서 보낼 것 같아요?"

"낸들 알겠수. 보나마나 통제실이겠지."

"월드런, 어쩌면 우리 모두 무사할지도 모르겠군요."

젠시는 월드런을 데리고 피로 칠갑된 실내를 가로지르느라 곤욕을 치렀다. 그는 숨죽여 무어라 중얼거리기 시작하더니 도로 돌아가려드는가 하면 젠시가 억지로 끌고 가자 비명을 질러댔지만, 그래도 결국에는 무사히 통과했다.

문을 지나자 또 굽이진 복도가 나타났다. 둘은 느린 걸음으로 복도를 따라갔다.

그때 젠시는 고통을 일으키는 파장이 느닷없이 온몸을 덮치는 느낌이 들었다. 그는 신음을 내뱉으며 비틀거리다,

머리가 지끈거리기 시작하자 하마터면 바닥에 쓰러질 뻔했다. 또 죽은 어머니가 눈앞에 나타나더니 이번에는 똑바로 마주보고 서 있었다. 아들이 보는 앞에서 어머니는 코피를 흘렸고, 피는 달팽이처럼 느릿느릿 흘러내려 입술을 적셨지만 태연히 혀로 핥았다.

"젠시야, 도와다오. 이 어미를 기다리는 곳으로 가야 한단다."

"진짜도 아니시잖아요."

젠시는 그렇게 말하면서도 정말로 어머니가 헛것인지 갈피가 잡히지 않았다. 너무나 감쪽같아서, 생전의 모습과 너무도 흡사해 한편으로는 환영이라는 사실을 받아들이기조차 어려웠다. 좀처럼 단순한 환영이라 보기 힘들었다.

"젠시야."

어머니는 그에게 손을 뻗었다.

그때 뭔가 둔중한 것이 옆통수를 후려쳤다. 눈앞이 아찔해지면서 방향감각이 사라지면서 그는 무릎을 굽히고 풀썩 쓰러졌고, 고개를 드는 순간 월드런의 발길질에 그대로 얼굴을 걷어차여 뒤로 나자빠졌다.

"안 돼요, 아버지! 안 돼!"

월드런은 고래고래 소리치며 한손을 허공에 흔들더니 뭔가를 잡아당겼고, 어디서 났는지 갑자기 헬멧을 들고 마구 휘둘러댔다. 그러다 돌연 아이마냥 안절부절 못하는 나약한 목소리를 냈다.

"어디 계세요? 어디 가셨어요?"

"월드런, 그만 해요. 아무것도 없어요. 지금 환영에 홀린 거라고요."

젠시는 간신히 말을 뱉으며 황급히 몸을 일으키려 했다.

그러나 월드런은 돌아서서 눈에 기묘한 광채를 띠고서 그를 정면으로 쳐다보았다.

"아, 아버지, 거기 계셨군요."

그는 단단히 벼르고 있었다는 듯 날카롭게 말했다.

"아녜요, 난……."

하지만 월드런은 대답할 틈도 없이 덤벼들었다. 젠시는 팔을 들어 그가 힘껏 후려친 헬멧을 막았지만, 통증이 팔을 파고들자 손이 다 얼얼했다. 월드런은 그의 옆구리를 걷어찼고, 젠시는 휘청대며 반쯤 몸을 일으키다 권총을 찾아 몸을 더듬거렸다.

"멈춰요, 사람 잘못 봤어요!"

"그만 돌아가주셔야겠어요. 이번에야말로 좀 잠자코 죽어 계시란 말입니다."

그렇게 말하는 월드런의 목소리는 묘하게 다정했다.

그가 다시 달려들자 젠시는 옆으로 돌며 그의 사정권에서 벗어나려 들었다.

"계속 이러면 쏩니다!"

젠시가 엄포를 놓았다. 권총을 꺼내들고 겨냥하는데도 월드런은 전혀 개의치 않는 눈치였다. 그의 눈에는 아버지만 보이고 있었다.

바로 그때, 월드런의 어깨 너머로 허연 어머니의 모습이 나타나면서 조준을 흩트렸다.

"젠시, 어서 오잖고 뭐하는 거니?"

일순 정신이 팔린 새를 틈타 월드런은 앞으로 달려들었고, 젠시는 도저히 피할 재간이 없었다. 그를 저지할 심산으로 다리를 노리고 두 차례 방아쇠를 당겼지만 초탄은 복부를, 차탄은 엉덩이를 가격했다. 월드런은 젠시의 품에 쓰러졌다. 그를 덤벼들게 부추기던 정체모를 뭔가가 사라졌는지 헬멧을 휘두르지도 않고서.

젠시는 그를 굴려서 떨쳐내고 얼굴을 위로 돌려눕혔다. 복부 총상이 심각했다. 윌드런의 손으로 배를 덮고 지혈해서 정신을 차리게 하려고 애썼다. 엉덩이 총상은 어딘가 동맥이라도 건드렸는지 피가 조금씩 솟구치고 있었다. 피를 막아보려고 상처를 압박했지만, 이미 늦었다는 사실은 그도 알고 있었다.

윌드런은 어리둥절하고 고통이 묻어나는 눈빛으로 젠시를 쳐다보았다.

"같이 있으면 이럴 일이 없다더니."

젠시는 뭐라고 해야 할지 막막했다.

"정말 미안해요."

그는 끝내 그렇게 말할 수밖에 없었다.

윌드런은 못 들은 듯한 얼굴로 그를 바라보았다. 그는 배에서 피로 물든 양손을 들어 빤히 쳐다보았고, 그러는 사이 상처에서 피가 솟구치기 시작했다. 얼굴이 백짓장처럼 창백해지더니, 끝내 힘없이 손을 떨어뜨렸다.

"어쩌다 내가……?"

그는 물음을 던지다 숨이 끊어졌다.

'이렇게 숱한 목숨을 앗아가는구나.'

다시금 그런 생각이 머리를 스쳤다. 누구를 지켜줄 힘도 없는데, 애초에 자기가 같이 있으면 괜찮다고 말하지 말았을 것을. 게다가 처음부터 윌드런을 심문실에 내버려뒀으면 죽지 않았을지도 모르건만. 앞으로 얼마나 많은 목숨이 그에게 가책으로 남게 될까?

젠시는 다리를 펴주고 양팔을 바로잡으며 시신을 반듯이 눕혀주었다. 그는 잠시 자신의 행동에 관해 생각해보고 잠깐 시간을 내어 명복을 빌어준 다음, 다시 걸음을 옮겼다.

복도를 절반쯤 통과할 즈음, 이상한 소리가 발길을 붙잡았다. 뭔가가 우드득거리는 괴상한 소리였다. 그는 레이저 톱을 꺼내들고 길을 되돌아갔다.

박쥐처럼 생긴 괴생명체가 윌드런의 시신을 올라타고 있었다. 놈은 날개로 그를 안으며 역겨운 포옹을 연출했다.

놈은 뼈다귀처럼 보이는 관을 시신의 이마에 꽂고 몸속에 뭔가를 주입하는 듯했다. 게다가 시신도 방금 전과는 전혀 다른 몰골을 하고 있었다. 시신은 변이를 일으키며 삽시간에 괴생명체로 변해가고 있었다. 뼈가 살을 뚫고 나오며 뒤바뀌더니 서서히 되살아났다. 젠시가 레이저 톱을 켜고 앞으로 달려들어 가까이 다가선 순간, 날아다니는 놈이 시신에서 물러났다. 그는 잽싸게 뛰어올라 놈의 날개 한쪽을 잘라버렸다. 놈이 바닥에 떨어져 퍼덕대자 그는 더는 움직이지 못할 지경이 되도록 가운데 몸통을 난도질했다. 그러고는 월드런을 처리하려고 돌아섰다.

원래 월드런이었던 괴물은 벌써 바닥에서 일어나 날카로운 숨소리를 내며 낫팔을 휘둘러댔다. 놈이 휘두른 낫팔이 옆구리를 가격하자 그는 옆으로 비틀거리다 쓰러지고 말았다. 놈은 젠시에게 뛰어들어 목을 물어뜯으려 들었고, 그는 신음을 내뱉으며 놈한테서 떨어지려고 몸부림쳤다. 뜻대로 되지 않자 놈은 갑갑한지 소리를 지르며 낫팔을 내리찍었지만 아슬아슬하게 팔을 비껴났다. 그는 레이저 톱날을 끌어다 칼날 같은 부속지를 잘라버렸고, 균형이 무너져 놈이 뒷다리로 몸을 일으키는 짧은 순간을 틈타 팔을 휘둘러 나머지 부속지도 잘라버렸다. 놈은 여전히 그의 위로 버티고 서서 목을 물어뜯으려 들었고, 놈의 이빨이 일순 목을 파고들었다. 그는 고통과 짜증으로 가득한 비명을내지르며 힘껏 놈을 떨쳐냈고, 어렵사리 놈을 돌아눕힌 다음 올라타 잽싸게 목을 베어버렸다.

팔다리를 모조리 잘라내 확실히 움직이지 못하게 하기까지는 시간이 조금 더 걸렸다. 사지 절단이 끝나자 그는 바닥에 드러누워 멍하니 천장을 바라보았다.

'해도해도 너무하잖아. 같은 사람을 두 번 죽여야 한다니.'

그러나 그러기도 잠시, 삶이란 원래 너무한 법이라고 속으로 되뇌었다. 그는 그대로 한참을 누워서 숨을 가다듬은 뒤, 일어서서 걸음을 옮겼다.

통제실은 거기서 그리 멀지 않았다. 굽이진 복도를 따라가자 보강된 강철 출입문이 나왔고, 그 옆으로는 두꺼운 판유리창이 있었다. 안을 들여다보니 무슨 기계 장치를 분해하느라 여념이 없는 어느 사내의 뒷모습이 보였다. 사내 앞의 책상 위에는 전자기기가 어지럽게 놓여 있었고, 어떤 것들은 따로 전선을 써서 연결해놓은 상태였다. 출입문 옆의 패드를 눌러봤지만 문은 열리지 않았다. 다시 창가로 가서 유리를 두드렸지만 사내한테는 들리지 않는 모양이었다. 그래서 그는 시체가 즐비하던 곳으로 되돌아가 곤봉을 챙겨와서는 있는 힘껏 유리창을 두드렸다.

이번에는 사내의 귀에도 들렸던 모양이다. 사내가 뒤로 돌아서자, 젠시는 그가 다름아닌 헨리라는 사실에 다소 놀랐다. 반면 헨리는 꽤나 충격을 받은 얼굴이더니, 그대로 졸도하고 말았다.

■ ■ ■

의식이 돌아온 뒤에도 헨리는 자기 눈을 의심했다. 처음에는 문도 열어주지 않고 멍하니 젠시를 바라볼 따름이었다. 그러더니 드디어 생각을 고쳐먹고 내선 통신기로 가서는 유리창을 사이에 두고 대화를 시도했다.

"분명 가짜일 거야. 너도 환영일 뿐이라고."

"아니, 진짜 맞아."

"환영이라면 다들 그렇게 말하겠지."

"난 환영이 아냐. 방금 구명정을 타고 교도소에 불시착했어. 아까만 해도 우리 둘이 무전을 주고받고 있었는데 저쪽에서 신호를 막아버렸잖아."

"그게 너였어?"

헨리는 의심으로 주름진 얼굴에 여전히 미심쩍다는 눈빛이었지만, 조금씩 젠시의 말을 믿으려는 분위기였다.

"난 진짜야, 헨리."

"그치만 놈들이 문을 열게 하려고 널 보냈을지 누가 알아? 진짜라는 말에 속아서 문을 열면 놈들이 들이닥쳐 날 죽이면 어떡해? 그냥 못 본 척하는 편이 낫지."

"헨리, 난 여기까지 오느라 아득히 먼 길을 왔어. 그리고 고통을 느끼지 못하고 죽지도 않는 괴생명체들을 헤치고 여기까지 왔고. 월드런이라는 수감자를 만났는데 정황상 하는 수 없이 죽여야 했고, 죽었는데 되살아나는 바람에 두 번 죽여야 했어. 여기까지 오느라 생지옥을 겪었단 말이야. 봐주는 셈 치고 좀 들여보내줘."

헨리는 그를 한참이나 쳐다보더니, 어깨를 으쓱이고는 문을 열었다.

■ ■ ■

젠시가 무슨 말만 하면 헨리는 그가 헛것이라는 의심이 도로 도지는 통에 한동안 어색한 분위기가 흘렀다. 한 번은 의심이 너무 커져서 드라이버로 젠시의 눈을 쑤시려 들었는데, 한동안 먹지 못해 쇠약해진 상태가 아니었더라면 정말로 찔렀을지도 모를 일이었다. 그러나 젠시가 드라이버를 뺏어버리자 헨리는 조용해졌고, 그렇게 한동안 잠잠하나 싶었는데 얼마 가지 않아 도로 의심에 사로잡혀 안절부절 못하기 시작했다.

아니면 젠시가 말을 해서가 아니라 헨리가 계속 파장이라 일컫는 현상의 부작용일지도 모를 일이었다.

"파장이라니? 무슨 소리야?"

젠시의 물음에 헨리는 설명을 시작했다. 얼마 전에 과학자 일행이 찾아와서는 파장을 기록하고 갔다고 한다. 일행에 속한 여자 과학자가 사정을 조금 일러주기는 했는데, 짐작으로는 그것도 몰래 가르쳐준 분위기였다면서. 그 파장은 두뇌에 영향을 미치며 마커라는 존재가 그 출처라는 것이다.

"마 뭐?"

"마커. 본 적은 없어. 어디 있는지는커녕 어떻게 생겼는지도 몰라. 연구 시설에 있다나봐. 극비계획 같은 건가봐."

"이스트반은? 형도 괴물한테 죽었어?"

"아니, 찾아왔던 과학자들이 파장을 측정하면서 주위를 탐색해 보더니 웬 구덩이를 파놓더라. 다 파고 나더니 뜬금없이 이스트반한테 관심을 보이더니 그냥 데리고 갔어."

헨리는 심각한 표정으로 젠시에게 고개를 돌렸다.

"그런데 저쪽에도 여기처럼 아수라장이 벌어졌다면 지금쯤 산 사람은 아니겠지."

"분명 살아 있을 거야."

젠시가 고집스레 말했다.

"아닐걸. 먼 길 오느라 고생이 이만저만이 아니었겠지만, 이제는 단념할 때일지도 몰라."

젠시는 고개를 돌렸다. 헨리가 옳을지도 모르지만 아직은 단념할 마음이 없었다. 한편으로는 형의 죽음을 받아들이려 했지만, 다른 한편으로는 여전히 형이 살아 있다고 철석같이 믿으려 들었다. 과연 어느 쪽이 맞을까? 형이 죽었다는 엄연한 현실을 받아들이는 쪽일까, 아니면 끝까지 형을 찾아서 구해야 한다고 고집하는 쪽일까?

"그래도 시도는 해봐야지. 지금쯤 죽었을지도 모르지만 주검을 보기 전에는 포기 못 해."

끌려가는 이스트반을 보고만 있었던 일로 젠시는 지난 몇 년간 실의에 빠져 있었고, 그렇게 흘러간 나날을 생각하면 형을 반드시 구해야 한다고, 그럴 기회는 지금뿐이라는 확신이 들었다.

헨리는 뒤로 몸을 젖혔다.

"하기야, 누가 알겠어? 지금쯤 어떻게든 살아 있을지도 모르지. 확실한 여부는 연구 시설에 가봐야 알겠지만, 어차피 싫어도 들러야 돼. 거기 말고는 달리 가볼 데도 없으니까."

그렇게 둘은 그리로 향했다.

46

우선 둘은 헨리가 쓸 RIG부터 구한 다음, 밀폐된 전지형차로 행성의 해로운 대기를 헤치며 연구 시설로 향했다.

젠시의 눈에 비친 주변 풍광은 행성이라기보다 달의 표면을 연상케 했고, 짙은 적흑색 모래와 바위만 가득한 지표에는 수형지와 연구 시설을 빼면 식생은커녕 생명의 흔적조차 없었다.

이쪽을 빤히 쳐다보는 헨리의 눈길이 젠시의 눈에 잡혔다.

"운전 중에 한눈 팔지 마."

헨리는 시선을 돌리고는 여전히 실감이 나지 않는다는 듯이 고개를 휘휘 저었다.

"네가 여기 있다는 사실이 도무지 믿기지가 않아."

헨리가 말했다.

"피차일반이지. 여기서 이런 개판이 벌어졌다는 사실도 믿기지 않기는 마찬가지고."

젠시가 대꾸했다.

"차라리 전부 악몽이었으면 좋겠어."

"그런데 악몽보다 훨씬 끔찍하잖아."

둘은 한동안 말없이 운전만 했다.

"여기에 대해서 뭐 아는 것 없어?"

젠시가 물었다.

"거의 몰라."

"혹시 들어가는 과정에서 문제가 생길까?"

헨리는 어깨를 으쓱였다.

"보안 시설이니 뭐, 아마 그렇겠지. 그런데 생각해보니 이렇게 우리가 오는 줄은 모를 거잖아."

그런가 싶었는데 시설을 몇 킬로미터 앞둔 곳에서 지직이는 소리와 함께 수신기에서 녹음된 음성이 흘러나왔다.

"경고. 이곳은 접근 제한 구역입니다. 암호와 인증 번호를 입력하기 바랍니다. 암호와 인증 번호가 없다면 당장 차량을 멈추고 우회하기 바랍니다."

"어쩐다?"

헨리의 물음에 젠시는 어깨를 으쓱였다.

"계속 밟아야지."

음성 메시지는 30초 간격으로 두 차례 반복되었고, 둘은 들은 체도 하지 않으며 계속 차를 몰았다. 그러고 30초가 지나자 이제는 다른 메시지가 들어왔다.

"위험 지대에 들어섰습니다. 계속 접근할 시 파괴됩니다."

젠시는 계속 차를 몰았다.

"아무래도 교신을 시도해 봐야겠어."

헨리가 초조한 목소리로 말했다. 그가 뭔가 하려는 순간 뭔가가 전지형차를 강타했다. 차가 뱅뱅 돌며 허공에 치솟더니, 거꾸로 뒤집혀 거칠게 지면을 들이받았다.

젠시는 안전벨트에 묶인 채로 머리를 늘어뜨리고 있었다. 안면보호대 내부가 옅은 핏방울과 불시착으로 생겨난 금과 합쳐지면서 앞이 거의 보이지 않았다. 그는 신음을 내뱉으며 머리를 절레절레 흔들었다.

옆자리로 고개를 돌렸더니 헨리는 정신을 잃은 상태였다. 그는 안전벨트를 풀고 전지형차의 천장에 떨어진 다음, 어렵사리 몸을 가누어 무릎을 굽히고 앉았다. 몸을 흔들며 안면보호대를 툭툭 쳐봐도 헨리는 반응이 없었다.

젠시는 조심스레 헨리의 몸을 받을 자세를 잡은 다음 안전벨트를 풀고 천천히 아래로 내렸다. 그런 다음 헨리를 전지형차 밖으로 끌어내 땅바닥에 눕혔다.

그는 무전을 연결했다.

"헨리, 헨리, 정신 차려."

혹시 우주복에 찢어졌거나 구멍이 뚫렸는지 살펴봤지만 일단 겉보기에는 멀쩡했고, 우주복에 감싸인 팔다리를 주물러보니 어디 부러진 데도 없었으며, 숨도 붙어 있었다.

다만 전지형차는 고철이 되어 있었다. 거꾸로 뒤집히기 직전에 지뢰인지 로켓인지에 당해 차체 뒷부분이 박살나 있었다. 그나마 폭발이 뒤에서 일어나 천만다행이었다. 조금만 더 앞에서 터졌더라면 지금쯤 둘 다 저세상 사람이 되었을 테니까.

"헨리, 널 여기 버려둘 수는 없지만 그렇다고 들쳐업고 가기도 여의찮아. 게다가 끝까지 같이 갈만큼 산소가 충분할지도 모르겠고."

47

캘리는 홈 사이로 귀를 기울였지만 사람 소리는 전혀 들리지 않았다. 인기척을 느낀 괴생명체들이 간간이 다가와 문을 긁어대며 안으로 들어오려고 했지만, 숨을 죽이고 쥐죽은 듯이 가만히 있으면 이윽고 어디론가 사라졌다.

그녀는 감옥에 사흘간 방치된 상태로 고함과 비명에 귀를 기울이고 있었다. 먹을 것은 하루만에 바닥났고, 신중히 아껴 마셨건만 물도 이틀 한나절을 버티지 못하고 동났다. 이러다 탈수로 죽겠구나 싶었다. 그래도 밖에서 괴생명체의 손에 죽느니 차라리 그 편이 낫다고 스스로 되뇌었다. 하지만 이러나 저러나 죽기는 매한가지라면, 차라리 싸워보고나 죽고 싶었다.

캘리는 장비를 살피며 여기서 탈출할 만한 물건을 만들어 내려고, 하다못해 조잡한 폭탄이라도 만들려고 궁리했다. 하지만 그러기는 불가능했다. 적당한 재료도, 도구도 없었으니. 딱히 뾰족한 방법도 없다 보니, 하던 대로 데이터를 점검하며 연구를 계속해 나갔다.

다만 그러자니 이제는 데이터가 부족했다. 데이터는 항상 부족했다. 경비원은 어째서 미쳐버렸던 것일까? 그리고 미친 뒤에 무슨 일이 있었기에 시체가 뭔가 다른 존재로 변했던 것일까? 기생충인가? 어떻게 의식을 모방했지? 혹시 마커와 신호 송출과 관련된 것일까, 아니면 원인은 전혀 다른 곳에 있었던 것일까?

아니다, 지금은 모든 데이터에 접속 가능한 통제실로 가는 일이 절실하다. 전체 접속권을 손에 넣으면 해답이 나올지도 모른다. 하지만 과연 지금 통제실에 사람이 남아 있기나 할지 의문이었다. 지금쯤 전원 사망했을지도 모르잖은가. 그녀는 다시 데이터 점검으로 돌아가, 수없이 살펴본 내용을 다시 보면서 최대한 활용해보려고 노력했다.

하릴없이 똑같은 도표와 수치를 거듭 붙잡고 있던 중, 문에서 무슨 소리가 들렸다. 처음에는 괴생명체가 자신을 노리고 되돌아온 줄로만 알았는데, 키카드를 긋는 삑 소리가 나더니 잠금이 풀렸다. 캘리는 돌아서서 가만히 기다리며 문이 열리는 모습을 지켜보았다.

문앞에는 암호학자인 애너 틸튼이 서 있었다. 그녀는 브라이든 파벌의 일원이자 유니톨로지 신자였다. 캘리는 탈수로 머리가 어질어질한 와중에도 차분히 몸을 일으키며 멀쩡하고 당당해 보이려고 애썼다.

"드디어 브라이든이 날 풀어주려나 보군요. 자기 방식이 어디가 잘못됐는지 이제야 알아차렸나 보죠?"

애너는 물병을 내밀었다. 캘리는 떨리는 손으로 물병을 받아들었다. 한참을 더듬거린 끝에 간신히 뚜껑을 열어 벌컥벌컥 들이켰다.

"천천히 마셔요. 그러다 단숨에 들이키겠어요."

마시는 속도를 줄이느라 의식적으로 주의를 기울여야 했지만 그래도 어렵사리 멈췄다. 캘리는 물을 마시지 않고 물병을 그대로 들고 있다가, 천천히 조심스레 한 모금 들이켰다.

"무슨 바람이 불었다던가요?"

애너는 고개를 저었다.

"브라이든이 보내서 온 게 아녜요. 제 발로 찾아왔죠."

그녀가 가방에서 빵 한 덩이를 꺼내 건넸다. 캘리는 살짝 한 입 물었다. 빵이 이렇게 맛있었을 줄이야.

"그럼 왜 왔나요?"

"이런 사태를 일으킬 의도는 절대 아녔어요."

자세히 살펴보니 애너의 얼굴에는 걱정스럽고 혼란스러운 기색이 선했다.

"수많은 죽음과 살육에…… 괴물들까지. 이건 종교적 가르침이 아녜요. 브라이든이 뭐라 착각하건 절대 신성한 계획의 초석이 아녜요."

"아무래도 그 점은 우리 모두 동감인 듯하군요. 그런데 뭐하러 나한테 말해주는 건가요? 날 왜 풀어줬죠?"

"사태를 막을 사람은 박사님뿐이니까요. 더 늦기 전에 브라이든을 막아주세요."

48

젠시는 산소와 기력을 허비하지 않으려고 가만히 기다리며 간간이 헨리를 흔들었다. 얼마나 시간이 흘렀을까? 1분? 2분? 5분? 연구 시설에 살아서 도착하지 못할 정도로 산소가 바닥나기까지 앞으로 얼마나 남았을까?

차라리 헨리를 버려두고 가는 편이 나을지도 모른다는 점은 알고 있었다. 그냥 버려두고 혼자 시설로 향한다면 조금이라도 가망은 있었다. 그러나 그럴 엄두가 나지 않았다. 안 될 일이지, 헨리는 어머니가 돌아가시기 전부터 지금까지 줄곧 함께 해준 진정한 친구였다. 그런 헨리를 차마 버릴 수는 없었다.

그래서 옆에 앉아서 수신기로 계속 말을 걸고 몸을 흔든 끝에, 헨리가 드디어 작게 신음하며 정신을 되찾았다.

"뭐가 어떻게 됐던 거야? 여기가 어디야?"

"몰라도 상관없어. 일단 출발부터 하자. 걸을 수 있어?"

헨리는 팔다리를 움직여 보더니 몸을 움찔했다.

"팔이 이상해."

"걸을 수 있겠어?"

젠시가 다시 물었다.

"그런 것 같아."

젠시는 다치지 않은 팔을 잡고 헨리가 일어나도록 부축했다. 그는 자리에서 일어나 한 팔로 다친 팔을 붙들었다.

"괜찮아?"

헨리는 고개를 끄덕였다. 멍해 보이는 얼굴이었지만 큰 이상은 없었다.

"서두르자. 이러다 산소 부족으로 죽겠어."

둘은 황량한 땅덩이를 터벅터벅 걸어갔다. 젠시가 앞장을 서고 헨리는 비틀거리며 뒤에서 따라갔다. 젠시는 중간중간 돌아서서 헨리를 부르며 속도를 내라고 격려했다. 서두른다고는 해도 달리는 중은 아니었다. 헨리가 여전히 얼떨떨한 상태라 뜀박질은 무리였지만 그래도 신속히 이동했고, 젠시는 점점 숨이 가빠졌다.

시설까지 대략 400미터 거리를 앞둘 무렵 무렵 RIG에서 경고음이 나오자, 젠시는 산소 잔량이 얼마 되지 않는다는 사실을 퍼뜩 깨달았다. 그는 부디 헨리가 재주껏 따라오기를 빌며 속도를 높였다. 계속 소리를 지르며 힘을 내라고 보채는 것도 잊지 않았다. 어느새 건물이 눈앞에 다가오자, 문이나 기밀 출입구가 없는지 이리저리 살피며 부디 방향을 제대로 찾아왔기를 빌었다. 혹시라도 건물을 둘러가야 했다가는 산소가 바닥나기 전에 안으로 들어갈 가망이 더욱 낮아진다.

귀에서 헨리의 목소리가 들렸다.

"너무 앞서 가잖아. 도저히 못 따라가겠어."

"발자국을 보고 따라와."

"그치만……."

"빨리 입구를 찾아야 돼. 산소가 거의 바닥났어. 지금 초를 다툰다고."

헨리가 뭐라고 계속 말했지만 젠시는 정신을 기울일 여유가 없었다. 그는 어느새 달리기 시작하며 가능한 신속히 이동했다. 건물의 귀퉁이가 코앞까지 다가왔지만, 거리가 멀어서인지 아니면 시력 탓인지 입구는 여전히 눈에 잡히지 않았다. 어느 쪽으로 간다?

그는 머릿속으로 동전을 튕겨본 다음 왼쪽으로 방향을 잡고 벽을 끼고 달렸다. 대략 40미터쯤 달렸을 즈음 잘못왔다는 짐작이 들자 그냥 반대쪽으로 돌아설까 싶었지만, 그러다가는 원점으로 돌아가느라 남은 산소를 허비하게 된다는 사실을 짐작할 정도의 정신은 남아 있었다. 계속 뛰며 30미터쯤 더 갔을까, 갑자기 어두운 틈이 나타났다.

그는 RIG 전조등을 켰다. 기밀 출입구였는데, 무슨 이유에서인지 외부 출구가 열린 상태였다. 그는 바로 방향을 돌려 헨리에게 돌아갔다.

찾고 보니 헨리는 건물 모퉁이 근처에서 비틀비틀 길을 헤매며 엉뚱한 방향으로 걸음을 돌리려던 참이었다. 뒤에서 불러 멈춰 세운 다음, 멀쩡한 팔을 붙잡고 방향을 바로잡아주었다. 어느새 산소가 바닥나 공급이 차단됐고, 이제 남은 시간은 정말로 촉박했다. 머리가 몽롱해지더니, 건물 옆에 어머니가 나타나 웃음을 머금고 있었다.

'환영일 뿐이야. 진짜가 아니라고.'

젠시는 그렇게 속으로 되뇌며, 헨리를 붙든 채로 눈을 질끈 감고 어머니를 향해 뛰어들었다. 그는 휘청거리다 하마터면 넘어질 뻔했다. 산소가 바닥나 헬멧에 찔끔 남은 공기를 헐떡이는 사이 점점 어지럼증이 심해졌고, 정신을 차려 보니 어느새 기밀 출입구 안에 들어와 있었다. 그는 외부 출구를 닫는 제어반을 찾아봤지만 아무데도 없었다. 어머니는 조용히 뒤따라와 둘의 옆에 서 있었다.

넌 언제나 총명한 아들이었지.

"모르겠는데요."

젠시가 대꾸했다.

"뭘 모르는데?"

헨리의 물음이었다.

지금도 총기가 여전하다면 지금의 난관에서 벗어날 방법도 찾아낼 테지.

위가 점점 어두워지면서 시야가 좁아지기 시작했다. 거의 기절하기 직전이었다. 그는 벽에 손을 더듬거리다 드디어 제어반이 손에 닿자 꾹 눌렀다.

외부 출구가 열려 있음

경고 문구가 번득였다.

어머니의 얼굴이 서서히 잦아들며 무너져 내렸다. 이번에는 다른 단추를 눌러보았다.

다시 경고 문구가 번득였다.

외부 출구가 열려 있음

"소용없어. 산소가 모조리 배출될 거라고."

헨리의 목소리가 그보다 또렷하게 들렸다. 산소 잔량이 조금 더 남아 있는 모양이었다.

"헨리, 혹시 좀……."

의식이 멀어지는 기분이 들더니, 젠시는 그대로 쓰러지고 말았다.

갑자기 돌풍이 불자 주위의 세상이 금방이라도 바람에 쓸려나갈 것처럼 위태롭게 보였다. 저물어가는 태양의 불그스름한 노을이 펼쳐진 하늘 아래, 그는 땅거미가 내린 평원 한가운데 서 있었다. 뭔가가 머릿속을 샅샅이 뒤지는 기분 들었는데, 마치 이름모를 커다란 짐승이 여기저기 킁킁대며 뇌 속 구석구석 통증을 남기고 돌아다니는 느낌이었다. 그때 느닷없이 죽은 사람의 얼굴이 눈앞에 튀어나왔다. 처음에는 누구인지 낯설었지만 다시 보니 이스트반이 쏴 죽였던 바로 그 정치인이었다. 반쯤 박살난 머리에서 흘러내린 피와 뇌가 어깨를 적시고 있었다. 한쪽 눈도 없었지만 반대쪽 눈으로는 그를 빤히 쳐다보았다.

"그 녀석과 닮았군."

정치인이 입을 열자 입술에서 피거품이 일었다.

"누구하고요?"

"내면은 그렇게 닮지 않았지만 남들에 비하면 그 녀석과 가까워. 그 녀석의 내면은 알맞아서 이해하기 쉽지만 다른 사람들은 전부 글렀어. 넌 알맞은 것도 글러먹은 것도 아니로군."

"무슨 말인지 모르겠어요."

"반드시 우리를 찾아와. 그러면 너를 알맞게 만들어줄 테니."

그러자 그의 뒤로 펼쳐진 배경이 요동치기 시작하더니, 격류하는 핏물로 변했다.

꿈인지 아닌지조차 모르겠지만, 꿈에서 깨어나 보니 젠시는 쇠로 된 바닥에 누워 천장을 쳐다보고 있었다. 헨리가 위에서 빤히 내려다보고 있었다. 여전히 한쪽 팔을 붙들고 있었는데, 이제 헬멧을 접어서 얼굴이 보였다. 아직도 머리가 어지러웠지만 그래도 질식사의 위기에서 벗어났다는 사실에 안도했다.

"살아 있었구나."

젠시는 고개를 끄덕이고 천천히 몸을 일으켜 앉았다. 주위를 둘러보니 둘은 기밀 출입구 내부에 있었고, 내외부 출구 모두 닫힌 상태였다.

"네가 문을 닫았나보네."

젠시가 말했다.

"맞는 버튼만 찾으면 해결되는 일이었으니까."

헨리는 고개를 끄덕이고는 고갯짓으로 내부 출구를 가리켰다.

"다만 저쪽 문은 조금 까다로워. 암호가 있어야 되더라."

"사이에 갇힌 신세네."

"그런 셈이지. 산소가 없으니 밖으로 나갈 수도 없고, 그렇다고 안으로 들어가자니 암호가 없잖아."

젠시는 비틀거리며 일어났다. 내부 출구로 다가가 이리저리 살펴보며 잠금을 해제할 방법을 찾아봤지만 헛수고였다. 비상 개폐기나 그밖의 장치는 없는지 확인했지만 무엇 하나 없었다.

"이제 어쩌지?"

헨리가 물었다.

"나도 모르겠어."

젠시는 혹시나 싶어 주머니에서 레이저 톱을 꺼냈지만, 잠깐 톱질을 해보니 문을 절단하기도 전에 전지가 다 닳겠다는 짐작이 곧바로 들었다. 그는 톱을 거두었다. 이번에는 주머니에서 권총을 꺼내 총열을 거꾸로 쥐고 천천히, 규칙적으로 문을 두드렸다.

"이러면 안에서 들을지도 몰라. 들리면 와서 꺼내주겠지."

뒤로 고개를 돌리며 설명했지만 정작 헨리는 시큰둥한 눈치였다.

'그래, 가능성이 희박하다는 거 나도 알아. 그런데 달리 방법이 없잖아?'

젠시는 부디 누군가 소리를 들어주기를 빌며 계속 문을 두드렸다.

49

"좀처럼 죽지를 않아요. 아무리 쏴도 계속 덤벼든다니까요."

애너가 사정을 설명했다. 캘리는 그녀가 건넨 무기를 손에 쥐었다. 총열이 개조된 플라즈마 소총으로, 애너의 설명으로는 발사 시에 에너지가 한곳에 집중되지 않고 넓게 퍼져 절단면을 이룬다고 했다.

"사지를 자르기에 딱이죠. 머리를 쏴봤자 소용없어요. 관건은 사지 절단이거든요. 팔다리만 없으면 못 움직여요."

"총은 다뤄본 적도 없는걸요."

"저도 며칠 전에 처음 쏴봤어요. 금방 요령이 붙을 거예요."

그렇게 말하는 애너의 얼굴에서는 긴장되고 지친 기색이 역력했다.

둘은 복도로 들어섰다. 캘리가 대뜸 통제실 쪽으로 방향을 잡자, 애너가 팔을 붙잡으며 말렸다.

"안 돼요, 그리로는 못 가요. 멀리 돌아가야 돼요. 가는 길에 그것들이 몇 놈 있는데다 브라이든이 보초까지 세워뒀는데, 하나같이 충성심에 불타는 광신도들이라 박사님을 보자마자 죽이려 들 거예요. 멀리 에둘러 가야 돼요."

그래서 둘은 통제실 반대 방향인 다른 길로 돌아갔다.

"브라이든은 대체 무슨 속셈이라던가요?"

캘리가 물었다.

"자기가 존재의 다음 단계로 가는 서막을 여는 중이라고 착각하더군요. 자기가 무슨 예언자인데 이스트반도 그러하니, 함께 마커의 뜻을 헤아려야 한다면서요."

"제정신이 아니군요."

캘리의 말에 애너도 고개를 끄덕였다.

"그리고 괴생명체들은 유니톨로지를 받들기 위한 시종이라고 보고 있죠. 유니톨로지고 뭐고 아무것도 모르는 무뇌아들인데도요. 유니톨로지는 그런 종교가 아녜요. 게다가 놈들과 마커 사이에 뭔가 이상한 구석이 있나봐요. 마커 근처에는 얼씬도 않거든요."

"그래요?"

"마커 주위는 안전해요. 브라이든은 이스트반하고 거기서 머물면서 마커의 뜻에 귀를 기울이는 자에게 이래라 저래라 명령하고 있죠. 이제는 남은 사람도 거의 없는데 말예요. 다들 그놈의…… 괴물로 변해버렸어요. 맹신에 빠진데다 충성스러운 시체 추종세력마저 따라붙은 셈이죠. 그야말로 미치광이로 변했어요."

복도를 절반쯤 지났을까, 거기서부터 길이 바뀌기 시작했다. 시설 여기저기서 보이던 촉수와 부패한 듯한 물질이 바닥을 두텁게 뒤덮기 시작하면서 미끌거리는 유기 물질이 뇌처럼 엉겨붙어 있었다. 복도를 계속 지나며 나중에는 벽에도 들러붙어 있었다. 애너는 걸음을 멈추고 환기구로 들어가는 점검판을 열었다.

"이리로 가야 돼요."

"복도를 놔두고 왜요?"

"잠자코 따라오세요. 복도 저편이 어떻게 변했는지 모르는 편이 나으니까."

■ ■ ■

환기구가 워낙 좁고 갑갑해 덱스터는 숨을 쉬기가 어려울 지경이었다. 무릎을 굽히고 바닥에 손을 붙인 채로 몸을 잔뜩 숙이고 움직이는 동안 그녀는 소총을 앞으로 밀면서 나아갔다. 점검판 통로는 환기장치로 가파르게 내려갔다.

캘리는 애너를 따라서 환기구로 들어가며 커다랗게 비치는 둘의 그림자를 살피고 웅웅대며 돌아가는 환풍기 소리에 귀를 기울이며, 도관을 지나는 사이에 바람으로 바뀌는 공기를 온몸으로 느꼈다. 중간 중간 환기구가 교차하는 지점이 나오면 애너는 꾸깃꾸깃 접힌 종이를 꺼내 잠깐 살펴본 뒤 방향을 결정했다. 환기구의 벽면에 갇혀 옴짝달싹 못하는 탓에 그렇게 잠깐씩 멈추는 순간이 캘리에게는 고역이나 마찬가지였다. 조명이 있어 컴컴하지 않은데도, 그럴 때마다 환기구가 점점 조여들어 온몸을 옥죄는 느낌이 들었다.

어떨 때는 분명 뒤에서 무슨 소리가 들린 것만 같았다. 뒤로 고개를 돌리면 뭔가가 홱 지나가는 모습이 눈가에 잡혔는데, 제대로 보려고 하면 어디론가 사라지고 없었다.

“저기, 애너?”

“뭔데요?”

“혹시 환기구에 우리 말고 사람이 더 있나요?”

“누가 있겠어요? 뭔가 보이면 일단 쏘고 보세요.”

그런 말을 들어도 전혀 안심이 되지 않았고, 밀폐되고 숨막히는 분위기 때문에 점점 신경이 날카로워졌다.

둘은 계속 이동했다.

‘지금쯤 어디까지 왔을까? 설마 같은 자리를 도는 중은 아니겠지?’

그렇게 생각하던 중, 발목 언저리에서 뭔가가 느껴졌다.

캘리는 소스라치게 놀라 비명을 질렀고, 환기구 속에서 쿵쾅거리며 왔던 길을 도로 끌려가기 시작했다. 하마터면 손에서 총을 놓칠 뻔했지만 끝까지 쥐고 버텼다. 끌려가다 잠깐 멈추자 황급히 몸을 뒤집어 뒤를 살펴봤더니, 굵은 촉수 끄트머리가 발목을 단단히 움켜쥔 모습이 눈에 들어왔다. 촉수의 나머지 부분은 환기구 너머로 길게 뻗어 있었다. 촉수는 또아리를 틀며 자세를 추스르고는 다시 발목을 잡아당겼다.

“쏴요! 농포에요!”

‘농포?’

의아하게 생각하던 순간 해답이 눈에 들어왔다. 환기구 끝에서 누렇고 부풀어 오른 자루 같은 것이 촉수 다발에 반쯤 가린 상태로 촉수를 뻗치고 있었다.

'차라리 잘 됐네. 어디를 노려야 할지 보이는군.'

캘리는 환기구에 총신을 이리저리 부딪히며 끝에 어렵사리 총구를 돌리고 놈을 겨냥했지만, 방아쇠를 당기기려는 순간 촉수가 콱 조여들며 몸을 도로 뒤집어버리면서 고통스레 계속 끌려갔다.

놈이 다시 움직임을 멈추자 촉수가 다시 또아리를 틀며 자세를 추스르기 시작했고, 이때를 틈타 다시 돌아누워 소총을 겨누었다. 첫 발은 벽면을 그을리는 데 그쳤고, 다음 발은 농포가 아니라 촉수를 맞혔지만 별 효과가 없었다.

덱스터는 침착하게 조준을 가다듬었다.

'항상 세 번째에 행운이 따르는 법이지.'

그렇게 되뇌는 사이 촉수가 꿈틀대면서 촉수의 출처가, 환기구 벽면에 깊숙이 뚫린 구멍이 힐끔 보였다. 이대로 저기까지 끌려들어가면 온몸이 갈기갈기 찢겨나갈 것이 뻔했다.

발목이 촉수를 조여드는 와중, 조준을 가다듬은 다음 마지막으로 방아쇠를 당기자 이번에는 제대로 들어갔다. 농포가 찢어지며 폭발하면서 촉수가 중간에서 끊어졌다. 요란하게 울부짖는 괴성이 들리더니 나머지 촉수는 마구 몸부림치며 구멍 속으로 빨려들어갔다.

발목에 남은 촉수 끄트머리를 비틀어 뜯어냈더니 벌겋게 베인 상처가 남아 있었다. 캘리는 몸을 돌려 끌려왔던 길을 다시 기어갔다. 대략 10여 미터를 기어가자 애너가 보였는데, 허겁지겁 기어가다 캘리를 보고는 멈칫했다.

"살아 있었군요."

다소 의외인 눈치였다.

"당연히 살아 있죠. 대체 그건 뭐였죠?"

"놈들의 한 종류죠. 크기며 모양이 천차만별이에요. 한 놈 공략법을 터득하면 다음에는 못 보던 놈이 나타난다니까요. 다행히도 아까 놈은 전에도 봤던 종류지만요."

"다시는 마주칠 일이 없기를 빌어야겠네요."

둘은 환기구를 따라 계속 기어갔다. 그렇게 얼마쯤 갔을까, 캘리는 여기가 어디인지 완전히 감을 잃고 말았다. 어디서 들리는지 모를 소리가 귓가에 맴돌기 시작했다.

'이것도 마커가 보내는 신호의 영향인가?'

문득 궁금증이 들었다. 아니면 그냥 편집증일 뿐인 것일까? 계속 어둡고 밀폐된 공간에 있으려니 주위의 그림자 곳곳에 악마가 도사릴지도 모른다는 망상에 사로잡히기 시작했다. 하지만 한편으로는 과학자로서 앞으로 어떻게 될지 흥미를 갖고 현재의 힘겨운 상황을 먼발치에서 관찰하는 심정이었다.

앞에서 기어가던 애너가 우뚝 멈췄다.

"뭔데 그래요?"

"브라이든의 부하에요. 얼마 전까지는 그랬다고 해야겠네요. 박사님한테 가는 길에 죽였거든요. 참, 죽어서도 앞을 가로막네요. 위로 기어 넘어가야 돼요."

"뭘 어쩐다고요?"

"길은 여기뿐이라 어쩔 수가 없어요. 참고 따라와 주세요."

"어딘가 다른 길이 있겠죠."

하지만 애너는 벌써 저만치 가고 있었다. 캘리는 그녀가 시체를 기어넘으면서 조심스레 차례로 손과 무릎으로 시체를 짚는 모습을 지켜보았다. 그러나 시체가 길을 가로막은 탓에 결국은 납작하게 엎드린 채로 꿈틀대며 간신히 지나갔다. 썩 보기 유쾌한 광경은 아니었다. 애너가 지나가자 시체가 조금씩 모습을 드러냈다. 눈은 멍하니 치떴으며 입은 사후경직으로 쩍 벌어져 있었다.

시체의 주인은 캘리가 알던 짐 딕슨이라는 사람이었다. 그리 호감 가는 인물은 아니었지만, 이제 와서 곱씹은들 아무 소용없는 이야기일 뿐이었다.

"뭐 해요? 어서 지나오세요."

애너가 시체 건너편에서 불렀다.

캘리는 잠시 머뭇거리다 끝내 한숨을 쉬고는 시체를 넘기 시작했다. 시체에서 쉰

내가 났지만 그래도 아직은 부패가 시작되지 않아서 그리 역하지는 않았다. 시체 위로 천천히 몸을 밀어넣으며 엉덩이나 무릎으로 시신의 머리를 치지 않으려고 애썼다. 달팽이가 기어가듯 느릿느릿 위를 넘자니, 실없게도 문득 야릇한 기분이 들었다. 지나갈 틈이 좀처럼 나오지 않았다. 캘리는 몸을 꿈틀거리며 앞으로 나아간 다음, 시체의 신발을 잡고 몸을 끌어당겨 간신히 기어서 통과했다.

"인상 펴요. 훨씬 더한 꼴도 보게 될 테니까."

애너는 어깨를 토닥이며 전혀 위로가 되지 않는 말을 건네고는, 계속 앞으로 기어갔다.

한참이 지나자 어디선가 뭔가 두드리는 소리가 들렸다.

"무슨 소리죠?"

캘리의 물음에 애너는 기어가다 말고 가만히 귀를 기울였다.

"잘 모르겠네요. 아마 그 괴생명체겠죠."

"아녜요, 소리가 규칙적이잖아요."

캘리가 고개를 젓자 애너는 어깨를 으쓱였다.

"그렇담 브라이든의 심복이겠죠."

둘은 계속 기어가다, 잠시 뒤 캘리가 입을 열었다.

"무슨 소리인지 살펴봐야겠어요."

"뭐하러요? 괜한 시간 낭비 말자고요."

"궁금하잖아요. 어디 알아보게요."

애너는 잠시 탐탁찮은 눈치더니, 표정이 한결 풀리면서 심드렁한 얼굴로 변했다.

"그러든가요. 죽어도 책임 못 져요."

'수틀리는 일이 생기면 그쪽 목숨도 장담 못하지.'

캘리는 그렇게 생각하면서도 굳이 입밖에 내지는 않았다.

진입 경사로가 보이자 둘은 그리를 통해 환기구 밖으로 나갔다. 아래편의 실내에서 두드리는 소리가 더 크게 들려왔다. 그들이 내려온 복도에는 아무도 없었고, 둘은 조심스레 소리의 출처를 쫓은 끝에 기밀 출입구 앞에 다다랐다.

"누가 문에 있어요. 안으로 들어오려나 본데요."

"보나마나 괴물이겠죠. 사이에 갇힌 놈들도 있었나봐요. 그렇잖아도 득실대는데 굳이 수를 늘릴 것 없잖아요?"

캘리는 답답한 마음에 팔짱을 꼈다.

"놈들이 아니래도요. 들어보면 알잖아요. 두드리는 소리가 일정해요. 무슨 부호를 보내듯 말예요."

비상 개폐기에 손을 뻗으려는 찰나, 애너가 말렸다.

"말로 할 때 물러서시죠, 덱스터 박사님."

말투가 어딘가 묘한 구석이 있었다. 웬 협박조? 뒤로 돌아섰더니 애너가 총을 겨누고 있었다.

"어디 잘못된 데라도?"

캘리는 가능한 차분한 목소리를 내려고 애썼다.

"없어요, 박사님, 하지만 저는……."

애너는 고개를 설레설레 저었다.

"박사님은 놈들하고 한패잖아요. 놈들을 풀어줘서 같이 절 죽일 셈이죠?"

"놈들?"

"그놈의 괴생명체들 말예요. 놈들하고 한패잖아요. 박사님은 놈들 편이에요."

캘리는 고개를 저었다.

"그런 거 아녜요. 뭔가 오해가 있었나보군요. 지금 정신이 오락가락해서 그렇겠죠. 내가 필요해서 이렇게 찾아오는 수고를 했는데, 이제 와서 날 죽이면 전부 허사로 돌아가는 셈이잖아요."

캘리는 천천히 팔을 뻗어 비상 개폐기에 손을 얹었다.

"열 겁니다. 쏘지 마세요."

그녀는 숨을 죽이고 애너의 동태를 살폈다. 잠시 속에서 의견 대립이 일어나면서 표정이 일그러지더니, 끝내 총구를 아래로 내렸다. 캘리는 참았던 숨을 내쉬고는 비상 개폐기를 당겼다.

50

"놀랄 노자네. 정말로 먹혔잖아."

헨리가 말했다.

놀라기는 젠시도 마찬가지였다. 그는 뒤로 물러나 레이저 톱을 찾아 허리춤을 더듬거리고는 가만히 서서 문이 마저 열리기를 기다렸다. 문이 온전히 열리자 며칠 전 수형지를 찾아왔던 여자 과학자가 나타났다. 초췌한 몰골에 지저분하고 지친 얼굴이었지만, 그래도 멀쩡하게 살아 있었다.

"이렇게 다시 뵙네요."

헨리가 말했다.

"그러게요. 캘리 덱스터 박사입니다. 이쪽은 친구분인가요?"

과학자는 그렇게 대꾸하며 씩 웃었다. 그 뒤로는 다른 여자가 총을 들고 있었다.

"혹시 브라이든 쪽 사람인가요? 어느 편이죠?"

여자가 대뜸 소리쳤다.

"진정하세요."

헨리가 말했다.

"애너, 괜찮아. 아는 분이야."

앞장선 과학자가 뒤로 돌아서며 헨리를 가리켰다.

"수형지에 근무하는 교도관이셔."

"기술관입니다."

"지금 그걸 따질 때에요? 입 다물어요."

여자 과학자가 낮은 목소리로 말했다.

"그럼 다른 일행은요?"

"형을 찾으러 왔습니다."

애너의 물음에 젠시가 답했다.

"형이라고요?"

"네, 이스트반이라고."

그러자 캘리는 꺅 비명을 질렀고, 애너는 다짜고짜 총을 겨누고 방아쇠를 당겨 젠시의 머리 위에 있던 벽을 검게 그을렸다.

"잠깐!"

젠시는 기밀 출입구 뒤로 황급히 몸을 숨겼다.

"잠시만요! 제가 뭘 어쨌는데요?"

"당신 형이 바로 작금의 사태를 벌인 원흉이에요."

캘리가 딱 잘라 단언했다.

"전부 그 인간 때문이에요. 그 인간이 악마들을 풀어놨다고요. 어디 그뿐인가요, 마커를 부추겨 사태를 더욱 확산시키고 있단 말예요."

애너도 거들었다.

이스트반이? 그럴 리가. 젠시는 도무지 믿을 수가 없었다. 어떻게 형이 원흉이란 말인가?

"뭔가 분명 오해가 있었을 겁니다 우리 형은 그럴 사람이 아녜요."

하지만 그렇게 말하는 순간, 형이 피셔 의원의 머리에 권총을 겨누고 방아쇠를 당기던 광경이 눈앞을 스쳐갔다.

이스트반이 무슨 일을 벌일지 모르는 인물이라는 사실은 그도 익히 알고 있었다.

"오해 정도가 아니거든요."

캘리가 말했다.

"제가 가서 말을 걸어보면 뭐가 잘못됐는지 답이 나올 겁니다. 제가 막을게요."

"어떻게 당신을 믿으란 말인가요?"

"아녜요, 애너, 지금은 한 사람이라도 절실한 상황이에요."

캘리는 젠시에게 돌아섰다.

"좋아요, 막을 수만 있다면야. 혹시라도 못 막으면 내가 직접 죽일 거예요."

■ ■ ■

애너를 진정시키느라 몇 분이 더 걸렸지만 결국에는 마지못해 둘을 일행에 넣어주었다. 애너가 앞장을 서고 나머지는 뒤에서 따라갔다. 그녀는 홀로 향하던 중 허둥지둥 일행을 연구실에 숨기고 순찰 중인 브라이든의 부하가 지나가기를 기다렸다. 복도로 들어선 일행 앞에 반대편에서 나타난 괴생명체가 비틀거리며 다가왔다. 조용히 기다린 끝에 놈이 어디론가 사라지자, 일행은 이동을 재개했다.

아까 봤던 낯선 유기체로 뒤덮인 통로에 들어서면서 이제 통제실이 코앞이라고 캘리가 속으로 가늠하던 순간, 어디선가 찰칵 하는 소리가 나더니 애너가 우뚝 멈췄다.

"왜 그래요?"

"다들 물러나요."

캘리의 물음에 애너가 말했다.

캘리는 다시 물었지만 애너는 일행이 복도 끄트머리로 물러날 때까지 말을 하지 않았다.

"지뢰를 밟았어요. 브라이든이 깔아둔 거에요. 조금 있다 뛰어넘을 거에요. 부디 죽지는 않고 다리만 불구가 되고 끝나기를 빌어야겠네요."

애너가 떨리는 목소리로 말했다.

"안 돼요, 가만히 있어요. 뭔가 다른 방법이 있을지도 몰라요. 아직은 속단하기……."

그러나 애너는 말이 끝나기도 전에 폴짝 뛰었다. 아래로 떨어진 순간에는 두 다리가 모두 잘게 조각나 버렸고, 그대로 숨이 끊어져 미동조차 하지 않았다.

캘리는 잠시 시체를 쳐다보다 젠시에게 손짓했다.

"그거 작동해요?"

젠시의 허리띠에 꽂힌 레이저 톱을 가리키며 캘리가 물었다. 그가 고개를 끄덕이자 말을 이었다.

"양팔도 잘라버려요. 혹시라도 되살아나 뒤쫓기는 것만큼은 피하고 싶으니까."

■ ■ ■

젠시가 한쪽 팔을 절단하고 나머지 쪽도 자르려는 순간, 지직이는 소리가 나면서 그의 RIG 수신기가 작동됐다.

나머지 일행의 표정으로 보건대 그쪽도 마찬가지인 모양이었다.

"여기는 브라이든. 그러게 앞을 잘 보고 다녀야지."

"도대체 어쩔 작정이죠?"

캘리가 물었다.

"아, 캘리. 얌전히 감옥에 있었으면 안전했을 테건만. 이렇게 탈옥했으니 훨씬 끔찍한 죽음을 맛보겠군. 헌데 그쪽 친구분들은 누구신가?"

"댁은 알 것 없어."

젠시가 말했다.

"아무래도 상관없지. 어차피 오래 버티지 못할 테니까. 자네들 모두 말이야. 나 같으면 굳이 다가올 필연을 애써 미루려고 발버둥치지도 않겠건만. 차라리 지금이라도 각자 머리에 총을 겨누고 방아쇠를 당기는 편이 나을 테지."

"입 닥쳐요, 브라이든."

"기꺼이 그래주지, 캘리. 훨씬 중한 일이 있어서 잡담이나 하면서 허비할 시간은 없거든. 게다가 운이 조금 따라준다면 자네들이 죽는 모습이 영상으로 기록될 테니, 나중에라도 계속 돌려보면서 감상해 주도록 하지."

일행 앞에 또 지뢰가 나타났지만, 이번에는 미리 간파하고 피해갔다. 이제는 캘리가 앞장섰으나 본인도 길을 제대로 모르는지 괜히 멀리 둘러가는 분위기였다. 젠시는 애너의 소총을 챙기고 헨리에게 레이저 톱을 주었다.

"아까 형을 죽이겠다던 말은 진심이에요."

"압니다. 먼저 말로 설득할 기회만 주세요."

계속 이동하던 중 상자가 쌓여 가로막힌 복도가 나타났다. 임시로 급조한 바리케이드인 모양이었다. 캘리는 장애물을 잠시 바라보고 있었다.

"돌아가서 다른 길로 가보죠. 아니면 헤치고 지나가던가요. 아니면 지름길로 가도 되고요."

"지름길?"

젠시의 물음에 캘리는 어깨를 으쓱이더니 일행 뒤에 있던 여러 문을 가리켰다.

"이곳과 반대편을 잇는 방이 있어요. 한곳으로 들어가서 반대편에 뭐가 있나 살펴보죠."

젠시는 고개를 끄덕였다.

"일단 해봅시다."

"놈들이 득실대는 복도가 나올지도 몰라요. 놈들 한복판에 떨어질지도 모르죠."

"그럴 수도 있겠죠. 하지만 위험을 감수해볼 만합니다."

젠시는 첫 번째 문으로 걸어가 문을 열었다. 방은 텅 비어 있었고, 다른 방과 연결되지 않은 보잘 것 없는 창고였다. 두 번째 문은 잠겨 있었다. 세 번째 문은 넓은 실내로 이어졌는데, 반대편에 문이 있었다.

"여깁니다."

젠시는 뒤로 소리치고는 안으로 들어서기 시작했다. 헨리는 뒤에서 바짝 따라갔고, 캘리는 그보다 살짝 떨어져서 따라붙었다. 그는 문턱을 지나 몇 걸음 들어가고 나서야 문 뒤에 숨어 있던 사내를 발견했다. 마주보려고 홱 돌아서며 총을 겨눴지만, 사내가 앞에 있는 제어반으로 달려가 버튼을 누르자 상황이 단단히 꼬이고 말았다. 온몸이 느려지더니 마비되는 느낌이 들었고, 사내는 갑자기 신진대사가 폭주해버린 것처럼 초인적인 속도로 움직이기 시작했다. 어렵사리 곁눈질로 살펴보니 헨리도 똑같이 온몸이 묶인 상태였다.

'스테이시스 필드잖아.'

이를 알아차린 순간, 젠시는 자신이 함정에 걸렸음을 뒤늦게 깨달았다.

그리고 제어반 옆에 있던 사내는 미친듯이 우왕좌왕거렸다. 무어라 지껄였지만 도통 무슨 말인지 알아들을 수가 없었고, 읽을 수가 없을 정도로 정신없이 움직이는 입술과 무슨 곤충처럼 잉잉거리는 소리만이 보이고 들렸다. 그때 에너지 파장이 연달아 터지더니 사내의 머리가 목에서 뚝 떨어졌다. 에너지가 또 덮치자 이번에는 사내가 있던 제어반이 폭발하며 불꽃을 토해냈다.

천천히 주변이 원래대로 돌아오자, 몸이 스테이시스 필드 한복판에 갇힌 순간의 움직임으로 되돌아가면서 다리가 빠른 속도로 옆걸음질치기 시작했다. 젠시는 헨리와 쾅 부딪히고는 바닥에 풀썩 쓰러졌다.

캘리가 둘을 내려다보며 말했다.

"스테이시스 함정이로군요. 단순하면서도 천재적인 발상이네요. 우리 셋을 한꺼번에 가두기에는 스테이시스 필드의 범위가 좁았다는 점이 흠이었지만요."

캘리는 머리가 달아난 기술자를 가리켰다.

"우리 중에서 가두지 않을 사람을 잘못 고른 거죠. 게다가 내가 자기를 죽이지 못하리라고 과소평가하는 실수까지 범했고요."

일행은 시체의 사지를 절단한 뒤, 반대편 복도를 따라 계속 이동했다. 절반쯤 갔을까, 캘리가 걸음을 멈추더니 젠시와 헨리를 다급히 측면 실내로 몰아넣었다. 셋은 거기서 자세를 낮추고 괴생명체가 지나가면서 내는 쌕쌕이는 거친 숨소리에 귀를 기울였다. 그리고 다들 슬슬 나갈 준비를 갖춘 순간, 젠시는 그곳 천장의 배관이 부서졌으며 벽면이 온통 피로 뒤덮여 있음을 알아차렸다. 일행은 나가도 안전한지 확인한 다음, 슬그머니 복도로 빠져나와 계속 전진했다. 전방에서 기괴한 위윙거리는 소리가 들리자 젠시는 처음 보는 괴물이 나타났나 했는데, 모퉁이로 고개를 돌려보니 그냥 환풍기가 덜컹대는 소리였다. 다른 모퉁이로 급히 꺾인 홀을 따라가자, 벽면이 강화유리로 이루어진 관측대가 나왔다. 유리벽 너머로 보이는 상황실에, 브라이든이 서 있었다. 팔짱을 끼고 일행을 향해 씩 웃으면서. 그는 통신기를 가동했다.

"아직도 발버둥치시나? 이만 필연을 받아들이지 그러나?"

브라이든이 씩 웃으며 물었다.

"듣기 싫어요, 브라이든."

캘리가 말했다.

"난 형을 찾으려고 왔어. 순순히 형을 보내주면 해치지 않겠다."

"형이라? 그게 누군지 궁금하군."

뜻밖의 단어에 브라이든은 일순 평정을 잃었다.

"이스트반."

젠시의 대답에 브라이든은 순간 의아한 얼굴이 되더니, 갑자기 파안대소했다.

"그 녀석이 자네 형이었나? 이거 정말 기가 막히는군!"

"형한테 도대체 무슨 짓을 했어? 형을 돌려줘!"

젠시가 버럭 소리쳤다.

"아직도 녀석을 형으로 착각하나 보군, 안 그런가? 정말 눈물 나는군. 어떻게 변했는지는 몰라도 형은 이제 없는 사람이다. 자네를 알아보지도 못하겠지. 예언자로 거듭났으니 말이야. 마커께서 복음을 전파하시고자 녀석을 점지하셨다. 이제는 마커의 전유물인 셈이지."

치미는 분노에 젠시는 유리창을 양 주먹으로 쾅쾅 두드렸다. 캘리는 출입문 잠금장치 옆에서 개폐기로 문을 열려고 시도하는 중이었고, 헨리도 옆에서 거들고 있었다.

브라이든은 그러는 둘을 눈치채고는 깊이 고개숙여 인사했다.

"그럼 또 보세."

그러고는 그 말을 끝으로 반대편 문으로 사라졌다.

잠시 뒤 문이 저절로 열리자 젠시는 단숨에 상황실로 뛰어들었다. 반대편 문은 잠겨 있었다.

"어떻게 안 되나요?"

"일단 시도해 볼게요."

젠시의 물음에 캘리는 작업에 착수했다.

조명이 깜박이다 나가버리자, 비상 조명에서 나오는 흐릿한 미광만이 상황실을 밝혔다.

"캘리 당신이 그런 건가요? 혹시 전선을 잘못 건드렸나요?"

"내가 아녜요."

"나도 아냐."

헨리도 덩달아 말했다.

아까 들어온 상황실 출입문이 갑자기 닫혔다. 젠시는 얼른 돌아가 열어보려고 했지만 뭔가가 문을 단단히 걸어잠근 상태였다.

"각자 무기들 꺼내요, 어서."

젠시가 말했다.

"뭐가 어떻게 돌아가는 거야?"

헨리의 물음이었다.

쇠를 긁는 소리와 울리는 소리가 천장의 배관에서 들려왔다. 가만히 귀를 기울여 보니 소리는 상황실 구석에서 시작해 천천히 배관이 열려 있는 한가운데로, 헨리가 있는 곳으로 옮겨갔다.

"헨리, 거기서 피해!"

젠시가 소리쳤다.

헨리는 어리둥절한 눈치로 가만히 서서 위로 고개를 돌렸다. 천장의 격자 창살이 박살나더니, 희미한 불빛 속에서 뭔가 크고 비쩍 마른 것이 아래로 움직여 헨리의 발을 낚아챘다. 헨리가 허공에 매달린 채로 비명을 지르고 또 지르는 사이, 젠시는 단숨에 그리로 뛰어가며 방아쇠를 당겼지만 별반 효과가 없었고, 헨리는 벽으로 날아가 그대로 들이받혔다. 그러자 정체모를 괴물은 젠시에게 주의를 돌렸다.

놈의 생김새는 사람과 한참은 거리가 멀었다. 한쪽 팔뚝만 커다랗게 부풀었고,

머리를 비롯한 나머지 몸뚱이는 어울리지 않을 정도로 땅딸막했다. 그는 더듬거리는 팔뚝을 피해 얼른 뒤로 물러났다. 놈이 발을 질질 끌면서 폴짝폴짝 뛰는 어색한 걸음걸이로 다가오자 팔뚝을 노리고 방아쇠를 당겼으나 씨알도 먹히지 않았다. 이번에는 다른 곳을 겨냥해 머리를 갈기갈기 찢어놓았다. 그러자 괴생명체는 느릿느릿 발을 끌며 아무데나 더듬기 시작했다. 마저 양쪽다리를 차례로 날려버린 다음 팔까지 마무리했지만, 팔뚝은 잘리고 나서도 계속 꿈틀꿈틀 기어다니며 여전히 상대를 찾아 헤맸다.

젠시는 놈과 멀찍이 거리를 두고 빙 돌아 헨리에게 다가갔다. 그는 목이 부러져 죽은 채로 천장을 멍하니 쳐다보고 있었다. 이렇게 또 한 사람이 가는구나. 그는 고개를 절레절레 저으며 아직도 움직거리며 불끈거리는 커다란 팔에서 한쪽 눈을 떼지 않았다.

"문은 어떻게 되가나요?"

"거의 다 됐어요."

캘리가 말했다. 젠시는 그녀가 문을 여는 데만 집중하며 작업하는 모습을 지켜보았다. 캘리는 제어반의 덮개를 소총 개머리로 부숴버리고 내부 회로를 이리저리 빼고 뒤섞는 중이었다. 두 회선 사이에 전선을 느슨히 연결하자 바람 소리와 함께 문이 스르륵 열렸다.

"어서 가죠. 헨리는 어딨어요?"

"죽었어요."

"놈이 죽였나요? 정말 유감이군요. 팔다리를 자르세요."

"차마 그러지를 못하겠어요. 헨리는 절친한 친구였단 말입니다."

캘리는 젠시를 잠시 바라보았다.

"친구가 되살아나 뒤쫓아오는 것만큼은 피하고 싶을 거예요. 아니면 날 뒤쫓거나. 그치만 좋을 대로 하세요. 자, 어서 가죠."

51

둘은 곧장 전진하며 최대한 신속히 이동한 끝에 통제실에 도착했다. 캘리는 키카드를 꺼내 출입구를 열었다. 문이 그냥 열리자 캘리도 젠시도 흠칫 놀랐다. 보아하니 브라이든은 그들이 여기까지 오지도 못하리라 확신하고 굳이 암호를 바꾸지도 않았던 모양이었다.

통제실에는 있던 대여섯 과학자들은 두 사람이 들이닥치자 우뚝 멈췄다. 젠시는 소총으로 천장에 한방 날렸다.

"다치기 싫으면 전부 머리 위로 손 들어."

다들 시키는 대로 했지만 한 사람은 머뭇거리고 있었다.

"진심으로 하는 소리에요, 존슨. 한 치의 망설임도 없이 죽여버릴 걸요?"

캘리의 말에 그 사내도 잠자코 손을 들었다.

"그렇지. 자, 우리 두 사람은 지금부터 마커 보관실로 들어가겠다."

"그렇게 다짜고짜……."

존슨이 입을 열었다.

"아까 경고했을 텐데, 존슨. 이번이 마지막 경고다."

그렇게 말하는 젠시의 목소리는 차갑기 그지없었다.

존슨은 입을 다물었고 아무도 자리에서 움직이지 않았다. 연구원들은 천천히 출입구로 향했다.

"눈을 떼지 말아요. 키패드를 조작하려면 시간이 좀 걸리니까."

캘리가 낮은 목소리로 귀띔했다.

젠시는 고개를 끄덕이고는 계속 소총으로 일렬로 늘어선 과학자들을 겨누며 감시를 게을리하지 않았다. 뒤로는 캘리가 돌아서는 발소리가 들렸다. 그때 존슨이 팔을 내리자 젠시는 도로 번쩍 들라고 윽박질렀고, 그는 마지못해 지시에 응했다. 뒤에서 삑삑대는 작동음이 들리더니 캘리가 욕을 내뱉었다. 잠시 뒤 다른 작동음이 들리더니 문이 스르륵 열렸고, 둘은 뒷걸음질로 마커 보관실로 들어섰다.

보관실 내부는 이상하리만치 평온하고 고요했다. 이스트반이 마커 옆에 홀로 서서, 그가 들어온 줄조차 모르고 가만히 집중하고 있었다. 젠시는 가슴이 마구 뛰기 시작했다.

"형, 나야!"

그가 소리쳐 불렀다.

그러나 이스트반은 대답은커녕 미동조차 없었다. 젠시는 조금 가까이 다가가 더 크게 다시 불렀고, 그러자 천천히 고개를 돌리며 그를 바라보는 이스트반의 눈은 무겁게 깔린 눈꺼풀에 반쯤 감겨 있었다.

"넌 누구지? 왜 너만 다른 죽은 사람들하고 달라 보이지?"

젠시는 어리둥절한 나머지 걸음을 멈췄다.

"나야, 형. 젠시라고."

그러자 이스트반의 눈빛이 어딘가 바뀌었다.

"젠시. 그렇담 너도 죽었구나. 어쩌다 죽었어? 어쩌면 마커가 네 모습을 빌려서 나한테 말을 걸어오는 것이 아니라 그냥 헛것을 보는지도 모르겠네."

"죽어? 대관절 무슨 소리야? 아냐, 난 여기 멀쩡히 살아 있어."

그러나 이스트반은 전혀 믿지 않는 눈치였다. 그는 마치 꿰뚫어 보듯 젠시를 응시하더니, 천천히 고개를 저었다.

"아냐, 네가 어떻게 여기 있겠어? 있을 리가 없지."

그는 고개를 돌리고 마커를 올려다보았다.

"지금까지 보여준 것들 중에서도 이렇게 가혹한 광경은 처음이로군요. 젠시가 아닌 다른 사람으로 보여주세요."

"기다릴만큼 기다렸어요. 말로 시도해 봤으니 알겠죠. 얼마나 미쳐 있는지 말예요."

캘리가 말했다.

"잠깐만요, 이제 막 형을 찾은 참이잖아요. 고분고분 말을 들을 거예요."

"말로 해결할 때는 지났어요. 말로 해봐도 안 먹혔잖아요."

"안 돼요!"

젠시는 캘리와 이스트반 사이를 가로막으며 천천히 그녀에게 다가섰다.

"저리 비켜요. 그리 달가운 일은 아니지만 어쩔 수 없어요."

캘리가 담담한 목소리로 말했다.

"아무도 안 죽여도 돼요."

그는 계속 천천히 다가서며 말했다.

"형한테 잠깐만 시간을 준다면……."

그러나 캘리는 벌써 소총을 이스트반에게 겨누고 있었다. 젠시는 한쪽으로 몸을 날렸고, 광선이 몸을 스치면서 한쪽 어깨의 살점을 뭉텅 잘라내며 태워먹었다. 정말 지독하게 아팠다. 그는 돌아서서 이번에는 캘리를 향해 몸을 날려 바닥에 넘어뜨렸다. 그녀는 경황이 없는 와중에도 끝까지 손에서 총을 놓치지 않았다.

둘은 잠시 몸싸움을 벌였다. 젠시가 캘리 위에 올라탄 채로 둘 다 소총을 붙들고 서로 뺏으려고 낑낑거렸고, 이스트반은 옆에서 마치 야만신의 성상처럼 미동조차 없이 서 있었다. 젠시는 어깨가 욱신거렸고 자기 살점이 타는 냄새까지 느껴졌다. 밑에 짓눌린 캘리는 굳세게 입을 앙다물고서 좀처럼 포기할 기미를 보이지 않았다.

젠시는 몸을 뒤로 젖히며 고개를 들어, 캘리의 이마를 힘껏 내리쳤다. 그녀가 비명을 지르더니 소총을 붙든 손이 느슨해졌다. 그는 다시 고개를 들어 내리쳤고, 그러자 이번에는 그녀의 눈이 뒤로 넘어가면서 의식을 잃었다.

의식을 잃었는데도 양손은 여전히 총을 단단히 붙들고 있었다. 소총을 빼내느라 거의 손가락을 부러뜨릴 뻔했을 정도였다. 간신히 소총을 빼앗아 휙 던져버리자, 소총은 달그락거리며 바닥을 가로질렀다. 여전히 거칠게 숨을 몰아쉬며, 그는 몸을 일으키고는 어깨를 붙들고 형에게 비틀비틀 다가갔다.

참으로 기나긴 세월 끝에, 그리고 머나먼 길을 걸어온 끝에 드디어 형을 찾았다. 어딘가에, 바로 마커에 홀린 낯선 거짓 예언자 속 어딘가에 형이 숨겨져 있었다. 분명 여기 있다. 오로지 여기뿐이다.

젠시는 그에게 손을 뻗었다. 처음에는 알아차리지도 못했지만 젠시가 계속 손을 얹고 있자 이스트반은 살짝 몸을 틀며 손길을 피하려 했다.

"형을 위해서 이렇게 내가 왔어."

불러도 대답이 없자, 젠시는 계속 말을 이었다.

"형을 구해주려고. 형을 여기서 나가게 해주려고 왔대도."

이쯤 되자 이스트반은 완전히 돌아서 있었다. 젠시는 한 걸음 다가서서 어깨에 손을 얹었다.

"형, 나야. 젠시라니까."

이스트반은 어깨를 들썩여 손을 떨쳐버렸다.

그러나 젠시는 단념하지 않았다. 그는 가까이 다가가 이스트반을 덥석 끌어안았다. 다친 팔과 멀쩡한 팔을 모두 벌려, 꽉 끌어안았다.

"형, 정말 나래도. 안 보여? 내가 누군지 모르겠어?"

그러나 이스트반은 벗어나려고 몸부림칠 뿐이었다.

"그냥 날 보기만 해줘, 형. 고개를 돌리고 날 봐줘."

이스트반은 갑갑한지 짜증스레 투덜거렸다. 그는 젠시의 머리를 밀쳤지만 젠시는 곁에서 떨어지지 않았다.

"형, 형을 위해서 이렇게 내가 왔다니까."

이스트반은 젠시의 얼굴을 세게 때렸지만 젠시는 꿋꿋이 버텼다. 다시 때리고 또 때리고 또다시 때렸지만, 그래도 버텼다. 세게 때리면 때릴수록 젠시의 얼굴도 점점 멍투성이에 피투성이가 되어갔고, 화상을 입은 어깨도 피부가 갈라지며 피가 나기 시작했다. 머리가 점점 힘없이 쳐지기 시작했지만, 젠시는 그래도 끝까지 버텼다.

52

이스트반의 세상이 어딘가 바뀌기 시작했다. 주위에 내리깔려 무대의 막처럼 다른 세상을 보여주던 장막이 점점 해어지면서, 더는 다른 세상의 광경을 온전히 담아내지 못했다. 뜯어지고 틈새가 생기면서 다른 세상이 점점 새어나가기 시작했다. 어머니, 피셔 의원, 그리고 콘의 모습이 더는 지난 며칠처럼 진짜 같아 보이지 않았다. 오히려 어딘가 단단히 잘못된 것처럼 보였다. 그들은 진짜가 아니라 꼭두각시에 불과했다. 이제보니 움직임 하나하나도 하나같이 가짜 같았다. 어쩌다 저게 정말로 그가 죽였던 사내라고 믿게 되었을까? 그리고 어쩌다 그들이 맘대로 얼굴을 바꿔치기한다고 막연히 믿게 되었던 것일까?

그는 여전히 양손을 움직이며 무언가를 하고 있었다. 뭔가를 때리고 있었다. 자꾸 자기가 동생이라고 주장하는 무언가인지 누군가인지를 말이다. 아니다, 절대 동생일 리가 없다. 아득히 머나먼 빈두아가에 안전하게 있는 젠시가 여기 있을 리가 만무하다. 이것도 보나마나 속임수일 테지.

장막은 어느새 누더기로 변해 거의 사라진 상태였다. 차차 마음이 놓였다. 정신이 조금이나마 덜 산만해지면서 행동거지도 덜 기계처럼 변했고, 마침내 구타까지 동시에 멈췄다.

그러자 젠시는 드디어 손을 놓았다. 그는 피투성이가 되어 엉망진창인 몰골로 풀썩 쓰러졌다. 이스트반은 그가 쓰러지는 모습을 지켜보고는, 가만히 서서 쓰러진 그를 지켜보았다. 그래, 겉보기에는 젠시와 판박이였고, 다른 죽은사람들이 그랬듯 계속 얼굴을 바꾸지도 않았다.

이스트반은 머뭇거렸다. 정말로 동생인 젠시이면 어떡하지? 혹시 동생을 죽인 격이면 어쩌지?

그는 젠시 곁에 천천히 자세를 숙이고 자세히 들여다보며 얼굴의 윤곽을 살폈다. 어머니의 얼굴은 마지막으로 봤던 순간에 기억하던 모습 그대로였다. 그의 기억에 각인된 얼굴이자, 어머니가 진짜가 아니라는 사실을 일깨워주는, 즉 마커가 어머니의 모습을 빌어서 말을 걸어온다는 사실을 알려주는 실마리였다. 하지만 여기 있는 젠시의 얼굴은 기억하는 모습과 달랐다. 마지막으로 봤던 순간보다 조금은 나이를 먹었는지 더 늙고 주름이 늘어나 있었다.

그는 손을 뻗어 얼굴을 어루만져 보았다.

"젠시, 정말 너야?"

그때 장막이 되살아나기 시작했다. 아니, 정확하게는 그러려고 몸부림쳤다. 머릿속에서 통증이 느껴지더니 동생 곁에 어머니가 서 있는 모습이 보였다. 어머니는 며칠째 보던 것과 똑같은 유령의 모습으로 나타나 있었다.

아니다, 이스트반. 그건 속임수란다. 사실은 네가 생각하는 동생이 아니란다. 젠시가 아니야. 진짜도 아니고.

"그래요?"

자칫하면 그 말을 곧이곧대로 믿을 뻔했다. 지금 나타난 유령과 바닥에 쓰러진 사내 사이의 차이를 알아차리지 못했더라면 정말로 덮어놓고 믿었을지도 모를 일이었다. 어머니의 얼굴은 전과 다름없이 정확히 똑같았다. 그러나 바닥에 쓰러진 사내는 동생이지만 더 나이들어 보였다. 그렇다는 말인즉 마커가 빚어낸 유령이 아니라는 뜻이었다.

그렇다면 젠시는 가짜가 아니라 진짜가 틀림없었다.

하지만 어떻게 그런 일이? 어떻게 젠시가 여기까지 왔을까? 대체 왜? 좀처럼 갈피가 잡히지 않지만 젠시가 자신을 위해서 그토록 머나먼 거리를 가로질러 여기까지 왔음을 수긍할 수밖에 없었다. 다름아닌 자신을 도우려고, 자신을 구하려고 왔다니.

젠시는 여전히 그를 버리지 않았던 것이다. 오히려 정반대였다. 동생은 그를 찾아왔다. 그를 아끼고 사랑한 나머지 머나먼 거리까지 불사하면서. 그러나 그렇다면 마커는 어떨까? 마커도 그를 아끼고 사랑하던가? 그럼 브라이든은? 자신을 챙겨주려는 것일까, 아니면 이용하려 들었던 것일까?

아니다, 동생이 친구라면 브라이든은 거리가 멀다. 브라이든은 그를 부추겨 다른 세상에 머물도록 하면서 자신이 중요한 사람인 듯한 느낌이 들도록 바람을 불었다. 그러나 브라이든은 친구가 아니었다. 그저 그를 이용해 마커가 뜻하는 바를 알아내고자 했을 뿐.

제정신으로 돌아온 짧은 찰나가 가시자 그 생각도 다시금 잦아들기 시작했지만, 상황을 파악하기에는 충분했다.

정확한 이유까지는 몰라도 그는 여태까지 이용당하고 속아넘어갔던 것이다. 브라이든은 마커가 그에게 한 짓을 보고는 거기에 꽂혀서 그를 진짜 세상에서 다른 세상으로 한 걸음 더 벗어나도록 부추겼다. 그리고 바로 그 결과는 지금 피투성이에 엉망이 된 몰골의 동생으로 나타나 이곳 바닥에 쓰러져 있었다.

이스트반은 양손으로 동생을 들어 가슴에 끌어안았다.

"정말 미안해."

그는 동생의 귀에 대고 나직이 속삭였다. 동생이 살았는지 죽었는지조차 감이 오지 않았다.

"널 해칠 맘은 없었어."

그러나 젠시는 대답이 없었다.

■ ■ ■

그렇게 동생을 얼마나 오랫동안 끌어안고 있었는지는 그도 확신이 서지 않았다. 불과 몇 초였을지, 몇 분이었을지, 아니면 그보다 훨씬 길었을지. 그때 브라이든이 나타나는 어깨를 두드리는 바람에 몽상에서 깨고 말았다.

"자네는 참된 예언자로군. 옳은 판단을 내려주리라고 믿고 있었지. 이런 하등 상관 없는 인간들이 끼어들기에는 지금 우리가 여기서 행하는 과업은 너무도 중하니 말이야. 이제 자네의 유일한 혈육은 바로……."

그는 마커와 자신을 가리켰다.

"여기 있다네."

이스트반이 빤히 쳐다보자 브라이든의 얼굴 위로 웃음기가 스쳐갔다. 그래도 이스트반이 계속 쳐다보자 브라이든은 중언부언했다. 그가 말을 되풀이하자 이스트반은 웃음을 짓기 시작했다.

이스트반은 아주 천천히, 그리고 조심스레 자리에서 일어나 그대로 얼굴에 웃음을 머금고 있었다. 브라이든은 계속 뭐라고 지껄이는 중이었지만 그는 전혀 귀를 기울이지 않았다. 어떡해야 할지는 너무도 자명하다. 그는 그대로 서서 기회가 오기만을 침착하게 기다렸다.

어머니가 나타나 호기심이 어린 눈빛으로 그를 바라보며 머리를 갸웃거렸다.

뭐 하는 거니? 뭘 어쩔 셈이니?

그러나 그는 머리만 절레절레 저었다. 그러자 그가 죽인 의원이 나타나 같은 물음을 상이한 말투로 던졌다. 마지막으로는 콘이 등장했는데, 셋 중에서 누구보다도 대답을 듣고 싶어하는 눈치였다.

브라이든은 계속 주절거렸다. 이스트반은 그의 입과 목을 가만히 지켜보았다. 말을 끝마치고 이스트반을 바라보며 그가 무어라 대꾸하기를 기다렸지만 그는 아무 말도 하지 않았다. 브라이든은 잠시 기다리더니 뭐라도 말해보라는 듯이 눈썹을 추켜세웠고, 그래도 대답이 나올 기미가 없자 돌아서기 시작했다. 바로 그 순간을 틈타, 이스트반은 그에게 달려들어 단숨에 목을 부러뜨렸다.

브라이든은 소리 하나 없이 고꾸라졌다. 연체동물마냥 아무런 소리가 없어서 정말로 사람이 쓰러졌는지 의심스러울 정도였다. 그는 고개가 이상한 각도로 돌아가 있었다.

"아무래도 난 거짓 예언자였던 모양이네요."

그는 브라이든의 시체에 말했다. 그러나 시체는 아무런 대답도 없었다.

일순 제정신으로 돌아왔던 머릿속이 어느새 다시금 혼란스러워지기 시작했다. 온전한 정신을 유지하려면 어떡해야 할지 막막하기만 했다. 그는 무릎을 굽히고 멍들고 망가진 동생의 얼굴을 어루만졌다. 그는 목을 주무르며 의식을 되찾게 하거나 되살리려고 애썼다.

'어쩌면 마커가 도와줄지도 몰라. 마커는 적이 아닐지도 모르잖아. 적은 브라이든 혼자였는지도 모르지.'

그렇게 생각하다 그는 설레설레 고개를 저었다. 정말로 막연히 마커가 도와주리라고 믿었을까? 그야 물론 아니지만, 결국에는 그래주리라고 무작정 믿게 될까 걱정되었다.

그는 계속 동생에게 말을 걸며 어루만졌다. 천천히, 아주 천천히 얕은 숨이 깊어지더니 의식을 되찾기 시작했다.

"젠시, 제발 돌아와줘. 제발, 동생아."

그러자 젠시는 서서히 깨어났다. 한쪽 눈은 퉁퉁 부어 감겼고 얼굴은 온통 피투성이에 광대뼈는 움푹 함몰되어 있었지만, 여전히 살아 있었다.

"브라이든은 갔어."

젠시가 눈을 뜨자 그가 말했다.

젠시는 눈을 껌벅이더니 좌우로 고개를 돌리고는 물었다.

"뭐?"

"브라이든이 갔다고. 죽었다는 말이야."

"형이 죽였어?"

"목을 부러뜨려서. 그냥 가볍게 꺾어버렸지."

이스트반이 천연덕스럽게 대꾸했다.

그러나 젠시는 다시 눈을 감았다. 이스트반이 다정하게 흔들자 다시 눈을 떴다.

"브라이든이 갔대도. 이제 우리 둘뿐이야. 마커를 좋은 목적으로 활용해보자. 이제 우리가 다스릴 수 있어. 마커한테 말을 걸어 귀를 기울이게 하는 법을 알거든."

"아니, 안 돼. 마커는 함부로 건드릴 물건이 아냐. 없애버려야 돼."

젠시가 쉰 목소리로 간신히 말했다.

이스트반은 의아하다는 얼굴이었다.

"아냐, 네가 몰라서 그래. 마커는 날 잘 알아. 나하고 함께 성장하면서 날 바꿔놓았어. 괜찮을 거야."

그는 주변 사방을 가리켰다.

"마커가 자기가 만들어낸 괴생명체들을 막아서 우리네 불완전한 육신을 어떻게 지켜주는지 봤지? 꼭 일전에 네가 날 지켜줬던 것처럼 말이야. 괴물들은 우리한테 손도 까딱 못해. 마커가 놈들을 어떻게 다스리는지 알려줄 거야. 그럼 이 세상을 우리가 되는 거지."

이스트반은 괴이쩍은 웃음을 지어보이며 한쪽 눈을 엉뚱한 곳에 흘겼다.

"그러고 나면 어떻게 될지 누가 알겠어?"

젠시는 고개를 저었지만 이제 이스트반은 초점이 풀린 눈빛으로 마커를 바라보고 있었다.

"마커가 우리한테 사명을 내려줄 거야. 우리를 온전히 채워주는 거지."

그가 팔을 들자 젠시는 느닷없이 머리가 속에서부터 뜯겨나듯 지끈거리기 시작했다. 우연의 일치였을까? 젠시는 문득 궁금했다. 아니면 이스트반이 팔을 들어 파장을 일으켰던 것일까? 정말로 마커를 다루는 법을 터득했나?

이윽고 통증이 깊어지며 격렬해졌다. 마치 생각의 흐름을 따라서 뭔가가 불을 놓으며 구조를 뒤바꾸고 변형시키는 기분이었다. 어머니의 모습이 눈앞을 스치며 소스라치게 놀란 얼굴로 그를 바라보다 사라졌고, 어느새 마커가 눈앞을 가득 메우고 있었다. 그러나 따지고 보면 눈으로 보는 것이 아니었다. 마커는 바깥이 아니라 머리 안에 상이 맺혀 있었고, 마치 어떻게 마커가 하나로 합쳐지는지, 어떻게 마커가 이루어지는지를 보는 듯했다. 마치 누가 머리에 압력을 점점 가하면서 억지로 정보를 쑤셔넣는 느낌이었고, 아무리 다른 생각을 떠올리려 해도 강제로 머릿속에 주입되는 느낌을 떨칠 수가 없었다. 그는 머리를 감싸쥐었다. 뭔가가 속에서 살아 움직이는 것만 같았다.

'마커였어. 마커가 나까지 감염시키려 들고 있어.'

그리고 눈을 뜨자 눈앞에는 진짜 마커가 완고하고 가혹한 인상을 풍기며 버티고 있었다. 머릿속의 형상이 눈앞에 똑똑히 펼쳐진 것이다.

젠시는 캘리를 살피려고 마커에서 고개를 돌렸다. 그녀는 고통스레 일그러진 얼굴로 바닥에서 몸부림치고 있었다. 그가 지켜보는 가운데 그녀는 천천히 무릎을 굽히고 일어나 작게 비명을 지르다, 끝내 처음에는 기더니 나중에는 벽으로 뛰쳐갔다. 그러더니 뚫고 지나가려는 듯이 벽을 마구 할퀴었고, 뜻대로 되지 않자 머리를 박기 시작했다.

젠시는 고통에 몸을 움찔거렸고, 머릿속의 통증이 갑자기 사라지면서 다시금 숨이 트였다. 파장이 잦아들고 있었다. 정신이 혼미하고 머리는 여전히 지끈거렸지만 그래도 정신을 잃지는 않았다.

그러나 캘리는 사정이 달랐다. 그녀는 점점 세게 머리를 들이받더니, 갈수록 처음보다 동작이 정신 사납고 불규칙하게 변해갔다. 벽에 핏자국이 묻어나기 시작하면서 바닥으로 흘러내리기 시작했다.

"캘리, 멈춰요!"

젠시가 소리쳤다. 아니, 소리치려고 했다. 목소리가 잠겨서 속삭이는 소리밖에 나오지 않았던 탓에 캘리의 귀에는 들리지도 않았다. 그는 바닥에 엎드려 온몸의 욱신거리는 고통을 참으며 그리로 기어갔지만 너무 늦고 말았다. 절반도 가지 못한 순간, 캘리는 바닥에 쓰러졌다.

그래도 계속 기어갔지만 곁에 다다랐을 즈음 캘리는 이미 숨을 거둔 상태였다. 호흡이 없고 눈은 멀거니 치뜨고 있었다. 손으로 짚어보니 목은 맥없이 늘어져 있었고, 고개는 브라이든처럼 이상한 각도로 꺾여 있었다.

'이렇게 목숨을 버리다니.'

젠시는 캘리의 눈꺼풀을 감겨주었다.

캘리에게서 고개를 돌렸더니 이스트반이 곁에 와서 그를 내려다보고 있었다.

"마커가 너한테 말했어."

"무슨 소리인지 도통 모르겠어."

"너한테 말했대도. 이제 머릿속으로 마커의 형상을 빚어봐."

순간 그는 정신이 몸을 떠난 것처럼 미동조차 하지 않다가, 조금씩 본래 모습을 되찾기 시작했다. 그의 손끝이 젠시를 지나 목이 꺾인 캘리 덱스터의 시신을 가리켰다.

"저 여자는 왜 저래?"

그렇게 묻는 이스트반은 자못 놀란 눈치였다.

"형은 지금 제정신이 아냐."

그러나 이스트반은 젠시의 말을 들은 척도 하지 않았다.

"우리 같은 사람은 드물어. 그러니 추종자를 거느려야지."

이스트반은 젠시의 곁을 지나 캘리의 시체로 다가가서는 발끝으로 툭 건드려 보고는 코를 훌쩍였다.

"누군지 기억나네. 퍽 마음에 들었는데. 그래, 이 여자라면 우리 편이 되어도 괜찮겠네. 우리 추종자로 삼자. 일어서게 도와주기만 하면 돼. 마커가 손을 뻗치도록 약간 떨어진 곳에 옮겨두면 다른 시종들처럼 되살아날 거야."

젠시는 바닥에 드러누워 눈을 감았다. 그는 이스트반의 말소리를 머릿속에서 지워버리려고 했지만, 이미 머릿속 깊숙이 파고들어 좀처럼 뜻대로 되지 않았다. 이제야 캘리가 옳았다는 생각이 들었다. 이스트반은 이미 구제불능으로 실성한 상태였다. 그는 마커가 무슨 짓을 하는지조차 제대로 모르는 채, 마커가 사람들의 두뇌를 뒤바꾸려 들고 시체를 다른 형태로 변이시키는가 하면 주위의 모든 사물을 파괴하거나 변질시키려 드는데도, 여전히 자신을 돕고 있다는 착각에 빠져 있었다. 마커는 인간에게 우호적인 존재가 아니었고, 그점은 이스트반에게도 마찬가지였다. 오히려 젠시는 마커에게 인간이란 정체모를 목적을 이루기 위한 먹잇감에 지나지 않는다는 의심이 들었다.

그러나 이스트반은 현실을 제대로 보지 못했다. 너무 오랫동안 마커와 함께 있었던 까닭에 뇌가 어딘가 이상하게 변해버렸고, 설상가상으로 그를 더욱 위험한 인물로 만들어놓았다. 이스트반에게 벌어진 일이 젠시에게도 벌어지리란 점에는 의심의 여지가 없었다. 마커는 그에게 자신을 드러내며 자기 지식을 다른 이들의 머릿속에도 퍼뜨리려 들었다. 그렇다는 말은 이곳 시설과 수형지에 있는 다른 사람들 역시 같은 증상을 겪었다는 소리였고, 말인즉 다들 마커의 계획과 씨앗을 머릿속에 품고 있는 격이었다.

그는 몸서리쳤다. 그중 한 명이라도 행성을 벗어나면 무슨 일이 벌어질까? 마커가 영향을 받았던 사람을 좌지우지하기라도 할까? 혹시 그러다 갑자기…… 자신이 전해받은 지식을 퍼뜨리고자 하는 참을 수 없는 충동에 사로잡히기라도 할까? 만일 그렇다면 얼마 가지 않아 마커는 하나가 아니라 우후죽순처럼 생겨날 테고, 그리되면 인류는 끝이나 마찬가지였다.

어쩌면 아무런 의미가 없을지도 모른다. 시간이 지나면서 계획에 얽힌 형상들은 뇌리에서 잊혀져 아무런 해가 되지 않을지도 모르잖은가. 그러나 그는 그만한 위험을 간과할 수는 없었다.

이런 사태는 반드시 여기서 종지부를 찍어야 한다.

그래도 속으로 젠시는 설마 이스트반이 인류 전체를 위험으로 몰아넣는 짓을 저지르겠냐고 되뇌었으나, 이는 공허한 울림에 지나지 않았다. 오히려 이스트반이라면 인류를 위험에 빠뜨리고도 남을지도 모른다는 생각이 들었지만, 확신이 서지 않았다. 그러나 이스트반이 확신에 찬 나머지 자신이 하는 일이 옳다고 철석같이 믿을 테고, 돌이키기 어려울 지경이 되지 않고서야 끝까지 고집을 꺾지 않을 것이 뻔했다.

그리고 젠시는 형을 찾아 지켜주려고, 구하려고 이렇게 아득히 머나먼 거리를 가로질러왔다. 이제 어쩐다? 뜻대로 곁에서 형을 지키려니, 세상 만물을 희생시킬 위험을 함께 떠안는 격이었다. 단순히 그의 목숨이나 여기까지 오는 도중 스러져간 사람들의 목숨 선에서 끝나는 것이 아니라, 모든 인류의 생명이 달렸을지도 모를 일이었다. 아무리 형을 구하기 위해서라지만, 그렇다고 만인을 희생하는 짓은 차마

할 수가 없었다. 그렇다면 이제 문제는 이것이다. 나머지 인류의 생명을 구하고자 그는 무엇을 기꺼이 희생할 것인가?

53

"내 말 듣고 있어?"

이스트반이 물었다. 젠시는 아까도 같은 물음을 들었지 싶었다. 젠시가 대답이 없자 그는 다시 물었다.

"젠시?"

"당연히 듣고 있지. 내가 언제 형이 하는 말을 흘려들은 적이 있었어? 우린 형제잖아."

이스트반은 환하게 웃었다.

"언제까지나 형제 사이지."

"그나저나 내 총이 어디갔지? 혹시 내 총 어딨는지 봤어?"

"총은 뭐하게? 총하고는 비교되지 않을 정도로 막강한 물건이 있는데."

이스트반은 마커를 가리켰다.

"그냥 총을 갖고 다니는 버릇이 들어서. 그러면 안전한 기분이 들거든. 좀 찾아줄래?"

"그치만 필요없대도. 벌써 말했잖아."

젠시는 한참이나 그를 빤히 쳐다보며 생각에 잠겼다.

"형, 날 위하는 셈치고 찾아줄래? 형제로서?"

이스트반은 잠시 망설이더니 고개를 끄덕이고는 젠시의 총을 찾아 주위를 살폈다.

젠시는 길게 숨을 내쉬며 눈을 감았다.

'부디 용서해줘. 가능한 빠르고 고통 없이 보내줄 테니까.'

그는 그렇게 되뇌며 허공으로 생각을 돌렸다.

이윽고 이스트반이 총을 들고 돌아왔다.

"이게 네 총이야? 저 여자 것 같기도 한데 잘 모르겠네."

"이거면 돼. 이제 내 손에 쥐어줘."

이스트반이 시키는 대로 해주자 그는 다시 부탁했다.

"아니, 반대쪽 손에."

"그치만 왼손잡이도 아니잖아."

"오른팔이 아파서 그래."

젠시는 그렇게 말하고는 고개를 돌리고 피를 뱉었다.

"나 때문에 그래? 정말 미안하다, 동생아. 마커한테 아물게 해달라고 하자. 널 하나되게 해줄 거야. 분명 지금보다 낫게 해줄 거야."

젠시는 고개를 끄덕였다.

"이제 좀 일으켜줘. 천천히."

이스트반은 젠시의 등에 팔을 두르고 힘차게 껴안으며 위로 들어 올렸다. 곧 둘 다 자리에서 일어섰고, 젠시는 형의 옆구리에 몸을 기대고 섰다.

"형, 형은 날 믿어?"

"두말하면 잔소리지."

"나라면 최선의 행동을 택하리란 것도?"

"물론. 넌 항상 그랬잖아. 항상 날 돌봐줬고."

"그럼 눈 감아봐."

"왜?"

"그게 최선이야."

이스트반은 잠깐 어리둥절한 눈치였지만 그래도 눈을 감았다.

"형은 언제까지고 우리 형이야."

젠시는 나직이 속삭이며 천천히 총을 들어 이스트반의 가슴께를 겨누었다. 총열이 덜덜 떨렸다.

"형이 무슨 짓을 저질렀건, 무슨 짓을 당했건, 형이라는 사실은 변치 않을 거야. 미안해."

방아쇠를 당기자 에너지가 이스트반의 가슴을 가로지르며 심장을 관통했다. 이스트반은 충격에 크게 숨을 토하더니 경악에 휘둥그래진 눈으로 쓰러졌고, 젠시를 함께 끌어당기며 그 위에 넘어졌다. 젠시는 그의 밑에 깔린 채 원래 형이었던 혈육의 무게를 느끼며, 마지막으로 그의 몸에서 새어나가는 숨결을 체감했다.

그러다 정신을 잃었다. 그러다 정신을 되찾고는 형의 몸무게에 서서히 질식할 것만 같아 숨을 헐떡였다. 너무도 끔찍한 느낌이었다. 몇 분을, 아니면 몇 시간을 그러고 있었는지 몰라도 끙끙거리며 시신 밑에서 벗어났다. 온몸이 엉망이었다. 갈비뼈가 몇 개나 나가서 숨을 쉴 때마다 통증이 왔고, 팔도 부러진 데다 얼굴은 퉁퉁 부어 오른 상태였다. 내부 손상도 심각한지 장기를 비롯한 신체 곳곳에 천천히 피가 차면서 제 기능을 못하기 시작했다.

그는 비틀거리며 문으로 걸어갔다. 문을 열자 원래 있던 과학자들은 어디 가고 이제는 괴생명체에 가까운 몰골들로 변해 있었다. 그들은 그를 보고 날카로운 괴성을 내뱉었지만, 문턱을 넘지 못하고 머뭇거리기만 했다.

마커가 정신을 더듬으며 손을 뻗치는 느낌은 여전했다. 이제 이스트반이 죽었으니 정신 구조가 비슷한 다른 사람을 찾느라 그런지 몰라도, 이번에는 썩 고통스럽지 않고 뜻밖에도 부드럽게 느껴졌다. 젠시는 무시하려고 애썼다.

'할 일이 태산이네.'

우선 연구 시설과 시설 내부를 모조리 파괴해야 한다. 그중에서도 마커는 반드시 없애야 한다. 그런 다음에는 마커가 머릿속에 집어넣은 지식을 남김없이 지워버릴 방법을 찾을 차례였다. 절대 지식을 퍼뜨리도록 거드는 숙주로 전락할 수는 없었다.

그러다 일어선 채로 눈 깜짝할 동안 졸고 말았다. 다시 눈을 떴더니 총구가 입에 들어와 있었다. 입에 총을 넣은 기억도 없는데 말이다. 그런데 옆에서 이스트반이 씩 웃으며 부추기고 있었다.

그래, 바로 그거야. 어서 방아쇠를 당겨.

젠시는 소스라치게 놀라 얼른 입에서 총구를 치우고 괴생명체들에게 돌렸다. 아니면 그렇게 착각했는지도 모를 사이, 어느새 총구는 다시 입으로 돌아갔다. 총구를 도로 입에서 빼고 침으로 번들거리는 총열을 놈들한테 겨눴지만, 이번에도 총구는 놈들을 향하지 않고 또다시 입을 향했다. 아무리 애를 써도 총구는 자꾸만 입으로 들어갔다.

내가 왜 이럴까? 도대체 무슨 조화지? 어떻게 이런 일이? 혹시 지금 미쳐가는 중인가? 이제 총구는 도대체 어디를 겨누는 중일까? 혹시 이제껏 한 번이라도 방아쇠를 당겼더라면 도리어 내 머리가 터졌을까?

뭘 망설여? 얼른 방아쇠를 당기래도.

이스트반이 곁에서 말했다.

지금 입에서 나는 맛이 쇠맛인가? 그는 문턱에서 물러나 보관실로 돌아가려고 했지만 그곳도 막다른 곳이었다.

그렇다면 이제는 앞으로 나아가는 수밖에 없지만, 대체 무슨 수로? 괴생명체들에게 총을 겨누며, 부디 총구가 자기 자신이 아니라 놈들을 향하는 중이기를 간절히 빌며 전진하는 수밖에 없었다. 그러다 방아쇠를 당기면 된다. 하지만 무슨 수로?

그는 금방이라도 정신을 잃고 쓰러질 것처럼 문간에 몸을 기댔다.

그러고는 눈을 지그시 감고 총구가 똑바로 앞을 향했기를 빌었지만, 이는 희망사항에 지나지 않았다. 방아쇠에 걸린 손가락에 조금씩 힘이 들어갔다. 그는 심호흡을 한 뒤, 방아쇠를 당겼다.